DIE AUTORIN

Holly Clarkson ist das Pseudonym einer erfolgreichen deutschen Autorin, die unter ihrem richtigen Namen schon zahlreiche Liebesromane veröffentlicht hat. Als Holly sind ihre Geschichten ein paar Grade heißer und sündiger. Eigentlich ist sie eine hoffnungslose Romantikerin und das spiegelt sich auch in all ihren Büchern wider. Sie glaubt an die Macht der Liebe, an das Universum und daran, dass nichts so sexy ist, wie ein Mann, der einem morgens Kaffee ans Bett bringt.

Deutsche Erstveröffentlichung Mai 2018

c/o Barbara's Autorenservice

Tüttendorfer Weg 3

24214 Gettorf

Email: Holly.Clarkson@gmx.de

Cover: Booklover Coverdesign

KAPITEL 1

AIDAN

Ich erstarrte. Es war lächerlich, aber ich konnte mich tatsächlich keinen Millimeter mehr bewegen. Stattdessen lauschte ich meinem dumpfen Herzschlag, der bis hoch in meine Schläfen pochte. Nur eine Frau auf dieser Welt vermochte es, mir eine derartige Reaktion zu entlocken. Und scheiße, genau diese hatte mich per E-Mail kontaktiert.

Vivien Davis.

Was machte ich denn jetzt mit ihr?

Noch einmal überflog ich die Zeilen, welche eigentlich an meine Assistentin Joanne Farnham gerichtet waren. Offenbar dachte Vivien, der Club wurde von einer Frau geführt, nicht von mir, einem gestandenen Mann von achtundzwanzig Jahren.

Liebe Mrs Farnham,
Sie suchen zur Verstärkung Ihres Teams eine kollegiale, zuvorkommende und freundliche Mitarbeiterin? Mein Name ist Vivien Davis, ich bin sechsundzwanzig Jahre alt, habe Wirtschaftswissenschaften studiert und mein Studium an der California State University in Sacramento mit einem Bachelor abgeschlossen. Bislang arbeite ich bei der Smithsonian Corporation am North Speedway in Las Vegas im Bereich der Kundenakquise (ich bitte in Ihrem Fall von telefonischen Empfehlungs-

nachfragen abzusehen und hoffe auf Ihr Verständnis sowie Ihre Diskretion.)
Obwohl Clubs wie der Ihre zum absoluten Neuland für mich zählen, bewerbe ich mich dennoch in Ihrem gehobenen Etablissement für die Stelle einer erotischen Liebesdame. Der Umgang mit Menschen bereitet mir sehr viel Freude, zuvorkommender Service jeglicher Art ist mein erklärtes Ziel. Darüber hinaus bin ich flexibel einsetzbar und kann selbst unter Stress ausdauernd, freundlich und zuverlässig arbeiten.
Gerne würde ich weitere Einzelheiten in einem persönlichen Gespräch mit Ihnen klären.
Mit freundlichen Grüßen
Vivien Davis

Wider Willen schmunzelte ich in mich hinein. Zu gern hätte ich gewusst, was Vivien unter ausdauernd verstand. Ob sie tatsächlich kapierte, als was sie sich bei uns beworben hatte?

Ich hingegen hatte ehrlich gesagt keine Ahnung, was ich von dieser Bewerbung halten sollte. Erotische Liebesdame, Clubs wie Ihrer, von Empfehlungsnachfragen absehen. Himmel. Wie es aussah, war Vivien Davis noch genauso weltfremd wie zu Schulzeiten.

Ihre Mail las sich, als hätte sie ein paar Satzbausteine aus ehemaligen Bewerbungen zusammengefügt und daraus ein Anschreiben gebastelt. Warum um alles in der Welt bewarb sie sich für eine Stelle als Prostituierte? Ich musste zugeben, unser Riesenstreit nagte noch immer ein wenig an mir. Zehn Jahre war das alles her. Unsere Beziehung, die erste große Liebe und der Moment, als mir klar wurde, dass sie mich nur verarscht hatte. Was war ich in dieses Mädchen verliebt gewesen. Ich winkte ab. Scheiß drauf. Sie war schon damals ein verwöhntes Ding gewesen, wieso sollte sich dieser Umstand geändert haben?

Meine Neugierde war nach dieser doch eher ungewöhnlichen Bewerbung auf jeden Fall geweckt. Zumindest anschauen konnte ich sie mir, nicht dass die Gute zwischenzeitlich hundert Pfund zugelegt hatte.

Nach einem Klick auf den Anhang sog ich scharf die Luft ein.

Ein Foto von ihr hatte sich geöffnet und ich blickte direkt in ihre fantastischen großen grünen Augen, in denen sich bernsteinfarbene Sprenkel tummelten. Ihre dezent geschminkten Lippen zierte der Hauch eines Lächelns. Sie sah aus wie die Unschuld in Person.

Ihr Anblick traf mich wie ein elektrischer Schlag. Wie von selbst fand mein Blick zum Ausschnitt ihrer – wie konnte es auch anders sein – adrett gebügelten, aber immerhin eng anliegenden schneeweißen Bluse.

Ein ansehnlicher Busenansatz wölbte sich mir – dezent natürlich – entgegen und lud fast schon dazu ein, ihr das lästige Stück Stoff von den Schultern zu streifen. Für Viviens Verhältnisse wohl mehr als offenherzig, mir hingegen drängte sich der Eindruck auf, als könnte sie nicht aus ihrer kühlen Businessfrau-Haut.

Ich verlor mich in ihrem Anblick, spürte wie mein Schwanz – ebenso dezent – zuckte. Kleines Biest. Noch immer hatte sie dieselbe Wirkung auf mich, obwohl sie im Vergleich zu den Frauen, die ich die letzten Jahre kennengelernt und gevögelt hatte, nicht mal großartig herausstach.

Gut, das war gelogen. Ich konnte es nicht leugnen, ihr Aussehen war schlichtweg fantastisch. Das streng zurückgekämmte hellblonde Haar glänzte im Blitzlicht der Aufnahme wie ein Heiligenschein. Schon immer hatte mich Viviens ungewöhnliche Art fasziniert. Sie war anders gewesen als die restlichen Mädchen an der Schule. Kühl und streberhaft, ganz die perfekte Tochter des Oberrichters von Carson City. Was ihr alter Herr wohl zu der Bewerbung seiner Tochter im Gentleman's Paradise sagen würde? Meinem Baby, das ich zusammen mit meinem Geschäftspartner erst zu dem gemacht hatte, was es heute war. Das exklusivste Etablissement der Extraklasse weit und breit. Und ich war verdammt stolz darauf.

Ich legte die Stirn in die Hand, stützte den Ellenbogen auf der nussbaumfarbenen Schreibtischplatte ab und schüttelte erneut den Kopf. Dieses Anschreiben las sich so abstrus und lächerlich, dass ich eher an einen schlechten Scherz glaubte, denn an eine ernst gemeinte Bewerbung.

Sie hatte mir tatsächlich ein Foto im Businessoutfit geschickt.

What the fuck …? Vivien war zauberhaft, stellte ich erneut widerwillig fest. Sie besaß diese unschuldige Süße, auf die ein Großteil meiner Gäste total stand (mich leider eingeschlossen), allein ihre riesigen Augen in dem schmalen, aparten Gesicht. Eine Frau wie sie könnte bei mir im Club binnen kürzester Zeit einen Haufen Geld verdienen. Und wir mit ihr. Verlockend.

Ein Geräusch an der Bürotür riss mich aus meinen schwelgerischen Gedanken. Mein Geschäftspartner Kayne schneite herein - natürlich ohne anzuklopfen, wie es seine Art war.

»Verdammt, Kayne. Warum kannst du nie anklopfen? Ich hätte hier mit heruntergelassener Hose sitzen können, während mir eine der Neuen einen bläst.«

Kayne kam unbeeindruckt näher. »Als ob dich Zuschauer jemals gestört hätten.«

Wo er recht hatte … Ich mochte Zuschauer beim Sex, fuhr sogar voll drauf ab. Überhaupt stand ich auf ausgefallene Praktiken, experimentierte gern, bei mir gab es keine Berührungsängste. Ebenso wusste ich einfallsreiche Frauen zu schätzen, vor allem solche, die meine Ideen, egal wie - sagen wir mal - unanständig sie auch waren, mit Hingabe ausprobierten.

Ob sich Vivien wohl über die Missionarsstellung hinauswagte? Ich konnte mir ein kleines Schmunzeln nicht verkneifen, als ich mir die prüde Blondine auf dem Rücken liegend, mit verkniffenem Gesichtsausdruck, vorstellte. Die Augen fest zugepresst, ließ sie den Akt über sich ergehen, in der Hoffnung, das unkeusche Treiben möge bald vorbei sein.

Obwohl es mich in den Lenden juckte, herauszufinden, wie weit sich Vivien Davis diesbezüglich formen ließ, verschwendete ich besser keinen zweiten Gedanken daran. Ein weiterer Blick auf ihr Foto, von dem sie mich im Business- Outfit geschäftsmäßig anlächelte, ließ meine Fantasien zerplatzen wie schillernde Seifenblasen.

Diese Frau war nicht für schamlose Stunden gemacht, sie war ein Küken, ein hübsches Hühnchen auf der Suche nach einem warmen Nest, in dem sie ihre Brut aufziehen konnte. Im Prinzip stand mir nichts ferner als ein Wiedersehen.

Lediglich die Neugierde bewog mich zu einem erneuten, wenn auch nur raschen Blick. Sie wollte eine Hure werden? Es konnte sich nur um einen Witz handeln. Keine gewöhnliche Hure, selbstverständlich nicht. Eine Edelhure. Darunter machte sie es nicht. Aber wieso? Ihr Dad war einer der einflussreichsten Männer von Carson City gewesen. Weshalb also tat sie sich das an?

War sie in Ungnade gefallen? Oder an ihrem ausufernden Lifestyle gescheitert? Andererseits hatte ich Besseres zu tun, als meine Zeit mit einer verzogenen Tochter aus stinkreichem Hause zu vergeuden, die mir vor Jahren einen schmerzhaften Arschtritt verpasst hatte. Mittlerweile besaß ich selbst mehr Kohle, als ich in einem Leben ausgeben konnte und eröffnete, sofern alles glattlief, bald zusammen mit Kayne unser viertes Bordell in Nevada. Obendrauf nannten wir einen harmlosen Stripclub in Sacramento unser Eigen.

»Suchst du eine neue Assistentin?«, hörte ich Kayne fragen und schrak erneut aus meinen Gedanken. Er deutete auf meinen Laptop, von dem uns Vivien noch immer reserviert und unnahbar entgegenlächelte. »Du hast doch nicht etwa Joanne vergrault?« Mein Geschäftspartner klang entsetzt. »Sie ist die beste Assistentin seit Jahren und hat so ziemlich den schönsten Apfelpo, den ich je betrachten durfte.«

»Du hast Joannes Arsch noch nie blank gesehen. Sie ist verlobt und das ist gut so. Schließlich brauchen wir sie für alles, was im Büro anfällt. Und nein, hierbei« - ich deutete lax auf den Bildschirm - »handelt es sich nicht um eine Bewerbung für einen Assistentenposten.«

Kayne beugte sich vor und studierte interessiert Viviens Gesicht. »Wer ist die Kleine? Hübsches Ding.«

»Egal«, erwiderte ich eine Spur zu unwirsch, mir stand nicht der Sinn nach einer Unterhaltung über Vivien Davis.

Kayne musterte mich eingehend, was mir überhaupt nicht passte. Er war ein Player, und zu meinem Leidwesen war es aussichtslos, Geheimnisse vor ihm zu haben. Er kannte mich viel zu gut, besser gesagt, zu lang.

Seit unserer gemeinsamen Zeit auf dem College in Las Vegas, als ich noch vorhatte, Industrial Engineering zu studieren. Das war lange her, sechs Jahre, um genau zu sein. Schlussendlich war ich ohne Abschluss abgegangen und hatte mich gemeinsam mit

Kayne den vergnüglicheren Seiten des Lebens gewidmet: hemmungslosem und versautem Sex nach allen Regeln der Kunst. Wir waren Meister in dieser Disziplin geworden; gäbe es einen Unilehrgang in ausschweifender Erotik, Kayne und ich hätten unseren Master mit Auszeichnung bestanden. Weshalb also nicht die Leidenschaft zum Beruf machen, hatten wir uns gesagt, und das Gentleman's Paradise gegründet, welches sich rasant zum beliebtesten Bordell in ganz Nevada gemausert hatte.

»Wenn die Kleine dir so egal ist, warum starrst du sie seit einer Ewigkeit an, als würdest du auf einen Blowjob, ausgeführt von diesem, zugegeben ein wenig verkniffenem Mund hoffen?« Er lachte leise. »Passt du bei der einen Moment lang nicht auf, beißt sie dir den Schwanz ab. Glaub mir, mit dieser Sorte Frau hast du keinen Spaß. Die wollen nicht spielen, die wollen ohne Licht im Schlafzimmer auf dem Rücken liegen, und treiben ihren Alten an, damit er schnell zum Ende kommt.«

»Woher willst du das wissen?«, blaffte ich, obwohl ich vorhin dasselbe gedacht hatte. Ohne es zu wollen, verspürte ich den Drang, Vivien zu verteidigen. »Du kennst sie überhaupt nicht«, schob ich zahmer hinterher.

Als er eine Augenbraue hob, fühlte ich mich unangenehm ertappt.

»Du etwa?«

Fuck. Ich hatte keine Lust auf ausufernde Erklärungen. Warum hatte ich vorhin nicht einfach nebenher eine Absage an Vivien getippt? Knapp und schmerzlos. Sollte die Gute sich woanders bewerben, an der Rezeption des Bellagio, da passte sie hin. Fakt war, sie musste weg vom Tisch. Also die Bewerbung.

»Ich kenne sie nicht wirklich«, gab ich schließlich lahm zu. »Ich dachte mal, ich kenne sie, aber das hab ich dann doch nicht.« Mist, diese überflüssige Erläuterung machte mich extrem verdächtig. Sofort, nachdem mein neugieriger Teilhaber mein Büro verlassen hatte, würde die Absage rausflattern, danach würde ich Grace aus der Gentleman's Bar hier im Haus herzitieren, damit sie mir mit einem gekonnten Blowjob jeglichen Gedanken an Vivien Davis austrieb.

»Ihr kennt euch also tatsächlich?« Kaynes rechter Mundwinkel hob sich zu einem halben Grinsen. »Hattet ihr schlechte Erfahrungen im Bett?«

»Wir waren nicht zusammen im Bett. Ich kenne sie aus der Highschool. Vivien war zwei Klassen unter mir. Viel mehr gibt es nicht zu erzählen.«

»Sie hat dich nicht rangelassen, stimmt's?« Kayne setzte sich auf die Schreibtischkante. »Die süße Vivien hat ihre strammen Schenkel fest zusammengehalten und dich nicht mal einen Blick auf ihre blonden Locken dazwischen werfen lassen.« Er klang spöttisch. Arschloch. Ja, genauso war es abgelaufen. So ähnlich zumindest. Eigentlich war unsere Beziehung eine einzige Katastrophe gewesen. Details würde Kayne ganz bestimmt keine von mir bekommen. Dass Vivien extrem schlecht auf mich zu sprechen war, verschwieg ich wohlweislich - im Prinzip war das auch völlig egal.

Ganz sicher hatte Vivien mir unser desaströses Beziehungsende bis heute nicht verziehen. Nachher würde ich ihre Mail löschen, somit tapfer der Versuchung widerstehen, erneut in den Bann ihres Fotos zu geraten. Stattdessen würde ich mich auf Graces volle Lippen um meinen Schwanz konzentrieren. Ich brauchte nur Ablenkung, das war alles.

»Halt die Klappe.« Ich lehnte mich zurück. »Die Sache mit ihr ist schon eine Ewigkeit her.« Warum machte mich der bloße Gedanke an Vivien dermaßen aggressiv?

Tief in mir drin wusste ich, warum. Bei unserem letzten Treffen hatte ich mich wie das mieseste Arschloch der Welt aufgeführt, nur um sie zu verletzen. Meine brodelnde Wut hatte ein Ventil in ihr gefunden. Schließlich hatte sie mich echt verarscht ...

»Und was will sie nach all den Jahren von dir?«, ließ Kayne nicht locker und strich sich mit einer Hand durch sein dunkelblondes Haar.

»Sie will im Gentleman's Paradise als Nutte anfangen.«

»Im Ernst?«

»Ja, im Ernst.« Ich verspürte den plötzlichen Drang, gegen meinen massiven Schreibtisch zu treten, ließ es dann aber sein. Mittlerweile hatte ich mich im Griff, solche Anfälle hatte es schon Jahre nicht mehr gegeben. Inzwischen beschränkten sich meine

Zornausbrüche auf ein normales Maß, und das sollte auch so bleiben.

»Als Prostituierte. Interessant.«

»Was soll daran interessant sein?« Ich setzte mich aufrecht hin. Wie ich es hasste, wenn Kayne auf diese Art mit mir redete, indem er mir einzelne Wörter wie Hundekekse vorwarf.

»Ich meine damit, dass es für jemanden wie sie wohl einen triftigen Grund geben muss, sich hier bei uns zu bewerben. Weiß sie, dass dir der Laden gehört?«

Ich schüttelte den Kopf. »Ich denke nicht. Wie es aussieht, glaubt sie, der Puff wird von Joanne geführt. Warum ist das wichtig? Ich werde ihr auf jeden Fall absagen.«

»Warum willst du ihr absagen? Lad doch Vivien wenigstens zum Vorstellungsgespräch ein.«

»Was soll der Scheiß, Kayne?«

Er kratzte sich am Hals. »Ich könnte dir auf Anhieb mindestens zwanzig Stammkunden aufzählen, die ein Vermögen für ein paar Stunden mit Vivien Davis ausgeben würden. Ich meine, seien wir mal ehrlich. Sie ist heiß. Im Club arbeiten so viele hemmungslose und dauergeile Frauen, allesamt Vollprofis, die jede Stellung im Schlaf beherrschen. Aber von der schüchternen, kühlen Sorte haben wir ganz wenige. Eigentlich so gut wie keine.« Er fuhr mit einem Finger die Linie ihrer Brustansätze auf dem Foto nach. »Stell dir vor, sie steht in genau diesem engen Business-Outfit im Club, darunter trägt sie nur einen winzigen, sündigen Spitzen-BH, diese Art von Hebe, welche die Nippel freilässt, damit sie sich durch den dünnen Stoff der Bluse drücken können. Unter dem Rock trägt sie ganz klassisch Strapse, selbstverständlich ohne Höschen.« Ein feines Grinsen umspielte Kaynes Lippen. »Du schiebst eine Hand unter diesen biederen, braven Rock, immer höher und höher, ihre schlanken schneeweißen Schenkel entlang, bis du mit einem Finger den Schlitz zwischen ihren Schamlippen erreichst und erfreut bemerkst, dass sie nichts drunter trägt, du greifst direkt in ihre nasse Pussy, bevor du ihr zwei Finger bis zum Anschlag reinschiebst.«

Mein Schwanz zuckte bei seinem Gequatsche, richtete sich

halb auf. Allein diese recht harmlose und zahme Vorstellung von Vivien ließ mich hart werden.

»Lass den Quatsch«, sagte ich kurzatmiger als gewollt.

Kayne ignorierte mich, stattdessen stützte er sich mit beiden Händen auf der Tischplatte auf. »Ich hingegen würde ihr den Rock bis zu den Hüften hochschieben und sie mir über die Knie legen, während ich ihren süßen Arsch so lange mit meiner Handfläche bearbeite, bis er leuchtet wie das rote Licht einer Ampel. Gleichzeitig würde ich ihr einen dieser elektrischen Mini-Vibratoren in die Pussy schieben. Leise mitzählen wie lange es dauert, bis sie kommt, während ich mit der Fernbedienung die Vibration langsam steigere, bevor ich auf den Zug aufspringe und mit ihr bis zur Endstation fahre.«

»Das ist doch Blödsinn.« Hilflos deutete ich auf ihr Foto. »Sieh sie dir doch an. Das da ist nicht gespielt, die Kleine führt uns keine Fantasie vor. Das auf dem Bild ist Vivien, wie sie leibt und lebt. Die Frau hat einen riesigen Stock im Arsch. Kein Freier im Haus wird bei ihr auf seine Kosten kommen. Vorher wird sie Vergewaltigung und Mord schreien.«

»Das glaube ich weniger«, erwiderte Kayne gelassen. »Zumindest dann nicht mehr, nachdem sie ihren ersten Abendverdienst in den Händen hält. Stellt sie sich geschickt an, kann sie locker zwei- bis dreitausend Dollar pro Abend kassieren. Für diese Summe lässt selbst das schüchternste Mauerblümchen seine Hemmungen fallen.« Er stieß sich vom Schreibtisch ab und stand mit leicht ausgestellten Armen und Beinen vor mir. Kayne war ein Kerl, der nicht mal als Gast im Gentleman's Paradise für Sex zahlen müsste. Die Mädels gaben ihm bereitwillig alles, was sie zu bieten hatten, und ihre Willigkeit nutzte er reichlich aus.

Ich ließ sein Gequatsche in mir nachklingen, das sich mit zeitlicher Verzögerung noch abstruser anhörte.

»Komm schon«, redete er leise auf mich ein, »die Gäste wollen Abwechslung, dauernd derselbe Typ Frau wird ihnen zu langweilig. Wir sind nicht irgendein Bordell. Vivien wird der Star im Club, glaub mir.«

In seiner Euphorie hatte Kayne eine Kleinigkeit übersehen. Dass Vivien mich ganz bestimmt niemals als ihren Boss akzeptieren würde. Nicht für alles Geld der Welt. Die Kleine hasste mich abgrundtief.

»Sie wird nie im Leben für mich arbeiten.«

»Dann arbeitet sie halt für mich.«

»Du bist ab Freitag geschäftlich für ein paar Tage in Lyon County. Schon vergessen?«

»Dann wird Joanne mich solange vertreten.« Sein Grinsen sah spöttisch aus. Ich wusste, dass Kayne die Sache irre witzig fand. Er liebte es, zu spielen.

»Kayne.« Ich schüttelte frustriert den Kopf. »Mich würde es nicht mal wundern, wenn sie noch Jungfrau wäre. Du kannst sie nicht in einem Business-Outfit in den Club stellen und die Gäste auf sie loslassen. Das wird niemals funktionieren. Sie hat keine Ahnung, was in unserem Haus vor sich geht. Lies ihre Bewerbung. Dass die Gäste eben nicht auf den klassischen Vanilla-Sex abfahren. Unsere Kunden erwarten Abwechslung auf hohem Niveau, haben Kinks, und sind nicht nur an der Beseitigung ihres Triebstaus interessiert. Eine schnelle Nummer können sie bei jeder illegalen Nutte in Las Vegas um die Ecke kriegen. Was glaubst du, würde passieren, wenn Homer Landon sie buchen würde und sie im Club nackt vor ihm knien müsste, während sie ihm vor allen Leuten den Schwanz lutscht?«

Ein leises Lachen stahl sich aus Kaynes Kehle. Ich wusste, dass der Blödmann sich die Szenerie gerade in allen Einzelheiten vorstellte. Wie unser sechzigerjähriger Stammgast die blutjunge Vivien vor allen Leuten entkleidete und eingehend nachprüfte, ob sie auch tatsächlich feucht wurde oder ihm nur was vorspielte. Mir wurde kotzübel, allein bei dem Gedanken.

»Kayne, sie wird keine Lust spielen können, für diesen Job hat sie zu wenig Erfahrung. Das ist, als ob man einen Goldfisch in ein Haifischbecken kippt und ihm dann viel Glück wünscht.«

»Dann braucht sie vorher halt ein anständiges Training.«

»Was?« Ich riss die Augen auf.

»Einen Einreiter, einen Kerl mit der nötigen Erfahrung, der ihr alles beibringt, was sie wissen muss.«

»Und wen stellst du dir dafür vor?«

Kayne hatte sich in Vivien verbissen wie ein Mungo in eine Kobra.

»Dich.« Kayne legte mir eine Hand auf die Schulter. »Wen sonst. Du bist brillant im Bett und besitzt anders als ich auch das nötige Feingefühl, das eine kleine, ungerittene Stute braucht, um mal so richtig in Fahrt zu kommen.«

»Sie wird sich nicht auf mich einlassen.«

»Aidan. Diese Frau braucht entweder ganz dringend einen Haufen Kohle oder sie will ihr langweiliges Leben aufpeppen. Ich denke ja eher, sie hat einen gewichtigen Grund, weshalb sie sich bei uns als Nutte bewirbt. Euer Drama ist Jahre her, sprecht miteinander und schafft es aus der Welt. Und danach ...« - er machte eine wirkungsvolle Pause - »reitest du sie ein. Denk dran, was allein die Versteigerung einbringen würde.«

Die Versteigerung war in der Tat ein schlagkräftiges Argument. Kayne hatte leicht reden, er hatte null Ahnung, aus welchem Grund Vivien mich hasste. Ich konnte mir nicht vorstellen, dass sie mir bei einem erneuten Zusammentreffen die Hand reichen würde, während wir gemeinsam über unsere Jugendstreitereien lachten.

»Dein Vorschlag ist doch Wahnsinn.« Alles in mir sträubte sich.

»Du hast Schiss, das ist alles«, warf Kayne mir vor die Füße.

»Schiss vor einer Frau? Come on.« Ich griff nach der Whiskykaraffe, die auf meinem Schreibtisch stand, und goss mir ein Glas randvoll.

»Nicht vor irgendeiner Frau. Vor Vivien Davis.«

»Ich glaube einfach nicht, dass aus dieser Frau eine Edelhure werden kann, das ist alles. Dein bescheuerter Plan wird niemals funktionieren.«

»Wenn es einer schafft, dann du.« Sein Grinsen wurde schon wieder gemein, was mich das Schlimmste ahnen ließ. »Schließen wir eine Wette ab.«

»Eine Wette?« Heute brachte ich wohl nichts weiter als dümmliche Wiederholungen über die Lippen. Obwohl Kayne und ich uns schon so lange kannten, überraschte er mich immer wieder aufs Neue.

»Du hast einen Monat Zeit, um Vivien Davis nach allen Regeln der Kunst für den Job fitzumachen. Knackt sie bei der Versteigerung die 45.000 Dollar, gehört unser Anteil komplett dir.

Obendrauf darfst du in der Zeit, in der ich in Lyon County bin, meine Corvette fahren.«

Der Einsatz klang mehr als verlockend. Bisher hatte noch keine Frau bei der Versteigerung diese Summe getoppt. Allerdings würde es schwer werden, Vivien bei den Gästen so interessant zu machen, dass sie ihre Geldbörsen weit öffneten. Mein Ehrgeiz packte mich am Kragen, meldete sich pochend in meinem Brustkorb, dazu gesellte sich nun auch noch mein verfluchter Spieltrieb.

Die Aussicht war verführerisch. Zu gern würde ich Vivien einen Monat lang einem harten Sex-Training unterziehen, sie nach allen Regeln der Kunst einweisen und ihre Grenzen ausloten. An welchem Punkt würde sie wohl die Reißleine ziehen? Wo lag ihre Schmerzgrenze? Für wie viel Geld ließ sich sogar eine Vivien Davis kaufen?

Ich war gespannt, wo sie in einem Monat stehen würde, wenn wir sie den Gästen präsentierten und den Kunden ihren Körper zum Kauf anboten. In diesem Zeitrahmen könnte ich locker eine Edelhure der Extraklasse aus ihr formen, die in allen Bereichen souverän und lustvoll handelte. Sie würde es genauso lieben, vor einem Meister zu knien, wie sie es genießen würde, einem Mann ihre kleine Pussy ins Gesicht zu strecken, damit der sie genussvoll lecken konnte.

Sie würde die Gebende werden, genauso wie die Dienende, gefesselt und mit einem Flogger bearbeitet, würde sie ihre Lust herausschreien und sich hinterher auf Knien bedanken. Was auch immer der Gast wünschte, Vivien würde es ihm mit dem richtigen Training erfüllen können. Dazu ihre kühle Unschuld bewahren. Was für eine betörende Mischung. Meine Hoden zogen sich schmerzhaft zusammen und bettelten allein bei meinen Fantastereien um Erlösung. Ich wollte ihren Körper in beiden Händen halten und ihn gründlich erforschen. Die schmutzigsten und lustvollsten Dinge mit ihr anstellen und sie zum Schreien bringen, getrieben von einem Orgasmus zum nächsten. Fuck, diese Vorstellung klang in der Tat verheißungsvoll.

»Ich sehe, du freundest dich langsam mit dem Gedanken an.« Kayne deutete auf die Ausbeulung in meiner Anzughose. Grace würde nachher viel zu tun haben, um mir Erleichterung zu verschaffen.

»Was ist? Traust du dich?«, stichelte er weiter. »Falls du möchtest, werde ich sie zum Schluss prüfen, als Generalprobe sozusagen, bevor der Ernst im Club beginnt.«

Obwohl Kayne und ich uns schon oft Frauen geteilt, manche sogar gemeinsam gefickt hatten, fuhr mir ein unangenehmer Stich ins Herz, bei dem Gedanken, Vivien jemand anderem zu überlassen. Hastig schob ich dieses mir so fremde Gefühl beiseite. Kayne war erstens mein bester Freund und zweitens hatte sich Vivien um die Stelle einer Prostituierten beworben, was regen Männerwechsel quasi zur Grundvoraussetzung machte.

»Einverstanden, ich lade sie zum Vorstellungsgespräch ein, und dann sehen wir weiter. Spielt sie mit, bekommt sie von mir ein einmonatiges Spezialtraining der Sonderklasse.«

Mittlerweile ging es um die Ehre. Nirgendwo konnte ein Mann nachdrücklicher gepackt werden als bei seinem Stolz. Ich wollte Kayne beweisen, dass ich Vivien nach meinen Vorstellungen biegen und formen konnte. Bisher war mir noch jede Frau verfallen, sofern ich es darauf angelegt hatte. Meine leichteste Übung. Ich betrachtete Kaynes ausgestreckte Hand, bevor ich einschlug. Wir bekräftigten die Wette mit einem großen Schluck Whisky, der mir mit einer angenehmen Karamellnote die Speiseröhre hinunterbrannte.

»Setz den Termin bald an, damit ich sie noch kennenlernen kann, bevor ich abreise. Ich möchte mir den Vorher- Nachher-Effekt nicht entgehen lassen.«

Ich seufzte tief und gequält, bereute meine Voreiligkeit in derselben Sekunde. Mir wurde klar, dass Kayne mich genau an den Punkt gebracht hatte, an dem er mich haben wollte. »Also gut, ich lade sie für übermorgen ein, und du stellst dich dann gemeinsam mit Joanne als die Chefs vor.« Ich leerte mein Whiskyglas in einem großen Zug, während sich mein Partner nachschenkte. »Brauchst du noch irgendwelche Referenzen von ihr?«, fragte ich im Spaß.

»Sie hat alles Wichtige dabei«, erwiderte Kayne lachend. »Ich werde der Crew und den Stammgästen erzählen, dass du dich die nächsten Wochen in geheimer Mission befindest und nicht als Boss geoutet werden willst. Sicher ist sicher. Nicht, dass die Kleine noch Wind von unserem Spielchen bekommt und mit wehenden Fahnen abhaut.«

»Wegrennen wird sie wahrscheinlich schon beim Gespräch, spätestens, wenn sie mich das erste Mal zu Gesicht bekommt.« Es war idiotisch von mir, mich auf diesen Schwachsinn einzulassen, aber jetzt gab es kein Zurück mehr.

Kayne winkte ab. »Lass das mal meine Sorge sein. Ich werde ihr eine Summe nennen, bei der sie sogar dich in Kauf nimmt. Wart es ab.«

»Die besten Voraussetzungen für eine optimale Zusammenarbeit.« Ich schenkte mir nochmal von der braunen Flüssigkeit nach, bevor ich zu meinem Handy griff und die Kurzwahl für den Club wählte. Gleich darauf meldete sich eine rauchige Stimme, die lasziv ein »Hallo« in den Hörer hauchte.

»Grace«, sagte ich barsch. »Ich erwarte dich in fünf Minuten für einen Blowjob in meinem Büro.« Ohne eine Antwort abzuwarten, legte ich auf und sah direkt in Kaynes amüsiertes Gesicht.

»Wenn du wüsstest, wie sehr ich mich auf übermorgen freue«, sagte er.

»Halt endlich die Klappe«, bellte ich ihn an, wie ein wütender Rottweiler.

Das Vorstellungsgespräch würde zum Desaster mutieren. Falls Vivien sich tatsächlich wider Erwarten auf mich einließ, konnte ich mich mit ziemlicher Sicherheit auf einen harten Ritt einstellen. Mein Hals wurde warm bei der Vorstellung, aus dieser prüden, behüteten Frau eine Göttin der Lust zu erschaffen. Das war genau mein Ding. Ich liebte es, die dunkle Seite aus unerfahrenen Frauen herauszukitzeln, zu beobachten, wie sie langsam sämtliche Skrupel über Bord warfen, und ihr neu entdecktes Verlangen genossen. Von Viviens Sorte gab es nicht viele, die meisten Frauen spielten einem die Prüderie nur vor, um sich selbst interessanter zu machen.

In Vivien hingegen schlummerten Klasse und Stolz. Eine aufreizende Mischung im Bett, die einem Mann dennoch alles abverlangen konnte. Bisher hatte ich noch jede Frau zum

Orgasmus gebracht, diese Fertigkeit zählte zu meinen absoluten Stärken, ohne eingebildet klingen zu wollen. Ich wusste einfach, wie man eine Frau anfassen musste, um ihre Saiten zum Klingen zu bringen, in welcher Intensität und mit der richtigen Portion an Hingabe. Wenn ich eines bravourös beherrschte, dann eine Frau zu befriedigen. Eigentlich konnte sich Vivien überaus glücklich schätzen.

Ohne Kayne noch weiter Beachtung zu schenken, tippte ich eine kurze Antwort mit Terminangabe für das Vorstellungsgespräch an Vivien und unterschrieb mit »Joanne Farnham« sowie »Kayne Crest«, bevor ich kurzerhand auf senden klickte.

KAPITEL 2

VIVIEN

»Einen großen Soja Mocca Latte mit extra Sahne, bitte.« Ich warf rasch einen Blick auf meine Armbanduhr. Mist, ich war spät dran. Spätestens in fünf Minuten musste ich an meinem Schreibtisch sitzen. Zum Glück war Smithsonian nur einen Block weit entfernt.

Die junge Bedienung sah mich mit großen Augen an. »Sojamilch *und* Sahne?«

Sie musste neu sein, zumindest hatte ich sie bisher in Stewies Coffeshop, meinem Lieblings-Koffein-Dealer, noch nie zuvor gesehen. Ansonsten hätte sie gewusst, dass ich schon seit zwei Jahren pünktlich auf die Minute (außer heute) hier im Laden erschien und immer dasselbe bestellte. Ich mochte nun mal Sojamilch viel lieber und nichts ging über einen ordentlichen Klecks Sahne obendrauf. Himmlisch. Zudem ersparte die wilde Mischung einem ein ausgedehntes Frühstück.

»Ja, bitte.« Ich lächelte sie freundlich an. »Beides zusammen.«

»Morgen, Vivien«, grüßte Jackson hinter der Theke, »spät dran heute. Wie konnte denn das passieren? Steckt da etwa ein Mann dahinter, der dein strenges Timing durcheinander bringt? Ich dachte, du hättest diesen armen Kerl endgültig zum Teufel gejagt.« Jacksons Haut war dunkel wie Zartbitterschokolade und ließ seine schneeweißen Zähne leuchten, wenn er wie jetzt verschmitzt grinste.

Ich seufzte in mich hinein, denn mir wurde bewusst, dass es doch keine so glorreiche Idee war, jeden Morgen denselben Shop aufzusuchen.

»Ich hab nur verschlafen.« Wo ich heute in aller Früh gewesen war, ging ihn überhaupt nichts an. Ein einziges Mal, vor ein paar Wochen, hatte Jackson mich an einem Tiefpunkt meines Lebens erwischt. Ich hatte ihm alles über meine taufrische Trennung von Greg erzählt.

»Männer sind triebgesteuerte Wesen«, hatte er mir gnadenlos eröffnet und mich kopfschüttelnd angesehen. »Wie oft in der Woche habt ihr es denn miteinander getrieben?«, hatte er als nächstes ungeniert gefragt und mir damit einen Satz heiße Ohren beschert.

Moment mal! In der Woche?!

Im Flüsterton hatte ich ihm gebeichtet, dass Greg und ich feste Tage vereinbart hatten. Jeder Sonntag, der auf ein ungerades Datum fiel, war unser Lusttag. Ich mochte diese Bezeichnung, irgendwie klang sie verrucht und nach Leidenschaft. An diesen Tagen hatten wir uns dann so richtig schön ausgetobt. Also gleich nach dem Frühstück, oftmals sogar noch ein zweites Mal am Nachmittag.

Mir persönlich hatte unsere Gymnastikeinlage an körperlicher Liebe vollkommen ausgereicht, sowieso mochte ich interessante Gespräche bei einem Glas Wein oder lange Spaziergänge mit Händchenhalten viel lieber.

In diesen Aktionen steckte Romantik, clean und süß wie Honigkuchen. Jackson hingegen hatte Null Verständnis für meine romantische Ader gezeigt, im Gegenteil, seit jenem Tag bemitleidete er Greg (den Betrüger!) für die zwei Jahre Beziehung mit mir, während ich am Boden zerstört war. Wochenlang hatte ich mich in täglichen Heulorgien gesuhlt, meine schöne Beziehung war zu Ende. Aus und vorbei, mein Leben ein Trümmerfeld. Um vollkommen ehrlich zu sein, bei uns hatte es vorher schon immer wieder mal gekriselt, ich hatte Gregs Unzufriedenheit gespürt, mir aber vorgemacht, dass wir unsere Partnerschaft schon wieder auf die Reihe kriegen würden.

Wir verfolgten dieselben Ziele, träumten ganz klassisch von einem Haus mit Garten, drei wohlerzogenen Kindern, die auf der

Veranda Murmeln spielten, während wir auf der Holzbank daneben ein Gläschen Weißwein genossen. Ich hatte unsere Zukunft bis ins kleinste Detail durchgeplant gehabt, wir wären ein absolutes Traumpaar gewesen, von allen in der Nachbarschaft beneidet. Ganz wie in meiner Kindheit. Ich mochte es spießig, was war daran verkehrt? Spießigkeit bescherte einem Menschen den nötigen Grad an Sicherheit. Bei Spießern wartete man vergeblich auf Überraschungen, nichts Unvorhergesehenes passierte in deren Leben.

Für mich klang das wie das Paradies. Ich hatte während der Highschool genug mit meinem Dad mitgemacht, um zu wissen, dass ich diese Art von Aufregung ganz bestimmt nicht mehr in meinem Leben benötigte. Genauso wenig wie einen Aidan O'Conners, der Gott sei Dank schon vor Jahren aus meinem Sichtfeld verschwunden war.

Von Kerlen seines Kalibers war ich geheilt. Aber sowas von gründlich. Nach ihm hatte ich Jahre gebraucht, bevor ich mich auf Greg einlassen konnte. Greg war so unglaublich höflich gewesen, hatte Manieren bewiesen, sich wochenlang um mich bemüht. Wir unterhielten uns viel über Literatur, flanierten durch die ruhigeren Seitenstraßen von Las Vegas oder schauten uns französische Liebesfilme in einem kleinen Avantgarde-Kino um die Ecke an.

Mit jedem neuen Date merkte ich, dass er das genaue Gegenteil von Aidan war und er somit mein Hauptkriterium bestens erfüllte. Nur dass sich der Mann meiner Träume bedauerlicherweise als größter Fiesling des Jahrhunderts herausstellte, der nebenher auch noch mit der Kassiererin des Kinos schlief.

Ich nahm meinen Pappbecher, zählte das Geld passend ab, bevor ich locker zum Abschied winkte und in Richtung Ausgang eilte. Nach einem weiteren Blick auf die Uhr, verfiel ich in Galopp. In einer Minute musste ich im Büro aufkreuzen. Das wurde knapp.

In letzter Sekunde warf ich mich in dem Großraumbüro, das durch Raumteiler in kleine Arbeitsbereiche untergliedert war, auf meinen Schreibtischstuhl und trank den letzten Rest Soja Mocca

Latte, bevor ich den leeren Becher im Papierkorb versenkte. Hastig fuhr ich den Computer hoch und tat schwer beschäftigt.

Ich war über eine Zeitarbeitsfirma eingestellt, somit war mein Arbeitsplatz in Krisenzeiten am wackligsten. Selbst mein Loch von einem Ein-Zimmer-Apartment, welches für normale Leute als besserer Kleiderschrank hergehalten hätte, war in Las Vegas kaum bezahlbar. Ich konnte von Glück sagen, nach der Trennung von Greg überhaupt so schnell irgendwas gefunden zu haben.

Ein wuscheliger, roter Lockenkopf tauchte über der Trennwand auf, und ein paar froschgrüne Augen blitzten mich übermütig an.

»Guten Morgen«, trällerte meine Kollegin wie ein Kanarienvogel.

»Morgen.« Ich musterte Linda eingehend. »Weshalb so gute Laune?«

»Hiob Silverstein hat mich heute Früh tatsächlich zurückgerufen und um ein zweites Date gebeten.«

Gebeten – nicht einfach nur gefragt. Ein Mann mit Manieren, sowas gefiel mir.

»Na Gott sei Dank.« Ich tat so, als pustete ich erleichtert Luft durch die Lippen. Linda hatte Hiob über Freunde kennengelernt. Irgendein Künstler. Nach unzähligen Telefonaten und Chats hatte er sie schließlich zum Essen ausgeführt und Lindas Ausführungen zufolge musste der Abend traumhaft verlaufen sein.

Umso mehr hatte es sie getroffen, als er danach nichts mehr von sich hören ließ, nicht einmal auf ihren harmlosen Gruß per Handynachricht am nächsten Morgen hatte der Schuft geantwortet und damit meine Kollegin in heftige Selbstzweifel gestürzt. Sie hatte sich schwere Vorwürfe gemacht, weil sie ihn beim Abschiedskuss ihren Busen hatte streicheln lassen. Es hatte mich zwei Tage gekostet, sie wieder einigermaßen aufzurichten.

»Wie es aussieht, hat er bloß die obligatorischen drei Tage bis zum nächsten Date verstreichen lassen«, sagte sie verträumt und wickelte sich eine ihrer störrischen Locken um den Zeigefinger.

»Hoffentlich behält er den Rhythmus nicht bei, sonst ziehen sich eure Dates mit der Zeit ganz schön in die Länge.«

»Von jetzt an werde ich dafür sorgen, dass er mich nicht so schnell vergisst.«

»Du solltest es ihm nicht zu leicht machen«, belehrte ich sie mit erhobenem Zeigefinger. »Wie sagte meine Mutter früher immer so schön: Willst du was gelten, dann mach dich selten.«

»Na, wenn deine Mutter das sagt.« Sie klang mir eine Spur zu spöttisch

Während Linda weiter auf mich einredete, klickte ich meine E-Mails durch, und freute mich über ein paar Erfolgsnachrichten. Meine eigene mir selbst auferlegte Mindestanzahl an akquirierten Kundenzusagen hatte ich bereits Mitte des Monats weit übertroffen. Gäbe es einen Arbeiter des Monats in dieser Firma, ich bekäme die Auszeichnung garantiert so gut wie jedes Mal.

Obwohl der Job alles andere als mein Traumberuf war, war ich perfekt in allem, was ich tat. Sobald ich Herausforderungen anpackte, machte ich das zu hundert Prozent, bei mir gab es keine halben Sachen.

»Scott möchte dich in einer halben Stunde bei sich im Büro sehen«, eröffnete Linda mir und ich sah erstaunt hoch.

»Was will er denn von mir?« Wieso wollte mein Boss mich sprechen?

»Keine Ahnung.« Sie zuckte mit den Achseln. »Bestimmt wirst du befördert, Streberin.«

Tja, wo sie recht hatte, hatte sie recht. Ich suhlte mich ein wenig in ihrem gar nicht als Kompliment gemeinten Kompliment. Ich war gern die Beste, schon in der Schule immer gewesen.

Ein Geistesblitz durchzuckte mich. Sicher bekam ich endlich die ersehnte Festanstellung, für die ich mir seit Monaten im Büro den Hintern aufriss. Ich würde so gut wie alles für einen festen Vertrag geben, Überstunden bis zum Umfallen machen, Wochenendschichten übernehmen oder für die nächsten zehn Jahre auf Urlaub verzichten. Ganz egal. Ich brauchte diesen Job.

»Ach, ich glaub nicht, dass es eine Beförderung gibt«, winkte ich halbherzig ab, obwohl auch ich mir keinen anderen Grund für das anstehende Gespräch vorstellen konnte. Immerhin lieferte ich Topleistungen ab.

Darüber hinaus mochte ich meinen Chef sehr gern. Scott war rein optisch nicht zu verachten. Er war vielleicht zehn Jahre älter als ich, für meine Begriffe somit im besten Mannesalter. Da konnte eine Frau davon ausgehen, dass der Kerl sich bereits die Hörner abgestoßen hatte. Scott trug keinen Ring am Finger, was mir schon beim Vorstellungsgespräch rein zufällig ins Auge gestochen war. Mit all seinen positiven Grundvoraussetzungen passte er noch besser in mein Raster als Greg.

Mein Herz schlug unruhig bei dem Gedanken, dass mein neuer Traummann ein paar Schritte weiter in seinem geräumigen Einzelbüro sitzen könnte. Rasch frischte ich noch meinen naturfarbenen Lippenstift auf und fand, ich sah ganz passabel aus, dafür, dass es heute nicht für eine Haarwäsche gereicht hatte.

»Wie sehe ich aus?«, fragte ich Linda dennoch, die mich still beobachtete.

»Gut, wie immer. Aber das wird kein Date, also entspann dich.«

Woher wollte sie das wissen? Zumindest könnte eines dabei rausspringen. Energisch stand ich auf und strich mir den anthrazitfarbenen Bleistiftrock glatt.

»Gleich werde ich es wissen. Wünsch mir Glück«, sagte ich halb im Scherz und lächelte in mich hinein. »Viel Glück!« Übertrieben euphorisch kreuzte Linda die Finger für mich, als ich mich in Richtung Scotts Büro begab. Vor der Tür hielt ich kurz inne und atmete tief durch, bevor ich zaghaft anklopfte.

Ich war eine zurückhaltende Frau, auf sowas standen Männer. Zurückhaltend und tierlieb. Glücklicherweise war ich tatsächlich beides, selbst bei dem fiesen Pinscher meiner Nachbarin verzog ich keine Miene, wenn er mich auf der Treppe ankläffte.

»Herein«, erklang sogleich Scotts tiefe und immer ein wenig barsche Stimme, die durch mich hindurchfloss wie Hersheys Karamellsirup. Jawohl, ich mochte einen leichten Befehlston bei Männern. Bestimmt war Scott ein energischer Charakter, der immer genau wusste, was er wollte und alles Nötige für seine Angebetete regelte. Bei ihm konnte eine Frau sich geborgen und sicher aufgehoben fühlen.

Mit leicht schwingenden Hüften trat ich ein und legte mein strahlendstes Lächeln auf. Wenn es darauf ankam, konnte ich durchaus sexy sein.

»Guten Morgen, Scott. Wie geht es Ihnen? Was für ein wunderschöner Tag heute.«

Sein Blick schweifte kurz zum Fenster hinaus, hinüber zur schattigen Straßenseite, ehe er sich wieder mir zuwandte. »Ja, sehr schön.« Er räusperte sich. »Vivien, bitte nehmen Sie Platz.«

Mir wurde bewusst, dass Scott keine Miene verzog, als er auf den Stuhl vor seinem Schreibtisch deutete. Nicht mal den Ansatz eines Lächelns – nichts. Vermutlich wollte er es nur etwas spannender machen und würde gleich mit einem lauten «Überraschung« in die Höhe springen.

Ich setzte mich und behielt mein freundliches Lächeln bei.

»Sie wollten mich sprechen«, fing ich nach Minuten des Schweigens an, in denen er mich lediglich gemustert hatte. Mit dem Mittelfinger schob er die verrutschte, schwarz umrandete Brille auf seiner Nase nach oben. Reflexartig scannte ich seine linke Hand nach einem Ehering ab, aber dort steckte zu meiner Erleichterung immer noch nichts Goldenes. Zum allerersten Mal fiel mir der lichte Haaransatz auf, der sich in den vergangenen Monaten in die Seiten seiner Stirn gegraben hatte.

In seinen braunen Augen schwamm eine Spur Wehmut. War irgendwas passiert? Benötigte er Trost oder Zuspruch? Eine helfende Hand? Eine Vertrauensperson? War ich deswegen hier? Ich würde ihm jeglichen Trost spenden, keine Frage, und wäre immer für ihn da.

Er verschränkte die unberingten Finger auf dem Schreibtisch ineinander. »Leider habe ich Ihnen keine erfreuliche Mitteilung zu machen.«

»Mir?«, fragte ich dümmlich, weil ich mit dieser Aussage so ziemlich gar nichts anfangen konnte. Wieso mir? Immerhin hatte Scott mir erst letzte Woche erklärt, wie zufrieden er mit meiner Arbeit war.

»Ist irgendwas passiert?«, wagte ich leise zu fragen. »Gab es irgendwelche Kundenbeschwerden? Falls ja, geben Sie mir bitte die Möglichkeit, das wieder in Ordnung zu bringen, ich werde alles in meiner Macht stehende tun, um …«

»Nein, es gab keine Beschwerden«, unterbrach er mich und strich sich nervös über sein aschblondes, gescheiteltes Haar. »Ganz und gar nicht. Es ist eher so, dass die Wirtschaftskrise leider auch unser Unternehmen erreicht hat. Zwei wichtige und langjährige Großkunden sind ohne Vorwarnung abgesprungen, was uns einen Millionenverlust beschert hat.« Als Scott so schwer und gequält seufzte, tat er mir leid. Wie es aussah, brauchte er tatsächlich jemanden zum Reden, und ich lieh ihm nur zu gern mein Ohr.

»Das tut mir sehr leid.« Ich widerstand der Versuchung, über den Schreibtisch zu fassen und meine Hand auf seine zu legen. »Kann ich irgendwas tun, um zu helfen?« Ich zuckte mit den Achseln. »Soll ich Sonderschichten einlegen, um neue Kunden zu akquirieren oder ...«

»Nein, darum geht es nicht.«

»Ich würde auch unbezahlte Überstunden machen, sollte das helfen.«

Schon wieder seufzte er, sein Blick durchleuchtete mich richtiggehend. Sein Anzug saß leicht verknittert am Oberkörper auf, stach es mir absurderweise ins Auge, als hätte er die Nacht darin verbracht.

»Bitte, Vivien, machen Sie es nicht noch schwerer für mich. Was ich zu sagen habe, bricht mir fast das Herz.«

»Worum geht es?«, fragte ich angespannt. Herzschmerz? Hatte er ebenfalls eine fiese Trennung hinter sich?

»Zu meinem großen Bedauern hat die Geschäftsleitung beschlossen, aufgrund der wegbrechenden Umsätze diverse Einsparungen vorzunehmen.«

»Und das bedeutet?« Was wollte er mir mitteilen? »Kein Gratiskaffee für die Mitarbeiter mehr?«, wagte ich einen sanften Scherz, um die angespannte Stimmung aufzulockern.

»Das ist eine davon.« Er nickte.

»Der schmeckt sowieso scheußlich, den können Sie gern streichen. Von dem Gebräu holt man sich ein Magengeschwür.«

Ein winziges Lächeln umspielte seine dünnen Lippen. »Gott, Sie werden mir fehlen.«

»Ich werde Ihnen fehlen?« Um ehrlich zu sein, verstand ich kein Wort. Wurde ich versetzt? Seit wann sprach Scott derart in Rätseln?

»Vivien« - schon wieder eine Pause -, »die Geschäftsleitung

hat wegen der schlechten Auftragslage beschlossen, bis auf Weiteres alle Zeitarbeiter zu entlassen.«

In meinem Kopf pochte es dumpf, als seine Worte mein Gehirn erreichten. »Entlassen?«, japste ich schließlich, noch immer an einen schlechten Scherz glaubend. Das konnte nicht wahr sein. Smithsonian würde mich nicht dermaßen undankbar behandeln, diesen Monat hatte ich bereits fünfzehn Neukunden geworben. Diese Zahl sollte mir erst einmal jemand nachmachen.

»Ihre bereits geleisteten Überstunden werden Ihnen selbstverständlich vergütet.«

»Das kann nicht Ihr Ernst sein.« Ich hatte das Gefühl, mich übergeben zu müssen. »Scott, bitte, ich brauche diesen Job! Bitte werfen Sie mich nicht raus, kürzen Sie mir das Gehalt, irgendwie komme ich schon über die Runden, oder lassen Sie mich auch am Wochenende arbeiten, aber feuern Sie mich bitte nicht.« Ich kämpfte gegen die Tränen an, verlor jedoch radikal, die erste perlte bereits über meine Wange. Hastig wischte ich sie weg.

»Wenn Sie wüssten, wie leid mir Ihre Entlassung tut. Aber ich fürchte, da lässt sich nichts mehr machen. Die Geschäftsleitung hat schon Ihre Kündigungen unterzeichnet.«

Er schob einen weißen Umschlag über den Schreibtisch. Ich hatte tatsächlich meinen Job verloren. In diesem Kuvert stand mein berufliches Ende in dieser Firma, schwarz auf weiß. Mit Sicherheit würde ich in den nächsten Wochen auf der Straße landen. Nach dem Besuch im Krankenhaus heute Früh hatte ich gedacht, der Tag könnte nicht mehr schlimmer werden. Tja, trat einen das Schicksal mal in den Allerwertesten, dann wohl gleich so richtig.

»Ich werde nicht gehen.« Trotzig schüttelte ich den Kopf. »Wenn ich keinen Job mehr habe, weiß ich nicht, was ich tun soll.« Ich vergrub das Gesicht in beide Hände, wollte nichts mehr hören oder sehen, sondern endlich aus diesem Albtraum erwachen.

»Vivien«, hörte ich Scott leise. »Die Auftragslage wird sich erholen. Einer der Juniorchefs ist bereits an einem neuen Projekt dran, und kriegen wir den Deal, bin ich mir sicher, dass wir Sie wieder anheuern können. Dann sogar fest. Ich werde mich persönlich für Ihre Wiedereinstellung einsetzen, das verspreche ich Ihnen. Bitte, glauben Sie mir, dass ich Sie nur ungern gehen lasse.«

Wie in Zeitlupe ließ ich die Hände sinken. »Was meinen Sie damit?«

»Ich meine damit, ob Sie sich nicht vielleicht die nächste Zeit mit irgendwelchen Gelegenheitsjobs über Wasser halten könnten, nur solange, bis sich die wirtschaftliche Lage gebessert hat.«

»Von welchem Zeitraum reden wir hier?« Mir klopfte das Herz bis zum Hals. Ich war ein Sicherheitsfanatiker, hatte immer ein kleines Polster für alle Fälle auf dem Konto und achtete beinahe panisch darauf, pünktlich sämtliche Rechnungen zu begleichen. Trotz allem reichte mein Bankguthaben gerade mal für kleinere Anschaffungen aus, wie einen neuen Kühlschrank oder ähnliches.

Wie aber sollte ich meinen Lebensunterhalt bestreiten, bei einer Monatsmiete von sechshundert Dollar? Und da hatte ich noch nichts gegessen. Zudem kostete mich die Krankenversicherung meines Bruders ein halbes Vermögen. Ich selbst besaß nicht mal eine.

»Vielleicht ein halbes Jahr bei positivem Verlauf.«

Ich schnappte nach Luft. »Ein halbes Jahr? Bis dahin bin ich verhungert.«

»Sie kriegen das schon irgendwie hin.« Seine Stimme klang weich, mitleidig. »Wenn es jemand schafft, dann Sie.«

Der hatte gut reden, immerhin hockte er noch auf seinem glänzend bezahlten Posten. Warum musste es immer die Kleinen treffen?

Schließlich schnappte ich mir das Kuvert vom Tisch und stand auf. »Nützt ja nichts, draußen wartet noch ein Haufen Arbeit auf mich. Ab wann ist die Kündigung wirksam?«

Schon wieder druckste er herum. »Ab sofort.«

Ich riss die Augen auf. »Wie bitte?«

»Ihr letztes Gehalt, plus der bereits geleisteten Überstunden, wurde heute überwiesen. Es macht keinen Sinn, hier noch irgendwas zu arbeiten, so leid es mir tut.«

Er stand auf und kam auf mich zu. Zum ersten Mal bemerkte ich, wie klein Scott war. Wir befanden uns fast auf Augenhöhe, aber ich war mit 1,76 m ebenfalls nicht die Kleinste. Mit einem mitleidigen Lächeln reichte er mir die Hand. Nur zögerlich schlug ich ein, die Lust auf Berührungen von ihm war mir vergangen.

»Danke für alles«, sagte ich dennoch der Höflichkeit halber.

»Ich habe zu danken, für Ihren unermüdlichen Einsatz in dieser Firma. Lassen Sie den Kopf nicht hängen, es kommen auch wieder bessere Zeiten. Sie hören von mir, versprochen.«

Zum ersten Mal kam Scott mir wie ein Phrasendrescher vor. Er konnte mir nicht erzählen, dass er von meiner geplanten Entlassung erst heute Morgen erfahren hatte.

Ich strich mir eine störrische blonde Strähne aus dem Gesicht. »Dann pack ich mal mein Zeug zusammen«, sagte ich tapfer und war froh, dass meine Stimme nicht zitterte, obwohl mir noch immer zum Heulen zumute war.

»Vielleicht dürfte ich Sie ja mal zu einem Kaffee einladen?« Sein Tonfall klang schüchtern, oder irrte ich mich? Beinahe, als fürchte er sich vor einer Abfuhr. Noch vor einer halben Stunde wäre ich ihm für diese Offerte um den Hals gefallen, mittlerweile wollte ich nichts wie raus aus seinem Büro.

»Das können wir gern einmal tun.« Ohne seine Reaktion abzuwarten, drehte ich mich um und eilte nach draußen.

Wie getrieben drehte ich meine Runden durch den Park, joggte mir allen Frust und die Verzweiflung, die mich fest im Klammergriff hielt, aus den Knochen. Ich verfügte über eine gute Kondition, trainierte schon seit Jahren für den New York Marathon, den ich dieses Jahr in Angriff hatte nehmen wollen. Daraus wurde wohl nichts, ich konnte mir nicht einmal den Flug leisten.

Ich schnaufte bei jedem Schritt, mein Haar klebte feucht an meiner Kopfhaut, und mein durchgeschwitztes Laufshirt hing an mir herunter wie ein nasser Putzlappen. Eine kühle Dusche war jetzt eine verlockende Vorstellung.

Der Jobverlust hatte mich schwer getroffen, noch desaströser hingegen war die Nachricht gewesen, die ich vor einer Woche im Krankenhaus erhalten hatte: Mein an Muskeldystrophie leidender jüngerer Bruder hatte keinen der begehrten Plätze für die klinische Studie ergattert, in der ein neues Medikament aus der Schweiz an einer Gruppe Betroffener getestet werden sollte.

Brians Werte waren allesamt einen Ticken zu zufriedenstellend gewesen. Obwohl er seit seinem siebten Lebensjahr im Rollstuhl saß, also seit nunmehr vierzehn Jahren, und der Fortschritt seiner Krankheit schon beinahe das Endstadium erreicht hatte. Zu gesund, um als Proband zu taugen – ich hätte schreien können.

In meiner Verzweiflung hatte ich tagelang im Internet recherchiert, jede noch so winzige Information im Detail überprüft. Mir sogar mit Hilfe von Google Translator ein paar ausländische Websites durchgelesen. Schließlich war ich auf besagtes Schweizer Medikament gestoßen, das dort bereits erfolgreich angewendet wurde.

Nur die benötigte Zulassung für den US Markt hielt meinen Bruder davon ab, von der vielversprechenden Wirkung zu profitieren. Deswegen hatte ich auf eigene Faust diese Klinik in Zürich kontaktiert, die mit dem Medikament arbeitete. Allerdings hatte der genannte Kostenumfang mich regelrecht schockiert. Die Therapie dauerte drei Monate, mit Tabletten sowie Infusionen. Während dieser Zeit würde sich Brian in der Schweizer Klinik aufhalten und gepflegt werden.

Ich musste mit mindestens 100.000 Dollar Kosten rechnen, bei meinem Pech mit noch mehr. Nur woher sollte ich die nehmen? Vor allem jetzt, da ich auch noch meinen Job verloren hatte und mir nicht mal mehr genug für die Miete blieb. Als letzten Ausweg hatte ich heute Morgen die behandelnden Ärzte und danach sogar Brians Krankenversicherung bekniet, sie mögen mir helfen, meinen Bruder irgendwie in die Schweiz zu schaffen, aber vergeblich. Mein letzter Hoffnungsschimmer war somit erloschen. Ich liebte meinen Bruder von ganzem Herzen, die Vorstellung, ihn zu verlieren, brachte mich fast um.

In meiner Verzweiflung hatte ich während der letzten Tage bereits nach Lösungen gesucht, nach Wegen, um das Geld irgendwie doch noch aufzutreiben. Hatte mich in einem Anflug von geistiger Umnachtung sogar in einem Edelbordell beworben, das mit tausenden Dollar Verdienst pro Abend lockte.

Vor vielen Jahren war Brian mein Rettungsanker gewesen, damals, als meine heile Familienwelt zusammengebrochen war. Aidan O'Conners' schäbiges Verhalten obendrauf hatte mir den Rest gegeben. Wäre Brian nicht gewesen, ich wüsste nicht, ob ich die Zeit damals durchgestanden hätte.

Die Edelhuren-Schnapsidee war nichts weiter als ein lächerlicher Plan B. Mein Sicherheitsdenken hatte mich in den Panikmodus versetzt und mich zu dieser blödsinnigen Bewerbung getrieben. Glücklicherweise hatte sich die Besitzerin des Gentleman's Paradise bisher nicht zurückgemeldet, zumindest nicht, als ich heute Morgen meine Mails gecheckt hatte.

Seitenstechen malträtierte meinen geschundenen Körper, kurzatmig verlangsamte ich das Tempo und hielt mir die Rippen. Mit letzter Kraft schleppte ich mich zu einer Bank im Schatten und sank darauf, bevor ich mein Smartphone aus der Tasche meiner Trainingsshorts fischte und mit pochendem Puls am Hals meine E-Mails abrief. Wie hypnotisiert starrte ich auf den Posteingang, wagte fast nicht zu atmen.

Schließlich nahm ich all meinen Mut zusammen, öffnete die neue Mail und las:

Sehr geehrte Mrs Davis,
falls Sie ernsthaft an einem Job im Gentleman's Paradise interessiert sind, erwarten wir Sie am Donnerstagnachmittag um vier Uhr zum Vorstellungsgespräch in unserem Büro. Und bitte seien Sie pünktlich. Sollte es sich bei Ihrer Bewerbung jedoch um einen Scherz handeln oder Sie lediglich die Neugierde hertreiben, verschwenden Sie unsere wertvolle Zeit nicht. Wir geben gelangweilten Ehefrauen keine Nachhilfe in Sachen ausgefallener Liebesdienste. Für solche Zwecke schaffen Sie sich bitte ganz klassisch das Kamasutra oder ähnliches Vergleichswerk an.
Mit besten Grüßen
Joanne Farnham und Kayne Crest

Wow, das war eine klare Ansage. Die beiden klangen nicht gerade sympathisch. Beinahe könnte man meinen, sie könnten mich nicht leiden. Dabei kannten wir uns nicht mal. Ich ließ mein Smartphone sinken. Heiße Wellen der Scham überrollten mich. Was hatte ich mir bei dieser bescheuerten Bewerbung bloß gedacht? Nie im Leben kam dieser Job für mich infrage. Doch dann überkam mich ein Gefühl, als würde ich Brian persönlich ein Messer in den Rücken stechen. Ihn auch noch zu verlieren, das würde ich nicht ertragen.

Es reichte schon, dass mein Dad uns im Stich gelassen hatte, von meiner labilen Mutter ganz zu schweigen. Trotz Brians schwerer Krankheit waren wir Geschwister uns immer nahe gestanden, hatten zusammengehalten.

Als Kind hatte ich mich nach dem Schlafengehen in sein Zimmer geschlichen und ihm sämtliche Geheimnisse anvertraut, die mir im Kopf herumspukten, obwohl uns fünf Jahre trennten. Er war der letzte wichtige Mensch auf der Welt, der mir noch geblieben war. Verlöre ich ihn auch noch, dann wüsste ich nicht, was ich machen sollte. Vielleicht sollte ich mich einfach opfern. Wie hatte Scott gemeint? Ich solle mir für die nächsten paar Monate einen Nebenjob suchen. Nirgends sonst als im Gentleman's Paradise wäre ich in der Lage, binnen weniger Monate hunderttausend Dollar zu verdienen.

Bisher hatte ich noch jeden miesen Job gemeistert. Gut, dieser klang wie der mieseste von allen, aber im Prinzip war es auch nur ein Job. In wenigen Wochen wäre alles überstanden, und Brian könnte schon bald die lebensrettende Therapie erhalten. Ich würde die Sache durchziehen, einfach die Zähne zusammenbeißen und ans Geld denken, oder an Brian, oder einfach daran, dass ein halbes Jahr schnell vorüber ging.

KAPITEL 3

VIVIEN

Wenn ich nicht aufpasste, würde mein Mageninhalt direkt vor dem Eingang des Gentleman's Paradise landen. Meine Knie wurden weich, als ich die mondäne weiße Villa im Südstaatenstil mitten im Nirgendwo betrachtete, die so überhaupt nicht in diese trostlose Wüstengegend passte. Ich wusste, dass Prostitution in den Staaten nicht erlaubt war, bis auf eine Ausnahme.

In ein paar Countys Nevadas wurden Bordelle unter strenger behördlicher Aufsicht geduldet, was mich dann doch beruhigt hatte. Immerhin geriet ich somit nicht irgendwelchen Frauenhändlern in die Hände, die mich, sobald sie mich satt hatten, nach Mexiko auf den Straßenstrich verschleppten. Die Villa hatte Stil, musste ich zugeben, während ich aus meinem klapprigen Chevy Spark stieg. Sorgfältig strich ich mir die cremefarbene Chanel-Bluse über dem hellgrauen Rock glatt, die ich günstig in einem Secondhandladen ergattert hatte. Die A-Form des Rocks umschmeichelte bei jeder Bewegung meine Beine.

Ich hatte es nicht über mich gebracht, mich in irgendwelche durchsichtige Fummel zu werfen, die knapp unter meiner Pobacke endeten. Das war einfach nicht ich, und ich fand, die Geschäftsleitung sollte beim Vorstellungsgespräch den richtigen Eindruck von mir erhalten. Selbst wenn ich für ein Etablissement dieser Art in diesem Outfit höchstwahrscheinlich unpassend angezogen war. Vielleicht legte ich es auch auf eine Abfuhr an, ich wusste es nicht. Ich wusste nur eins, ich wollte zurück in mein altes Auto steigen und von hier abhauen.

Mein Blick schweifte im Kreis. Um uns herum Wüste, soweit das Auge reichte, durchzogen von trockenem Gestrüpp und riesigen Kakteen.

Die Sonne stach unbarmherzig auf mich herab, erste Schweißperlen kullerten mir schon den Rücken entlang, obwohl ich erst vor zehn Sekunden meinem klimatisierten Auto entstiegen war. Das Gelände musste allem Anschein nach mal eine Farm gewesen sein, ein Stück weit entfernt standen noch einige Gebäude, die früher wohl als Stallungen genutzt worden waren. Heute befanden sich dort vermutlich Garagen, die komplette Seitenfläche zierte eine Reihe breiter weißer Tore.

Oh Gott, ich wollte nicht an diesem Ort sein, überall sonst auf der Welt, aber nicht hier. Mein Herzschlag pochte bis hoch in die Schläfen, ich spürte, wie meine Unterlippe zu zittern begann, ein untrügliches Vorzeichen, dass mir bald das Wasser in die Augen schießen würde. Ich musste mich schnell wieder fangen, ansonsten würde ich gleich vollkommen verheult vor einer Mrs Farnham und einem Mr Crest stehen und hätte einigen Erklärungsbedarf.

Reiß dich zusammen, sagte ich zu mir selbst, *sie werden dir ein paar Fragen stellen und sich mit dir unterhalten, das ist alles. Tu nicht so, als müsstest du zu deiner eigenen Vergewaltigung erscheinen.*

Rasch setzte ich ein freundliches Lächeln auf, als ich dem Schrank von Glatzkopf, der am Eingang stand, hoch erhobenen Hauptes entgegenspazierte. In meinen Wangen pulsierte heißes Blut. Ich ahnte, dass meine Röte verräterisch durch die dünne Schicht meines naturfarbenen Makeups hindurchschimmerte.

»Guten Tag«, grüßte ich, als ich bei ihm ankam. Mit angehaltenem Atem wartete ich auf eine Reaktion, die jedoch nicht kam. Nur ein Grollen, tief und gefährlich wie das Brummen eines wütenden Grizzleys kurz vor dem Angriff, befreite sich aus seiner Kehle, während er die Augen zusammenkniff. Ich schluckte hörbar, mein Lächeln gefror mir im Gesicht. Von einem angenehmen Betriebsklima schien dieser Laden meilenweit entfernt zu sein.

»Ich habe einen Termin bei Mrs Farnham und Mr Crest«, schob ich rasch nach, weil es den Anschein hatte, als wollte der Hüne sich jeden Moment auf mich stürzen. Meine Knie begannen zu zittern.

Schon wieder schraubte sich dieser dumpfe Ton aus seinem Inneren, dieses Mal klang es mehr wie das Knurren eines tollwütigen Hundes, und ich war drauf und dran, endgültig die Flucht zu ergreifen.

»Und zwar in fünf Minuten«, wagte ich dennoch einen erneuten Vorstoß. Es konnte doch nicht angehen, dass meine *hoffnungsvolle* Karriere im zwielichtigen Gewerbe von einem knurrenden Yeti beendet wurde, bevor sie überhaupt begonnen hatte. So langsam machte der Kerl mich stinksauer.

Sein Benehmen war unhöflich, solche Leute mochte ich überhaupt nicht. In der Hinsicht hatte ich in der Akquise schon viel zu viel mit schlecht gelaunten Kunden durchgemacht. Auch vor der Tür eines Freudenhauses sollte ein gewisses Grundmaß an Umgangsformen eine Selbstverständlichkeit sein.

»Falls Sie nicht an einer Krankheit leiden, die Ihnen das Sprechen erschwert, oder von Natur aus stumm sind – was die Sachlage selbstverständlich ändern würde. Falls dem so ist, entschuldige ich mich jetzt schon für meine nächsten Worte.« Ich räusperte mich, weil der Kerl weiterhin keine Miene verzog. »Aber falls Sie nichts davon sind, möchte ich Ihnen hiermit in aller Form erklären, dass Sie sich zutiefst unhöflich verhalten. Sicherlich möchten auch Sie, dass man Ihnen mit dem nötigen Respekt begegnet, deswegen ist es wohl nicht zu viel verlangt, sich anderen Menschen gegenüber ebenso rücksichtsvoll zu verhalten. Nur so funktioniert das menschliche Miteinander. Hat Ihnen Ihre Mutter keine Manieren beigebracht?«, schob ich noch unbedacht hinterher, worauf der Glatzkopf den Mund öffnete. Ein silberner Eckzahn blitzte im Schein der Sonne auf.

»Menschliches Miteinander?«, wiederholte er verwirrt.

Okay, das menschliche Miteinander vollzog sich hinter diesen Wänden wohl schraffierter, dennoch würde ich mich auch bei einem Arbeitsverhältnis in einem solchen Etablissement nicht unhöflich behandeln lassen.

»Ja, ich bin ein Mensch«, erklärte ich überflüssigerweise und reckte mich kämpferisch in die Höhe. Falls er sich jetzt gleich auf mich stürzte, würde ich mich zumindest nicht kampflos ergeben.

Wider Erwarten verzogen sich die Lippen meines Gegenübers zu einem breiten Grinsen. Er kramte ein Smartphone aus der hinteren Hosentasche seiner schwarzen Stoffhose und tippte eine Kurzwahlnummer, bevor er es sich ans Ohr hielt. »Mrs Davis ist da«, sagte er gleich darauf zu meiner Überraschung. Folglich hatte er die ganze Zeit über gewusst, wen er vor sich hatte, und ebenso, aus welchem Grund ich so dumm vor ihm rumstand. »Und sie ist äußerst leicht reizbar. Also Vorsicht.«

»Also …« Ich schnappte nach Luft. Was war ich gewesen? Nicht zu glauben. Dank ihm hatte ich vollkommen grundlos einen ersten schlechten Eindruck bei den Chefs hinterlassen.

Er warf mir einen amüsierten Blick zu. »Ich bringe Sie rein.«

Wäre Spencer nicht gewesen, ich wäre tatsächlich noch umgedreht und von diesem Ort des Verderbens geflohen. Leider schob er mich am Rücken vor sich her, als würde er eine Ladendiebin abführen. Obwohl der Bürotrakt der Villa einen freundlichen und geschäftsmäßigen ersten Eindruck hinterließ, schwoll meine Nervosität mit jedem Schritt an. Das helle Echtholzparkett des Korridors glänzte im Licht der Sonne, die durch große Fenster zu uns hereinschien. Lediglich ein paar Aktzeichnungen an den weißen Wänden verrieten, dass es sich hier nicht um normale Geschäftsräume handelte.

Schließlich hielt Spencer – der sich mir tatsächlich noch kurz vorgestellt hatte – vor einer dunkelbraunen Doppeltür an und klopfte energisch dagegen, bevor er sie schwungvoll aufriss und mich am Schulterblatt hindurchschob. Reflexartig wich ich zur Seite aus, sämtliche Sehnen in meinen Beinen spannten sich zur Flucht.

»Mrs Davis«, kündigte er mich an, noch bevor ich mich umsehen konnte. Eine attraktive schlanke Frau Anfang dreißig saß hinter einem massiven Nussbaumschreibtisch und lächelte freundlich.

Ihr dunkelbraunes Haar trug sie streng zurückgekämmt. Wider Willen musste ich mir eingestehen, dass sie auf den ersten

Blick ganz sympathisch rüberkam. Überhaupt nicht wie eine … Sie war ganz normal gekleidet, trug einen taillierten schwarzen Hosenanzug mit einer weißen Bluse darunter, und im selben Moment dankte ich dem Himmel für meine dezente Kleiderwahl. Ich wäre im Boden versunken, wäre ich in einem neonfarbenen Schlauchkleid hier angetanzt.

Gleich darauf stach mir der gutaussehende dunkelblonde Mann ins Auge, der hinter ihr stand und mich interessiert musterte. Instinktiv schweifte mein Blick an ihm entlang, um seine Finger zu scannen. Leider hatte er die Hände hinter dem Rücken verschränkt. Schon im nächsten Moment langte ich mir gedanklich an die Stirn. Dieser Mensch käme wohl niemals in die Auswahl potenzieller Heiratskandidaten. Das Letzte, was ich in meinem Leben brauchen konnte, war ein Lustbruder. Nannte man solche Kerle überhaupt so?

»Guten Tag, Mrs Davis«, sagte die Dame und deutete auf den Besuchersessel vor ihrem Schreibtisch. »Bitte setzen Sie sich doch. Wir freuen uns, dass Sie es hergeschafft haben. Ich bin Joanne Farnham, nennen Sie mich gern beim Vornamen. Und das ist Mr Crest.« Sie deutete auf den attraktiven Mann neben sich, den ich auf Anfang dreißig schätzte. Sein weißes Hemd spannte über dem muskulösen Brustkorb. Sogar die Bauchmuskeln deuteten sich wie ein Wellenspiel unter dem Stoff ab. Wow!

Joannes Stimme klang angenehm, warm und geschäftsmäßig zugleich. Ich spürte, wie sich die Anspannung in meinem Körper löste, die meinen Bewegungsapparat bis dahin an seiner normalen Tätigkeit gehindert hatte.

»Nennen Sie mich einfach Kayne.« Der Mann wiederum klang dunkel und auch eine Spur belustigt. »Kommen Sie ruhig näher, wir tun Ihnen nichts.«

Unter größter Körperbeherrschung stakste ich nach vorn, nahm Platz und legte meine gefälschte Chloé auf den Schoß, an der ich mich festkrallte wie an einen Haltegurt.

»Nett, Sie kennenzulernen.« Mir gelang ein schüchternes Lächeln. Verdammt, ich benahm mich wie eine Idiotin. Warum konnte ich den beiden nicht ebenso souverän und selbstbewusst gegenübertreten? Sonst sprühte ich bei Vorstellungsgesprächen regelrecht vor Tatendrang und Energie. Ich räusperte mich, um noch einen Satz anzufügen. Leider blieb es bei dem Räuspern, meine scheuen Lippen wollten sich nicht bewegen.

»Darf ich Ihnen eine Tasse Kaffee oder ein Wasser anbieten?«, hörte ich die Frau fragen.

»Ähm, nein. Schon gut. Es ist nur so, dass ich heute zum ersten Mal in einem Haus wie … dem Ihren bin«, plapperte mein Mund plötzlich unkontrolliert los, während ich mit beiden Händen wild in der Luft gestikulierte. »Und die Fahrt hierher war nicht ohne. Einmal hab ich mich total verfranzt und bin doch tatsächlich in dieser Seitenstraße gelandet, die mich direkt …«

»Kein Grund zur Nervosität, Vivien.« Kayne kam mit langsamen Schritten um den Schreibtisch herum und setzte sich seitlich auf die Kante. Jetzt bemerkte ich, dass er keinen Ring am Finger trug, und hob schüchtern die Lider. In seinen hellbraunen Augen funkelte es amüsiert, als würden winzig kleine Eiskristalle darin tanzen. Er machte sich über mich lustig, wurde mir klar, und ich straffte instinktiv den Rücken. Wenn ich etwas gar nicht mochte, dann war es, nicht für voll genommen zu werden.

»Sie machen mich nicht nervös, Kayne.« Ich lächelte zurück und zwang mich zur Ruhe. Hier ging es ums Geschäft. Sollten wir uns nicht einig werden oder mir die Konditionen nicht zusagen, konnte ich jederzeit aufstehen und gehen. Sicherheitshalber hatte ich in meiner Wohnung einen Zettel hinterlassen, auf dem ich notiert hatte, wo ich mich aufhielt.

Würden diese Leute mich in ihrer Erotikhölle festhalten und zur Sexsklaverei zwingen, wüssten die Behörden, wo sie suchen mussten.

»Das freut mich.« Er betrachtete meine zittrigen Finger, die die Henkel meiner braunen Chloé umfassten, als würde ich eine Klapperschlange mit bloßen Händen erwürgen.

»Ich würde vorschlagen, Sie erzählen uns ein wenig von Ihrer Motivation, sich hier bei uns zu bewerben, und was Sie sich davon versprechen«, mischte sich Joanne ein und schlug ein Bein über das andere. Erwartungsvoll blickten mich beide an.

»Ganz ehrlich?« Ich sah von einem zum anderen. Was für eine bescheuerte Frage war das denn? Ich fühlte mich total veräppelt. Beide nickten. »Ich dachte, ich könnte mit diesem Job meinen Lebenslauf ein wenig aufpeppen. Ihre vornehme Adresse macht sich bestimmt hervorragend in der Liste meiner Arbeitgeber. Leider kann ich Ihnen diesbezüglich keine Referenzen bieten, weil meine Erfahrungen in der Horizontale sich lediglich auf den privaten Bereich erstrecken. Motiviert hat mich natürlich die Aussicht darauf, in diesem Business die ganz große Karriere hinzulegen. Ich meine, welche Frau in meinem Alter träumt nicht heimlich davon, groß ins Nuttengeschäft einzusteigen.« Ich holte tief Luft. »Gegenfrage. Was glauben Sie, könnte jemanden motivieren, für Sie beide zu arbeiten?« Ohne eine Antwort abzuwarten stand ich auf. Das war's jetzt wohl gewesen mit einer Festanstellung im Gentleman's Paradise und eigentlich war ich ganz froh darüber. »Ich finde allein raus, bemühen Sie sich nicht.«

»Warum wollen Sie schon gehen?« Kayne klang ehrlich erstaunt. »Wenn Sie nicht hergekommen sind, weil Sie sich für den Job als Prostituierte berufen fühlen, dann geht es höchstwahrscheinlich ums Geld. Daran ist nichts Verwerfliches. Setzen Sie sich.«

Wie in Zeitlupe sank ich zurück auf den Stuhl. Ich fühlte mich völlig verwirrt und tausende unterschiedliche Gefühle wirbelten durch mich hindurch. Insgeheim wusste ich nur zu gut, wie bitter nötig ich diesen verfluchten Job hatte, und er wusste es allem Anschein nach ebenfalls. Somit war dieser Punkt sowieso bereits geregelt.

»Ich will Ihnen ein bisschen was über unser Haus erklären, damit Sie sich ein klareres Bild von uns machen können.« Kaynes Mundwinkel zuckten. »Mir scheint, Sie haben das Gefühl, in einer Sexhölle gelandet zu sein, in der sich die Gäste nach Lust und Laune an armen geschundenen Sexsklavinnen vergehen. Dem ist nicht so.«

»Nicht?« Ich stieß meinen angehaltenen Atem durch die Lungen und merkte im selben Moment, dass ich mich verraten hatte. Konnte der Kerl Gedanken lesen?

»Nein.« Er schüttelte leicht mit dem Kopf. »Wie Sie bestimmt wissen, sind in Nevada nur lizensierte Bordelle gestattet. Wir werden von den Behörden streng überwacht. Alle unsere Damen arbeiten freiwillig hier und können jederzeit kündigen. Sie bekommen eine feste E-Mail-Adresse von uns, unter der interessierte Herren Sie buchen können, oder treffen unsere Gäste in der Gentleman's Bar im Haus. Verabredungen mit Kunden außerhalb der Anlage sind nicht gestattet und haben die fristlose Kündigung zur Folge.« Er zog eine Augenbraue in die Höhe, als wollte er abwägen, ob ich auf Kundenfang für private Zwecke aus wäre. Ganz sicher nicht! Diese zwielichtigen Gestalten konnte er von mir aus allesamt behalten.

»Verstehe«, brachte ich leise heraus und kam mir unglaublich unbedarft vor.

»Die Gäste zahlen ihre Buchungen direkt ans Haus«, fuhr er fort. »Angenommen, Sie arbeiten für uns, dann bekommen Sie über jeden geleisteten Kundenauftrag eine Quittung. Am Ende der Woche wird abgerechnet. Die Einnahmen gehen zur Hälfte an Sie, zur Hälfte an uns. Im Gegenzug stellen wir Ihnen kostenlos sämtliche Räumlichkeiten der Villa zur Verfügung, inklusive eines eigenen Zimmers, in das Sie sich mit Gästen zurückziehen können. Spielequipment, sowie Kondome sind massig vorhanden, welche Sie selbstverständlich ebenfalls umsonst nutzen dürfen.«

Ich schluckte und verkniff mir nähere Nachfragen. Seit ich *Fifty Shades of Grey* gelesen hatte, konnte ich mir vorstellen, was er mit Spielequipment meinte. Sicher nicht Scrabble.

»Wir übernehmen die Kosten der Security, die rund um die Uhr für Ihren Schutz sorgt, und stellen Kontakte zu exquisiten Gästen her. Unsere Türen sind nur für eine ganz bestimmte zahlungskräftige Klientel geöffnet, viele davon sind Stammkunden, denen wir hundertprozentig vertrauen. Bei Problemen jeglicher Art können Sie sich immer an uns wenden. Wie klingt das?«

»Beruhigend, muss ich ehrlich eingestehen.« Ich räusperte mich. »Und was müsste ich hier alles tun?« Meine Unterlippe zitterte verräterisch. Dümmere Fragen hatte ich wohl nicht mehr auf Lager.

Schon wieder verkniff er sich ein Grinsen, und ich wurde das Gefühl nicht los, dass er meine Brüste, die sich durch den weichen Stoff meiner Bluse hindurchdrückten, studierte. »Sie *müssen* hier überhaupt nichts tun. Es bleibt ganz Ihnen überlassen, wie weit Sie gehen möchten. Natürlich ist das dann auch immer eine Frage des Geldes. Sie besprechen mit dem Kunden vorab die Einzelheiten der Verabredung.«

Wie schön er diese schlüpfrigen Details formulierte. Aus seinem Mund klang es, als wäre nichts Anrüchiges an dem, was er tat.

»Lassen Sie sich einfach nur ein paar Stunden für normalen Geschlechtsverkehr buchen, kostet das einen Tausender. Sie spazieren somit mit 500 Dollar nach Hause.«

Tausend Dollar für ein paar Stunden Sex??? Unwillkürlich fächerte ich mir Luft zu. Bei Smithsonian hatte ich gerade mal 1.100 Dollar im Monat verdient, inklusive Überstunden, und für die hatte ich mir den Hintern aufgerissen.

»Jede weitere Zubuchung treibt natürlich den Preis in die Höhe. Eine Session beispielsweise kostet nochmals obendrauf, manche Kunden mögen auch gern Rollenspiele. Andere möchten vielleicht lieber Spielzeug an Ihnen ausprobieren oder bespielt werden. Nicht wenige buchen gern eine Ménage à Trois in einem unserer Spezialräume. Wir erfüllen den Gästen, die zu uns kommen, jeden Wunsch. Ausgenommen sind jegliche Art von Zwang durch Gewalt, oder ein Herr möchte eine Dame ernsthaft verletzen. Solche Sachen werden bei uns nicht toleriert und mit lebenslangem Hausverbot geahndet. Sollte Ihnen Einzelkontakt nicht zusagen, können Sie auch auf der Bühne arbeiten und dort an der Stange strippen. Beliebt bei den Herren sind ebenfalls unsere Schaumpartys sowie andere lustige Events, die jederzeit extra angefragt werden können. Die Männer, die uns aufsuchen, wollen in erster Linie Spaß haben, auf ihre Kosten kommen, und Fantasien ausleben, die ihnen die Ehefrau nicht erfüllen kann. Mit einem gewissen Maß an Extrabuchungen kommt so manche Dame hier auf 3000 Dollar pro Abend, den Betrag immer geteilt durch zwei natürlich.«

Wie bitte? Einen Verdienst in dieser Größenordnung hatte ich mir im Leben nicht vorgestellt. Wenn ich mich richtig reinkniete, hätte ich binnen eines halben Jahres die Behandlungskosten für Brian zusammen.

»Trauen Sie sich den Job zu?«, schob er nach.

»Nein.« Mein Gesicht glühte. Ich musste ehrlich bleiben. Natürlich traute ich mir nichts davon zu. Die Hälfte von seinem

Gequatsche hatte ich nicht einmal verstanden. Was zum Teufel war eine Menáge …? Meine Nervosität sägte in mir und warf Späne nach allen Seiten. Derart kompliziert hatte ich mir das Prostituierten-Dasein nicht vorgestellt. Nach dem, was man allgemein so darüber hörte, legte eine leichte Dame sich doch einfach nur hin und ließ den Mann sein Geschäft verrichten. Kaynes Ausführungen klangen nach richtig viel Arbeit, dazu gehörte wohl noch ein unglaubliches Maß an Kreativität.

Sowie Hemmungslosigkeit. Ein wenig mehr Erfahrung in diesem Gewerbe wäre gewiss nicht verkehrt. Herrgott, ich besaß noch nicht einmal einen Vibrator.

»Das macht nichts«, mischte sich Joanne mit freundlicher Stimme ein, während Kayne mich eindringlich musterte. Was er jetzt wohl von mir dachte? Dass ich Anfängerin ihm seine wertvolle Zeit stahl? Da hatte er aber sowas von recht.

»Nicht?« Meine Stimme brach beinahe.

»Die wenigsten Damen entsprechen bei Arbeitsbeginn unseren gehobenen Standards. Aus diesem Grund haben wir vorgesorgt«, kam es von Kayne, und ich wandte mich wieder ihm zu.

»Und das bedeutet was?« Für mich sprach er in absoluten Rätseln.

»Dass wir ein Trainingsprogramm für neue Teammitglieder anbieten.«

Er verarschte mich, oder? Die beiden veräppelten mich gnadenlos. Ein Trainingsprogramm für Prostituierte? Ich konnte und wollte mir nichts darunter vorstellen.

Er nickte. »Wir haben einen erfahrenen Trainer hier im Haus, der sich zu Beginn unserer unerfahrenen Angestellten annimmt und sie in alle Geheimnisse der Liebeskunst einweist. Danach werden Sie problemlos mit unseren Profis mithalten können.«

Ich hob den Zeigefinger in die Höhe, um seine Ausführungen zu unterbrechen, worauf er gnädigerweise den Mund schloss. »Falls ich Sie richtig verstanden habe, muss ich vorher mit einem Trainer üben, einem mir wildfremden Mann. Ansonsten kann ich hier nicht anfangen.«

Kayne kam aus dem Schmunzeln gar nicht mehr heraus, er

schien sich prächtig auf meine Kosten zu amüsieren, während mein Magen sich zu einem Felsbrocken verklumpte.

»Vivien, Sie werden im Club mit vielen fremden Männern zu tun haben. Sehen Sie die Vorbereitungstage als Test. Ihr Mentor wird Ihnen dabei helfen, etwaige Hemmungen abzulegen, er wird Sie einfühlsam auf das vorbereiten, was Sie im Kundenkontakt erwartet. Er wird nicht nur Ihr Trainer sein, sondern für die Zeit der Übungsphase auch Ihre Vertrauensperson. Sie können ihn alles fragen, sich alles von ihm zeigen lassen. Ausprobieren, ob Sie sich diesem Job überhaupt gewachsen fühlen.« Er fuhr sich mit einer Hand über den Mund. »Um ehrlich zu sein, können wir es uns nicht leisten, unsere Kundschaft zu enttäuschen, die tausende von Dollar für ein extravagantes Erlebnis hinblättert, und ihnen ein Mädchen vorsetzen, das im Bett in etwa so erfahren ist wie die Ehefrau daheim. Ich hoffe, Sie verstehen, was ich Ihnen sagen möchte.«

Nach einem Moment des Nachdenkens nickte ich. »Sie wollen mir sagen, dass ich ohne dieses Training den Job nicht bekomme.«

»Nicht, falls Sie nicht vorher schon in diesem Bereich tätig waren, und wissen, was auf Sie zukommt und worauf Sie sich überhaupt einlassen. Waren Sie das schon mal?«

»Nein«, gab ich zu.

»Vivien«, hörte ich Joanne sagen und wandte mich von Kayne ab, den ich die ganze Zeit über angestarrt hatte, als wäre ich Schlumpfine, die sich plötzlich Gargamel gegenübersieht.

»Es ist auch zu Ihrem besten.« Joanne beugte sich über den Tisch. »Wir möchten Sie nicht wissentlich in Situationen manövrieren, die eine extrem belastende Erfahrung für Sie darstellen könnten, weil Sie die Regeln nicht kennen und den Anforderungen nicht gewachsen sind. Und Sie möchten das sicherlich ebenso wenig.«

»Natürlich möchte ich das nicht.«

»Genau aus dem Grund haben wir dieses Trainingsprogramm«, fuhr sie fort. »Während der Einarbeitungszeit können Sie in Ruhe ausprobieren, was die Gäste später von Ihnen erwarten. Sie werden all dies mit einem einzigen Mann üben, der in dieser Hinsicht hervorragend ausgebildet ist, glauben Sie mir.«

Sie klang, als hätte sie selbst schon ein paar Einheiten mit diesem ominösen Trainingspartner hinter sich.

»Sie werden Zeit haben, sich auf die zugegeben manchmal etwas heiklen Situationen einzustellen, ihre Grenzen auszuloten und für sich selbst in Erfahrung zu bringen, ob Sie überhaupt in der Lage sind, unseren Anforderungen gerecht zu werden.«

»Wie lange wird dieses Training dauern?« Ich sah nach unten. Meine Handflächen waren schweißnass und hinterließen dunkle Stellen auf den Henkeln meiner schönen Chloé.

Kayne folgte meinem Blick mit den Augen. »Mit dem Geld, das Sie hier verdienen, können Sie sich bald eine echte Chloé leisten.«

Ruckartig fuhr mein Kopf hoch. Wie hatte er die Fälschung so einfach enttarnt?

»Einen Monat«, beantwortete Joanne meine Frage. »Für diese Zeit steht ein Zimmer mit Bad in diesem Trakt der Villa für Sie bereit. Sie beide werden dort völlig ungestört sein und in Ruhe alles ausprobieren können.«

»Einen ganzen Monat?« Meine Stimme quiekte vor Entsetzen. Vier lange Wochen sollte ich tagtäglich versaute Sexspiele mit einem Wildfremden praktizieren? »Das kann ich mir nicht leisten, tut mir leid«, redete ich mich rasch heraus, weil ich Angst vor meiner eigenen Courage bekam. »Ich habe vor ein paar Tagen meinen Job verloren, und wenn ich nicht schnellstens Geld verdiene, sitze ich auf der Straße.«

»Sie erhalten einen Vorschuss von 5000 Dollar, mit diesem Betrag sollten Sie über die Runden kommen.« Joanne lehnte sich wieder zurück. »Die Vorauszahlung wird Ihnen später von ihrem Gehalt abgezogen. Sollten Sie allerdings das Training bis zum Schluss absolvieren, erlassen wir Ihnen die Hälfte, als Bonus sozusagen. Sollten Sie vorher abbrechen, müssen Sie den gesamten Betrag an uns zurückerstatten. Die ganzen Einzelheiten werden selbstverständlich im Vertrag festgehalten.«

»Es gibt einen Vertrag?«

»Selbstverständlich. Bei uns läuft alles seriös ab«, versicherte Kayne. »Was halten Sie von unserem Angebot?«

»Ich muss zugeben, ich fühle mich ein klein wenig überrumpelt. Wie lange habe ich Bedenkzeit?«

Kayne schob den Ärmel seines weißen Hemds zurück, bevor er einen Blick auf seine Armbanduhr warf. »Sagen wir, fünf Minuten. Ich hab gleich noch einen Termin und ehrlich gesagt sind Sie nicht die einzige Dame, die hier anfangen möchte.«

In meinem Kopf ratterte es. Alles in mir sträubte sich, aber die Summen, mit denen die beiden jongliert hatten, klangen so unglaublich, dass ich gar nicht fassen konnte, in welch kurzer Zeit ich das Geld für Brians Therapie zusammen hätte. Stellte ich mich geschickt an, musste ich gerade mal ein halbes Jahr an diesem Ort des Grauens zubringen und könnte danach für immer das Weite suchen. Der Club war so exquisit, dass ich der gehobenen Kundschaft bestimmt nie wieder über den Weg laufen würde und diesen dunklen Fleck meiner Vergangenheit ad acta legen konnte.

Mit einigem Nachdenken erschien mir auch das Trainingsprogramm nicht mehr so grauenhaft. In der Tat wäre ein bisschen Nachhilfe die Gelegenheit, meine Defizite in Sachen Liebesqualitäten aufzupolieren, was mir bestimmt auch in einer neuen Partnerschaft zugutekommen würde. Allein, wenn ich an die Pleite mit Greg dachte. Ich steckte in einem Riesendilemma, doch eigentlich wusste ich die Antwort bereits. Ich musste es tun, mir blieb gar keine andere Wahl, wollte ich Brian nicht beim Sterben zuschauen. Vor allem jetzt, da es eine reelle Chance gab, an das Geld zu kommen. Ohnehin war diese Möglichkeit die derzeit einzig greifbare.

»Einverstanden«, sagte ich schließlich und hätte alles für einen Schluck Whisky aus der Karaffe auf Joannes Schreibtisch gegeben.

Kayne wirkte sonderbar erleichtert. »Ihre Entscheidung freut mich. Optisch passen Sie schon mal hervorragend in den Club. Sie treffen ganz sicher den Geschmack unserer Kunden. Und wenn die Qualifikationen dann noch stimmen, können Sie viel Geld bei uns verdienen.«

»Falls es Ihnen nichts ausmacht, Vivien«, unterbrach Joanne ihn, ehe ich antworten konnte, »bitte ich Ihren Trainer dazu, damit Sie beide sich kennenlernen.«

KAPITEL 4

VIVIEN

Als die Tür sich öffnete, war ich froh zu sitzen. Ich brauchte einen Moment, um den Schock zu verdauen. Und noch einen. Und noch einen. Immer wieder blinzelte ich, um das Trugbild vor meinen Augen zu vertreiben, aber es ließ sich nicht verscheuchen, denn es war verdammt real. Mit jedem Schritt, den Aidan O'Conners auf mich zukam, schwoll mein Herzschlag an, und das Blut rauschte wie ein Orkan in meinen Ohren. Das durfte doch nicht wahr sein!

Zehn lange Jahre waren wir uns glücklicherweise nicht mehr über den Weg gelaufen und jetzt stand er ausgerechnet hier in diesem Büro vor mir? Was zur Hölle machte er an einem Ort wie diesem? Mein Gehirn weigerte sich, den nächsten schrecklichen Gedanken zuzulassen. Ich wusste nur eins: Ich sollte aufstehen und schleunigst das Büro verlassen. Am besten sicherheitshalber gleich auch noch Nevada. Mit dem größten Mistkerl aller Zeiten wollte ich nichts mehr zu tun haben.

»Vivien«, sagte er mit fester Stimme und lächelte ansatzweise. Er wirkte nicht im Mindesten überrascht. »Schön dich nach so langer Zeit wiederzusehen.«

»Ihr kennt euch bereits?«, fragte Kayne.

»Von früher.« Aidan musterte mich, als würde er Memory spielen und sich jede einzelne Karte einprägen.

»Was machst du hier?« Ich schüttelte fassungslos den Kopf,

ehe ich abwehrend eine Hand hob. »Nein, lass mich raten. Du bist der ominöse Trainer.«

Sein angedeutetes Schulterzucken machte mich so stinksauer wie lange nicht mehr. Was bildete der Scheißkerl sich eigentlich ein? Niemand hatte mich jemals dermaßen verletzt und gedemütigt wie er. Nicht einmal Greg war das gelungen. Wegen Aidan wäre ich beinahe verreckt, und er hatte sich einen Scheißdreck darum geschert. Und jetzt stand er vor mir und glaubte allen Ernstes, nach zehn Jahren hätte ich vergessen, was passiert war? Da irrte er sich aber gewaltig.

Ich stand auf. Er überragte mich um einen Kopf und war um einiges muskulöser geworden. Einen Moment lang brachten mich seine Augen aus dem Konzept, diese verfluchte seltsame Augenfarbe, an die ich mich noch viel zu genau erinnerte. Seine Iris war grau wie Stahl und zerfloss an den Rändern in ein Türkis, als hätte jemand mit dem Pinsel reingekleckst, was sie richtiggehend leuchten ließ.

Hatte man sich einmal in ihnen gefangen, musste man diesen Kerl anstarren und anstarren. Welcher normale Mann besaß schon so ausgefallen schöne Augen, vor allem wenn es sich auch noch um das größte Arschloch des Jahrhunderts handelte. Sein hellbraunes Haar war kürzer, business-like, passend zu dem dunkelgrauen Anzug, den er anhatte. Allerdings trug er lediglich Hose und eine Weste über seinem weißen Hemd, ohne das dazugehörige Jackett.

»Was führt dich hierher?«, hörte ich ihn fragen. Dabei besaß er die Frechheit zu lächeln und offenbarte auch noch eine Reihe schneeweißer gepflegter Zähne. Am liebsten hätte ich sie ihm poliert – mit meiner Faust.

»Was führt *dich* hierher?«, ätzte ich, mir war egal, dass die beiden Chefs anwesend waren. Ich konnte meine Abscheu nicht verbergen. »Hast du es dir mittlerweile mit dem gesamten Bundesstaat verscherzt und musst dich hier in der Wüste verstecken? Falls ja, leider nicht gut genug.«

»Freut mich auch, dich wiederzusehen«, erwiderte er ungerührt. »Wie ist es dir ergangen?«

Mit einem Seitenblick stellte ich fest, dass Joanne und Kayne unserer unerquicklichen Unterhaltung folgten, als schienen sie auf irgendwas zu warten. Leider hatte ich mich nicht mehr ganz unter Kontrolle, Aidans Anwesenheit wirkte wie ein Aggressions-Turbobeschleuniger auf mich. Sämtliche gründlich vergrabenen Gefühle und Erinnerungen, die ich mit diesem Mann verband, regten sich in den Tiefen meines Inneren und wühlten sich nach oben, wie eine Horde tollwütiger Maulwürfe.

»Mich freut es ganz und gar nicht, dich wiederzusehen. Deswegen ist eine Zusammenarbeit mit dir auch inakzeptabel.« Ich wandte mich an Kayne. »Ich werde kein Trainingsprogramm mit ihm absolvieren, schicken Sie mir jemand anderen.«

»Wir haben niemand anderen.« Kayne schüttelte den Kopf. »Vivien, falls Sie hier arbeiten möchten, wird Ihnen nichts anderes übrig bleiben, als mit Aidan vorlieb zu nehmen. Aber glauben Sie mir, Sie sind bei ihm in besten Händen.«

»Da habe ich andere Erfahrungen gemacht. Das letzte Mal, als ich das dachte, bin ich wegen diesem Arschloch im Krankenhaus aufgewacht.«

Aidans Kiefer spannte sich an. »Ich weiß nicht, wovon du redest. Außerdem sind unsere Differenzen schon zehn Jahre her, und ja, es tut mir leid, wie es damals gelaufen ist.«

»Zu spät.« Ich zischelte wie eine Viper, die ihr Gift versprühte.

»Sie beide werden bestimmt in der Lage sein, Ihre privaten Differenzen außen vor zu lassen. Ein Monat ist schnell vorbei«, ergriff Joanne das Wort. »Außerdem halte ich diese Zusammenarbeit für eine hervorragende Übung. Vivien, ich kann Ihnen versprechen, Sie werden hier im Haus sehr oft mit Männern verkehren, die Sie nicht mögen oder die Sie arrogant und herablassend behandeln. In solchen Situationen müssen Sie in der Lage sein, professionell zu agieren und ihre Antipathie hinunterschlucken.« Sie hob die Hände. »Falls Sie sich dazu nicht in der Lage fühlen, ist es in der Tat besser, wir beenden das Gespräch an dieser Stelle und Sie fahren wieder nach Hause.«

Ich erschrak. Auf keinen Fall. Die Chance, Brians Leben zu retten, ließ ich mir von niemandem nehmen, schon gar nicht von diesem Arschloch.

»Mr O'Conners glaubt, er kann es mit mir aufnehmen«, bluffte ich, nur um ihn zu reizen. »Da bin ich mal gespannt.

Aidan hatte schon immer ein großes Mundwerk mit nichts dahinter. In der Beziehung mache ich mir keine Hoffnungen, dass sich das geändert haben könnte. Schlechte Charaktereigenschaften verliert man nicht über Nacht. Über seine sonstigen angeblichen Qualitäten weiß ich Gott sei Dank nichts, die sind mir damals erspart geblieben. Sollte er seinen Charme immer noch genauso strahlend versprühen wie vor Jahren, fürchte ich, wird das Training ein Reinfall für mich.«

Aidans Blick verfinsterte sich mit jedem Wort, während Kayne breit grinste.

»Vivien«, sagte Kayne. »Sie blühen in Aidans Gegenwart ja richtiggehend auf. Ich habe das Gefühl, das wird ein interessanter Monat für euch beide. Übrigens sollten Sie sich dennoch alle Mühe bei ihm geben, damit Sie dann fit für die Versteigerung sind.«

»Versteigerung?«

Er nickte. »Ihre erste Nacht im Gentleman's Paradise wird an den meistbietenden Gast versteigert, die Hälfte des Geldes gehört selbstverständlich Ihnen. Die Rekordsumme liegt übrigens bei 45.000 Dollar.«

Ich verschluckte mich beinahe an meinem Atem. »Für eine Nacht?«

»Für die erste Nacht«, stellte er richtig. »Es gibt viele Gäste, die sich darum schlagen, bei einem Neuzugang der erste Kunde zu sein. Aus diesem Grund feiern wir Ihren Einstieg in das Gewerbe ganz groß.«

»Sie wird die Summe niemals knacken, das sehe ich auf den ersten Blick«, mischte sich Aidan ein und ich hätte ihm für diese Frechheit am liebsten eine geknallt.

»Woher willst ausgerechnet *du* über meine Bettqualitäten Bescheid wissen?«, warf ich ihm an den Kopf.

»Mich interessiert eher, ob sich das Training mit dir überhaupt lohnt, ich verschwende nicht gern meine Zeit.«

Aidans zugegeben noch immer grandioses Aussehen blendete im ersten Blick darüber hinweg, was für ein Mistkerl er war. Aber nur für einen Moment …

»Bevor ich auch nur eine Hand rühre, möchte ich wissen, ob ihre Figur für den Club taugt. Wer weiß, wie sie unter dem

Fummel aussieht. Der ganze Stoff verdeckt ja alles.« Er wandte sich an Kayne. »Sie soll die Klamotten ausziehen, Unterwäsche kann sie von mir aus anbehalten – noch.«

Kayne nickte zustimmend, während ich fast in Schnappatmung geriet. Das konnte der unverschämte Kerl sowas von vergessen. Ich würde mich ganz bestimmt nicht vor wildfremden Leuten ausziehen.

»Aidan hat recht. Vivien, wir haben noch gar nichts von Ihrer Figur gesehen«, hörte ich Kaynes tiefe Stimme.

»Wer weiß, was sich alles unter den zig Lagen Stoff verbirgt«, übertrieb Aidan maßlos. Sein abschätziger Tonfall brachte mich in Rage.

»Darunter verbirgt sich überhaupt nichts, aber bitte, da es dich sooooo brennend interessiert.« Mit bebenden Fingern riss ich an den Knöpfen meiner Bluse. Meine arme Chanel. Hoffentlich überlebte sie die Prozedur, ansonsten war Aidan fällig. Der beobachtete aufmerksam jede meiner Bewegungen.

»Geht das auch in sexy?«, fragte der unverschämte Kerl.

»Ich fände es gerade äußerst sexy, dir ein Messer zwischen die Rippen zu rammen«, flötete ich wie ein griechischer Hirte auf seiner Pan und erntete leises Gelächter vom Schreibtisch. Ganz sicher würde ich für ihn keinen Bürostrip hinlegen. Er wollte, dass ich Rock und Bluse ablegte, und genau das würde ich auch tun. Ohne Schnickschnack, einfach raus aus den Klamotten wie beim Arzt.

Ich schob mir den glänzenden Stoff von den Schultern und warf die Bluse auf den Stuhl, bevor ich langsam den Reißverschluss des Rocks nach unten zog. Mir wurde mulmig bei dem Gedanken, gleich halbnackt vor allen Anwesenden zu stehen. Aidan kam näher, ließ mich keinen Moment aus den Augen. Sein Blick wurde dunkel und angsteinflößend, aber ich riss mich zusammen. Er sollte meine Aufregung nicht mitbekommen, den Gefallen würde ich ihm nicht tun. Ich spürte, wie der Rock zuerst an meinen nackten Schenkeln entlangstrich und dann meine Knöchel umfing, als er zu Boden sackte.

Mit einem kleinen Schritt stieg ich aus dem hellgrauen Stoffknäul und stand nur noch in meinem knappen weißen Satinhöschen sowie dem passendem Bügel-BH vor ihm. Ich kam mir vor, als hätte er höchstpersönlich Hand angelegt und mich gestrippt.

Er begutachtete mich eingehend und stützte dabei das Kinn auf die Faust, als würde er nachdenken.

»Und, was meinst du?«, fragte Kayne ihn.

»Ganz nett«, kam es zurück. Aidan begann gemächlich um mich herum zu spazieren. Als er aus meinem Sichtfeld verschwand, drehte ich mich instinktiv mit.

»Stehenbleiben«, befahl er scharf und ich gehorchte idiotischerweise auch noch, während Aidan meine Kehrseite einer eingehenden Musterung unterzog. Mir wurde flau im Magen, als er längere Zeit nichts sagte. Schließlich spürte ich seine Finger auf meiner linken Pobacke und stieß einen kleinen erschrockenen Schrei aus. Er schob kurz meine Haut zusammen, ehe er wieder losließ.

»Du musst mehr Sport treiben, sonst sprießt hier bald Cellulite.«

Arschloch!

»Ich laufe jeden Tag acht Meilen«, stieß ich zwischen zusammengebissenen Zähnen hervor. »Ich trainiere seit Jahren für den New York Marathon.« Ich benötigte alle Selbstbeherrschung, um ihn nicht mit einem gezielten Tritt in die Weichteile zu Boden zu befördern und nachzusehen, wo denn seine körperlichen Schwachstellen lagen. Gut, auf den ersten Blick hatte ich nichts erkennen können, aber bestimmt hatte er welche.

»Dann hast du wenigstens Ausdauer«, konterte er.

Wichser!

»Du könntest noch ein bisschen Kraftsport vertragen, um alles straff zu halten, aber nicht übertreiben.« Er kam wieder um mich herum, blieb vor mir stehen und stierte schamlos meine Brüste an.

»C-Körbchen?«, fragte er.

»Ja.« Ich ballte die Hände zu Fäusten, warf ihm in Gedanken jedes Schimpfwort an den Kopf, das mir gerade in den Sinn kam, auch diejenigen, die ich sonst nie in den Mund nahm.

»Früher waren sie kleiner. Hast du was machen lassen?«

»Nein, ich habe nichts an mir machen lassen«, zischte ich. »Nur mein Gehirn habe ich gerade richten lassen, damit mir

Totalausfälle wie der mit dir in Zukunft erspart bleiben. Das war alles.«

»Wenigstens hast du an Humor hinzugewonnen.« Er lachte zwar leise, aber in seinen Augen blitzte es gefährlich auf. »Ich freue mich schon auf unser anstehendes Trainingsprogramm.«

Unvorbereitet hakte er einen Finger in den Saum meines Slips, zog daran und warf einen prüfenden Blick auf meine Vagina, bevor er ihn zurückschnalzen ließ.

Ich schnappte empört nach Luft, unfähig zu einer Erwiderung.

»Du bist tatsächlich eine echte Blondine.« In seinem kantigen Gesicht spiegelte sich Belustigung. Mir wurde klar, dass er mich reizen wollte.

»Das ist sexuelle Belästigung am Arbeitsplatz«, wandte ich mich entrüstet an Kayne.

»Das, Schätzchen, ist dein Job hier«, antwortete Aidan statt Kayne. »Und diese Stelle zwischen deinen hübschen Schenkeln« - er deutete auf meinen Slip - »ist dein wichtigstes Arbeitsgerät in diesem Haus. Ich möchte übrigens, dass du dir diesen Streifen abrasierst, die meisten Gäste mögen eine Pussy lieber glatt.«

Pussy? Oh Gott, Aidan war sowas von vulgär, noch tausendmal schlimmer, als ich ihn in Erinnerung hatte. Alles in mir sträubte sich, mich in seine kräftigen Hände zu begeben. Alles an ihm war groß, breit und muskulös. Ich wollte gar nicht erst wissen, was sich unter dieser Hose verbarg. Aidans Penis war bestimmt riesig, und mir wurde warm bei der Vorstellung, was er mir damit wohl während der Trainingsstunden antun würde.

»Noch wurde kein Vertrag unterschrieben«, erwiderte ich eisig.

Er ignorierte meinen Einwand. »Der Rest deiner Figur ist soweit ganz in Ordnung. Lange schlanke Beine, Hüften schön gerundet, glücklicherweise nicht zu ausufernd. Dein Arsch ist ganz knackig. Mit dem Gesamtpaket kann man arbeiten. Wie sieht es mit deinen Brüsten aus?«

»Was soll damit sein?« Dieser Kerl hatte keinerlei Manieren, ich hasste, dass er über mich redete, als würde er ein Rennpferd begutachten, fehlte nur noch eine Inspektion meiner Zähne.

»Hängen sie?«

»Nein, tun sie nicht.« Taten sie in der Tat nicht. Ich mochte meinen Busen, er hatte eine nette Größe und trotzdem bisher tapfer der Schwerkraft getrotzt.

»Ich möchte mich lieber selbst davon überzeugen, ob genügend Potenzial für den Job vorhanden ist.« Während er redete, wandte er sich an Kayne, als ginge mich seine Aufforderung überhaupt nichts an. »Ich meine, Kayne, stell dir vor, sie macht einen Table-Dance-Job und ihre Brüste sind nicht fest beim Strippen, hängen runter bis zum Bauchnabel. Das würde den Gästen nicht gefallen.«

Ich schluckte, merkwürdigerweise kribbelte seine Aufforderung, die er so hart und unnachgiebig vorgetragen hatte, bis in mein Höschen. Ich wollte plötzlich gehorsam sein, selbst wenn das bedeutete, mich vor wildfremden Menschen entblößen zu müssen. *Denk an Brian*, sagte ich zu mir, als ich mir an den Rücken langte und die Häkchen meines BHs auseinanderschob. Um Zeit zu schinden, schob ich die Träger so langsam wie möglich von meinen Schultern, vermied jeglichen Blickkontakt. Als die Körbchen rutschten, überkreuzte ich instinktiv die Arme vor der Brust.

Aidan seufzte tief und hörbar. »Kayne, was hast du mir da eingebrockt? Bei der muss ich ja ganz von vorne beginnen.«

»Aus diesem Grund hast du auch einen Monat Zeit«, erwiderte Kayne, der mich ausgiebig und mit einem genussvollen Zug um den Mund betrachtete, als hätte er eine Trüffelpraline vor sich liegen.

Wortlos nahm Aidan meine Handgelenke und löste sie von meinem Körper, ohne Kraft aufzuwenden. Die unerwartete Berührung traf mich wie ein Peitschenhieb. Meine Arme sanken schlaff an meinen Seiten herab und gewährten allen Umstehenden einen ausgezeichneten Blick auf meine Brüste. Die Raumtemperatur wurde durch die Klimaanlage niedrig gehalten, die kühle Luft zog meine Brustwarzen zusammen und ich schämte mich für den Anblick, den sie jetzt boten. Furchtbar. Meine Nippel machten den Anschein, als würden sie diese erniedrigende Prozedur auch noch genießen. Ich sah, wie sich Aidans

Kehlkopf beim Schlucken bewegte, während er meine Brüste betrachtete, als wären sie heilig.

»Und, kannst du mit dem Material arbeiten?«, spottete Kayne.

Aidan strich mit der flachen Hand über meine linke Brust, als würden wir uns schon Jahre intim kennen, und mich überkam ein Gefühl von einem brennenden Streichholz auf der Haut. Seine Hand umfasste fast meine ganze Brust. Obwohl er nach spätestens zwei Sekunden wieder von mir abließ, schwang das Echo seiner Berührung noch in mir nach. Sein Blick hielt den meinen fest. Ich wollte ihm wüste Beschimpfungen an den Kopf werfen, ihm erklären, dass er ein Perverser war, der keine Erziehung genossen hatte, und ich sein unverschämtes Verhalten nicht weiter tolerierte. Aber mein Mund blieb stumm. Mein Gehirn hatte die Arbeit endgültig eingestellt, mein Körper war vollkommen durcheinander. Zu meinem Leidwesen spürte ich den Effekt seiner Berührung zwischen meinen Beinen, und er bemerkte es ebenfalls.

»Ihre Brüste sind tatsächlich echt«, ließ er Kayne wissen, sein Blick wanderte genüsslich an meinem fast nackten Körper entlang. »Wenn ich mir ihr Höschen so ansehe, kann ich mir wohl ersparen, nachzuprüfen, wie lange es dauert, bis sie feucht wird.«

Als ich an mir nach unten sah, wusste ich, worauf er anspielte. Meinen Slip zierte ein unübersehbarerer feuchter Fleck. Ich verfluchte diesen vulgären Mistkerl, der mich absichtlich in eine peinliche Lage gebracht hatte. Scham pulsierte in Wellen über mich hinweg und ließ meine Wangen glühen.

»Sie müssen sich für Ihre körperlichen Reaktionen nicht schämen, Vivien«, sagte Kayne und klang, als wollte er mich beruhigen. Wenigstens lachte er sich über Aidans miesen Witz nicht halbtot. Ich nickte nur.

»Nein, ganz im Ernst«, machte Kayne weiter. »Hier im Club geht es natürlich in erster Linie darum, die Wünsche der Gäste zu befriedigen. Aber ich kann Ihnen aus eigener Erfahrung versichern, dass diese nur dann voll und ganz erfüllt werden, solange auch der weibliche Part mit allen Sinnen bei der Sache ist. Ich verspreche Ihnen, Aidan wird beim Training darauf achten, dass

Sie ebenfalls auf Ihre Kosten kommen. Er wird Ihnen Dinge zeigen, die Sie vorher nicht kannten. Aidan wird Ihre Neigungen herauskitzeln, wird dafür sorgen, dass Sie sich in ihrem Körper zu hundert Prozent wohl fühlen, selbst in Situationen, in denen Sie von einer großen Anzahl Leuten umgeben sind. Ihre Nacktheit ist nichts Verwerfliches. Im Gegenteil: Sie sind nackt wunderschön. Trauen Sie sich.«

Ich ahnte, was er mit *Trauen Sie sich* meinte. Er wollte, dass ich meinen Slip auszog, mich vor drei komplett bekleideten Fremden vollkommen entblößte. Ich stand da wie erstarrt, während mich die Scham über die Feuchtigkeit zwischen meinen Beinen weiter gefangen hielt. War mein Körper verrückt geworden? Warum verhielt er sich so irreal und verräterisch in dieser grotesken Situation? Obwohl Kayne mir aufmunternd zunickte, konnte ich mich nicht überwinden, seiner Aufforderung Folge zu leisten, denn ich wusste, dass die drei mich testeten. Sollte ich durchfallen, bekam ich ganz sicher den Vertrag nicht zur Unterschrift vorgelegt, der schon auf Joannes Schreibtisch auf mich wartete.

»Tu es«, flüsterte Aidan leise, aber bestimmt. Irgendwas in seiner Stimme bewog mich dazu, meine Finger an den Saum meines Höschens zu legen, obwohl meine Wangen wie Feuer brannten. Ich hatte mich in meinem Leben erst vor zwei Männern nackt gezeigt.

Der eine war Greg gewesen, und davor auf dem College hatte ich einer kurzen Semesterliebe Namens Chris meine Unschuld geschenkt, um es endlich hinter mich zu bringen. Mit Aidan war es in der Highschool nicht so weit gekommen. Ich schob mein Höschen über die Hüften, sah dabei zu Boden. Natürlich verstand ich, weshalb die drei mich nackt sehen wollten. Ich würde sehr viel Zeit halb- oder völlig unbekleidet in diesem Club zubringen, sobald ich den Job annahm. Mein Körper war mein Kapital und somit auch das ihrige.

Als ich aus dem winzigen Stück Stoff stieg, hielt Aidan mir die Hand hin. »Gib mir den Slip.«

Ich zögerte, denn ich wusste, wie verräterisch feucht der Steg war. Die kühle Luft zwischen meinen Beinen half mir hoffentlich, rasch wieder in den Normalzustand zurückzukehren. Das Letzte was ich wollte, war feucht wegen dieses Mistkerls zu werden.

Als ich nicht reagierte, kam er so dicht vor mich, dass höchstens noch ein Blatt Papier zwischen uns gepasst hätte. Beinahe berührten meine Brustwarzen den seidig schimmernden Stoff seiner Weste. Sachte nahm er mir den feuchten Slip aus der Hand, befühlte ihn und nickte wissentlich.

»Du kannst dich jederzeit anziehen und gehen, falls es dir zu viel wird«, flüsterte er in mein Ohr. »Denn ich verspreche dir, das hier« - er ließ meinen Slip wie ein Lasso um seinen Zeigefinger kreisen - »ist noch das Harmloseste, was dich die nächsten vier Wochen bei mir erwartet. Aber ich möchte, dass du weißt, hier geschieht nichts gegen deinen Willen. Ein Wort von dir, sag von mir aus einfach nein, und ich höre sofort auf. Hast du das verstanden?«

Meine Lider flatterten, als ich den Kopf in den Nacken legte, um ihm in die Augen sehen zu können. Einerseits hasste ich es, ihm so nahe zu sein, andererseits versetzte seine Nähe meinen Körper in helle Aufruhr.

Schon zu Highschoolzeiten war ich seinem Äußeren verfallen gewesen. Obwohl er damals schlaksiger gewesen war, hatte er schöne männliche Proportionen besessen und ein Gesicht zum Dahinschmelzen. Mittlerweile sah er noch um einiges besser aus, musste ich widerwillig feststellen, maskuliner, dominanter, und bis heute hatte ich nicht gewusst, dass mich genau diese Mischung bei einem Mann tierisch anmachte.

Dennoch vergaß ich nicht, was er getan hatte, und traute ihm nicht über den Weg. Ich stand nackt vor ihm, nur noch mit meinen hochhakigen schwarzen Pumps bekleidet, fühlte mich verletzlich und wurde das Gefühl nicht los, dass er jeden Schritt im Vorfeld geplant hatte.

Ich war ihm ausgeliefert, hatte ihm nichts entgegenzusetzen. Zu meinem eigenen Frust reizte mich seine Ankündigung und ich wollte wissen, was mich die nächsten Wochen bei diesem Mann erwartete. Allein der Wunsch war verrückt. Aidan war durchtrieben und skrupellos, aber sein herber Duft nach Amber und purem Testosteron, der mir in die Nase stieg, machte mich willenlos. Rief eine Million Erinnerungssplitter in mir wach, die sich auf einer Drehscheibe vor mir zu wirren Bildern zusammensetzten.

Aidan und ich in einem anderen Leben, zu einer Zeit, als ich noch unsterblich in ihn verliebt gewesen war.

»Du kannst jetzt gehen oder am Montag zu deiner ersten Trainingseinheit erscheinen. Deine Entscheidung.«

Mein Atem zitterte, als ich ihn durch die Nase ausstieß, in der Hoffnung, gleichzeitig auch sämtliche Aidan-Moleküle auszuhauchen, die noch in mir geschlummerten hatten. »Sollte ich mich überwinden und am Montag herkommen, was passiert dann?«, wagte ich leise zu fragen.

Statt einer Antwort schob er seine Hand zwischen meine Beine. Ich zuckte zusammen, regte mich allerdings keinen Inch, denn er fixierte mich nur mit seinem Blick. Ganz kurz strich er über meine Schamlippen und brachte sie zum Pochen.

»Dann«, flüsterte er, »wirst du nicht nur feucht sein, sondern klitschnass.«

Ich hasste seine ordinäre Ausdrucksweise und die Selbstverständlichkeit, mit der er Intimitäten vor anderen ausbreitete. Mir war dabei gleich, dass die drei sich vermutlich sehr nahe standen. Langsam kam ich wieder zu mir und realisierte, dass Aidan mich mit ein paar kurzen Sätzen dazu gebracht hatte, mich splitternackt zu präsentieren, ja, mich sogar von ihm anfassen zu lassen. War ich von allen guten Geistern verlassen?

Ich schwor mir, es ihm die nächsten Wochen nicht ganz so leicht zu machen. Was eben geschehen war, war ein Moment der Schwäche gewesen, okay, ein langer Moment, aber dieser würde sich nicht wiederholen. Er hatte mich überrumpelt, das war alles. Ich würde Lust *spielen,* nicht fühlen, egal was die beiden Kerle mir soufflierten. Das hier war ein Job, den ich dringend brauchte, weiter nichts.

»Meinen Slip, bitte«, sagte ich mit fester Stimme und hielt die Hand auf. Mal sehen, ob er zu seinem Wort stand und aufhörte, sobald ich es forderte. Widerspruchslos legte er das kleine Stück Stoff hinein und wandte sich von mir ab.

KAPITEL 5

AIDAN

Ich beobachtete Grace, wie sie mir Whisky nachschenkte, was mit ihren extrem langen und rot lackierten Fingernägeln beinahe eine artistische Glanzleistung darstellte.

»Darf es sonst noch was sein, Boss?« Sie lächelte mich lasziv an. Ich wusste, dass die Kleine eine Schwäche für mich hatte.

»Später vielleicht.« Ich zwinkerte ihr zu. »Und nenn mich ab Montag nicht mehr Boss. Nur im Bett.«

»Alles klar.« Grace leckte sich die ebenfalls rot geschminkten Lippen, ihr Gesicht war tief gebräunt. Mit dem weißblondierten Haar entsprach sie zu hundert Prozent dem gängigen Nuttenklischee, und mit ihren dreiunddreißig Jahren gehörte sie zu unseren ältesten Angestellten. Obwohl sie optisch überhaupt nicht meinem Typ entsprach, mochte ich Grace und schaute sie gern an. Ihre honigmelonengroßen Brüste sprengten beinahe ihr weißes Top. Alles an Grace war irgendwie gemacht, aufpoliert und unecht, aber das hatte auch seine Vorzüge.

Mit ihren Schlauchbootlippen konnte diese Frau Blowjobs verabreichen wie keine andere. Sobald sie ihre aufgepumpten Lippen um meine Eichel legte, starb ich jedes Mal beinahe. Gerade überlegte ich, Grace eine wohlverdiente Pause vom Bardienst zu gönnen, um mit ihr nach hinten in den Lagerraum zu verschwinden, da stieß mir Kayne unsanft den Ellenbogen in die Rippen.

Ich ließ den drehbaren Barhocker in seine Richtung schwingen und nickte ihm fragend zu. Völlig vertieft in Graces zwei Vorzüge hatte ich ihn kurzzeitig ausgeblendet, obwohl er mir mit irgendeinem Kram das Ohr abkaute.

»Was gibt's?«, fragte ich laut, um die Musik zu übertönen, die aus den Boxen der Gentleman's Bar dudelte. Noch war es früh am Abend, lediglich eine Handvoll Gäste hatte sich herverirrt, die sich mit ein paar von unseren Mädels in den roten Ledergarnituren der Lounge vergnügten. Ihr Gelächter drang bis zu uns herüber. Der große Ansturm kam meistens gegen elf, nachdem die Typen genug vom Feiern in Vegas hatten und mit einem kleinen legalen Fick die Nacht ausklingen lassen wollten.

»Du hast die Kleine heute Nachmittag ganz schön hart rangenommen.« Kayne griff nach seinem Bourbon. »Ich hätte nicht vermutet, dass sich dieses prüde Mäuschen tatsächlich auszieht. Zum Glück haben wir darum nicht gewettet, ich hätte glatt verloren.«

»Du wirst auch die andere Wette verlieren.« Die vergangenen Stunden hatte ich Vivien halbwegs erfolgreich aus meinem Kopf verdrängt und meine Gedanken sofort in eine andere Richtung gelenkt, sobald ihr Gesicht auch nur in der Nähe meines inneren Auges aufgetaucht war.

»Der nächste Monat wird kein Frühlingsspaziergang für dich«, feixte Kayne. »Aber ich beneide dich trotzdem, muss ich gestehen.«

Ich wusste, dass er ein Faible für den jungfräulichen Typ Frau hatte, obwohl er auch gern mit Vamps wie Grace spielte. Aber die Engelsgleichen, Schüchternen mit den großen Augen hatten es ihm angetan. Die Vorstellung, der erste Mann zu sein, dem eine blutjunge Frau den Schwanz lutschte, oder ein Jungfernhäutchen zu durchstoßen und in diese heiße Enge einer im Bett unerfahrenen Frau einzutauchen, gab ihm den Kick.

Zugegeben, ich fand solche Gelegenheiten auch ausgesprochen nett. Aber das war nicht alles. Kayne stand auf dark Erotic Spielchen, die er mit ähnlich veranlagten Frauen in einer Art Rollenspiel im beiderseitigen Einverständnis auslebte. Im wahren Leben könnte Kayne niemals einer Frau Gewalt antun, im Gegenteil: Er verfügte über einen extremen Beschützerinstinkt und tolerierte Gewalt am anderen Geschlecht in keinster Weise. Dies war auch mit ein Grund gewesen, weshalb wir das Gentleman's Paradise eröffnet hatten.

Wir wollten einen Ort erschaffen, an dem jeder Mann seine sexuellen Gelüste ausleben konnte, gleichzeitig aber auch den Frauen, die hier arbeiteten, einen sicheren Raum bieten. Während meiner Studienzeit in Las Vegas hatte ich mitansehen müssen, wie illegale Prostituierte von ihren Zuhältern misshandelt wurden. Herzensgute, wundervolle Frauen, die ich persönlich kannte, standen mit geschwollenem Gesicht oder gebrochenen Rippen auf der Straße, und ich konnte ihnen nicht helfen. Hier im Gentleman's Paradise behandelten wir die Frauen auf Augenhöhe, wir waren ein Team, arbeiteten Hand in Hand, alle auf freiwilliger Basis. Diese Grundvoraussetzung war mir wichtig, und es klappte hervorragend.

Ich wusste, dass die Mädels sich bei uns wohlfühlten. Zudem konnten sie jederzeit gehen, niemand hielt sie gegen ihren Willen hier fest.

»Vivien hat sich verändert«, sagte ich vollkommen zusammenhanglos, weil ich schon wieder vergessen hatte, was Kayne dahergequatscht hatte. »Während der Highschool war sie eine Streberin, hat nie einen Jungen rangelassen. Sie ist gut behütet aufgewachsen. Weiß der Geier, was sie hier will.«

»Vivien hatte Schiss vor uns, das hat mir gar nicht gefallen.« Kayne stierte in sein Glas. »Was sie hier will, ist in meinen Augen offensichtlich. Sie braucht Geld oder denkt, sie kann sich ihren Lebensunterhalt in einem Bordell auf die lockere Art verdienen. Stellt sie sich bei den Gästen geschickt an, wird sie mit ihrem Aussehen und dem Wahnsinnskörper eine Menge Kohle nach Hause tragen.«

»Vivien Davis ist eine kleine Kratzbürste, sie wird den Gästen eher die Augen auskratzen.«

»Sie hat in der Tat Rückgrat bewiesen und dir die Zähne gezeigt«, lachte Kayne. »Ihre niedliche Aufmüpfigkeit hat mich schwer beeindruckt. Ich bin gespannt, ob du dir an ihr nicht sogar die Zähne ausbeißt. Glaubst du, sie ist noch Jungfrau?« Er klang sehnsüchtig.

»Für eine Jungfrau hatte sie eine viel zu große Klappe«,

zerschlug ich seine Hoffnungen auf einen deflorierenden Fick mit ihr. Wenn überhaupt stand der ja wohl mir zu. Außerdem hatte das kleine Biest kein Recht gehabt, in derart abfälliger Weise mit mir zu reden. »Aber am Ende stand die Kleine dann doch nackt im Zimmer.« Ich hatte eine winzige Schraube an ihr gefunden, an der man drehen konnte, und dieser Wissensvorsprung würde mir die Arbeit mit ihr extrem erleichtern – wenn nicht sogar versüßen. Vivien reagierte auf Befehle, auf Dominanz, und genau diese Attribute schätzte ich bei einer Frau. Der kommende Monat würde höchst interessant verlaufen, da war ich mir sicher.

»Ich bin gespannt, ob sie am Montag tatsächlich auftaucht. Sie hat uns die Trainernummer restlos abgekauft.«

»Den Vertrag hat sie unterschrieben.« Mir wollte es immer noch nicht in den Kopf, weshalb Vivien sich auf diesen Handel einließ. Ich hätte schwören können, dass sie nach der Nummer, die ich vorhin mit ihr abgezogen hatte, schneller das Gelände verlassen würde als Speedy Gonzales Mexiko.

Zu meiner Verwunderung war sie geblieben, hatte statt eines schnellen Abgangs kämpferisch das Kinn gereckt, mich mit ihren grünen Augen herausfordernd angeblitzt und damit unwissentlich ihr Schicksal besiegelt. Sie konnte ja nicht ahnen, dass ich einer Frau Frechheiten dieser Art nicht durchgehen ließ. Niemals. Zumindest nicht, sobald sie nackt vor mir stand. Zu allem Übel war sie auch nach Jahren noch genau mein Typ. Vivien war attraktiv, viel zu attraktiv.

»Sie hasst mich immer noch«, stellte ich lapidar fest, obwohl Viviens offensichtlich zur Schau gestellte Abneigung an mir nagte.

»Macht nicht genau das den Reiz für dich aus?« Kaynes Augen begannen zu leuchten, spiegelten richtiggehend seine dunklen Fantasien mit einer Vivien wider, der er die Flausen auf jede erdenkliche Art und Weise austrieb. Alles gespielt natürlich.

»Vergiss es, du kriegst sie nicht. Nicht bevor der Monat beendet ist und ich Gelegenheit hatte, ihr deine perversen Spieltriebe ein wenig näher zu bringen, sonst rennt sie noch zur Polizei.«

Kayne seufzte theatralisch. »Nichts wird einem hier gegönnt.

Zum Glück gibt es noch Shawna.« Er nickte zu einer Tischgruppe am anderen Ende des Raums, an der sich Judy und Shawna mit vier Männern vergnügten. Shawna war kürzlich erst einundzwanzig geworden, das gesetzliche Mindestalter, um in den Bordellen Nevadas arbeiten zu dürfen, und seit zwei Wochen bei uns. Sie stellte sich hervorragend an, war bei den Gästen vor allem wegen ihrer Jugend besonders begehrt.

»Schade, dass Shawna gebucht ist, ich hätte gerade große Lust, mit ihr nach unten in den Kerker zu verschwinden.« Er klang wehmütig.

Mein Blick folgte seinem Wink mit dem Kinn. Shawna war ein süßes Mädchen, mit ihren tizianroten Locken und den vielen Sommersprossen sah sie so jung und frisch aus. Im Bett war sie immer eifrig bei der Sache und die Einzige, die ihre Schamhaare lediglich trimmte.

Die Gäste waren ganz wild auf die kleine rote Lockenpracht zwischen ihren Schenkeln. Mich eingeschlossen. Gerade stand sie aufreizend und in einem knallengen weißen Schlauchkleid vor dem Gast und redete mit ihm. Die Ansätze ihrer Hinterbacken blitzten hervor. Der Kerl legte beide Hände an ihren linken Oberschenkel und fuhr langsam daran nach oben.

Hoffentlich hatte sie sich das Fingern in der Öffentlichkeit vorher von ihm bezahlen lassen, ansonsten sollte sie ihn schleunigst in die Schranken weisen. Ich sah, wie sie stutzte und mit ihm redete, ihn zum Lachen brachte, während seine Hände weiter ihr Bein nach oben glitten. Im nächsten Moment hielt sie seine Pranken fest und schüttelte den Kopf, also lief die Sache zwischen ihnen ohne vorherige Absprache.

»Wie es aussieht, ist der Kerl auf Gratisextras aus.« Unter Alkoholeinfluss verloren manche Gäste jegliche Hemmungen und glaubten, bei unseren Frauen handelte es sich um Freiwild.

Ich stand auf, auch Kayne rutschte vom Barhocker. Er sah so wütend aus, als wollte er gleich einen Mord begehen. Die Security am Eingang hatte noch nichts mitbekommen, die beiden unterhielten sich miteinander.

Nichtsnutzige Penner. Noch bevor wir die Bar halb durchquert hatten, verschwand eine Hand des Kerls unter Shawnas

Rock, während er ihren halb entblößten Unterleib auf sein Gesicht presste. An der Bewegung seines Arms erkannte ich auf einen Blick, dass mindestens einer seiner dreckigen Finger tief in ihrer Pussy steckte, denn Shawna trug bei der Arbeit nie Unterwäsche.

»Lass mich sofort los«, hallte ihre wütende Stimme durch die Location. »Wir haben noch keine Konditionen besprochen.«

Der Kerl lachte. »Stell dich nicht so an, du kleine Nutte, das gefällt dir doch.« Immer wieder stieß er seinen Finger tief in sie und rieb sein bärtiges Gesicht an ihrer Scham. Unsere erfahrenen Prostituierten hätten dem Kerl spätestens jetzt mit dem Knie eine blutige Nase vergönnt, doch ich wusste von Shawnas latenter Unsicherheit im Kundenumgang.

Noch bevor ich dem Kerl eine Tracht Prügel verabreichen konnte, hatte Kayne ihn schon erreicht und riss ihn von Shawna weg. »Unsere Mädchen sind kein Freiwild, du Wichser«, grollte er wie tosender Donner und stieß das Arschloch an den Schultern zurück, worauf er rückwärts ins Stolpern geriet, quer über den niedrigen Loungetisch segelte und dabei noch sämtliche Gläser mitriss, bevor er auf dem Boden landete. Einen Herzschlag später war ich über dem Kerl, schnappte ihn am Kragen seines Hemdes und riss seinen Oberkörper in die Höhe.

Ich holte mit geballter Faust aus. »Was verstehst du Drecksack an einem Nein nicht?« Die Wut explodierte mit ungeheurer Wucht in mir, und im Bruchteil von Sekunden verlor ich die Kontrolle über mich. Die Szenerie schleuderte eine dunkle Erinnerung in mir hoch, ein Ereignis, das mich vor Jahren ins Gefängnis gebracht hatte.

»Ich werde dir jetzt ein paar Manieren einbläuen, danach kannst du dich zwar eine Woche nicht mehr in der Öffentlichkeit blicken lassen, dafür hast du einige Zeit zum Nachdenken.«

»Bitte, tun Sie mir nichts«, wimmerte der feige Drecksack und hielt schützend seinen rechten Oberarm vors Gesicht. »Ich bin Maler, meinen Händen darf nichts passieren, sie sind mein Kapital.«

»Und warum steckst du deine Drecksfinger dann einfach ungefragt in eine Frau?« Ich zerrte ihn grob auf die Beine, und stieß ihn gegen Kayne, der ihm sofort eine Hand um den Hals legte. Er presste seinen Daumen auf den Kehlkopf des Kerls. Um einiges stärker als bei seinen Spielchen. Hatte ich schon Kaynes Faible für Würgespiele erwähnt?

»Wir haben unten im Keller einen hübschen, düsteren Spielraum. Ich habe große Lust, dir die verschiedenen Instrumente zu zeigen, die dort an der Wand hängen, und sie an dir auszuprobieren. Ein Nein lasse ich nicht gelten. So was gefällt Drecksäcken wie dir doch, oder nicht?« Kayne sprach mit bedrohlich leiser Stimme. »Wenn du dich nicht sofort bei der Lady entschuldigst und deine dreiste Unverschämtheit mit ein paar grünen Scheinen wiedergutmachst, verschwinden wir beide für ein Weilchen nach unten, kapiert?«

»Es … es tut mir leid«, wimmerte der Typ.

Da ich wusste, dass Kayne nur ein Psychospielchen abzog, schnellte ich rasch vor und verpasste dem Kerl einen gesalzenen Kinnhaken. Er sollte wenigstens ein kleines Souvenir mit nach Hause nehmen. Jaulend hielt der Feigling sich das Gesicht, obwohl ich darauf geachtet hatte, ihm lediglich einen blauen Fleck zu bescheren. Die Cops würden ihn auslachen, falls er uns deswegen anzeigen sollte.

»Hör auf, Aidan«, warnte Kayne leise. »Du hast immer noch Bewährung.«

Der Kerl riss angsterfüllt die Augen auf. »War doch alles nicht so gemeint, Jungs. Natürlich bezahle ich für die Dienste der Dame, kein Problem. Ich entschuldige mich hiermit in aller Form bei der Lady.«

Mittlerweile hatten sich auch die Lahmärsche von der Security herbei bequemt, mit den beiden würde ich nachher ein ernstes Wörtchen reden. Es konnte nicht angehen, dass der Sicherheitsdienst während der Arbeitszeit unaufmerksam war und die Frauen in Gefahr brachte. Der Schutz der Angestellten war ihr verfluchter Job.

»Bringt ihn zur Kasse und schmeißt das Arschloch raus, nachdem er bezahlt hat«, bellte ich, bevor ich mich an den Gast wandte. »Du wirst der Dame die dreifache Entschädigungssumme zahlen, außerdem hast du lebenslanges Hausverbot im Gentleman's Paradise, und jetzt verpiss dich.«

Während ich zusah wie der Kerl, begleitet vom Wachdienst,

die Bar verließ, kam ich ins Grübeln. Würde Vivien Situationen wie diese meistern, wenn schon Shawna nicht richtig klarkam?

Derek stieß mich mit dem Ellenbogen an und lüpfte die Seitentasche seiner Cargo-Jeans, in der eine zerknüllte Plastiktüte steckte. »Sieh mal, was ich da habe, Aidan«, flüsterte er.

Sofort wusste ich, was sich darin befand.

»Gras von Isaac?«

Er nickte grinsend. An seinen glasigen Augen erkannte ich, dass er bereits einen Joint probiert hatte. Und das vormittags in der Schule. Der Kerl hatte Nerven.

»Dampfen wir hinter der Turnhalle ein Tütchen?«

Wehmütig lehnte ich ab. Isaac war Dereks älterer Bruder. Er baute sein Marihuana selbst an und das Zeug war verdammt edel. »Geht nicht. Ich schreib gleich eine Mathearbeit. Für die brauch ich einen klaren Kopf.«

»Dann nach der Schule.«

Ich nickte. »Okay.«

Wir liefen nebeneinander durch den Flur in Richtung Treppe, die hoch zum nächsten Stockwerk führte. Wie immer waren wir spät dran. Außer uns befanden sich alle anderen Schüler bereits in ihren Klassenräumen. Von oben kam uns George entgegen, der irgendwas hinter sich auf die Treppe fallen ließ. Er winkte, als er uns bemerkte, verstreute noch einmal großzügig eine Handvoll durchsichtige Glasmurmeln, wie ich erkannte, als eine zu mir nach unten kullerte.

»Was machst du da, George?«, fragte ich.

George legte einen Finger vor den Mund, bedeutete uns still zu sein. Mit drei großen Sprüngen war er unten. »Los, um die Ecke.«

Er zerrte mich am T-Shirt Ärmel hinter sich her. »Der alte Wright kommt gleich die Treppe runter«, erklärte er aufgeregt, während wir drei uns ein Stück entfernt an die Wand lehnten und unschuldig taten – für alle Fälle. George öffnete seinen Spind und wühlte darin herum.

»Ich hab ihn gleich in Mathe. Was ist mit ihm?« Ich gähnte, gestern war es wieder viel zu spät geworden. Bis zwei Uhr morgens hatte ich mich mit ein paar Leuten beim Park herumgetrieben und das eine oder andere Fläschchen Bier geleert.

Georges Gesicht erschien aus den Tiefen seines Spindes, sein Grinsen quoll über vor Stolz, während Derek neben mir beinahe im Stehen einschlief. Hatte der nicht Chemie im oberen Stockwerk?

»Mit etwas Glück hat sich der Unterricht heute erledigt.«

»Wieso?« Ich trat Derek gegen das Schienbein, worauf er aufschreckte. »Geh in dein Klassenzimmer, Alter.«

»Wenn Wright gleich die Treppe hinuntergerannt kommt, übersieht er garantiert die Murmeln und dann – Pflatsch.« George unterstrich seine Erläuterung mit einem lauten Klatsch in die Hände.

Ich traute meinen Ohren nicht. »Tickst du noch ganz richtig, Mann? Wright kann sich das Genick dabei brechen!«

»Ich dachte eher an den Oberschenkel.« George zuckte mit den Achseln. »Ich hab nicht für die Arbeit gelernt, noch eine schlechte Note kann ich mir nicht leisten.«

»Aber deswegen bringt man doch niemanden um!« Noch ehe George zu einer Antwort ansetzen konnte, hatte ich mich bereits umgedreht und hastete zurück. Wright war fast sechzig, George konnte doch nicht allen Ernstes einen alten Mann auf der Treppe zu Fall bringen. Auf so blöde Ideen kam nicht mal ich. Als ich die Treppe erreicht hatte, stieg ich sie langsam hoch, die verstreuten Murmeln genau im Blick, doch trotzdem erwischte ich eine mit dem linken Fuß und wäre beinahe ausgerutscht. Im letzten Moment hielt ich mich am Geländer fest.

Verdammt, das Zeug war echt lebensgefährlich. So gut es ging, wischte ich mit den Schuhen die Murmeln beiseite, die sich hüpfend auf den Weg nach unten begaben, als ich dicht neben mir einen erschrockenen Schrei hörte und aufblickte. Ich sah noch, wie das Mädchen wild mit den Armen ruderte, beim Versuch, das Gleichgewicht zu halten, ehe sie Kopf über die Treppe hinunterstürzte. Im letzten Moment schnappte ich sie um die Taille und zog sie an mich heran, während ich mich mit der anderen Hand am Geländer festhielt. Ihr Schwung riss uns trotzdem zu Boden. Wenigstens landete sie sanft auf mir, während ich mir das Steißbein an einer Treppenkante anschlug. Scheiße, tat das weh.

Für einen Moment lagen wir ineinander verknäult auf der Treppe. Mühsam hob ich den Kopf, mit dem Gefühl, mir sämtliche Knochen gebrochen zu haben. »Alles klar? Bist du verletzt?«

Große grüne Augen sahen mich erschrocken an. Sie regte sich nicht. Langsam wurde sie schwer, die Stufen drückten mir unangenehm ins

Kreuz. Ich versuchte, mich unter ihr zu bewegen, und schob sie an den Hüften von mir hinunter. Erst dann kam Leben in sie. Als hätte sie sich in einen Ameisenhaufen gesetzt, sprang sie von mir runter. Beinahe wäre sie nochmal auf einer Murmel ausgerutscht und auf den Knien die restlichen Stufen hinuntergesegelt. Im letzten Moment bekam ich sie am Arm zu packen. »Hey, langsam. Hier liegen überall Murmeln verstreut.«

»Murmeln?«, wiederholte sie verwirrt und suchte die Treppe mit dem Blick ab. »Tatsächlich. Welcher Idiot wirft denn Murmeln auf eine Treppe?«

Ächzend setzte ich mich auf. »Keine Ahnung. Aber geht's dir gut?« Ich hangelte mich am Treppengeländer auf die Beine und hielt ihr die Hand hin. Das Mädchen kannte ich vom Sehen, sie war mir schon ein paar Mal ins Auge gestochen. Ein süßes Ding. Zwar eine biedere Maus, aber ihr Gesicht war auffallend hübsch. Ganz ohne Frage.

Nach kurzem Zögern ließ sie sich von mir hochhelfen und steckte ihre cremefarbene Bluse zurück in den Bund ihrer unförmigen Outdoor-Shorts. Wieso trug sie bloß so hässliche Klamotten?

»Danke.« Sie klang ein wenig schockiert. »Ich glaube, ohne dich hätte das böse für mich ausgehen können. Ich bin Vivien Davis.« Ein kleines Lächeln zeigte sich auf ihrem Gesicht, während sie mir die Hand hinstreckte. Ich verliebte mich vom Fleck weg in ihre Lippen.

Wir schüttelten uns artig die Hände. Sie hatte eine zierliche Hand, beinahe zerbrechlich. Ihre Haut war so unglaublich weich, ich glaube, ich hatte noch nie in meinem Leben zartere Haut berührt.

»Aidan O'Conners.«

»Ich weiß, wer du bist.« Sie betrachtete mich, musterte mein Gesicht, als müsste sie sich die Konturen für eine Phantomzeichnung einprägen.

»Wir kennen uns?« Himmel, war sie niedlich. Aus der Nähe sahen ihre Wimpern richtig lang aus, das war mir zuerst nicht aufgefallen, weil sie blond waren, wie ihre Haare, aber jetzt faszinierten sie mich. Mich faszinierte alles an Vivien Davis.

»Nein, ich kenne dich nur vom Namen her.«

»Aha.« Ich lächelte geschmeichelt. Sie kannte meinen Namen, wusste somit, wer ich war. Ich mochte es, von hübschen Mädchen bemerkt zu werden. »Und wo hast du meinen Namen schon mal gehört?«

»Mein Dad ist Oberrichter Davis. Er hat dich vor ein paar Monaten zu Sozialstunden verurteilt.«

Mein Kiefer klappte nach unten. Scheiße!

KAPITEL 6

VIVIEN

Mit dem Testergebnis in der Hand, betrat ich den Bürotrakt des Gentleman's Paradise, wobei ich rasch noch einen Blick auf meine schmale, silberne Armbanduhr warf. Eine gefälschte TAG Heuer, die ich günstig aus dem Kofferraum eines Straßenhändlers erstanden hatte und die der Echten täuschend ähnlich sah. Ich hatte ein Faible für Markenware.

Als mein Dad noch lebte, hatte ich die Luxusartikel alle im Original besessen; heute erinnerten mich die Fakes an bessere Zeiten, als meine Welt noch in Ordnung war. Warum kam ich ausgerechnet jetzt auf meinen Dad? Hastig wischte ich die wirren Gedanken beiseite. Dieses Mal hatte Spencer mich problemlos durchgewinkt und mir sogar lächelnd einen schönen Abend gewünscht. Was auch immer er damit gemeint hatte.

Mein Herzschlag schwoll an, als ich denselben Korridor wie am Donnerstag zum Büro von Joanne entlanglief. Dort sollte ich Aidan für eine erste Einweisung treffen. Das ganze Wochenende über hatte ich ihn nicht mehr aus dem Kopf bekommen. Ihn wiederzutreffen war ein regelrechter Schock für mich gewesen. Was mich jedoch am meisten bestürzt hatte, war der Fakt, dass sein Äußeres noch immer denselben umwerfenden Effekt auf mich hatte wie zu meiner Teenagerzeit. All die vielen Jahre hatten keinen Inch Distanz zwischen uns gebracht, noch immer kehrte er mein Innerstes nach außen, ließ mich irrational und impulsiv handeln.

Allein der Gedanke, mit ihm zusammen in ein Zimmer gesperrt zu werden, um mich in die Geheimnisse der Horizontale einzuweisen, ließ meine Nervenenden flattern. Dabei war Aidan der letzte Mann, von dem ich mich berühren lassen wollte. Ich biss die Zähne zusammen, dachte wieder an Brian. Stellte mir vor, wie mein Bruder aus dem verfluchten Rollstuhl stieg und die schmerzhaften Stangen, die seine Wirbelsäule stützten, endlich entfernt werden konnten. Er würde ein völlig normales Leben führen, Jahrzehnte an Lebensqualität dazugewinnen.

Das allein zählte. Wenn seine Gesundheit bedeutete, ein Trainingsprogramm mit Aidan Mistkerl O'Conners durchzuziehen, dann würde ich die Zähne zusammenbeißen und während des Akts einfach ans schnell verdiente Geld denken, und zwar solange, bis der Kerl fertig war. Im Moment beschäftigte mich mehr, ob die vergangenen Tage ausgereicht hatten, um mit Aidan einigermaßen professionell umgehen zu können. Immerhin war unser erstes Zusammentreffen nicht sonderlich positiv verlaufen. Dieses Mal würde ich mich freundlich und zurückhaltend verhalten, lernfreudig, aber reserviert. Niemand konnte mich zwingen, auch noch Spaß bei dem Schweinkram mit ihm empfinden zu müssen.

In dieser Hinsicht würde er auf Granit beißen.

Zaghaft klopfte ich an die mir bereits bekannte Doppeltür und hörte kurz darauf ein barsches »Herein«, von einer Stimme, die mir allzu vertraut war. Umgehend versteiften sich meine Gliedmaßen. Ich hatte damit gerechnet, Joanne vorzufinden, ein erstes freundliches Gesicht wäre beruhigend gewesen. Frustriert drehte ich den Türknauf und schlüpfte durch den schmalen Spalt.

Aidan saß halb auf der Schreibtischkante und sah mir erwartungsvoll entgegen. Seine Miene war ausdruckslos und spiegelte in keinster Weise wider, was er in diesem Moment dachte.

»Ich hatte mit Joanne gerechnet«, sagte ich, während ich näherkam, und hielt ihm das einmal in der Mitte zusammengefaltete Blatt Papier hin. Noch am Freitag hatte ich mich bei einem staatlich anerkannten Frauenarzt untersuchen und testen lassen müssen. Eine Vorschrift vom Gesetzgeber, wie Joanne mir erläutert hatte.

Er studierte das Ergebnis. »HIV negativ, auch keine Clamydien oder sonstiges Zeugs, das ekelhaften Juckreiz verursacht. Sehr gut.« Langsam hob er den Kopf.

»Verhütest du?«

»Ich habe mir ein Verhütungsstäbchen einsetzen lassen.« Meine Wangen brannten.

»Wie sieht es aus mit deiner Periode? Wie oft wirst du ausfallen und dann für wie lange?«

Fieser, unsensibler Kerl. Das Letzte, was ich wollte, war ein Gespräch mit Aidan O'Conners über meinen Zyklus. Das ging ihn überhaupt nichts an. Andererseits mussten Joanne und Kayne sicher für ihre Planung sowas über ihre Mädchen wissen, Monatsblutungen betrafen ja nicht nur mich.

»In dieser Hinsicht hab ich Glück. Mit dem Stäbchen bekomme ich nur noch ungefähr alle drei Monate meine Regel.«

»Na, wenigstens etwas Erfreuliches«, brummte er, bevor er sich vom Schreibtisch schwang und auf mich zukam. Auch heute trug er Hemd und Anzug, das Jackett hing über der Lehne von Joannes schwarzem, ledernem Bürosessel. Er musterte mich mit schier unerträglicher Arroganz im Blick und ich bemerkte erfreut die winzige Narbe an seiner Augenbraue, die ich ihm mal verpasst hatte. Ein hübsches Andenken. Eine kleine Welle der Genugtuung wogte durch mich hinweg.

»Schön, wenn man sich auch über Kleinigkeiten freuen kann«, erwiderte ich spöttisch, denn ich hatte nicht vor, ihm schon wieder die Oberhand zu überlassen.

Er prustete durch die Nase. »Je weniger du ausfällst, desto besser für das Haus. Ansonsten kannst du von mir aus bluten, so oft du willst.«

»Du bist ein ekelhafter Mistkerl«, warf ich ihm an den Kopf. *So viel zu einem professionellen Miteinander.*

Sein Grinsen wurde gemein. »Ich sehe schon, wir werden viel Spaß zusammen haben. Komm mit.« Er winkte auffordernd, bevor er sich in Bewegung setzte und zur Tür hinausspazierte, ohne sich zu vergewissern, ob ich folgte. Seufzend ging ich hinterher, die Hälfte des Korridors wieder zurück, bis wir am

Ende angelangt waren und er eine ebenso dunkelfarbige Doppeltür öffnete. Aidan trat beiseite, um mir den Vortritt zu lassen.

»Nach dir«, sagte er übertrieben förmlich. Doch sein Grinsen war mir nicht entgangen. Was mich in dem Raum wohl erwartete? Ich tat unbeteiligt, spazierte lässig an ihm vorbei - und blieb nach wenigen Schritten abrupt stehen.

»Um Gottes Willen«, brach es aus mir hervor. Was um alles in der Welt ...? Direkt vor mir stand ein breites schmiedeeisernes Bett, das mit dunkelroter Seidenbettwäsche überzogen war, die sofort klarstellte: hier wurde nicht nur genächtigt. Sowohl am Kopf-, als auch am Fußteil waren Ringe angebracht. An der rechten Wand stand ein ganz normaler brauner Kleiderschrank, neben dem eine weitere Tür irgendwohin führte.

Was mich jedoch am meisten schockierte, befand sich links. Jede Menge merkwürdiges Equipment, das aussah, als würde es schreckliche Schmerzen bereiten, war an langen Ketten an der Wand befestigt. Daneben stand ein Metallregal, in dem allerhand Vibratoren und anderes Zeug zur Schau gestellt waren, das ich noch nie zuvor gesehen hatte. Keine Ahnung, was man mit den Sachen anstellte - ich wollte es auch gar nicht wissen.

Die meiste Angst flößte mir jedoch das deckenhohe x-förmige Holzkreuz ein, welches an der Wand angebracht war und in dem ebenfalls massive Metallringe steckten.

»Was«, krächzte ich und räusperte mich. »Was hast du mit dem Zeug vor?« Meine Stimme quietschte vor Entsetzen.

Aidan kam so dicht hinter mich, dass ich seinen warmen Atem auf meiner Wange spürte. »Du befindest dich in einem Playroom, nichts weiter.« Er legte beide Hände auf meine Hüften, und ich ließ es starr vor Schreck geschehen.

»Und das willst du alles an mir ausprobieren?« Mein Herz galoppierte regelrecht. Aidan musste meinen aufgelösten Zustand spüren, denn er legte beide Arme um mich und ließ seine Hände auf meinem Bauch ruhen.

»Nicht heute«, beruhigte er mich mit leiser Stimme. »Das machen wir nach und nach. Du wirst dich noch darauf freuen, glaub mir.«

»Ganz bestimmt nicht.« Ich riss mich von ihm los und drehte

mich um, bevor ich einen Schritt nach hinten trat, um so weit aus seiner Nähe zu gelangen wie nur möglich. Aidan hatte eine viel zu aufwühlende Wirkung auf mich.

»Du wirst mich ganz sicher nicht an dieses Ding fesseln und mich auspeitschen oder irgendwelches perverses Spielzeug in mich stecken. Was ist in den letzten Jahren bloß bei dir schiefgelaufen, dass du dich so verändert hast? So perverse Sachen hättest du doch früher nicht gemacht.« Angeekelt deutete ich vage durch den Raum.

»Du bist immer noch dasselbe verklemmte Mädchen mit diesem Kleinstadtdenken. Das sind nur Toys, ein wenig Abwechslung im Bett, mit dem sich erwachsene Menschen im gegenseitigen Einverständnis die Zeit vertreiben. Du hast die Sachen doch noch nicht einmal probiert, wie kannst du dann wissen, ob es dir nicht gefallen wird?«

»Ich weiß jetzt schon, dass es mir nicht gefallen wird, von dir ausgepeitscht zu werden.« Mit zittrigen Knien ging ich zu der Wand mit dem Equipment und betrachtete die aufgereihten Peitschen und Gerten der Reihe nach. Manche waren breit und aus Leder gefertigt, an anderen baumelten gleich mehrere lange Lederschnüre, und daneben hingen Gerten aus allen möglichen Materialen, direkt neben Rohrstöcken in verschiedenen Größen.

So unterschiedlich sie auch aussahen, sie alle hatten eins gemeinsam: Es tat bestimmt unglaublich weh, einen Schlag damit abzukommen, und ich verspürte nicht das leiseste Verlangen danach, es auszuprobieren. »Tut bestimmt ziemlich weh«, sagte ich leise. Aidan war schon wieder langsam nähergekommen.

»Kommt darauf an, wie heftig man die Schläge ausführt«, antwortete er ungerührt. »Im Großen und Ganzen ist es nur ein prickelnder Lustschmerz, der dir einen extra Kick verschaffen wird.«

»Danke, verzichte«, sagte ich schnippisch und verschränkte die Arme vor der Brust.

»Das werden wir noch sehen.« Er klang schon wieder spöttisch und viel zu selbstsicher. Der verflucht sexy Tonfall in seiner Stimme prickelte zu meiner großen Verärgerung schon wieder bis in mein Höschen.

»Und wenn ich nicht will?« Ich sah über die Schulter.

Er deutete in Richtung Tür. »Du kannst jederzeit gehen. Aber vergiss dann bitte nicht, dem Club die 5.000 Dollar Vorauszahlung zurückzuerstatten, die bereits auf dein Konto geflossen sind.«

Mistkerl. Mit dieser Ansage hatte er mich. Ich war sowas von pleite, dass die Hälfte des Geldes wahrscheinlich bereits für noch ausstehende Rechnungen draufgegangen war. Vielleicht sollte ich mich einfach auf Aidan einlassen, ihm Honig ums Maul schmieren und ihn dann mit viel Charme von den anstehenden Folterstunden abbringen.

»Also gut. Was steht heute an?«

»Ich werde dir den Club zeigen und dich deinen zukünftigen Kolleginnen vorstellen, damit du einen ersten Eindruck davon bekommst, was dich hier erwartet.«

Sein Vorschlag klang machbar, sogar ganz okay. Bekam ich locker hin. »Das ist alles?«

Aidan spazierte hinüber zum Kleiderschrank und öffnete eine Tür. »Wir werden an der Bar einen Schluck trinken, das wird dich hoffentlich auflockern. Du kannst dir in Ruhe bei den Mädels anschauen, wie der Erstkontakt mit den Kunden verläuft.« Er kramte im Schrank herum.

Ich schluckte. »Aber ich muss noch nichts tun dort, oder?«

Aidan drehte sich um, in der Hand ein superkurzes Minikleid aus schwarzem Latex. »Nur das hier anziehen.«

»Ww…was? Ernsthaft?« OH. MEIN. GOTT. Der Fummel zeigte mehr, als er verdeckte. Das Dekolleté war tief ausgeschnitten und wurde unter der Brust geschnürt, sodass die Hälfte meines Busens hervorquellen würde. Der winzige Rock hingegen fiel schwingend nach allen Seiten. Ich würde bei jedem Schritt zumindest meinen Hintern entblößen.

»Du kannst dich unmöglich in diesem Fummel in der Bar blicken lassen. Die Gäste werden glauben, du bist eine Betschwester, die sie auf den rechten Pfad der Tugend zurückführen will.«

Ich sah an meinem geblümten Sommerkleid entlang, das an meinen Knien endete. Eigentlich fand ich es mit den Spaghettiträgern recht offenherzig und hatte es deswegen auch ausgewählt.

Er konnte unmöglich verlangen, mich in dieses ordinäre Nutten-Outfit zu zwängen, das ich nicht mal für Halloween in Betracht ziehen würde.

»Hopp, hopp«, trieb er mich an. »Ich hab keine Lust, die halbe Nacht hier rumzustehen, und du sicherlich auch nicht.«

»Doch, hab ich«, rutschte es mir heraus, während ich fassungslos das glänzende Gummikleid in seiner Hand betrachtete.

Er lächelte milde. »Du wirst heute noch viel Neues zu Gesicht bekommen, lass dich einfach darauf ein.«

Nach einem Moment des Zögerns riss ich ihm das verdammte Kleid aus der Hand und deutete auf die Tür neben dem Schrank. »Kann ich mich da drin umziehen?«

»Das ist das Bad und nein« - er schüttelte den Kopf -, »du kannst dich nicht dort umziehen, sondern wirst es hier vor mir tun.« Mit zwei Schritten war er beim Bett und sank auf die Matratze. »Und dieses Mal in sexy, bitte.«

Ich stand da wie in Gips gegossen, konnte mich keinen Zentimeter regen. Das ganze Wochenende über hatte ich Gelegenheit gehabt, mir einzutrichtern, dass ich wohl oder übel viel nackte Zeit vor Aidan verbringen würde, aber jetzt, wo es soweit war, konnte ich mich nicht überwinden. Meine Scham hatte mich fest im Griff und köchelte bis in mein Gesicht. »Bitte nicht, Aidan.« Ich schluckte.

Seufzend stand er wieder auf und kam zu mir. »Möchtest du lieber gehen?«, fragte er leise.

Als ich den Kopf schüttelte, hakte er einen Finger unter den linken Träger meines Kleides und schob ihn mir von der Schulter.

»Was hat dich in ein Bordell verschlagen?«, fragte ich leise.

»Zufall.« Er zuckte mit den Schultern und ließ auch den anderen Träger an meinem Arm hinabgleiten. »Hier kann ich beruflich ausleben, worin ich richtig gut bin.«

»Angeber.«

Er lächelte. Als er seine warme Hand auf die Ansätze meiner Brüste legte, schloss ich die Augen. Im nächsten Moment spürte ich seine Lippen auf meinem Hals, genau an der Stelle, an der mein Blut heftig pulsierte.

»Wir werden langsam vorgehen«, murmelte er und bedeckte meine Haut mit feuchten Küssen. »Jeden Tag probieren wir etwas Neues, nichts davon wird dich überfordern, dich verletzen oder dir Angst machen. Du kannst mir vertrauen.« Er zog sachte am leichten Baumwollstoff meines Kleides, sodass es hinunter bis zum Bauch glitt. »Vertrauen ist das Wichtigste bei unserer Arbeit, ansonsten wirst du dich nicht auf all die Dinge einlassen können, die ich dir zeigen werde, verstehst du?«

Ich nickte. »Ja.«

Mein Atem zitterte, denn sein vertraut männlich herber Geruch stieg mir wieder in die Nase und vernebelte mir den Verstand. Er schob mir das Kleid über die Hüften, worauf es zu Boden sackte, und legte beide Hände auf meine Taille. Himmel, wie grandios sich seine großen Hände auf meiner nackten Haut anfühlten. Aidan war gefährlich geworden, wurde mir schlagartig klar.

Von dem schäkernden Jungen mit den tausend Flausen im Kopf und dem Teenie-Charme war nichts mehr übrig. Ich legte den Kopf in den Nacken, als er seine Hände an meinen Seiten nach oben gleiten ließ, mich dabei so wundervoll rau und gekonnt anfasste, dass ich schon wieder feucht wurde. Er griff hinter meinen Rücken und löste die Häkchen meines mintfarbenen BHs, befreite meine empfindlich gewordenen Brustwarzen aus dem Stückchen Stoff, das mir plötzlich viel zu eng wurde. Seine Finger fanden meinen Busen, er knetete ihn sanft und streichelte jede Brust mit Hingabe. Oh Gott, er war so geschickt mit seinen Händen. Wie würden seine Finger sich wohl erst eine Etage tiefer anfühlen?

Ein leises Stöhnen verließ meinen Mund. Erschrocken öffnete ich die Augen und bemerkte sein freudiges Grinsen, mir diesen Ton entlockt zu haben. Rasch biss ich mir auf die Lippen.

»Hier in diesem Raum wirst du eines nie tun«, sagte er leise, aber bestimmt. »Dich für irgendeine Reaktion deines Körpers schämen. Verstanden?«

Ich musterte ihn schweigend. Seine Worte hatten wie ein Befehl geklungen. Er wollte mir wahrhaftig verbieten, mich zu schämen. Ich tat aber genau das. Als ich nicht reagierte, kniff er mir so fest in beide Brustwarzen, dass ich instinktiv aufschrie.

»Autsch.« Schon im nächsten Moment ließ der kurze Schmerz nach, kribbelte stattdessen wie durch eine Stromleitung direkt in mein Höschen und ließ meine Klit summen. Oh Gott!

»Ein erster Vorgeschmack, dass es einen Unterschied zwischen Schmerz und Lustschmerz gibt.« Er senkte den Kopf, küsste wieder meinen Hals und knabberte sachte an meiner Haut, ließ mich wohlig erschauern. Seine Zähne gruben sich kurz in mein Fleisch, der Nachhall seiner dort hinterlassenen Abdrücke züngelte durch mich hindurch, so frappierend unvorbereitet und erregend.

Plötzlich schnappte er mich um die Taille und stieß mich gegen die Wand. Ich spürte den kühlen Putz im Rücken und bemerkte das Feuer in Aidans Augen. Die Sanftheit von eben war daraus verschwunden, und trotz meiner Unerfahrenheit las ich darin, dass er ein Mann war, der mehr brauchte. Eine dunkle, triebhafte Seite schlummerte in ihm, eine schattige Neigung, die ihn unberechenbar werden ließ. Ich wusste nicht, ob ich mit diesem Aidan umgehen konnte. Schon im nächsten Moment zog er mir das Höschen über die Hüften.

»Aidan«, flüsterte ich und legte beide Hände auf seine Schultern. »Du machst mir Angst.«

»Du musst keine Angst vor mir haben.« Seine Lippen trafen auf mein Kinn, küssten die Linie entlang bis zu meinem Ohr, in das er heiß seinen Atem hineinblies. »Hör einfach auf zu denken und lass dich auf mich ein«, raunte er in mein Ohr. Seine Hand fand zu meinem Oberschenkel, er strich die empfindliche Innenseite entlang, und ich stand lichterloh in Flammen. Er war einfach überall, seine Zunge drang in mein Ohr und kitzelte mich so wohlig, dass sich immer mehr Nässe zwischen meinen Beinen sammelte. Die eine Hand massierte zärtlich meine linke Brust, während er die mittlerweile übersensible Brustwarze zwischen Daumen und Zeigefinger drehte, dabei immer wieder gekonnt den Druck erhöhte.

Der plötzliche Schmerz verwandelte sich tatsächlich umgehend in pure Lust. Meine Knie wurden weich, trugen mich beinahe nicht, aber Aidan fixierte mich mit seinem Körper an der Wand. Als seine Hand meine Vagina berührte, zuckte ich kurz hoch.

»Ich liebe diese Reaktion bei einer Frau«, sagte er genießerisch. »Du bist mir völlig ausgeliefert und kannst nichts dagegen tun. Dir gefällt zu sehr, was der Mistkerl Aidan mit dir anstellt, nicht wahr, mein Engel?«

Ich biss mir auf die Lippen, wollte ihm nicht zustimmen. Ich wollte nicht, dass er meinem Körper solche Reaktionen entlockte. Als ich seinen Mittelfinger zwischen meinen Schamlippen spürte, stöhnte ich wieder leise auf, kniff aber die Beine mitsamt seiner Hand zusammen.

»Du hast dich rasiert, das gefällt mir.« Seine Stimme klang hungrig und wie das Knurren eines Wolfs. Trotz meiner halbherzigen Gegenwehr schob er seine Hand tiefer. Er wich mit dem Kopf zurück. »Sieh mich an«, befahl er und ich öffnete die Augen. Unsere Blicke verhakten sich ineinander. Seine Hand steckte zwischen uns beiden fest. In diesem Moment konnte er alles mit mir machen, ich hatte ihm nichts entgegenzusetzen. Meine Klitoris pulsierte immer heftiger, schrie richtiggehend nach seinen geschickten Fingern.

Mit dem Mittelfinger teilte er meine äußeren Schamlippen, drang tiefer in mich vor, öffnete meine verkrampften Schenkel mit sanfter Gewalt.

»Verweigerst du dich mir ein weiteres Mal, werde ich einen der Rohrstöcke an deinem Hintern ausprobieren. Heute ist dein erster Abend, da lasse ich dir das nochmal durchgehen.«

»Was?«, fragte ich erschrocken.

»Wir werden alle diese Spielzeuge an dir ausprobieren. Ob früher oder später, liegt ganz bei dir.« Er wich mit dem Oberkörper zurück, schuf eine Lücke zwischen uns. Der kühle Lufthauch der Klimaanlage wehte seidig und erlösend über meine erhitzten Schenkel, zwischen denen noch immer Aidans Hand steckte.

»Sieh nach unten«, befahl er, und ich senkte gehorsam den Blick. Auf eine kranke Weise machte mich die Art, wie er mit mir sprach, unglaublich an.

Das Blut pochte in meinen Schläfen, als ich Aidans Hand nicht nur fühlte, sondern auch sah. Die Fingerkuppe seines Mittelfingers tippte in meinen Eingang, seine restlichen Finger streichelten sachte meine Schamlippen und brachten mich beinahe um den Verstand. Meine heftig pochende Perle ließ er vollkommen außer Acht, sodass ich die schwellende Anspannung fast nicht mehr aushielt, obwohl ich in dieser demütigenden Pose dastand.

»Wenn du willst, dass ich mich auch deiner Klit zuwende, musst du die Beine spreizen«, hörte ich ihn. Sein hinterhältiges Grinsen sagte alles, als er weiter meine Schamlippen streichelte, und seinen Finger noch ein Stückchen tiefer in mich einführte, was wegen meiner erregten Feuchtigkeit ein Kinderspiel für ihn war. Mein Herzschlag geriet aus dem Takt, ich hatte das Gefühl, als ob tausend winzige Nadelstiche meinen Nacken bearbeiteten, während das wilde Pochen zunahm. Innerlich verfluchte ich meinen Körper für seine Willenlosigkeit, verfluchte meine Schwäche, ihm so schnell diesen ersten Sieg zu schenken.

»Ich werde nachher wie ein Freier mit dir schlafen«, hörte ich ihn sagen und wich mit dem Kopf zurück, bis ich die harte Wand traf. »Und es liegt ganz an dir, ob du vorher auch noch etwas davon hast. Willst du einen Orgasmus, dann bist du jetzt ein braves Mädchen und spreizt deine hübschen Schenkel für mich.«

Was hatte er da eben mit seiner warmen Hand auf meiner Vagina von sich gegeben? Ich mochte überhaupt nicht, dass ein Mann mit mir redete, während er meine intimen Stellen berührte. Schon gar nicht, dass Aidan es in dieser primitiven Art und Weise tat.

»Du willst mit mir schlafen?«, keuchte ich, denn er rutschte bis zum zweiten Fingerknöchel in mich. Was er mit mir tat, fühlte sich so verboten köstlich an, dass ich mich beinahe selbst hasste. Als wäre es das Selbstverständlichste auf der Welt, mich von ihm nach zehn Jahren ohne Kontakt einfach entkleiden zu lassen und an eine Wand zu stellen, damit er einen Finger in mich stecken konnte.

»Nein, ich *werde* mit dir schlafen. Darüber diskutieren wir nicht.«

»Wolltest du mir nicht den Club zeigen?«, japste ich, und merkte, wie ich anfing zu zittern. Sein Finger glitt tiefer, meine Nässe machte ihm das Eindringen trotz meiner zusammengepressten Schenkel einfach, was mir unglaublich peinlich war.

»Den Rundgang verschieben wir auf später, kleiner Programmpunktwechsel, jetzt, wo du schon mal nackt bist.«

»Aber …«, fing ich hilflos an und schnappte nach Atem. Mein Körper summte an allen Stellen, aber durch meine Klitoris flogen Schmetterlinge, deren sanfter Flügelschlag den kleinen Punkt immer weiter anschwellen ließ, bis er ganz hart wurde. Ich brauchte seinen Finger noch tiefer an dieser Stelle und zwar sofort.

Noch nie in meinem Leben hatte ich das Verlangen nach Liebkosung an meinem empfindlichsten Punkt derart intensiv verspürt wie in diesem Moment. Jeglicher Selbstrespekt in mir raffte seine Siebensachen zusammen und machte sich mit wehenden Fahnen davon. Ich wusste nur noch eins, ich wollte von ihm an dieser verdammten Stelle gestreichelt werden.

»Schenk mir deine hübsche Pussy«, flüsterte er mir ins Ohr, »gib sie frei und du wirst voll auf deine Kosten kommen. Ich werde dich fingern, wie dich vorher noch nie ein Mann gefingert hat, glaub mir. Soll ich noch einen zweiten dazunehmen?«

Schon wieder redete er so obszön daher, aber dieses Mal törnte mich allein die Vorstellung seiner Aussage ungemein an.

Er schob seinen Finger mit sanftem Druck bis zum Anschlag in mich. Ich konnte es nicht glauben, ich stand zehn Minuten nach dem zweiten Zusammentreffen mit Aidan O'Conners erneut nackt vor ihm und hatte zur Krönung noch seinen Finger in mir stecken!

Und das Schlimmste daran: Ich genoss seine verbotene Berührung. Wie von selbst öffneten sich meine verkrampften Schenkel ein ganz klein wenig, was das heftige Pochen meiner Klitoris zu einem wilden Pulsieren steigerte. Am liebsten hätte ich ihn angeschrien, er solle sich endlich um diese eine Stelle kümmern, obwohl ich nicht einmal wagte, den Namen in den Mund zu nehmen.

»Braves Mädchen«, lobte er mich erneut mit diesem tiefen Grollen in der Kehle. »Und jetzt sag mir, wo willst du meine Finger haben?«

Ich schüttelte heftig den Kopf und schloss die Augen. Was er da mit mir veranstaltete, war die reinste Folter. Als er seinen Finger krümmte, und irgendeinen Punkt in mir massierte, schickte er Blitze durch mich hindurch, die sich allesamt in meiner Klitoris bündelten und mich beinahe von den Füßen rissen. Er war sowas von gemein. Aidan hatte mich mit Leichtigkeit in einen Zustand versetzt, in dem er alles von mir haben konnte, solange er mich nur endlich befriedigte. Allein beim Gedanken daran wäre ich am liebsten im Erdboden versunken, aber ich hatte keine Kontrolle mehr über mich selbst.

Mittlerweile kreiste er um meine empfindlichste Stelle, allerdings großzügig, ohne ihr selbst die sehnlichst gewünschte Aufmerksamkeit zu gönnen.

»Du musst mir schon sagen, wo genau du es haben willst, Vivien.«

»Hier«, keuchte ich und klopfte vor Frust mit dem Hinterkopf gegen die Wand.

»Du musst noch genauer werden.« Er klang spöttisch und ich wusste, dass er jede Sekunde meiner Misere genoss. »Willst du einen zweiten Finger?«, fragte er mit freundlicher Stimme.

Ich nickte nur mit angehaltenem Atem, meine Fingernägel kratzten über die weiße Kalkwand.

»Also ein zweiter Finger. Egal, welcher?«

»Ja, verdammt«, fuhr ich ihn an und wäre ihm am liebsten an die Gurgel gegangen, hatte aber Angst, er könnte dann seine göttlichen Finger aus mir nehmen. Wie ich mich verachtete für die Lust, die ich verspürte.

Dennoch hielt ich still, konzentrierte mich wohlig auf die zweite Fingerspitze, die meinen Eingang dehnte. Ob das sein Zeigefinger war?

»Spreiz deine Beine noch ein bisschen«, befahl er leise. Ich gehorchte. Egal, was er von mir verlangte, jetzt bekam er es.

»Fühlt sich das gut an, ja?« Sein zweiter Finger rutschte mit Leichtigkeit in mich, füllte mich aus, aber noch nicht genug.

»Noch einer«, japste ich flehentlich.

»Noch ein Finger?«, fragte der Mistkerl, als läge ein akustisches Problem vor.

Ich nickte.

»Nur, wenn du bitte sagst.«

»Bitte«, quetschte ich hervor und stöhnte laut, da er seine Finger rhythmisch in mir bewegte.

»So wundervoll nass«, stellte er zufrieden fest, bevor er mir endlich den dritten Finger gab, und mein empfindliches Fleisch bis zum Ansatz köstlich dehnte. Seine Bewegungen wurden schneller, er stieß mit drei Fingern immer schneller in mich.

»Magst du es, von meinen Fingern gefickt zu werden?«

Auf diese Frage würde ich ihm keine Antwort geben. Ich biss mir auf die Lippen. Er stoppte mittendrin, just in dem Moment, als sich ein erstes süßes Ziehen in mir aufgebaut hatte. Frustriert seufzte ich auf. Wie konnte ein Mensch nur so gemein sein? Alle drei Finger verharrten in mir, als er sagte: »Ich habe dich gefragt, ob du gern von meinen Fingern gefickt wirst, und verlange eine Antwort von dir. Stelle ich dir Fragen im Bett, hast du zu antworten, verstanden? Ansonsten werden die Zuwendungen an dich eingestellt.«

»Ja, ich mag es von deinen Fingern gefickt zu werden«, fuhr ich ihn an, er sollte bloß nicht aufhören.

»Das freut mich zu hören.« Er stieß wieder so herrlich tief in mich, rutschte dabei mit seinen rauen Fingerkuppen an diesem Punkt in mir entlang, von dem ich bisher gar nicht gewusst hatte, dass er überhaupt existierte, und ließ mich endlich wieder in dem warmen Strudel schwimmen.

»Aber dir fehlt noch was, richtig?«, hörte ich ihn erneut.

Ja, da hatte er verdammt recht, schließlich umkreiste er diese Stelle seit gefühlten Stunden großzügig, während sie nach seiner Punktlandung schrie.

»Ja«, gab ich zu und kam seiner Hand mit den Hüften entgegen.

»Dann sag, was du möchtest, und benutze den Namen.« Seine Finger kreisten in mir, meine eigene Feuchtigkeit klebte an meinen Schenkeln.

»Streichle meine Klitoris«, flüsterte ich. Hitze brachte mein Gesicht zum Kochen. Er musterte mich mit einer Spur Stolz im Gesicht. »Das ist mein Mädchen. Für so viel Mut bekommst du jetzt auch deine Belohnung.«

Als sein Daumen meine empfindlichste Stelle berührte, zuckte ich erneut in die Höhe, mit einem Gefühl, als hätte er meiner Perle einen elektrischen Schlag verpasst.

»Du bist überreizt«, stellte er fest. »Sag nächstes Mal früher, was du möchtest.«

Er fing an, meine Klitoris zu reiben, rau und unter sanftem Druck, brachte mich in der Kombination mit den drei Fingern, die immer noch in mir steckten, an den Rand des Kollapses. Ich hatte schon den ein oder anderen Orgasmus mit Greg erlebt, meist waren es eher Zufallstreffer gewesen. Entweder hatte Greg den kleinen Lustpunkt nicht gefunden und sich knapp daneben abgemüht, was ich mich nicht traute ihm zu sagen, oder er war so sachte und vorsichtig dabei vorgegangen, als hätte er Angst gehabt, meine Klitoris könnte platzen.

Aidan hingegen baute den nötigen Druck auf, den ich gerade so dringend benötigte, er rieb im genau richtigen Takt und erhöhte das Tempo stetig. Seine geschickten Finger verteilten meine Nässe auf mir, er glitschte richtiggehend in mich, während sein Daumen meiner empfindlichsten Stelle die dringend benötigte Erlösung versprach. Mein Bauch zog sich rhythmisch zusammen, die Muskeln meiner Innenwände krampften sich um seine Finger. Ich hörte mich selbst laut stöhnen und hielt mich an Aidans muskulösen Schultern fest, weil mich das Gefühl überkam, in einen tiefen Abgrund zu fallen.

Wie eine Flutwelle riss der Orgasmus mich mit, während meine Vagina sich unaufhörlich um seine Finger zusammenzog. Das ausgefüllte Gefühl verschaffte mir eine ungeahnte Befriedigung, am liebsten hätte ich seine Hand für immer zwischen meinen Beinen behalten. Mein Herzschlag wummerte noch in meiner Brust, als ich endlich wieder kurzatmig zu mir kam.

»Wow«, war das einzige Wort, das ich herausbrachte, und auf einmal erschien mir ein Trainingsmonat mit Aidan nicht mehr ganz so schrecklich wie am Anfang.

Aidan musterte mich durchdringend, während er langsam seine Finger aus mir zog und ein leeres Gefühl in mir hinterließ. Er wischte sie an seiner Hose trocken.

»Dir hat es also gefallen?«, wollte er wissen, klang jedoch neutral, als hätte er mich nach der Uhrzeit gefragt.

»Es war unglaublich«, gab ich zu und lächelte scheu, aber selig.

Er musterte mich ohne äußere Regung. »Nach deiner

Aufwärmphase fangen wir direkt mit der ersten Trainingseinheit an.«

Aufwärmphase???

»Und das bedeutet was?« Instinktiv verdeckte ich meine Brüste mit einem Arm.

»Das heißt, du wirst dich jetzt auf das Bett legen und die Beine spreizen, damit ich mit dir schlafen kann, wie ein Freier das mit einer Nutte machen würde, der er ein paar Dollar bezahlt hat.« Aidan klang hart, gefühllos und distanziert. Für ihn war das Training tatsächlich nur ein Job. Wie es aussah, war der Höhenflug vorhin Teil der Ausbildung und keine emotionale Entgleisung gewesen, wie bei mir.

»Was willst du damit bezwecken?«

»Ganz einfach.« Er knöpfte seine Weste auf und warf sie achtlos zu Boden. »Ich habe dir gesagt, dass wir ganz am Anfang beginnen und das Training langsam steigern. Heute wirst du erfahren, wie sich Sex für eine normale Prostituierte auf der Straße anfühlt.« Als er sich auch noch das mittlerweile geöffnete Hemd über die Schultern schob, gewährte er mir zum ersten Mal einen Blick auf seinen Oberkörper, und mir blieb tatsächlich für einen Moment die Luft weg. Aidan musste viel Zeit mit Kraftsport verbringen, sein Körper war eine einzige Komposition, hervorgebracht von einem Meister der Extraklasse.

Seine breiten Schultern und die starken Oberarme passten perfekt zu den muskulösen Konturen seines Brustkorbs. Das Wellenspiel seiner Bauchmuskeln rundete das Bild perfekt ab. Einen Tick zu langsam schlüpfte er aus seiner Hose und ließ mich seine wohlgeformten Oberschenkel anschmachten. Sein Oberkörper formte bis zu den Hüften ein perfektes V. Was für ein Bild von einem Mann, er war schlichtweg makellos, als wäre er soeben dem Cover eines Fitnessmagazins entstiegen. Allerdings wirkte seine Ansage vom Straßennuttensex wie ein kalter Guss auf mich. Weshalb wollte er den Funken Magie zwischen uns auspusten, den er soeben selbst entzündet hatte, und wieder zu dem Mistkerl mutieren, der er in Wirklichkeit war. Ich hatte so schön vergessen gehabt, wer vor mir stand.

»Warum willst du das tun?«, formulierte ich meine Frage erneut mit anderen Worten, weil ich so fassungslos war.

Er stand jetzt nackt vor mir und nahm meine Hand.

»Damit du den Unterschied kennenlernst zu dem, was dich die nächsten Wochen hier im Gentleman's Paradise erwartet.«

Er lotste mich zum Bett und deutete mit einer kurzen Handbewegung auf die Matratze. »Leg dich hin und spreiz die Beine«, befahl er kurz und bündig. Sein Glied war angeschwollen und ragte erregt und riesig in die Höhe. Es sah schön aus, kerzengerade und leicht rosa. Hätte Aidan den Zauber seiner Verführung aufrechterhalten, ich wäre wahrscheinlich nur allzu gern mit ihm in diesem verrucht sündigen Bett gelandet. Jetzt kam er mir wie ein Fremder vor, und es kostete mich alle Überwindung, eine Hand auf das glänzende Laken abzustützen.

Ich versank ein wenig in dem weichen Bettzeug, krabbelte dennoch ohne eine Miene zu verziehen in die Mitte des Betts und legte mich auf den Rücken. Dabei spürte ich Aidans Blick heiß im Nacken.

»Nimm die Knie hoch und spreiz die Beine«, forderte er emotionslos. »Mehr musst du als Straßennutte übrigens nicht tun, um dir auf die Schnelle fünfzig Dollar zu verdienen.«

Ich wandte den Kopf zur Seite. Jegliches Glücksgefühl war aus meinen Venen verschwunden, Aidan hatte es hinbekommen, dass ich mich wie eine billige Nutte fühlte. Ich hob die Knie an und spreizte meine Beine, wie er befohlen hatte, ließ die Arme schlaff neben dem Körper liegen. »Muss ich sonst noch irgendwas tun?«, fragte ich mit leiser, zittriger Stimme.

Aidan schüttelte den Kopf. »Heute nicht. Die nächsten Wochen allerdings wirst du viel zu tun haben. Du wirst bald wissen, warum du in diesem Etablissement so viel mehr Geld verdienst, als du es auf der Straße würdest.«

Ich hasste es, dass er mich tatsächlich wie eine Prostituierte behandelte, mich regelrecht degradierte. Auf allen Vieren kam er zu mir aufs Bett und schlüpfte zwischen meine weit geöffneten Schenkel, die ihm vorgaukelten, sie würden ihn bereits erwarten. Er kniete vor mir, sein riesiger Penis war noch mehr angeschwollen. Mit der Seite seines Zeigefingers strich er durch meine in dieser Pose ebenfalls weit geöffneten Schamlippen.

Ich sah so bereit für ihn aus, obwohl ich es in Wirklichkeit überhaupt nicht war.

»Du bist noch feucht von gerade eben. Es ist von Vorteil, dass du so heftig gekommen bist. Somit brauchst du für diesen Fick keine Gleitcreme.«

Ich wandte mich wieder von ihm ab, konnte ihn nicht mehr ansehen. Vorhin hatte ich mir in einer himmelhochjauchzenden Sekunde ausgemalt, wie es sich wohl anfühlte, mit Aidan zu schlafen. Ich hatte uns küssend und streichelnd zusammen im Bett gesehen.

Was wir jetzt taten, war meilenweit entfernt von meiner Fantasie. Vielleicht war es besser so. Immerhin war ich nicht zu meinem Vergnügen hier, sondern um meinen Körper zu verkaufen, und je eher ich diesen Umstand verinnerlichte, desto besser.

»Möchtest du gehen?«, hörte ich Aidan fragen und drehte den Kopf, las in seinen hübschen Augen eine Spur Besorgnis. Auch er war nicht ganz so eiskalt, wie er vorgab, wurde mir klar, und diese Erkenntnis beruhigte mich ein wenig. Aidan wollte mir etwas zeigen. Mir einen Unterschied verdeutlichen, dessen Tragweite ich wohl erst in den kommenden Wochen voll und ganz verstand.

»Nein. Ich möchte nicht gehen.« Ich schüttelte den Kopf und schaffte ein verkniffenes Lächeln. »Bringen wir es hinter uns.«

»Okay. Eins noch.« Er streichelte mir sanft übers Haar. »Vivien, verkrampf dich bitte nicht, denn ich kann jetzt nicht zärtlich zu dir sein.«

»Ich versuche es.«

Er nahm ein Kondombriefchen aus der Nachttischschublade, riss es mit den Zähnen auf und rollte das Gummi mit geübten Handgriffen über sein steifes Glied.

»Regel Nummer eins«, sagte er dabei. »Unsere Mädchen haben niemals ungeschützten Sex. Wer kein Kondom benutzt, fliegt raus.«

»Ich werde immer eins benutzen«, bekräftigte ich rasch, während meine Finger sich um das Laken unter mir krallten. Mein Blick richtete sich auf die Decke, ich begann, die vielen kleinen dort eingelassenen Spots zu zählen.

»Du hast fünfzig Dollar bekommen«, fing er an, »für so wenig Kohle darf ich dich nicht berühren, und auch nirgends küssen, ich darf nur meinen Schwanz in dich stecken.«

»Okay.« Ich nickte, und zum ersten Mal dämmerte mir, dass für einen Tausender am Abend wohl eine ganze Menge mehr von mir erwartet wurde.

Ich spürte seine zarte Eichel an meinem Eingang, und er hatte recht gehabt. Die verbliebene Nässe zwischen meinen Beinen erleichterte ihm das Eindringen, sodass er problemlos in mich gleiten konnte. Mit einem schnellen Ruck stieß er in mich, es tat zwar weh, war aber noch erträglich. Glücklicherweise ließ er mir ganz kurz Zeit, mich an seine enorme Größe zu gewöhnen, ehe er sein Glied mit schnellen harten Stößen in mich trieb.

Ich schlief gerade mit Aidan, wurde mir klar, hatte sein Glied in mir, und wir hatten Sex wie zwei vollkommen Fremde. Er achtete jetzt nicht mehr auf mich, wie noch zuvor, als wir an der Wand standen. Kleine Schweißtropfen bildeten sich auf seiner Stirn. Er hatte sich links und rechts von mir mit den Unterarmen abgestützt und rammte mir sein Glied regelrecht rein, hatte jegliches Interesse an mir verloren. Groteskerweise genoss ich trotz allem das ausgefüllte Gefühl, das sein Glied in mir hinterließ, sein Umfang war enorm und spannte die Haut an meinem Eingang wie keiner der beiden Männer vor ihm.

Ich mochte seinen Penis in mir, obwohl wir so gefühllosen Sex hatten und Aidan sich kein bisschen um mich scherte. Ebenso gefiel es mir, zu beobachten, wie die Muskeln seines Oberkörpers arbeiteten, sich anspannten und unter der Haut zu tanzen schienen. Obwohl ich einfach dalag, genoss ich es, wie er mich mit jedem kraftvollen Stoß in die Matratze rammte.

Er glitt fast vollständig aus mir heraus, nur um mich im nächsten Moment wieder zu weiten, bis zum Anschlag in mir zu versinken. Er achtete darauf, meine summenden Stellen nicht mit ins Spiel zu bringen, ließ meine Klitoris außen vor und auch den Punkt tief in mir. Dennoch breitete sich Wärme in mir aus. Aidan hatte eine unglaubliche Ausdauer, während ich dalag und die Beine brav für ihn gespreizt hielt, wie er mir befohlen hatte. Es dauerte lange, bis ich seinen Penis in mir zucken spürte, während Aidan sich mit zusammengebissenen Zähnen ein Stöhnen verkniff.

Er sah unglaublich schön aus, mit diesem vor Erregung

verzerrtem Gesicht, und hatte es doch nicht ganz geschafft, mir das zu vermitteln, was er im Sinn gehabt hatte.

Ich war fast ein bisschen traurig, als er sich so unglaublich schnell, nachdem er gekommen war, wieder aus mir zurückzog. Ich blieb auch dann noch mit gespreizten Beinen liegen, als er sich über meinen Schenkel schlängelte und dabei das Kondom abzog. Er stand vom Bett auf und verknotete das Gummi. Ein letzter Tropfen regnete von seinem inzwischen schlaffen Glied zu Boden. Sein Blick glitt prüfend über mich.

»Alles in Ordnung?« Er nickte mir kurz zu, wirkte beinahe, als hätte er ein schlechtes Gewissen.

»Alles gut«, versicherte ich und setzte mich langsam auf.

Er nahm das Latexkleid vom Boden, das ich vorhin in meiner seligen Euphorie hatte fallenlassen. »Zieh es an. Ich zeige dir jetzt den Club.«

KAPITEL 7

AIDAN

Ich war froh, dass Vivien und ich mitten unter diesen vielen Leuten in der Gentleman's Bar standen. Was vorhin zwischen uns passiert war, hatte ich so nicht geplant gehabt. Eigentlich wollte ich ihr am ersten Trainingstag ein positives Gefühl geben. Sie sollte ihre Angst vor uns und diesem Haus verlieren, das Team kennenlernen und sich einen ersten Gesamteindruck verschaffen.

Ich hatte im Traum nicht vorgehabt, heute bereits mit ihr zu schlafen, aber schon als der erste Träger von ihrer Schulter fiel, war es um mich geschehen gewesen. Sie hatte mich mit diesen riesigen Unschuldsaugen angesehen und sich widerstandslos von mir entkleiden lassen. Schon wieder. Verdammt, als sie nackt vor mir stand, hatte ich gespürt, dass sie mehr wollte, obwohl sie sich ihre Lust selbst verboten hatte. Ihre innere Zerrissenheit hatte mich so unglaublich angetörnt. Ihre ganze Art war so verflucht gehemmt und frigide, aber zum Teufel, genau diese Mischung brachte mich fast um den Verstand.

Sie war sich ihrer sexuellen Anziehungskraft in keinster Weise bewusst, ihre Unerfahrenheit reizte mich bis aufs Blut. Ich wollte wissen, wie weit sie gehen würde. Ganz ohne Zwang oder Härte – im normalen erzieherischen Rahmen verstand sich. Vivien bekam man anders zu packen. Aufgrund ihrer strengen Erziehung war sie ein braves Mädchen, und mit dem nötigen autoritären Tonfall würde ich sie weit über ihre Grenzen treiben.

Schritt für Schritt. Sie nahm instinktiv Befehle entgegen und ich erteilte gern solche. Ihr Körper war so wunderschön, als hätte Gott bei ihrer Erschaffung ein Einsehen mit uns Männern gehabt. Sie war wie dafür gemacht, einem Mann im Bett zu dienen. Selbst ihre niedliche Pussy war außergewöhnlich. Auf ihrem Venushügel hatte ein winziges Muttermal geprangt, was ihrer süßen Vagina einen herrlich verruchten Anstrich gegeben hatte. Sie war schlichtweg perfekt. Perfekt für mich.

Ich beobachtete, wie sie den Blick schweifen ließ, ihr Gesichtsausdruck schwankte zwischen Unglaube und Entsetzen. Puh, wie es aussah, hatten wir noch viele Trainingseinheiten vor uns, bevor wir sie hier zum Spielen losschicken konnten. Ein paar unserer Mädchen vergnügten sich mit einer Junggesellenabschiedsgruppe. Judy kniete vor dem Bräutigam in Spe und gab ihm einen gekonnten Blowjob. Solche kleinen Extras brachten den Mädels ein hübsches Sümmchen obendrauf, sofern sie das vorher abgesprochen hatten.

»Warum gehen die nicht auf ein Zimmer?«, fragte Vivien leise und wandte immer wieder den Blick von den beiden ab, obwohl ich überhaupt nicht wusste, weshalb. Judy stellte sich ausgezeichnet an. Sie blies nicht nur in einem angenehmen Rhythmus, bei dem ich allein vom Zuschauen einen Ständer bekam, nein, sie streckte gleichzeitig auch noch ihren Hintern in die Höhe, den nur ein knapper String zierte, und stachelte mit lasziven Bewegungen den Appetit der restlichen Gäste an. »Das ist auch eine Art von Kundenakquise«, spielte ich auf Viviens vorherigen Job an. »Kriegen die anderen Gäste mit, wie unübertrefflich sie bläst, bekommt sie heute bestimmt noch ein paar extra Jobs.«

»Ah.« Vivien nickte, als stimmte sie mir zu. Die Kleine war zutiefst schockiert, und zum ersten Mal war ich froh, dass Kayne diesen bescheuerten Einfall mit der Wette hatte. Es würde lange dauern, bis Vivien am selben Punkt wie die anderen Mädchen angelangt war. Verstohlen musterte ich sie. Obwohl ich ihr Outfit nur ausgesucht hatte, um sie zu provozieren, musste ich zugeben, dass es ihr außerordentlich gut stand. Es unterstrich die Weichheit ihres Körpers, hob den Kontrast zu ihrem unschuldigen Äußeren in einer Art und Weise hervor, die ich nicht für möglich gehalten hatte.

Vivien sah aus wie ein gefallener Engel. Die pure Sünde in Person. Die Verschnürung um ihre Taille hob ihre Oberweite wie von selbst an, verdeckte nur knapp die blassrosa Vorhöfe ihres wunderhübschen Busens und ließ ihre Brüste üppiger wirken. Das winzige Kleid saß, als wäre es eigens für sie angefertigt worden. Ich führte sie am Ellenbogen in Richtung Bar, wir schlängelten uns an feiernden Männern und leicht bekleideten Frauen hindurch, die überall herumstanden.

Auf der Bühne, in der Mitte des Raums, lief gerade eine Lesbian-Stripshow, bei der es richtig zur Sache ging. Es lag an den Mädels, wie weit sie ihr Programm ausdehnten, und was sie gewillt waren, dort oben zu tun. Und Loraine, Anna und Ruby hatten eindeutig Spaß. Ruby kniete vor Loraine und leckte ihr hingebungsvoll die Pussy. Während Anna Ruby von hinten einen hellblauen Vibrator in die Vagina einführte. Die Zuschauer johlten und feuerten sie klatschend an. Alle drei waren bi und amüsierten sich auf der Bühne nicht nur wegen des Geldes, das wusste ich.

»Oh, Gott«, hörte ich Vivien leise neben mir, deren starrer Blick sich endlich von dem Blowjob-Pärchen gelöst hatte, nun allerdings an der Bühne hängenblieb.

»Das sind die Dinge, die die Mädchen hier tun, wenn sie mehr als fünfzig Dollar für eine schnelle Nummer verdienen wollen«, zog ich Vivien auf, der eindeutig zu dämmern schien, was der Grund meines Trainings vorhin gewesen war. Schon in der Sekunde, als ich meinen Schwanz aus ihr gezogen hatte, war ich von meinem schlechten Gewissen überrollt worden. Ich hatte sie dermaßen gefühllos gefickt, nachdem sie so willig und aufgeheizt gewesen war.

Diese Nummer hatte auch mir alles abverlangt: Vivien war so wundervoll eng und hatte sich unglaublich angefühlt. Eine ziemlich lange Zeit hatte ich mir unser erstes Mal ganz anders vorgestellt. Nur zu gern hätte ich sie vorhin nach allen Regeln der Kunst verführt, doch das wäre kontraproduktiv gewesen. Mittlerweile war ich froh, ihr diese erste wichtige Lektion verpasst zu haben. Die Musik wechselte zu einem langsamen französischen

Song, als wir uns auf zwei Barhocker setzten, die zufällig im selben Moment frei wurden.

Das Pärchen, das eben noch dort gesessen hatte, verschwand eng umschlungen, seine Hand steckte unter ihrem knappen Top.

»Was möchtest du trinken?« Ich musterte sie. Vivien wirkte so bleich, als würde sie jeden Moment vom Stuhl kippen. »Ein Glas Champagner?« Ich winkte Grace heran und bestellte.

Sie nickte.

»Ich glaube nicht, dass ich das bringe«, sagte sie plötzlich mit brüchiger Stimme und wässrigen Augen.

»Genau deswegen haben wir das Trainingsprogramm«, beruhigte ich sie rasch. Nicht, dass sie noch aufsprang und auf der Stelle das Weite suchte. »Alle unsere Mädchen haben es zuvor durchlaufen«, log ich, ohne rot zu werden. »Willst du es wirklich, wirst du es auch schaffen.«

»Ich weiß nicht.«

»Vivien.« Ich sah sie durchdringend an. »Ich kann es nur noch einmal wiederholen. Du allein bestimmst deine Dienstleistung. Willst du einem Kerl keinen Blowjob in der Bar geben, dann musst du das auch nicht. Hast du keine Lust, dich vor Publikum auf der Bühne auszuziehen, gilt dasselbe. Niemand zwingt dich hier, Männer gegen deinen Willen zu befriedigen.«

»Aber ansonsten brauche ich Jahre, bis ich die hunderttausend Dollar zusammen habe.« Sie klang bitter.

»Wofür brauchst du so dringend hunderttausend Dollar?«

Sie wirkte ertappt. »Für eine Eigentumswohnung«, sagte sie schließlich. »Und eine echte Chloé.«

Ich konnte mir ein Grinsen nicht verkneifen. »Immer noch dasselbe Luxusmädchen wie früher.«

Vivien nickte. »Ich fürchte ja.«

»Und aus diesem Grund hast du ausgerechnet im Gentleman's Paradise angeheuert?«

»Daran ist nichts Verwerfliches«, konterte sie.

»Ich wäre der Letzte, der das behaupten oder dich verurteilen würde, glaub mir.«

Grace stellte zwei langstielige Champagnergläser vor uns, kleine Bläschen schunkelten am Rand nach oben. »Ist das der Neuzugang?« Sie lächelte, während sie Vivien einer eingehenden

Musterung unterzog. Ihr enges Leopardenprint-Schlauchkleid war so tief ausgeschnitten, dass ihre Nippel hervorlugten.

»So ist es. Vivien, das ist Grace. Grace, Vivien.«

»Hallo, nett Sie kennenzulernen«, sagte Vivien schüchtern.

»Willst du mich allen Ernstes siezen?«, fragte Grace gespielt beleidigt und warf ihr gebleichtes Haar zurück. »Jetzt fühle ich mich alt.«

»Nein, ich wollte nur höflich sein«, beteuerte Vivien erschrocken. »Sie … du siehst toll aus.«

Grace lachte amüsiert. »War nur Spaß, Schätzchen.« Sie wandte sich an mich. »Sie sieht umwerfend aus. So wunderhübsch - viel zu hübsch.«

Ich wusste, was sie mir durch die Blume sagen wollte, wir kannten uns schon seit Jahren und Grace zählte zu meinen Vertrauenspersonen. Grace wollte mir verdeutlichen, dass Vivien zu schade für ein Bordell war, viel zu schade. Und insgeheim musste ich ihr recht geben. Aber das war nicht meine Entscheidung, sondern die von Vivien.

»Sehen wir erstmal, wie sie sich im Training anstellt.«

Grace war eine der wenigen Eingeweihten.

»Du Glückliche«, sagte Grace, bevor sie sich zu ein paar Gästen begab, die ihr ungeduldig winkten.

Ich ließ mein Glas sachte gegen ihres klirren. »Cheers.«

»Cheers.« Vivien leerte es fast in einem Zug und wirkte um einiges entspannter, als sie es zurück auf den Tresen stellte.

»Aber jetzt erzähl mal, wie ist es dir seit der Highschool ergangen?« Plötzlich wollte ich alles über sie wissen, ich brannte geradezu darauf, mehr von ihr zu erfahren. »Wie geht es deinen Eltern und deinem Bruder?«

»Du bist wohl nicht mehr oft in Carson City?«

»Nein, seit dem College war ich nicht mehr dort, um ehrlich zu sein.«

»Du bist nie mehr zurückgekommen?«

»Ich sah keinen Grund.« Als sie kurz zusammenzuckte, wusste ich, dass sie meine Antwort auf sich gemünzt hatte. Verdammt. So hatte ich das nicht gemeint. »Was ich damit sagen will: Meine Mom ist ja auch bald weggezogen und ich habe sonst keine Verwandten in Carson City.«

»Verstehe.« Sie lächelte gezwungen. »Meine Eltern haben sich vor acht Jahren scheiden lassen. Also gibt es keine Eltern mehr. Nur noch meine Mom.« Ihr Blick fixierte mich, als wollte sie ausloten, wie ich auf diese Information reagierte. Ich ließ mir nichts anmerken, obwohl ich ahnte, worauf sie aus war. Eine Diskussion über die Vergangenheit. Selbstverständlich wusste ich von der Trennung ihrer Eltern, wie sollte ich auch nicht?

Eine drückende Schwere legte sich mitten in dieser verfluchten Bar über uns und hätte nicht zum unpassenderen Zeitpunkt kommen können. Umgeben von testosterongeschwängerten Kerlen und dem verdunstenden Geruch von Sex und Sperma in der Nase.

»Mir tut das wirklich leid.« Mehr brachte ich nicht heraus und verfluchte mich selbst, dass ich dieses heikle Thema angeschnitten hatte.

»Mein Dad ist vor zwei Jahren gestorben«, fuhr sie fort und klang dabei, als spräche sie über einen entfernten Bekannten. »Er hat sich eine Kugel in den Kopf gejagt, als er völlig pleite war. Sein Gehirn ist bis hoch zur Decke gespritzt. War wohl kein schöner Anblick, als seine neue Frau ihn gefunden hat.«

»Du hast ihm nie vergeben«, stellte ich sachlich fest.

»Nein«, sie schüttelte den Kopf, ihr Kiefer verspannte sich. »Genauso wenig wie dir.«

Das saß. Vivien griff nach ihrem Glas und kippte den Rest in sich hinein, während ich Grace mit einem Wink bedeutete, ihr nachzugießen. Höchste Zeit für einen Themawechsel. Spannen wir uns weiter in eine derart trübsinnige Stimmung ein, würde dieser Monat für uns beide lang und qualvoll werden. Was geschehen war, war geschehen, keiner von uns konnte die Zeit zurückdrehen, und ich fühlte mich auch nicht schuldig am Schicksal ihres Vaters. Na ja, das stimmte nicht so ganz, aber jetzt war nicht der richtige Zeitpunkt, diese Geschichte neu aufzuwärmen.

»In dieser Bar werden wir in den nächsten Wochen viel Zeit verbringen«, wechselte ich das Thema und winkte Grace heran, damit sie mir einen Whisky einschenkte. Ich brauchte etwas Härteres.

»Whisky«, sagte ich knapp, nachdem sie Vivien eingegossen

hatte und die Flasche zurück in den Kühlschrank stellte. Sie schenkte mir einen Blantor's Gold ein, ihr Blick wanderte zwischen mir und Vivien hin und her. »Ihr seht plötzlich so trübsinnig aus«, sagte sie. »Dabei gebt ihr so ein hübsches Paar ab.«

»Hier gibt es keine Paare«, stellte ich klar. Sie sollte das blöde Gequatsche unterlassen. Meine Stimmung war auf dem Tiefpunkt.

»Zwischen uns ist alles rein geschäftlich«, hörte ich Vivien mit fester Stimme bestätigen, und ihre treffende Aussage passte mir ganz und gar nicht. »Arbeitest du gern hier?«, fragte sie Grace.

»Oh ja.« Grace nickte. »Ich möchte nirgendwo anders mein Geld verdienen. Nirgends gibt es so attraktive Chefs wie hier, die zudem noch so gut auf uns Frauen aufpassen.«

Ich warf Grace einen finsteren Blick zu. Wehe, sie verplapperte sich bereits am ersten Abend. Glücklicherweise wusste sie meine stille Warnung richtig zu deuten.

»Joanne und Kayne sind einfach toll«, schob sie schnell hinterher. »Und bei Aidan kannst du noch viel lernen«, grinste sie mich an.

»Deine Kundschaft wartet.« Ich wedelte mit einer Hand, als würde ich einen Mückenschwarm verscheuchen.

»Es ist alles so offenherzig hier.« Vivien griff nach ihrem Glas.

»Du bist in einem Bordell, einem Sexclub. Hier werden Fantasien befriedigt, die du dir noch nicht einmal im Traum vorstellen kannst. Es gibt nichts, wofür du dich schämen müsstest. Du bist ein erwachsener Mensch und kannst mit deinem Körper tun und lassen, was du willst.«

»Trotzdem finde ich es schockierend.«

»Nicht mehr, nachdem der Monat vorbei ist, soviel kann ich dir versprechen. Und Schätzchen.« Ich machte eine gewichtige Pause, langsam fand ich zurück auf mein Terrain, in Sachen Sex fühlte ich mich zu Hause. »Richtig offenherzig wird es erst in den Playrooms.« Ich ließ die Ankündigung im Raum stehen, Vivien würde noch früh genug erfahren, was es mit diesen Zimmern auf sich hatte. Glücklicherweise fragte sie auch nicht nach.

Nachdem sie ihr zweites Glas geleert hatte, sah ich auf meine Armbanduhr. Schon drei Uhr morgens. Für heute konnte Vivien meinetwegen Feierabend machen. Sie hatte genug Neues erlebt, das sie erst einmal verdauen musste.

»Du kannst nach Hause gehen. Wir sehen uns dann morgen um dieselbe Zeit wieder.«

Ohne Umschweife rutschte sie von ihrem Hocker. Mich überkam der Eindruck, sie hatte es unglaublich eilig, die Bar zu verlassen, was schon beinahe amüsant war. Bisher war sie lediglich Zuschauerin gewesen. »Soll dich jemand fahren, du hattest zwei Gläser Champagner.«

»Nein, mir geht es gut.« Sie stand abwartend da. »Von mir aus können wir.«

»Beinahe habe ich den Eindruck, dir gefällt es hier nicht«, neckte ich sie, als wir gemeinsam die Bar durchschritten.

»Wie kommst du denn auf so etwas?« Ihr Lächeln fiel spöttisch aus.

»Bauchgefühl.«

An der Tür fing uns Homer Landon ab, der mit seinen über sechzig Jahren zu unseren ältesten Stammgästen gehörte. Seinen Kopf zierte ein schütterer grauer Haarkranz, mit der biederen silbernen Brille und dem Bauchansatz, der sich unter dem blauen Poloshirt spannte, sah er aus, wie ein typischer Rentner. Er war Besitzer eines Casinos in Vegas und ließ sich unsere Mädchen öfter mal zu Privatpartys in sein Haus kutschieren.

Der alte Mann ließ viel Geld bei uns liegen und war somit immer gern gesehen.

Instinktiv spannte ich mich an, in der Hoffnung, dass er nicht unbedacht klarstellte, in welcher Position ich tatsächlich im Gentleman's Paradise residierte.

»Aidan, alles klar?«, grüßte er erfreut. Einen Arm hatte der alte Sack um die Taille der blutjungen Shawna gelegt, seine Hand verschwand unter ihrem kurzen roten Lederrock. An den eindeutigen Bewegungen sah ich auf den ersten Blick, dass er sie heftig fingerte. Gleichzeitig studierte er Vivien ausgiebig, der der Schreck ins Gesicht gemeißelt stand. Armes Mädchen, heute wartete ein Schock nach dem anderen auf sie.

»Alles super. Wir wollten gerade gehen.« Ich nickte Shawna zu. »Alles gut?«

»Mehr als gut.« Shawna klang kurzatmig, ihre Augen glänzten, sodass ich davon ausging, dass Homer ein hübsches Sümmchen für den Spaziergang unter ihren Rock hingeblättert hatte. Er war lange genug dabei, um zu wissen, dass es bei uns nichts umsonst zu holen gab.

»Wer ist sie? Eine Neue?« Mit der freien Hand deutete er interessiert auf Vivien. Gleichzeitig rieb er schneller an Shawna und entlockte ihr kleine stöhnende Laute, ihren Kopf hatte sie an seine Schulter gelehnt. »Kann man die Kleine buchen?«

Wie es aussah, hatte Vivien bereits ihren ersten Kunden an Land gezogen. Armes Mädchen. »Noch nicht, sie befindet sich momentan in einer Art Trainingsphase«, gab ich vage Auskunft. »In zirka einem Monat ist ihre Versteigerung, da kannst du dann mitbieten.«

Er sah mich zwar fragend an, kommentierte meine Auskunft jedoch glücklicherweise nicht. Oh Mann, das Stillschweigen über meine Identität würde sich schwieriger gestalten als erwartet. Nachher musste ich unbedingt kurz mit Homer reden. Ich wusste, dass er Verständnis haben würde; auch er liebte es zu spielen.

»Diese Versteigerung werde ich mir auf keinen Fall entgehen lassen. Ich möchte unbedingt wissen, was sich unter diesem heißen Outfit verbirgt.« Ungeniert hob er Shawnas Rock an und betrachtete seine feuchtglänzenden Finger, die zwischen ihren Schamlippen hindurchglitschten. Bräunliche Altersflecken bedeckten seinen Handrücken. »Ich liebe diese roten Locken auf Shawnas Pussy, sie sieht aus wie ein flauschiges Eichhörnchen.«

Shawna stellte sich gekonnt breitbeinig hin und stöhnte lauter, zwischendrin zwinkerte sie mir zu. Wenn sie so vortrefflich aufgelegt war, hatte sich der Abend finanziell bestimmt für sie gelohnt. Shawna war von Natur aus schamlos, mit ihrer nymphomanen Neigung passte sie perfekt in den Club.

»Homer, ich brauch jetzt endlich deinen Schwanz«, keuchte sie in sein Ohr, »du bist viel zu gut mit deinen Fingern.«

Angespornt von so viel Lob, rieb er schneller und ließ dabei ihren Rock los. »Dann lass uns schnell verschwinden, ich habe den Untersuchungsraum gebucht.«

»Untersuchungsraum?«, fragte Vivien mit brüchiger Stimme, während wir den beiden nachsahen.

»Ein Playroom. Ausgestattet mit einem gynäkologischen Stuhl für Doktorspielchen.«

Sie riss die Augen auf. »Ist das dein Ernst?«

»Sehe ich aus, als würde ich scherzen?«

»Und du willst da auch mal mit mir hin?« Ihre zitternde Unterlippe ließ sie so verdammt niedlich aussehen.

»Vielleicht.« Ich zuckte mit den Achseln. »Ich wette, Homer will auf jeden Fall mit dir dorthin. Wie es aussieht, hast du deinen ersten Kunden schon gefunden, und er zahlt hohe Summen.«

»Ich glaube, ich stehe doch eher auf den Fünfzig-Dollar-Sex.« Sie setzte sich in Bewegung, und ich wurde das Gefühl nicht los, dass sie nichts wie raus wollte, obwohl sie noch in ihrem ultrakurzen Latexfummel steckte.

Wir verließen die Bar und durchschritten den Vorraum, der uns sowohl zum Ausgang als auch durch eine Seitentür in den Bürotrakt führte. Ich schloss auf und ließ sie in die privaten Räume, damit sie sich umziehen konnte. Normalerweise war der Trainingsraum mein persönliches Schlafzimmer, für die Nächte, in denen es später wurde und ich die Stunde Fahrt zu meiner Wohnung nach Vegas nicht mehr auf mich nehmen wollte. »Falls du es mit Typen wie Homer nicht tun willst, wirst du sehr lange brauchen, um deine hunderttausend Dollar zusammenzukratzen. Bis dahin brauchst du keine Eigentumswohnung mehr, sondern ein Bett im Altersheim.«

Sie sah mit schräg gelegtem Kopf zu mir hoch. »Was hast du morgen mit mir vor?«

Sie trug Homers Interesse mit Fassung, wollte trotz allem wiederkommen. Immerhin etwas.

»Das wird eine Überraschung.«

KAPITEL 8

VIVIEN

»Hey, Brian, wie geht's?«

Mein Bruder sah von seiner Zeitschrift auf, in die er bis eben noch vertieft gewesen war und nahm einen tiefen Zug aus dem schmalen Saugrohr an seinem Sauerstoffgerät.

»Schwesterherz«, erwiderte er leise und kurzatmig. Sowohl das Sprechen als auch das Atmen fiel ihm zunehmend schwerer, denn seine Lungenfunktion ließ langsam nach. Er saß kerzengerade da, die eingepflanzten Metallstäbe an der Wirbelsäule fixierten ihn, sodass er wenigstens aufrecht in seinem elektrischen Rollstuhl sitzen konnte. Obwohl Brian seit seinem siebten Lebensjahr an den Rollstuhl gefesselt war, tat mir sein Anblick immer noch in der Seele weh. Es war so himmelschreiend ungerecht, dass ein einundzwanzigjähriger Kerl wie ein alter Mann dahinsiechte.

»Du bist heute spät dran«, keuchte er und nahm wieder einen tiefen Zug Sauerstoff aus dem Plastikrohr.

»Ich hab meinen alten Job aufgegeben.« Ich setzte mich neben ihn auf einen Besucherstuhl. Mit viel Glück hatte ich meinen Bruder in einem Pflegeheim in meiner Nähe untergebracht, sodass wir uns oft sehen konnten. Meine depressive Mutter hatte seine Pflege allein nicht mehr bewältigt. Sie wohnte noch immer in Carson City.

»Warum?« Er musterte mich so durchdringend, dass ich die

Lider senken musste. Brian hatte eine unglaubliche Antenne für mein Innenleben.

»Der Job war so schlecht bezahlt«, log ich und hoffte, nicht allzu sehr zu erröten. »Aber ich hab schon einen neuen. Ich bin jetzt Immobilienmaklerin und verdiene einen Haufen Geld.« Das war nur halb gelogen. Linda hatte mir die Nummer eines Immobilienmaklers gegeben, der auf der Suche nach einer Bürokraft war. Vielleicht ergab sich ja stundenweise was für tagsüber.

Er lachte und hustete, zog wieder Sauerstoff in seine Lungen. »Mal sehen wie lange. Bisher hast du jeden Job nach einem halben Jahr an den Nagel gehängt.«

»Das war nicht wegen mir, sondern weil ich bei einer Zeitarbeitsfirma angestellt war. Die Verträge waren oft befristet. Aber das ist jetzt anders. Als Maklerin kann ich in kurzer Zeit richtig viel Geld verdienen.«

»Wofür brauchst du in kurzer Zeit richtig viel Geld?« Er legte mir schwerfällig eine Hand auf die Schulter, sein Atem rasselte in den Lungen.

Ich schluckte den schmerzhaften Kloß in meinem Hals weg. »Hast du schon mit Dr. Shikado gesprochen?«, fragte ich leise.

»Ja.« Er nickte. »Gestern Nachmittag. Er hat mir erzählt, dass ich es nicht in die Studie geschafft habe.« Lapidar zuckte er mit den Schultern und zog wieder an seinem Rohr. »Ich schätze, dass war es dann mit mir. Zwei Jahre bis zur eventuellen Zulassung des Medikaments in den USA halte ich nicht mehr durch.«

»Du darfst nicht aufgeben.« Tränen brannten in meinen Augen, als ich seine Hand nahm. Zum hunderttausendsten Mal verfluchte ich das Schicksal, das meine Familie immer wieder heimsuchte und mit einem Knüppel auf uns einprügelte. Mein Bruder war ein wundervoller Mensch, er war klug, mitfühlend und hatte trotz seiner aussichtslosen Situation immer ein offenes Ohr für die Probleme anderer Leute. Warum mussten solche Menschen sterben, während die übelsten Gewaltverbrecher gesund und munter bis ans Ende ihrer Tage vor sich hinlebten. Die Welt war einfach ungerecht. Das war sie tatsächlich. Ansonsten hätte sie mich nicht in die Arme von Aidan O'Conners getrieben.

Ein warmes Gefühl breitete sich bei dem bloßen Gedanken an

ihn in meinem Bauch aus, als würde mich heiße Schokolade von innen wärmen. Schnell öffnete ich die eiskalte Wasserflasche, die ich mir unten am Automaten gezogen hatte, und kühlte mich ab. Was war nur mit mir los?

»Brian. Ich werde nicht zulassen, dass du stirbst, hörst du?«

Sein Lächeln geriet milde. »Ich liebe dich Schwesterchen«, keuchte er kaum hörbar, »und ich bewundere deine innere Stärke, dich aus jedem Mist immer wieder selbst an den Haaren herauszuziehen. Aber selbst du kannst mir nicht mehr helfen.« Er schnaufte, langes Reden strengte ihn an, immer wieder zog er am Sauerstoffgerät.

»Ich gebe dich nicht auf.« Und das meinte ich so. »Das Medikament ist vielleicht noch nicht in den Staaten zugelassen, aber in der Schweiz. Kommt die Medizin nicht zu uns, dann reist du eben zu dem Präparat.«

»Ich versteh dich nicht.« Er wirkte verwirrt.

»Du kannst die Behandlung auch privat in einer Schweizer Klinik durchlaufen. Im Prinzip brauchst du keine Studie.«

»Und wie soll ich das bezahlen?«

»Ich werde das bezahlen.«

Er lachte hustend. »Schwesterchen, bist du übergeschnappt? Weißt du, was das kostet?«

»Hunderttausend Dollar für drei Monate Therapie, ich hab in der Klinik nachgefragt. In acht Wochen hätten sie einen Platz für dich frei.«

»Woher willst du so viel Geld nehmen?«

»Mein Maklerjob.« Ich biss mir auf die Lippe, in der Hoffnung, überzeugend geklungen zu haben. »Ich werde für einen Haufen Luxusimmobilien zuständig sein, mit der Provision hab ich das Geld in Nullkommanichts zusammen.«

Brian schüttelte den Kopf. »Ich weiß nicht, Vivien. Mir gefällt es nicht, dass du dich so in diese Sache reinsteigerst. Was, falls es nicht klappt?« Er legte einen Finger unter mein Kinn und hob meinen Kopf an. »Ich kenne dich, Schwesterchen. Du wirst am Boden zerstört sein. Warum finden wir uns nicht einfach damit ab, wie es jetzt ist?«

Ich schüttelte den Kopf, wieder und wieder. Der Schmerz sprengte fast meinen Brustkorb. »Niemals. Ich werde dich niemals aufgeben, hörst du?« Abrupt sprang ich auf. »Und du solltest das auch nicht, solange noch ein Funken Leben in dir steckt.«

»Ich bin müde, Vivien, so müde.«

Ich ging vor ihm in die Hocke. »Das wirst du nach der Behandlung in der Schweiz nicht mehr sein. Es wird dir viel besser gehen. Ich brauche dich, Brian. Tu es wenigstens für mich. Ohne dich bin ich ganz allein auf der Welt.« Vorsichtig nahm ich seine Hand und drückte sie. »Bitte, Brian, lass es uns wenigstens versuchen.« Wenn er von Anfang an schon aufgab, weshalb zum Teufel hatte ich mir das verfluchte Gentleman's Paradise überhaupt angetan?

»Ich möchte nur nicht, dass du meinetwegen in irgendetwas reingerätst. Dich verschuldest oder sonst eine Dummheit machst, nur um das Geld aufzutreiben. Ich kenne dich.« Er grinste und zog wieder an dem Rohr. »Hey, du bist meine Schwester, und als dein Bruder muss ich aufpassen, dass du nicht unter die Räder kommst.«

Sein scherzhafter Spruch ruckte durch mich hindurch. Wie würde Brian wohl reagieren, sollte er jemals erfahren, auf welche Art und Weise ich vorhatte, das Geld zusammenzukratzen? Er würde der Behandlung niemals zustimmen, sie verweigern, soviel war sicher, und eher sterben.

»Ich pass auf mich auf, versprochen.« Ich erhob mich aus der Hocke und fühlte mich wie der schlechteste Mensch der Welt, weil ich meinen Bruder so schamlos anlog.

Sein Blick schien mich zu durchleuchten, ich hatte das Gefühl, als könnte er meine Gedanken lesen, und wand mich innerlich.

»Was ist?« Ich hielt es nicht länger aus und durchbrach das Schweigen als Erste. Dummer Fehler. Brian kannte mich in- und auswendig und wusste allein an meiner Reaktion, dass ich Geheimnisse vor ihm hatte.

»Das frag ich dich«, keuchte er und nahm wieder einen Zug Sauerstoff.

»Ich hab Aidan O'Conners getroffen«, platzte es aus mir heraus, bevor ich mein Gehirn einschalten konnte.

»Was?« Er klang entsetzt. »Wo? Was wollte er?«

»In der Stadt, durch Zufall«, schwindelte ich schnell. »Wir

sind uns auf der Straße vor dem Bellagio über den Weg gelaufen. Ich hätte ihn beinahe nicht wiedererkannt, er sieht jetzt ganz anders aus, hat kürzere Haare.«

»Ich hoffe, du triffst dich nicht mit ihm. Nach allem, was er dir angetan hat.«

»Nein«, beschwichtigte ich ihn schnell. »Ganz sicher nicht.« Ich spürte, wie diese verflixte Röte warm in meinem Gesicht nach oben kroch, und hoffte, dass Brian meine veränderte Hautfarbe nicht auffiel.

»Ich will nicht, dass er dich noch einmal so verletzt, hörst du? Aidan ist nicht gut für dich. Er ist egoistisch und skrupellos.«

Ich wusste, dass Brian mich nur beschützen wollte, immerhin hatte ich zwei Jahre gebraucht, um über Aidan und die Folgen unseres letzten gemeinsam verbrachten Abends hinwegzukommen. Brian hatte mir in all der Zeit beigestanden, war Tag und Nacht für mich da gewesen, obwohl es ihm selbst gesundheitlich immer schlechter ging. Ohne ihn wäre ich innerlich zerbrochen. Ich wäre allein nicht mehr vom Boden hochgekommen, nachdem Aidan mit mir fertig war.

»Wir sehen uns nicht wieder, versprochen. Das mit Aidan ist vorbei. Endgültig.«

»Erzähl bloß Mom nichts davon.« Brian klang beschwörend, worauf ich schnell den Kopf schüttelte. Unsere Mutter lebte mittlerweile im Haus ihrer Schwester und hatte sich dort in ihrem Zimmer verschanzt. Selbst nach zehn Jahren war sie immer noch der Meinung, die halbe Stadt würde über sie reden. Außerdem kam sie über die Schande ihrer Scheidung - so empfand sie es zumindest – nicht hinweg. Sie war verbittert und depressiv geworden. Wenn ich sie auch nur für ein paar Stunden besuchte, musste ich mich hinterher tagelang von ihr erholen. Unsere Familie war ein einziges Desaster.

»Ganz bestimmt nicht! Glaubst du, ich bin blöd? Sie würde durchdrehen.«

»Das würde sie.«

»Aber was ist jetzt mit der Therapie? Bitte, Brian, lass es uns wenigstens versuchen. Lass mich nicht allein mit Mom«, scherzte ich makaber und brachte ihn damit tatsächlich zum Lachen.

»Das wäre in der Tat schlimm.« Er sah hoch und zog an seinem Rohr. »Bist du dir sicher, dass du das Geld auftreiben kannst, ohne eine Bank zu überfallen oder deinen Körper zu verkaufen?« Er grinste breit, und mir lief es eiskalt den Rücken hinunter.

»Ich schaff das.«

»Dann lass es uns versuchen. Aber Schwesterchen ...«, unterbrach er meinen Freudensprung mit in die Höhe gereckten Armen. Ich nahm sie runter. »Ja?«

»Ich möchte, dass du weißt, es ist kein großes Ding, falls du das Geld doch nicht zusammenbekommst. Du sollst dich dann nicht schuldig fühlen, als meine Mörderin oder so einen Quatsch. Hörst du?«

»Ich werde nicht versagen.« Ich beugte mich zu ihm und nahm ihn vorsichtig in die Arme. »Wir schaffen, das. Ich liebe dich, kleiner Bruder.«

Auf der Fahrt zum Gentleman's Paradise kreisten meine Gedanken unaufhörlich um mein Gespräch mit Brian. Warum, um alles in der Welt, hatte ich ihm von Aidan erzählt? War ich verrückt geworden? Beinahe wäre mir noch entschlüpft, wo wir uns tatsächlich zum ersten Mal nach Jahren wieder in die Augen gesehen hatten.

Brian traute Aidan kein Stück weit über den Weg, und das zu Recht. Dabei hatte er ihn einmal so bewundert.

»Warum willst du nicht mit mir zur Prom gehen, Vivien?« Aidan lief rückwärts vor mir her, den Gehweg entlang. Er war einer der größten Quatschköpfe der Schule.

Ich presste meine Schulbücher fest vor meinen Bauch. »Ich dachte, du hast schon Laura gefragt.«

»Wer behauptet das?« Er klang gespielt entrüstet, in seinen Augen blitzte es amüsiert auf. Noch immer wusste ich nicht, welche Farbe sie hatten, denn ich hatte noch keinen genaueren Blick gewagt.

»Wieso sollte ich Laura fragen, wenn du mit mir hingehst.«

Laura war wie Aidan zwei Jahre älter als ich und das beliebteste

Mädchen der Schule. Es gab keinen Jungen, egal aus welcher Klasse, der nicht hinter ihrer Atombusenoberweite her war.

»Ich werde nicht mit dir hingehen, Aidan. Vorsicht …« Ich deutete auf einen Briefkasten, auf den er soeben rückwärts zusteuerte. Geschickt wich er aus und lief weiter verkehrt herum vor mir her. »Du bist zwei Jahre älter als ich, das erlaubt mir mein Dad nie.«

»Dein Dad hat einen riesen Stock im Arsch. Der Oberrichter von Carson City kann mich mal.«

»Pass auf, sonst lässt er dich noch einsperren.«

»Wegen Diebstahl deines Herzens?« Er zwinkerte mir zu, sein spitzbübisches Lächeln war so süß, dass es mir den Rücken hinunterprickelte wie feuchtes Brausepulver.

»Puh, war das kitschig.« Ich schüttelte den Kopf.

»Aber du mochtest es, gib es zu.« Sein braunes Haar hing ihm in die Stirn. Er brauchte dringend einen Haarschnitt, obwohl die langen Fransen ihm etwas Verwegenes und Wildes gaben, das ihn unwiderstehlich aussehen ließ.

»Ich gebe überhaupt nichts zu. Nur weil ich mit dir rede, bedeutet das nicht, dass ich auf dich stehe, Aidan O'Conners.« Nervös strich ich mir über das Haar, das am Hinterkopf zu einem festen Pferdeschwanz zusammengebunden war.

»Natürlich tust du das«, behauptete er frech und tänzelte weiter rückwärts vor mir her. »Außerdem schuldest du mir was. Ich hab dir auf der Treppe das Leben gerettet, schon vergessen? George und Derek behaupten beide, du würdest mich seitdem in der Schule heimlich anschmachten, sobald du dich unbeobachtet fühlst.«

»Deine beiden Freunde sind dieselben Kindsköpfe wie du.« Verdammt, war meine heimliche Schwärmerei für Aidan etwa dermaßen auffällig? Ich musste in Zukunft besser aufpassen. Aber Aidan war so hübsch, so charmant auf diese ganz spezielle Bad-Boy-Art, und ich traute ihm kein bisschen über den Weg. Obwohl er mich gerettet hatte. Sobald er in meiner Nähe auftauchte, schmolz ich dahin. In weniger als fünf Minuten gab er allen Mädchen, mit denen er redete, das Gefühl, etwas ganz Besonderes zu sein. Mich eingeschlossen.

»Du hast bloß Angst, ich könnte dich auf der Party ‚unsittlich berühren'.« Er formte mit den Fingern Anführungszeichen in der Luft. Ich wusste, dass er mehrere Monate mit Stephanie Matthews

zusammen gewesen war und auch mit ihr geschlafen hatte. Stephanie hatte überall damit angegeben.

»Zum allerletzten Mal. Ich gehe nicht mit dir zur Prom.«

Abrupt blieb er stehen und zwang mich somit ebenso zum Anhalten. »Was muss ich tun, damit du deine Meinung änderst?« Aidan legte den Kopf schräg und lächelte ansatzweise. In den vergangenen Monaten war das Jungenhafte aus seinen Zügen gewichen, sein Gesicht hatte kantigere Konturen angenommen und ließ ihn männlicher wirken. Aidan war zum Sterben hübsch und definitiv eine Nummer zu groß für mich.

Warum er ausgerechnet mit mir ausgehen wollte, würde mir auf ewig ein Rätsel bleiben. Sein Blick schweifte über mein Gesicht und heftete sich dann auf meinen Mund, was mich noch nervöser machte. Irgendwas hatte er vor. Jetzt erkannte ich auch die Farbe seiner Augen, ein seltenes Grau, das nach außen hin zu einem Türkis zerfloss. Wow, er hatte definitiv brillante Gene abbekommen.

»Was muss ich tun, damit du mich begleitest?« Seine Stimme klang leise und verführerisch.

Ich schluckte, mir wurde warm um den Hals. »Da gibt es nichts …«

»Und wenn ich dich jetzt küsse?«

Ich zuckte erschrocken zusammen. Sollte er sein Vorhaben tatsächlich auf offener Straße in die Tat umsetzen, wussten spätestens heute Abend meine Eltern, dass ich den in ihren Augen größten Taugenichts der Stadt geküsst hatte. Aidan hatte in der Vergangenheit so einigen Blödsinn angestellt. Wände mit Spraydosen verschmiert oder sich am helllichten Tag betrunken im Park geprügelt. Nach Meinung meines Dads hatte seine alleinerziehende Mutter ihn nicht im Griff. Ich würde riesigen Ärger zu Hause bekommen, sollte ich mich auf Aidan einlassen.

»Das wirst du nicht wagen«, erwiderte ich, meine Stimme vibrierte.

»Und falls doch?« Sein Tonfall klang schmeichelnd und weich. Warum musste ausgerechnet er so eine extreme Wirkung auf mich haben? Mir fiel keine passende Antwort ein. Ich war drauf und dran, wegzulaufen, wie ein Reh vor dem bösen Wolf. Aidan kam mit dem Gesicht näher und näher, sein warmer Atem traf auf meine Wange und ich verglühte beinahe innerlich. Was sollte ich bloß tun? Als er seine Arme um meine Taille legte, riss ich mich panisch los und schlug ihm reflexartig meine Bücher ins Gesicht.

»Lass das«, fauchte ich und sah erschrocken, wie er sich eine Hand auf sein linkes Auge presste. Blut quoll zwischen seinen Fingern hindurch und tropfte zu Boden.

Oh mein Gott. Ich musste ihn mit der Kante eines Buchs erwischt haben »Aidan, alles in Ordnung mit dir?«

»Nein, verdammt«, keuchte er. »Du hast mir ein Auge ausgeschlagen.«

Hastig kramte ich ein Taschentuch aus der Tasche meiner Jeans. »Es tut mir so leid. Wo genau hab ich dich getroffen?« Ich hielt ihm das zerknüllte Papiertuch hin. »Hier.«

Als er die Hand runternahm, bemerkte ich, dass ich ihn an der Augenbraue erwischt hatte. Nur ein winziger Schnitt, der aber blutete wie ein tiefer Messerstich.

»Es ist nicht dein Auge, nur die Braue«, ließ ich ihn wissen, in der Hoffnung, dass ihn meine frohe Botschaft einigermaßen beruhigte. Mein schlechtes Gewissen riss mich fast in Stücke. Ich hatte ihn verletzt. Aidan blutete wegen mir. Das würde er mir bestimmt nie verzeihen.

»Aidan, es tut mir so leid«, wiederholte ich und suchte in seinem Blick nach Vergebung. Er wischte sich mit dem Taschentuch das Blut aus dem Auge. »Schon gut«, ächzte er.

»Du solltest ins Krankenhaus fahren und die Wunde nähen lassen. Du siehst schlimm aus, Aidan.« Ich war den Tränen nahe, blinzelte gegen das Brennen in meinen Augen an.

»Ich hab keine Krankenversicherung.« Er betastete mit einem Finger die Wunde. »Fühlt sich an, als wäre es nur ein Kratzer. Ich wurde schon schlimmer erwischt.«

»Du solltest dich trotzdem untersuchen lassen. Meine Eltern bezahlen die Rechnung bestimmt, wenn ich ihnen sage, wie es passiert ist.«

Er grinste. »Sagst du ihnen auch, dass ich dich küssen wollte?«

»Nein, natürlich nicht.« Hatte er in dieser Situation nichts anderes im Kopf? Ich stand halb unter Schock und mit zittrigen Knien vor ihm und er machte Scherze? »Aidan, kann ich das irgendwie wieder gutmachen?«

Er musterte mich lange und schweigend. Ich wagte nicht, ihn dabei zu stören. Ich hatte sein wunderhübsches Gesicht entstellt. Selbst wenn er mir verzieh, ich selbst würde mir nie vergeben.

»Du willst es wieder gutmachen, hm?« Er nickte in meine Richtung.

»Ja«, beteuerte ich heftig nickend. »Alles, was du willst.«

»Dann geh mit mir zur Prom.«

»Aber …« Mein Mund stand offen.

»Du hast gesagt, alles was ich will.«

»Meine Eltern werden mich niemals mit dir hingehen lassen.«

»Dann komm heimlich mit.« Er musterte mich mit diesem halben Lächeln, das mir jedes Mal weiche Knie bescherte. Ich wollte wiedergutmachen, was ich angerichtet hatte. Und wie ich das wollte! Endlich konnte ich das Date mit Aidan vor mir selbst rechtfertigen. Ich leistete Buße! Mehr nicht!

»Okay, ich gehe mit dir hin.«

Als ich ausstieg und auf das Gentleman's Paradise zuspazierte, fragte ich mich, wie mein Leben wohl verlaufen wäre, hätte ich Aidans Einladung zur Prom nicht angenommen.

Mein Handy klingelte in der Handtasche und riss mich glücklicherweise aus meinen düsteren Gedanken.

LINDA, leuchtete es mir auf dem Display entgegen, nachdem ich mein Smartphone aus der Tasche gefischt hatte. Ich blieb stehen und nahm das Gespräch an. Eigentlich war ich schon zehn Minuten zu spät dran, aber zum Teufel mit Aidan.

»Hey, Linda. Das ist aber eine Überraschung.«

»Hi, Vivien. Ich wollte mal hören, wie es dir so geht. Hast du schon einen neuen Job gefunden?« Sie klang besorgt.

»Ja, einen Aushilfsjob. Ich kellnere in einem Restaurant«, log ich rasch, weil mir auf die Schnelle nichts Besseres einfiel. »Ich verdiene dort zwar nicht die Welt, aber ich komme über die Runden.«

»In welchem Restaurant denn? Dann komme ich mal vorbei.«

Mist. Das hatte mir gerade noch gefehlt. »Das kennst du nicht. Ein Diner, ungefähr eine Stunde außerhalb von Vegas.«

»Ach so. Schade. Ich vermisse dich im Büro, ohne dich macht es nur halb so viel Spaß.«

»Ich vermisse dich auch.« Wehmut beschlich mich, auf einmal erschien mir mein alter Job wie das Paradies auf Erden, vor allem mit der verruchten Villa vor Augen. Spencer winkte mir lässig vom Eingang aus zu, ich erwiderte den Gruß in derselben Weise, bevor ich mich wieder dem Telefonat widmete.

»Wie läuft es mit Hiob?«

»Immer besser.« In Lindas Stimme lag ein Hauch Wärme. »Er hat mich für Samstag schon wieder zum Essen eingeladen. Jetzt das dritte Mal, ich glaube, ich lasse ihn bald an mein Höschen.« Sie kicherte.

»Ich freue mich, dass es so gut klappt mit ihm und dass du so einen tollen Mann gefunden hast.«

Ein wenig beneidete ich Linda um ihr Liebesglück, auch wenn ich ihr diesen wundervollen Mann von Herzen gönnte. Mein Dasein kam mir plötzlich so sinnlos vor. Linda führte das Leben, das ich mir immer für mich vorgestellt hatte.

So sehnlichst wollte ich endlich bei einem Mann ankommen, der mich liebte. Ich wollte auf Händen getragen werden, wunderhübsche Babys mit ihm zeugen, die allesamt wie er aussahen, einen Partner an meiner Seite haben, für den ich die Welt bedeutete. Mit ihm steinalt und grau werden. Stattdessen verschwendete ich meine Zeit in einem Bordell.

»Danke, das ist lieb von dir«, riss Lindas Stimme mich aus meinen Grübeleien. »Du, ich muss gleich auflegen. Wollen wir uns die nächsten Tage mal auf einen Drink treffen? Dann haben wir mehr Zeit zum Plaudern und ich kann dir alle schmutzigen Hiob-Details haarklein berichten.«

»Das klingt toll, lass uns das machen. Ich muss auch weiter. Bye!«

»Mach's gut.«

Widerwillig setzte ich mich wieder in Bewegung. Ich wollte gar nicht erst wissen, welche Art von Überraschung Aidan heute für mich parat hatte.

KAPITEL 9

VIVIEN

»Du kommst eine viertel Stunde zu spät.« Aidan blitzte mich wütend an. »Wenn ich sieben Uhr sage, dann meine ich auch sieben. Und zwar Punkt!«

»Ich wurde aufgehalten.« Ich stellte sicher, dass Aidan mein Augenrollen auch ja bemerkte. Er sollte sich nicht einbilden, ich hätte Freude an meiner neuen Arbeitsstelle.

»Vivien, falls du keine Lust hast oder den Job nicht ernst nimmst: Da geht es nach draußen.« Er deutete mit dem ausgestreckten Arm auf die geschlossene Tür des Trainingsraums.

»Du glaubst tatsächlich, ich hätte Lust auf diesen Scheiß?« Ich lachte übertrieben gekünstelt auf. »Come on. Das ist ein Job. Etwas, das man tut, um Geld zu verdienen, und nicht um Spaß dabei zu empfinden. Obwohl dieses Training in der Tat ein riesiger Joke ist.«

»So siehst du das also.« Aidan klang eisig.

»Ja, so sehe ich das«, warf ich ihm kämpferisch an den Kopf. Extra für ihn hatte ich mir heute eine lange Jeans und ein hochgeschlossenes T-Shirt angezogen. »Glaubst du allen Ernstes, mir macht es Spaß, von dir ausgezogen und betatscht zu werden?«

Aidan kam bedrohlich langsam näher, während ich Schritt für Schritt zurückwich. »Für dein freches Mundwerk sollte ich dir den Hintern versohlen.« Wut glomm in seinen Augen auf.

»Was?«, ächzte ich und wollte nichts wie raus aus diesem Zimmer.

»Du hast mich schon richtig verstanden.«

»Ich werde mich ganz bestimmt nicht von dir schlagen lassen, Aidan O'Conners.« Mein Magen drehte sich um. Nach dem nächsten Schritt rückwärts spürte ich die kühle Wand im Rücken, somit war mir eine weitere Flucht versperrt - Aidan stand zwischen mir und dem rettenden Ausgang.

»Das werden wir noch sehen. Aber du hast Glück.« Er kam dicht vor mich und schlang seine Finger um meine Handgelenke. »Ein paar Hiebe stehen heute noch nicht auf dem Programm.«

Nur stoßweise verließ die Luft meine Lungen. Es war kein glücklicher Schachzug gewesen, Aidan dermaßen zu reizen. Jedes Mal, wenn ich das tat, zog ich den Kürzeren. Sein Blick brannte sich in mich ein.

»Lass mich los«, flüsterte ich, mein Herzschlag pochte bis hoch zum Hals. »Was hast du vor?«

»Wohin ist denn deine große Klappe verschwunden?« Er zog meine Arme in die Höhe und fixierte sie weit über meinem Kopf an der Wand. »Ich mag deine Frechheiten überhaupt nicht.«

»Du hast mir nichts zu sagen.«

Aidan schob meine Arme zusammen, sodass er meine Handgelenke mit einer Hand zu fassen bekam. Obwohl ich daran zerrte, um mich zu befreien, hatte ich seiner Kraft nichts entgegenzusetzen, mit Leichtigkeit hielt er mich fest. Seine freie Hand legte sich um meine Kehle, ich spürte seine Finger an meinem Kinn. »Ich werde dir diese Frechheiten nicht mehr lange durchgehen lassen können, Vivien. Es steht zu viel auf dem Spiel.«

»Was meinst du damit?«, keuchte ich, obwohl er gar nicht zudrückte, sondern mich lediglich fixierte.

»Dass du in dieser Art und Weise nicht mit unseren Gästen umspringen kannst. Du wirst dich in diesem Haus nicht wie eine Wildkatze gebärden, außer dein Kunde verlangt es von dir. Dann ist das was anderes. Und ich kann mich nicht erinnern, dich aufgefordert zu haben, mir die Krallen zu zeigen. Du etwa?«

»Nein«, flüsterte ich, in der Hoffnung, dass er mich endlich losließ. Seine gefährlich dominante Art machte mir Angst.

Endlich ließ er von meinem Hals ab und strich über meinen

Busen bis zum Bauch. »Du musst eines ganz klar verstehen, Vivien. Wir können uns gern überall streiten, du kannst mir an den Kopf werfen, was du willst. Ich finde deine Kratzbürstigkeit sogar äußerst amüsant. In diesem Raum allerdings, während der Trainingsstunden, tust du, was ich dir sage. Und zwar immer.« Er schob den Saum meines T-Shirts in die Höhe und legte meinen Bauch frei. Ich bekam Gänsehaut, als er mich dort berührte. »Hast du das verstanden?«

»Ja.« Ich nickte erneut, er hatte wieder diesen strengen Tonfall an sich, dem ich nichts entgegenzusetzen wusste.

»Ordne ich an, zieh dich aus, dann tust du das«, machte er leise, aber mit einem kehligen Knurren weiter. »Und wenn ich sage, spreiz die Beine für mich, dann befolgst du diesen Befehl ebenfalls. Und zwar umgehend.« Er machte eine wirkungsvolle Pause, in der er mich eingehend betrachtete. Die Wut in seinen Augen war verloschen und einem hungrigen Glanz gewichen. Aidan war ganz in seinem Element.

»Ich fasse dich an, wann ich will und wo ich es will. Und du wirst das zulassen. Selbst, wenn es dir nicht gefällt – was dir bei mir nicht passieren wird, darauf kannst du dich verlassen. Du wirst so tun, als ob du jede Sekunde genießt. Kapiert?«

»Ja.« Ich nickte kaum merklich.

»Denn genau das ist dein verdammter Job in diesem Haus. Solange du die Regeln nicht verinnerlicht hast, kann ich dich nicht auf die Kunden loslassen. Das Risiko ist zu groß, dass du sie mit deiner Widerborstigkeit für immer vergraulst. Dein schlechtes Verhalten würde dem Gentleman's Paradise großen Schaden zufügen. Verstehst du das?«

»Ja.«

Aidan ließ meine Hände los und trat einen Schritt zurück. »Und jetzt zieh dich aus. Ich möchte dir eine neue Lektion erteilen.« Mit ein paar Schritten war er beim Schrank und öffnete die Tür, während ich alle Hände voll damit zu tun hatte, seine Worte zu verdauen. Mein Herz wummerte wild in meiner Brust, auch mein Kopf war wie leergefegt.

Von meinem anfänglichen Widerstand war nichts mehr übriggeblieben, er war allein durch Aidans Tonfall gebröckelt wie alter Putz von einer Wand.

»Was möchtest du mir zeigen?« Ich zerrte mein einfaches schwarzes T-Shirt über den Kopf und ging von der Wand weg, während Aidan sich wieder zu mir umdrehte. In der Hand hielt er ein schneeweißes hauchzartes Negligee. Es war am Oberkörper eng geschnitten und ging in einen kurzen fließenden Rock über. Ein unschuldiges und gleichzeitig verruchtes Stückchen Stoff.

Er lächelte ein süßes Lächeln, das kein bisschen zu dem Aidan passte, den er mir eben noch demonstriert hatte. »Sei nicht so neugierig. Zieh das vorher an.«

»Ist das nicht zu schlicht für eure verwöhnten Gäste?«, konnte ich mir doch nicht verkneifen. Ich schlüpfte aus meinen hohen Pumps und der Jeans. Heute trug ich einen einfachen weißen Satin-BH und das zugehörige Höschen. Der Stoff hob sich glänzend von meiner leicht gebräunten Haut ab. Schon wollte ich nach dem Negligee in seiner Hand greifen, als ich Aidans breites Grinsen bemerkte und mitten in der Bewegung stockte.

»Du wirst es ohne Höschen tragen.«

Ich schnappte nach Luft. »Ohne was drunter?« Gestern hatte ich doch auch meinen Slip unter dem Latexkleid anlassen dürfen! »Aber gestern …«

»Das war gestern, heute ist Phase zwei, und das bedeutet, du gehst nackt untenrum.«

»Warum?« Angst schlich sich durch meine Adern und brannte unangenehm.

»Damit du ein Gefühl für Nacktheit in der Öffentlichkeit bekommst. Du wirst später noch viel nackter sein, glaub mir. Das Kleidchen verdeckt so gut wie alles.«

Nach einem Moment des Zögerns schob ich die Häkchen am Rücken auseinander und legte den BH ab. Aidan beobachtete jede meiner Bewegungen, seine sinnlich geschwungenen Lippen öffneten sich einen Spalt.

Mir fiel auf, dass Aidan mich bisher noch kein einziges Mal auf den Mund geküsst hatte. Zuerst glaubte ich, er würde näher kommen, aber das tat er nicht. Er stand einfach nur da und betrachtete mich. Seine Blicke umschmeichelten meine Haut wie erlesenen Samt und schürten gegen meinen Willen ein kleines Feuer zwischen meinen Schenkeln. Wie machte er das bloß immer? Als ich mich bückte, um mein Höschen über die Schenkel zu streifen, hörte ich ihn tief Luft holen.

Mit zwei kleinen Schritten war ich aus dem Slip gestiegen und stand nackt vor ihm, sah direkt in diese besonderen Augen, die trotz meiner Furcht noch dieselbe Faszination auf mich ausübten, wie eh und je.

»Du bist wunderschön«, stellte er leise, aber mit fester Stimme fest, und ich wusste, dass es ein ehrlich gemeintes Kompliment war. Dasselbe hatte er mir schon einmal gesagt. Vor sehr langer Zeit.

»Das Negligee.« Ich streckte die Hand aus. Meine Haarspitzen kitzelten meine nackten Brustwarzen bei jeder Bewegung. Er reichte es mir. Mit einer raschen Bewegung schlüpfte ich hinein, es war ein wenig elastisch und seidenweich, schmiegte sich perfekt an meinen Körper. Sofort fühlte ich mich sicherer, war Aidan nicht mehr vollkommen ausgeliefert.

»Gehen wir«, sagte Aidan, als ich wieder in meine hochhakigen Pumps stieg.

KAPITEL 10

VIVIEN

Schon wieder durchschritt ich neben Aidan die Gentleman's Bar. Auch heute war eine Menge los. Auf einen Blick zählte ich an die zwanzig leicht bekleidete Damen, die sich entweder mit ein paar Gästen amüsierten oder hüftschwingend durch die Gegend spazierten. Eine Blondine winkte Aidan lächelnd zu. »Hey, Süßer. Die Kleine ist also deine geheimnisvolle Mission. Jetzt verstehe ich.«

»Halt die Klappe, Michelle.« Aidan klang warnend. Als er sie mit schmalen Augen musterte, machte sie hastig, dass sie weiterkam.

»Geheime Mission?« Ich hielt ihn am Hemdärmel fest, wie immer trug er sein Jackett nicht. »Und was versteht sie?«

»Michelle redet Unsinn.« Er rieb sich den Nacken. »Sie glaubt wohl, dass mir das Trainingsprogramm mit dir größeren Spaß machen würde als sonst, weil du so auffallend hübsch bist.«

»Tut es aber nicht«, hakte ich betroffen nach. Er hatte es so verdammt verletzend und gleichgültig gesagt, dass sein Kompliment über mein Äußeres wie eine Abwertung geklungen hatte.

»Es ist nicht besser oder anders als sonst.«

Das saß!

Aidan warf mir einen prüfenden Seitenblick zu. »Möchtest du ein Glas Champagner zum Aufwärmen, bevor die Show beginnt?«

»Welche Show?«

»Du darfst es dir heute gemütlich machen und eine unserer Life-Shows anschauen.« Mit dem Kinn deutete er in Richtung der leeren Bühne, die von roten und hellen Lichtern ausgestrahlt wurde. Neben der am Boden befestigten Stange stand ein Stuhl.

»Ich schätze mal, das wird keine Stand Up Comedy«, seufzte ich und folgte ihm hinüber zum Tresen, hinter dem Grace ein paar Gästen Getränke einschenkte. Eine sexy Stimme stöhnte einen lasziven Lovesong durch die Boxen.

»Nein, heute steht eine Join-in Stripshow auf dem Programm.«

»Join-in Stripshow?« Abrupt blieb ich stehen. Meine Kehle schnürte sich zu. Oh, Gott. Die Show hatte noch nicht mal begonnen und ich fühlte mich bereits überfordert. Ich wollte keinen fremden Frauen beim Entkleiden zusehen. Schon gar nicht wollte ich wissen, was es mit dieser ominösen *Join-in*-Sache auf sich hatte, obwohl ich mir selbstverständlich halbwegs etwas darunter vorstellen konnte. »Falls du mich mit diesem Join-in meinst, vergiss es. Ich gehe unter keinen Umständen da hoch.« Ich wehrte mit beiden Händen ab. Bis jetzt hatte es noch keine einzige Sache im Gentleman's Paradise gegeben, der ich mich gewachsen gefühlt hätte.

Weder wollte ich vor aller Augen einen fremden Penis in den Mund nehmen, noch mich von alten Männern unsittlich berühren lassen. Und schon gar nicht wollte ich auf einer Bühne vor johlenden Typen meine spärliche Kleidung ablegen. Wie ich das benötigte Geld zusammenkratzen sollte, wurde mir immer schleierhafter.

Aidan streichelte mir beruhigend den Rücken. »Keine Angst, du bist nicht in der Show eingeplant.«

Erleichtert atmete ich aus.

»Zumindest heute nicht«, schob er noch nach und jagte eine erneute heiße Stromwelle durch mich hindurch. Niemals. Das konnte er sich abschminken. Ich schämte mich allein bei dem Gedanken ans Zuschauen.

Aidan ging mit großen Schritten voran zur Bar. Noch immer benommen von seiner Show-Ankündigung, folgte ich ein Stückchen hinter ihm, als plötzlich eine Hand schmerzhaft auf meinen Hintern klatschte.

»Hey, Süße, bleib mal stehen.« Jemand legte von hinten beide Hände um meinen Oberkörper und quetschte meine Brüste. »Was kostest du die Stunde?« Sein alkoholgeschwängerter Atem stach mir beißend in die Nase.

»Ich bin nicht zu haben, lassen Sie mich los!« Panik brach in mir auf, wie Asphalt der von einem Bodenloch verschluckt wurde. In einem verzweifelten Befreiungsversuch wand ich mich heftig in seinen Schraubstockarmen, was ihm ein erheitertes Lachen entlockte.

»Stell dich nicht so prüde an, du kleine Nutte.« Er presste meinen Rücken fest an sein steifes Glied und rieb sich an mir.

»Lassen Sie mich los!«, kreischte ich schrill.

Im nächsten Moment ließ der Mann von mir ab. Aidan hatte ihn geschnappt und stieß ihn vor sich her. »Fass sie nie wieder an. Sie gehört mir, verstanden?«

Noch ehe der blonde Kerl sich wehren konnte, hatte Aidan ihn bereits an der Kehle zu packen bekommen und einen Daumen auf seinen Kehlkopf gedrückt. Im gleichen Maße, wie sich Aidans Finger anspannten, sank der Mann röchelnd vor ihm auf die Knie.

»Sie gehört mir«, wiederholte Aidan noch einmal, jedes Wort betonend. Ich erschrak allein beim Ton seiner Stimme, er klang beängstigend ruhig und eisig, als hätte er in einen Kampfmodus umgeschaltet. Aidan glich einem unnahbaren Krieger. Andererseits war ich Gott froh, dass er hier auf mich aufpasste und mich beschützte.

»Ich hab's verstanden«, keuchte der Mann. »Kommt nicht wieder vor, Aidan.«

»Für heute hast du Hausverbot.« Aidan ließ ihn nicht los, nahm aber den Druck ein wenig von seinem Hals. »Verhältst du dich noch ein einziges Mal dermaßen respektlos gegenüber unseren Ladys, brauchst du dich im Gentleman's Paradise nicht mehr blicken zu lassen. Hast du das kapiert, Garry?«

»Ja, kapiert. Es tut mir leid, Miss«, entschuldigte der Typ sich in meine Richtung. Ich stand noch immer stocksteif am selben Fleck, mein Herz raste in der Brust.

Aidan ließ von ihm ab. »Verschwinde, und schlaf deinen Rausch aus.« Mittlerweile war auch die Security dazugeeilt und übernahm Garry.

Sorge spiegelte sich in Aidans Blick, als er zu mir kam. »Alles okay?«

Ich nickte, eine Hand auf den Brustkorb gelegt. »Geht schon wieder. Ich hab mich nur so erschrocken.«

»Tut mir leid, dass das passiert ist. Ich habe nicht gut genug auf dich aufgepasst.« Er legte eine Hand auf meine Wange und streichelte mich zärtlich mit dem Daumen.

Ich sah ihm an, dass er sich Vorwürfe machte.

»Danke, dass du mir geholfen hast.« Ich lächelte ihn scheu an, unsere Blicke verhakten sich ineinander, luden sich beinahe elektrostatisch auf. Ich konnte das Knistern um uns herum auf meinen nackten Armen beinahe greifen.

»Du sollst dich bei mir sicher fühlen.«

»Mit mir ist alles in Ordnung.« Ich wusste, dass es nicht das war, was er von mir hören wollte, aber ich hatte keine Ahnung, wie sicher ich mich in seinen Fängen fühlen konnte.

Sein durchdringender Blick hielt mich weiterhin gefangen, als wollte er einen geheimen Code in mir entschlüsseln. Mir war trotz allem nicht entgangen, was er zu Garry gesagt hatte. *Sie gehört mir.* Dieser Satz wärmte irgendwie mein Herz. Ich gehörte ihm nicht, fühlte mich jedoch an Aidans Seite in der Gentleman's Bar einigermaßen sicher. Wie ich die Zeit danach ohne ihn in diesem Sexclub meistern sollte, wusste ich nicht.

Er schien meiner Beteuerung nicht so recht zu glauben. »Hier im Haus wird dir nichts geschehen, dafür sorge ich. Vertrau mir, okay?«

»Okay.« Ich nickte nach einem Herzschlag des Zögerns.

Grace kam mit einem Glas Champagner zu uns. »Das Engelchen sieht aus, als könnte es einen Schluck vertragen.«

Ich nahm ihr das Glas aus der Hand und zwang mich zu einem Lächeln. Konnte sie Gedanken lesen? »Dankeschön. Ich habe in der Tat einen Schluck nötig.«

Aidan nahm meine Hand, sie fühlte sich angenehm warm an. »Komm mit, die Show fängt gleich an.« Er wandte sich an Grace. »Bring mir einen Whisky rüber.«

»Mach ich.« Grace drehte sich um und verschwand genauso schnell wieder, wie sie aufgetaucht war. Meine Knie zitterten noch immer, als stünde ich mitten in einem Erdbeben. Trotz des Schreckens mit Garry wollte Aidan mir die Show nicht ersparen.

Vor der Bühne standen kreuz und quer schmale Tische mit jeweils vier Stühlen herum, sodass die Gäste sich die Show ansehen und gleichzeitig gemütlich ein Gläschen trinken konnten. Eine paar Leute saßen schon in kleine Grüppchen verteilt herum. Manche hatten halbnackte Frauen im Arm, mit denen sie sich beschäftigten, an einigen saßen aber auch nur Kerle. Aidan führte mich am Publikum vorbei zu einem freien Tisch in der Mitte.

Oben trat soeben eine ausnehmend hübsche Frau mit langen schwarzen Haaren auf die Bühne. Sie steckte in einem knappen rotglänzenden Kleid und passenden Netzstrümpfen. Schwarze Strapse blitzten bei jeder Bewegung unter dem Saum hervor. Die Gäste um uns herum johlten. Links und rechts der Bühne postierten sich zwei muskelbepackte Security-Mitarbeiter.

Aidan ließ sich auf einen Stuhl sinken. Bevor ich mich auf einen freien Platz neben ihn setzen konnte, hatte er mich an den Handgelenken rittlings auf seinen Schoß gezogen, sodass ich seinen muskulösen Brustkorb im Rücken spürte. Hastig strich ich mein kurzes Röckchen glatt, verdeckte halbwegs meine privaten Stellen.

Aidan hatte mich in eine schamlose Position gezwungen. Ich saß breitbeinig, ohne Slip und in einem kurzen Negligee auf ihm, mit einem Gefühl, als könnten mir alle unter den Rock spannen. Mein Herz pumpte heißes Blut durch meine Wangen.

Reflexartig wollte ich aufstehen, aber Aidan zwang mich an den Handgelenken zurück auf seinen Schoß. »Bleib sitzen«, raunte er.

Oben begann die attraktive Frau mit langsamen und lasziven Bewegungen zum Takt der Musik ihre Reize in den Vordergrund zu rücken. Grazil schlang sie ein Bein um die Stange und spreizte das andere, streichelte dabei ihren Oberschenkel bis zur Mitte entlang.

»Sieh genau zu, du kannst viel von Anna lernen. Sie ist unsere beste Stripperin.«

Ich hatte keine Antwort, mit offenem Mund starrte ich Anna an, die von der Stange hüpfte und sich noch im Sprung das Kleid vom Körper riss, worauf sie nur noch in BH, String und Strapsen dastand. Sie bückte sich mit dem Hintern in unsere Richtung, kreiste mit den Hüften und fuhr langsam mit einem Finger unter ihren Slip.

Die Männer um uns herum feuerten sie grölend an. Mir wurde warm im Bauch. Als sie dann ihren BH auszog, sah ich auf den ersten Blick, dass ihre riesigen Brüste gemacht waren, sie standen zu prall und fest nach vorne und wirkten im Kontrast zu ihrem extrem schlanken Körper monströs. Ich fragte mich, was an der Show denn nun das Join-in beinhalten sollte, als ich Aidans Hände auf meinen Oberschenkeln spürte und erstarrte. Mit den Daumen streichelte er meine empfindliche Haut.

Oben auf der Bühne spielte Anna am Saum ihres Höschens, ohne es abzustreifen. Pfiffe stachen mir gellend ins Ohr, während sich Aidans warme Hände wie Brandeisen auf mich legten. Als er langsam die Innenseite meiner Schenkel entlangstrich, hielt ich seine Hände fest.

Aidans Lippen legten sich heiß an die Stelle, wo mein Hals in die Schulter überging, und ließ sie wohlig kribbeln. »Lass mich los«, raunte er leise, während sich meine Finger um seine krampften. Er konnte doch nicht allen Ernstes vor allen Leuten meine Oberschenkel streicheln.

Ein Mann in der ersten Reihe hielt einen Hundert-Dollar-Schein in die Höhe. Mit einem Finger winkte Anna ihn zu sich auf die Bühne. Nach zwei großen Sätzen war er oben bei ihr und schob den zusammengefalteten Schein unter den Bund ihrer Strapse. Dann hakte er alle zehn Finger in ihren String und zog ihn langsam nach unten, sank dabei vor ihr auf die Knie. Sein Gesicht war dicht vor ihrer glattrasierten Vagina.

Oh Gott, ich würde an ihrer Stelle vor Scham im Boden versinken. Dennoch heizte mich die Vorstellung innerlich irgendwie auf.

»Du sollst meine Hände loslassen, hab ich gesagt.« Aidan klang bestimmter, befehlsgewaltiger. »Entspann dich und genieß die Show.«

Widerwillig gab ich seine Hände frei. Nur zu gut war mir

noch seine Ansprache von vorhin im Kopf. Dass er während des Trainings den Ton angab oder ich verduften konnte. Mir entfuhr ein erschrockener Laut, als der Kerl seine Lippen auf Annas Mitte presste und sie vor aller Augen leckte. Anna legte stöhnend den Kopf in den Nacken und stellte einen Fuß auf der Sitzfläche des Stuhls ab. Jetzt stand sie breitbeinig auf der Bühne, während der Kerl beide Hände zwischen sie schob und sie hingebungsvoll mit schnellen Zungenschlägen bearbeitete.

Aidans Finger wanderten tiefer und alles in mir spannte sich an. Deutlich fühlte ich, wie sie an den Innenseiten meiner Schenkel entlangstrichen. Ich blickte just in dem Moment an mir hinab, als seine Hände unter meinem Negligee verschwanden. Oh mein Gott! Aidan wollte mich doch nicht allen Ernstes vor allen Leuten fingern. Mittlerweile war ich feucht geworden, bei der kleinsten Bewegung floss Nässe aus mir. Ob ich wollte oder nicht, Aidans Hände in Kombination mit Annas heißer Performance machten mich tierisch an.

Seine Finger strichen zwischen meinen Schamlippen entlang, sanft und lockend. Durch die breitbeinige Sitzposition waren sie leicht geöffnet, sodass er freien Zugang zu meinen inneren Schamlippen hatte, die er sachte mit seinen Fingerkuppen berührte. Ein leises Stöhnen kam mir über die Lippen, als Aidan mit seinen geschickten Händen das süße Ziehen in mir verstärkte.

»Die Show gefällt dir also doch«, flüsterte er mir amüsiert ins Ohr.

Nach einem prüfenden Blick in die Runde bemerkte ich, dass ein paar Gäste Aidans Hand unter meinem Rock beobachteten, und schämte mich in Grund und Boden. Gleichzeitig musste ich mich Halt suchend an ihn lehnen, weil er gerade mit zwei Fingern tief in mich eindrang, mich richtiggehend nahm, als würde er mit mir schlafen. Meine Hände krallten sich in seine Anzughose. »Aidan, nicht«, wagte ich einen schwachen Versuch von Widerspruch.

»Entspann dich.« Er klang atemlos, sein Glied drückte hart und mächtig durch den Stoff seiner Kleidung gegen meinen Hintern.

Oben auf der Bühne beendete Anna abrupt das Gastspiel und

schickte den Kerl zurück auf seinen Platz. Sie rekelte sich jetzt nur noch in Strapsen und Netzstrümpfen und drehte uns den Rücken zu. Gekonnt und mehr als sexy bückte sie sich und präsentierte den Gästen ihre Vagina von hinten. Ich riss die Augen auf. Es war das erste Mal in meinem Leben, dass ich die intimen Stellen einer anderen Frau live betrachtete. Wider Willen setzte ihr schamloser Anblick einen Wärmeschub in mir frei.

Das Pochen meiner Mitte schwoll an, sodass ich beinahe froh war, Aidans Finger in mir zu spüren, damit sie mir Linderung verschafften. Anna heizte auch mir ein, und Aidans gekonnte Stimulation gab mir den Rest. Mittlerweile hatte er auch meine Klitoris mit ins Spiel genommen, rieb sie mit genau dem richtigen Druck. Mein Körper kribbelte, als wäre er elektrisch aufgeladen. Mit Mühe verbiss ich mir ein Keuchen. Aidan hatte dieses Fingerspiel einfach drauf, musste ich ihm zugestehen, und bemerkte benebelt, wie der nächste Kerl mit einem Geldschein in der Hand die Bühne betrat.

Mein Puls im Hals pochte vor Aufregung. Was würde er dort oben mit Anna anstellen? Aidans andere Hand streichelte meine Schamlippen, während er mich weiter gefühlvoll mit den Fingern nahm. Was wir hier taten, war so unanständig heiß.

Der Mann oben auf der Bühne sagte leise etwas zu Anna, bevor er den Geldschein an ihr befestigte. Dann stellte er einen Fuß auf dem Stuhl ab, drehte Anna um und legte sie sich bäuchlings über den Oberschenkel. Die Menge johlte und pfiff. Die Kerle um uns herum gerieten richtiggehend außer sich.

Meine Vagina kribbelte, als würde sie unter Strom stehen, Aidans verräterische Bewegungen unter meinem Rock zogen immer wieder neugierige Blicke vom Nebentisch auf uns. Aidan schien das kalt zu lassen. Die Kerle grinsten mich hämisch an, aber ich konnte das Spiel nicht stoppen. Aidan bearbeitete mich viel zu meisterhaft.

Seine Finger glitschten in mich hinein und hinaus, bauten immer mehr Spannung auf. Gemeinerweise ließ er mich nicht über die Klippe springen, nahm jedes Mal kurz vorher den benötigten Druck weg. Der Mistkerl wusste genau, was er tat. Hilflos lehnte ich mein Gesicht an seinen Hals, er brachte mich mit seinen geschickten Fingern in einen ekstatischen Zustand. Wie gebannt starrte ich auf die Bühne, meine Neugierde hatte die Scham bezwungen und davongejagt.

Was dort oben passierte, war so verdammt faszinierend. Mit einer Hand strich der Kerl über Annas Po, bevor er ihr einen kräftigen Klaps verabreichte. Anna schrie kurz auf, bevor sie stöhnte. Wie eine Trophäe hob der Mann Zeige- und Mittelfinger in die Höhe, und obwohl mir schwante, was jetzt kam, konnte ich nicht wegschauen. Langsam und genüsslich schob er beide Finger tief in ihre Vagina, ließ sie rein- und wieder rausgleiten. Wie Aidan das bei mir machte. Instinktiv spreizte ich die Beine ein wenig mehr, um Aidan den nötigen Platz zu gewähren. Er sollte mich endlich zum Kommen bringen, ganz egal, wer um uns herumsaß. Aidan krümmte seine Finger, massierte schon wieder diesen geheimen Punkt tief in mir und brachte mich an den Rand der Ohnmacht. Am liebsten hätte ich auf der Stelle mit ihm geschlafen. Ihm die Hose heruntergezerrt und mich auf sein riesiges pralles Glied gesetzt. Aber für eine derartige Spontanaktion fehlte mir der Mumm.

Der Kerl auf der Bühne nahm nach einer kurzen Ansage von Anna brav seine Finger aus ihr. Während sie sich wieder aufrichtete, leckte er sie unter dem jubelnden Beifall der Gäste sauber. Ich hatte bemerkt, dass auch Anna nass war. Ihr musste tatsächlich gefallen, was dort oben mit ihr passierte, wie sie von fremden Männern betatscht wurde. Feuchtigkeit glänzte auf ihren Oberschenkeln. Ein bärtiger Kerl mit Cowboyhut und kariertem Flanellhemd hielt zweihundert Dollar in Fünfzigerscheinen in die Höhe. Mir fielen beinah die Augen aus. Ein einträgliches Geschäft für Anna.

»Was sie in ihren Strapsen sammelt, darf sie übrigens ganz für sich behalten«, raunte mir Aidan ins Ohr, und mir wurde klar, weshalb Anna so eifrig bei der Sache war. Das war ein Haufen extra Kohle für die kurze Zeit.

Sie winkte auch den Cowboy hoch und redete flüchtig mit ihm.

In meiner Mitte pulsierte die Lust mittlerweile schier unerträglich. Noch immer streichelte Aidan meine Schamlippen und reizte gleichzeitig meine empfindlichste Stelle. Ich wollte ihn so sehr.

»Wärst du nicht so ein Angsthäschen«, hörte ich ihn flüstern, »würde ich dich jetzt auf den Tisch setzen, vor dir in die Hocke gehen und dich lecken.«

Keuchend holte ich Luft, das war genau das, was ich mir wünschte. »Ich würde sterben vor Scham.«

»Ich weiß, mein schüchterner Engel.« Seine heißen Lippen küssten meinen Hals entlang, ließen mich wohlig erschauern. »Obwohl dich die Show und meine Finger dermaßen scharf machen, dass du jetzt alles für ein bisschen heißen Sex geben würdest. Das fühle ich. Du bist so bereit.«

»Für mich ist das hier nur ein Job, weiter nichts.« Mein langanhaltendes Stöhnen strafte meine Worte Lügen. Noch während ich geredet hatte, hatte Aidan den Druck auf meine Klitoris erhöht und sämtliche Saiten in mir zum Klingen gebracht. Das Pochen in meiner Perle brachte mich beinahe um, wenn er nicht bald mit mir schlief, würde ich bersten vor unerfüllter Lust.

Mittlerweile hatte sich der Cowboy breitbeinig auf den Stuhl gesetzt, seinen Reißverschluss geöffnet und schamlos sein hartes Glied aus der Hose befreit. Auffordernd rieb er am Schaft entlang, während Anna sich selbst zwischen den Beinen streichelte. Ein paar Gäste waren aufgesprungen und feuerten die beiden lautstark auf der Bühne an. Die Stimmung um uns herum tobte derart, dass ich das verdunstende Testosteron sogar in der Luft riechen konnte. Anna bekam von einem Security-Mitarbeiter ein Kondom gereicht, das sie geschickt über dem Penis des Cowboys abrollte.

Lächelnd stellte sie sich danach über seinen Schoß und schob seine Schultern zurück, bis er aufrecht saß, bevor sie langsam und wirkungsvoll nach unten sank. Sie ging ins Hohlkreuz, kreiste über seinem geschwollenen Glied und gewährte den Zuschauern so besseren Einblick, als seine Eichel schließlich in ihr verschwand. Der bärtige Kerl röhrte wie ein brunftiger Hirsch. Gemächlich sank sie tiefer, nahm ihn immer weiter in sich auf. Ob ich wollte oder nicht, ich konnte den Blick nicht von ihr wenden.

Es sah so sexy aus, was Anna da tat, wie sie gekonnt die Hüften kreisen ließ und den stattlichen Penis dieses wildfremden Mannes in sich aufnahm, als wollte sie ihren Liebhaber betören.

Den beiden beim Sex zuzusehen, war unglaublich erregend. Hautnah dabei zu sein, wie eine andere Frau einen Penis in ihren Körper aufnahm, wie er vollkommen in ihr verschwand, war eine sinnlichere Erfahrung, als ich mir jemals hätte träumen lassen.

Sex in der Öffentlichkeit machte mich an, wurde mir schlagartig bewusst. Es war aufregend und sprühte vor Verruchtheit. Instinktiv griff ich mir unter den Rock und legte meine Hand auf die von Aidan, aber nicht, um ihn zu stoppen, sondern um ihm zu zeigen, wie unübertroffen es sich anfühlte, was er für mich tat.

Er verstand, verhakte zwei Finger mit meinem Zeigefinger, bevor er alle drei an meinen Eingang führte. Mein Herz wummerte in der Brust, als er langsam in mich eindrang und dabei meinen eigenen Finger mit auf eine spannende Reise in mich selbst nahm. Früher hatte ich Selbstbefriedigung nicht leiden können, zusammen mit Aidan fühlte es sich unglaublich an. Ich war klitschnass, mit Leichtigkeit drangen wir gemeinsam in mich ein, ich fühlte meine weichen, glitschigen Innenwände.

Er zeigte mir den geheimen Punkt, der mich zum Stöhnen brachte, als er unsere Finger darauf presste.

Oben auf der Bühne glitt Anna an dem Kerl auf und ab, spießte sich genussvoll immer wieder an seinem Penis auf, achtete im selben Atemzug auf gute Sicht für die Zuschauer. Plötzlich wollte ich ebenfalls dort oben sitzen, und zwar mit Aidan. Ich wollte Sex mit ihm haben, umringt von Leuten, die uns dabei anfeuerten, und schämte mich gleichzeitig für diesen verdorbenen Wunsch.

»Willst du kommen?«, fragte Aidan leise.

»Ich will mit dir schlafen«, keuchte ich. »Hier.«

»Das ist noch zu früh.« Er küsste zärtlich meinen Hals, setzte die empfindliche Haut mit seinen heißen Lippen in Flammen. »Du bist noch nicht bereit dazu. Gerade bist du nur willig und erhitzt von der überschäumenden Stimmung und deiner neu entdeckten lustvollen Seite. Alles zu seiner Zeit.«

»Dann lass mich bitte, bitte kommen.« Ich brauchte dringend Erlösung, seine geschickten Hände, die mich süß folterten, wurden langsam zur Qual. Noch immer waren wir gemeinsam in mir, und alle um uns herum konnten es sehen.

Er rieb den Punkt in mir stärker, ich konnte die winzige Erhebung an meiner Fingerkuppe deutlich spüren, und schwor mir, nie mehr zu vergessen, wo genau diese kleine wichtige Stelle saß. Sein Daumen baute Druck auf meine Klitoris auf, kreiste fester, und mein Atem ging stoßweise. Ich streckte mich ins Hohlkreuz, legte den Kopf in den Nacken, vergaß Anna und ihre Show. Konzentrierte mich nur noch auf meinen eigenen bevorstehenden Höhepunkt, der mich schon in der nächsten Sekunde überrollte, mein Innerstes nach außen kehrte und meine inneren Muskeln um uns beide zusammenzog. Noch nie zuvor hatte ich meinen Orgasmus derart intensiv gefühlt.

Ich spürte ihn in jeder Zelle, er pulsierte in sämtlichen Nervenenden, krachte buchstäblich über mich hinweg wie ein befreiendes Sommergewitter. Gleichzeitig spürte ich, was Aidan dabei fühlte, und war ganz hingerissen, wie sanft und doch kräftig meine Muskeln unsere Finger bearbeiteten und Aidan lustvoll zeigten, wie sehr mein Körper seine Zuwendung genoss. Im selben Moment wusste ich, dass ich nie wieder in meinem Leben einen besseren Liebhaber als Aidan finden würde. Für seine Fähigkeiten gab es keine Steigerung mehr.

Ein paar Collegetypen am Nebentisch spendeten mir erheitert und angetan Applaus, als ich die Augen öffnete und beschämt wieder in die Realität zurückkehrte. Aidan musste meine plötzliche Anspannung bemerkt haben. Er nahm die Hände aus meinem Röckchen und schob mich von seinem Schoß, bevor er ebenfalls aufstand. Ein feuchter dunkler Fleck zierte seine graue Anzughose an der Stelle, wo ich gesessen hatte.

Lächelnd hielt er mir die Hand hin. »Komm mit.«

Aidan führte mich durch die Bar, die mittlerweile vor Gästen überquoll, und zum ersten Mal ahnte ich, wieso das Gentleman's Paradise weit über die Landesgrenze Nevadas hinaus so beliebt war. Allein der Unterhaltungswert war eine Nummer für sich. Er hielt meine Hand fest, achtete darauf, dass ich nicht hinter ihm zurückblieb.

»Wo gehen wir jetzt hin?«

»Ich zeige dir einen weiteren Teil des Clubs, bevor wir uns zurückziehen.«

Zurückziehen? Mein Herz wummerte in der Brust, ein klein wenig aus Vorfreude. Das bedeutete was?

Er schlug einen anderen Weg ein als am Vortag. Steuerte zielstrebig den hinteren Teil der Bar an, in dem sich Spielautomaten und Billardtische befanden. Zwei Frauen spielten mit einem Rudel Kerle an einem der Tische. Ich erkannte die rothaarige Shawna wieder, die eine Kugel ins Aus schoss und sich unter den Anfeuerungsrufen der Männer ihr hautenges pinkfarbenes Top über den Kopf streifte.

Ich hatte mir ein Bordell nicht halb so amüsant vorgestellt.

»Wie es aussieht, haben die Leute hier alle eine Menge Spaß.«

Aidan grinste mich an. »Du hast tatsächlich gedacht, du musst dein Leben von heute an in einer verkommenen und brutalen Sexhölle verbringen, nicht wahr?«

»Nein, hab ich nicht.« Vehement schüttelte ich den Kopf.

»Gib es zu.« Er lachte leise.

»Ein bisschen vielleicht. Das ist alles Neuland für mich ... Es macht mir ein bisschen Angst.«

In seinem Blick spiegelte sich eine noch nie dagewesene Sanftheit. »Ich weiß, Vivien.«

Er verstand, was in mir vorging, das war gut zu wissen. Mein Lächeln fiel das erste Mal ehrlich aus. Aidan musste das merken, denn seines erreichte sogar seine Augen. Schließlich war er es, der den Blickkontakt unterbrach, das vorübergehende Band der Sympathie mit einem kurzen Handstreich durchschnitt. Beinahe wurde mir wehmütig ums Herz. Als er nach vorn sah, wurde seine Miene schlagartig hart und die Augen schmal. Der Kiefer verspannte sich, erinnerte mich an die vorherige Situation mit dem grabschenden Garry. Von einer Sekunde auf die andere war Aidan in den Kriegermodus gewechselt, wirkte, als wäre er aus Stein.

»Was ist los?«, fragte ich zaghaft. War er wegen mir plötzlich so sauer?

»Der Graf«, murmelte Aidan und deutete ansatzweise mit dem Kopf geradeaus.

Ich suchte die vielen Leute ab, die im Getümmel vor uns

herumstanden, und wusste augenblicklich, wen er meinte. Ein hochgewachsener Mann Mitte dreißig stach richtiggehend aus der Menge. Sein blauschwarzes Haar trug er im Nacken zu einem Zopf zusammengefasst. Sein schwarzer Smoking saß wie angegossen. Allein mit seinem Auftreten hob er sich aus der Menge ab. Er musterte die Frauen, eine nach der anderen, mit hartem Blick. Ein undefinierbarer Hauch von Gefahr strömte bis zu mir herüber und stellte die feinen Härchen in meinem Nacken auf.

»Was ist das für einer?«

Aidan drückte schmerzhaft meine Finger, schien gar nicht zu merken, dass er mir wehtat. Sein ganzer Körper war gespannt wie eine Bogensehne kurz vor dem Abschuss. Ich verstand überhaupt nichts mehr.

»Alter britischer Adel.« Er klang abfällig. »Drehen wir um, ich zeige dir die hinteren Räumlichkeiten ein andermal.«

»Ist gut.« Schon wollte ich mich abwenden, als der Blick des Grafen mich unvorbereitet fand und festhielt, mich regelrecht zum Stehenbleiben zwang, obwohl Aidan an meinem Arm zog. Trotz der hellen Beleuchtung in diesem Bereich der Bar wirkten seine Augen tiefschwarz. Irgendetwas Lauerndes, Abartiges lag darin, das mir einen Schauer über den Rücken jagte. Für den Bruchteil einer Sekunde erhellte sich das Gesicht des Grafen, als habe er etwas ganz Spezielles gesucht und endlich gefunden.

»Aidan.« Ich hielt ihn am Arm zurück, weil der Graf mit langsamen Schritten auf uns zukam und mich durchdringend musterte. Alle Alarmglocken in mir schrillten.

»Aidan.« Er winkte ihn mit einer Hand zu sich.

Aidan seufzte tief und gequält, ehe er sich an den Grafen wandte. »Earl of Dublee, Sie haben sich hier lange nicht mehr blicken lassen.« Sein Tonfall klang kühl, aber höflich.

»Nur ein kleiner Abstecher.« Die Miene des Grafen blieb unergründlich. »Zum richtigen Zeitpunkt, wie ich sehe. Ein Neuzugang? Ich will sie haben.«

Ich schluckte. Die Forderung des Grafen war so autoritär und besitzergreifend über seine Lippen gekommen, dass es nicht verwunderlich gewesen wäre, wenn Aidan mich ihm in die Hand gedrückt hätte.

»Sie ist noch nicht so weit. Sie werden sich noch ein paar Wochen gedulden müssen.«

»Ich will sie *jetzt*.« Scharf betonte er das letzte Wort. Ein Schatten legte sich über das Gesicht des Grafen, er wirkte ungeduldig und gereizt. Mein Blick fiel auf den Siegelring an seinem rechten Mittelfinger, den ein schreiender Frauenkopf zierte, deren Hals von zwei Händen gewürgt wurde. Mich schüttelte es.

Instinktiv legte ich meine freie Hand um Aidans Unterarm, klammerte mich an ihn. Das Blickduell der beiden nahm kein Ende, keiner schien gewillt, nachzugeben.

»Sie bekommen sie nicht.« Aidan klang unnachgiebig, was mich ein wenig erleichterte. Wie es aussah, hatte er glücklicherweise nicht vor, mich spontan dem Grafen zu überlassen. »In ein paar Wochen ist ihre Versteigerung, erst ab diesem Zeitpunkt steht sie der Öffentlichkeit zur Verfügung. Bis dahin ist die Kleine tabu. Für jeden. Auch für Euch, Sire.«

Der Graf lachte zwar amüsiert auf, seine Miene jedoch verriet die unterdrückte Wut, die in ihm brodelte. Er musste ein schnell aufbrausender Mensch sein, ich hatte noch nie jemanden getroffen, der so schnell seinen Gemütszustand wechseln konnte.

»Aidan, ich könnte mit einem Handstreich diesen jämmerlichen Puff schließen lassen und euch alle auf die Straße setzen. Das kostet mich nur einen Anruf.«

Ungerührt schüttelte Aidan den Kopf. »Sie bekommen sie trotzdem nicht. Sie ist noch nicht so weit, Earl of Dublee, und wird Ihnen nicht viel Freude bereiten, glauben Sie mir. Es wäre unverantwortlich, die Kleine jetzt schon in Ihre Hände zu geben. Dafür sind Ihre Vorlieben – mit Verlaub – zu speziell.«

»Ich will mit Kayne über die Angelegenheit reden, und zwar sofort.«

»Kayne ist auf Geschäftsreise, er kommt erst in ein paar Tagen zurück.«

Der Graf schien Aidans Worte sorgsam abzuwägen. »Dann möchte ich informiert werden, sobald ein Datum für die Versteigerung feststeht. Und dann Aidan« - er tippte ihm mit einem Finger gegen die Brust, und ich wusste, dass es Aidan alles abverlangte, dem Grafen nicht dieselbe Behandlung angedeihen zu lassen, wie

Garry sie genossen hatte -, »dann werde ich sie kaufen und mit ihr nach unten verschwinden. Die Tür hinter uns beiden schließen und mich eine ganze Nacht lang im Kerker mit ihr vergnügen. Und du kannst dann nicht mehr ihre Hand halten, mein Lieber.«

Ich sah, wie Aidans Kiefer sich anspannte.

»Was meint er mit Kerker?«, fragte ich aufgelöst, wofür mich Aidan beinahe mit Blicken erdolchte.

Mit einem feinen, aber eisigen Lächeln wandte sich der Graf an mich. »Ein Playroom der Extraklasse, meine Liebe. Mit ein paar ganz speziellen Toys. Lassen Sie sich überraschen.«

»Ich muss nirgends wohin mit, wenn ich nicht will.« Ich kniff die Lippen zusammen, unsagbares Grauen würgte mich bei der Vorstellung, mit diesem Mann in einem Raum eingesperrt zu sein. Ganz zu Anfang hatte Aidan mir versprochen, dass im Gentleman's Paradise nichts gegen meinen Willen geschah, somit hatte selbst der Graf nicht die Macht, mich in irgendeinen Keller zu zwingen.

»Du hast ein sehr loses Mundwerk.« In seinen Augen blitzte es auf. »Das muss dir jemand abgewöhnen. Aidan ist dazu offensichtlich nicht in der Lage. Sollte ich dich ersteigern, gibst du mir quasi für alles, was in dieser Nacht passiert, deine Zustimmung. Ansonsten darfst du das Geld nicht annehmen. Für so viel Geld steht dir eine aufregende Zeit bevor, egal, wer den Zuschlag am Ende bekommt, glaub mir.«

Entsetzt sah ich hoch zu Aidan, der den Grafen wütend anfunkelte.

»Stimmt das?«, fragte ich ihn.

Bisher hatte er mir verschwiegen, was es mit der ersten Nacht im Detail auf sich hatte. Langsam dämmerte mir, dass der enorme Verdienst am ersten Tag auch eine gewisse Gegenleistung voraussetzte. Mir wurde schlecht. Was verheimlichte mir Aidan noch alles? Als er statt einer Antwort nickte, sank ich in mich zusammen.

»Ich hätte die Einzelheiten noch zu einem geeigneten Zeitpunkt mit dir besprochen«, schob er nach, was mich allerdings überhaupt nicht beruhigte. Scheißkerl.

Was sollte ich jetzt machen? Allein die Versteigerung brachte mir mit viel Glück auf einen Schlag die erste Rate für Brians Behandlung ein.

»In diesem Haus werden keine Grenzen überschritten, Dublee, das gilt auch für Sie«, knurrte Aidan. Den Earl of hatte er diesmal weggelassen.

»Was denkst du denn von mir?«, fragte der Graf spöttisch. »Weißt du, worauf ich mich am allermeisten freue? Darauf, die Kleine auszupacken wie ein entzückendes Geschenk. Ich möchte sie gern hübsch dekoriert haben.« Er rieb sich die Hände. »Ich kann es kaum noch erwarten.«

Aidan ließ meine Hand los, legte einen Arm um meine Taille und zog mich eng an sich. »Dann wünsche ich Ihnen viel Glück bei der Versteigerung.« Er krallte seine Finger in das Röckchen meines Negligees und hob langsam den Stoff an, zog ihn bis hoch zum Bauch und verschaffte dem Grafen freien Ausblick auf meine Vagina.

In diesem Moment hasste ich Aidan bis in den tiefsten Winkel meiner Seele für das, was er mir antat. Dass er mich dem Grafen erst richtig schmackhaft machte. Aidan ging es einzig und allein ums Geld, wurde mir klar. Die ganze Zeit über war es ihm nicht um mich gegangen - er wollte mich nicht beschützen, sondern den Preis bei der Versteigerung in die Höhe treiben! Höchstwahrscheinlich verdiente er als mein Trainer ein hübsches Sümmchen mit. Wie es mir danach im Kerker erging, schien ihm völlig gleichgültig zu sein. Ich verfluchte mich selbst für mein aufkeimendes Vertrauen in Aidan. Mein Bruder hatte recht gehabt, Aidan war skrupellos und egoistisch. Tränen brannten in meinen Augen, während ich reglos dastand. Tränen der Enttäuschung und der Wut. Ich schloss die Lider, blendete alles um mich herum aus, wollte weder Aidan noch den Grafen mehr sehen. Ich fühlte mich von Aidan erniedrigt und benutzt, fast genauso wie damals.

»Gehen wir«, hörte ich Aidan nach Momenten, die sich zu Ewigkeiten gedehnt hatten. Als ich widerwillig die Lider hob, war der Graf verschwunden und Aidan hatte meinen Rock losgelassen.

KAPITEL 11

AIDAN

Vivien ging so verdammt schweigsam und mit gesenktem Kopf neben mir her. Dieses hauchdünne Netz von Sympathie und Vertrauen, das sich zwischen uns gesponnen hatte, war binnen Sekunden zerstört worden. Mit dem Auftauchen des Grafen hatte ich nicht gerechnet, hätte mich jemand vorgewarnt, wäre das Training heute entfallen oder im privaten Bereich abgehalten worden.

Der Graf war ein verfluchter Sadist, ein abartiges Dreckschwein, der sich an Erniedrigungsspielchen der übelsten Art in unseren Kellerräumen aufgeilte. Im Kerker befand sich alles, was man für BDSM der Extraklasse benötigte, speziell für Kunden die es beim Sex härter und schmerzhaft brauchten. Eine Nacht im Kerker mit dem Grafen und Vivien würde zugrunde gehen. Leider konnten wir Dublee nicht so einfach der Tür verweisen.

Sowieso hatten wir dauernd schon Probleme mit den Behörden, denen wir ein Dorn im Auge waren, und die uns mit strengen Auflagen das Leben schwer machten. Der Graf hatte Beziehungen bis in die höchsten Kreise, überall steckten seinen Finger mit drin. Er könnte mit Leichtigkeit dafür sorgen, dass wir die Konzession für das Gentleman's Paradise entzogen bekamen.

Vivien lief so bedrückt neben mir, dass mich mein schlechtes Gewissen beinahe auffraß. Vorhin hatte sie dermaßen enttäuscht ausgesehen, so verstört und gekränkt, dass mir sofort klar war:

ich hatte sie in genau dem Moment verloren, als ich dem Grafen ihre Vagina präsentiert hatte. Sie würde mir nie wieder ihr Vertrauen schenken. Allerdings kannte sie den Grafen nicht, Vivien hatte nicht die geringste Ahnung, wie dieser Sadist tickte.

Mir war von Anfang an klar gewesen, dass die unschuldig süße Vivien mit ihrem engelsgleichen Aussehen haargenau in sein Beuteschema passte und ebenso, dass die beiden früher oder später hier im Club aufeinandertreffen würden. Nur hatte ich die leise Hoffnung auf ein Später gehegt, ein viel viel Später.

Mich würde es nicht wundern, wenn uns der Graf schon während der Show beobachtet hatte. Verfickte Scheiße, ich war so verdammt nachlässig gewesen. Warum hatte ich Spencer nicht Bescheid gegeben, damit er mich vorwarnen konnte, falls der Mistkerl hier auftauchte. Der Earl of Dublee war ein Player der übelsten Sorte, eine Art Kampfhund, der nicht mehr losließ, sobald er sich einmal in sein Opfer verbissen hatte. Der Kerl würde nicht mehr von Vivien ablassen, die Versteigerung gab ihm den ganz besonderen Kick. Aber selbst bei ihm gab es ein paar Schwächen, die man ausnutzen konnte.

Man musste es nur geschickt anstellen. Falls jemand ihm die Vorfreude nahm, konnte er schnell das Interesse verlieren. Legte Dublee einen dicken Batzen Geld für Vivien auf den Tisch, dann wollte er sie als Geschenk präsentiert bekommen. Der Mistkerl wollte sie langsam und genüsslich auspacken und ihre Reize genießen, die er als Überraschung unter den Stofflagen vorfand - bevor er schlussendlich zur Sache schritt.

Als ich ihm vorhin Viviens Pussy gezeigt hatte, war ihm ein Teil des Kicks genommen worden. Er wusste jetzt haargenau, wie sie unter ihrem sexy Kleidchen aussah, seine Fantasien fanden somit nicht mehr in den üblen Turbo, den er sonst benötigte, um sich für seine ekelerregenden Extravaganzen in Fahrt zu bringen.

Nun hoffte ich, sein Interesse an Vivien zumindest abgemildert zu haben. Vier Wochen waren lang, mit genügend Glück und Ablenkung hatte er sie zwischenzeitlich vielleicht sogar vergessen. Ich würde ein paar unserer Mädchen auf ihn ansetzen, die wie er Spaß an dark Erotik hatten. Sie sollten ihn beschäftigt halten, sobald er hier auftauchte.

Leider konnte ich Vivien nicht beichten, aus welchem Grund

ich ihr das vorhin angetan hatte. Eine Erklärung würde ihre sowieso schon vorhandene latente Furcht vor der Versteigerung höchstwahrscheinlich in pure Panik steigern, mein Mentoring wäre somit sinnlos. Und das Training konnte und wollte ich nicht aufgeben.

Auf keinen Fall. Wie es danach weiterging, lag noch in weiter Ferne. Momentan jedoch wollte ich Vivien für die kommenden Wochen noch ganz für mich allein haben. Ihre langsam erwachende Lust auskosten, die sie in meinen Händen erst neu entdeckte. Ihre Hingabe genießen, mit der sie mich immer wieder überraschte. Viviens wunderhübschen Körper noch viel genauer erforschen und ihr hunderttausend weitere von diesen niedlichen kleinen Glückslauten entlocken, die sie sich immer krampfhaft verbiss.

Mir würde etwas einfallen, was den Grafen vom Bieten abhielt, noch war genügend Zeit. Mein sündiger Engel sollte sich nicht unnötig wochenlang ängstigen. Der bloße Gedanke Vivien in einem Monat dem Club zu überlassen, machte mich fertig. Es kostete mich alle Kraft, mir wieder ins Gedächtnis zu rufen, dass es Viviens freie Entscheidung gewesen war, im Gentleman's Paradise anzuheuern und sie aus lediglich einem einzigen Grund dieses Training mit mir absolvierte. Sie wollte so viel Geld wie möglich verdienen, um sich ein paar Träume zu verwirklichen.

Es war nicht richtig, dass ich ihr aus purem Egoismus die Arbeit im Club verwehren wollte. Ich straffte mich, zwang meine gebeutelten Gedanken zur Ruhe, wurde wieder zum eiskalten Profi, der ich die vergangenen Jahre gewesen war. Dem Mann, der seit der jungen Teenage-Vivien keine Frau mehr in sein Herz gelassen hatte.

»Was soll das, Aidan? Lass mich los, ich muss nach Hause.«

Ich hielt Viviens Hand fester und lotste sie hinter mir her den Weg neben der Turnhalle entlang. »Ich will dir nur etwas zeigen, es dauert nicht lange.«

»Nur weil du mich erpresst hast, mit dir zur Prom zu gehen, bedeutet das nicht, dass du mich entführen kannst.« Ihr Kichern stand

im krassen Gegensatz zu dem energischen Tonfall, den sie aufgelegt hatte. Halbherzig widerstrebend ließ sie sich mitziehen.

»Jawohl, Oberrichter Davis«, erwiderte ich gespielt reumütig, als stünde ihr strenger Dad vor mir. »Aber zu meiner Verteidigung muss ich anführen, dass es sich hier nicht um Kidnapping handelt, sondern um Heartnapping.«

»Du verrückter Spinner.«

Abrupt hielt ich an, und drehte mich zu ihr um. »Oberrichter Davis, ich verbitte mir derartige Beleidigungen. Dies war eine ehrliche Zeugenaussage.«

»Du bist der Angeklagte«, erinnerte sie mich leise lachend und ich konnte nicht anders, als ihr hübsches Gesicht zu bewundern. Sog jede noch so winzige Einzelheit in mich auf wie ein Schwamm. Diese niedlichen vereinzelten Sommersprossen auf ihrer Stupsnase, über die sie sich tierisch ärgerte, weil sie sie ihrer Meinung nach wie zwölf aussehen ließen. Was gar nicht stimmte.

Im Kontrast dazu ihre faszinierend großen grünen Augen, vor allem, wenn sie wie jetzt versuchte, streng auszusehen, was total daneben ging. Egal, was sie machte, sie sah immer bezaubernd und süß aus. »Nimm das Haargummi für mich aus deinen Haaren«, bat ich sie leise und merkte, dass wieder dieses Kribbeln durch mich hindurchwanderte. Ich musste sie einfach anhimmeln. Leicht verunsichert tastete sie ihren hohen Pferdeschwanz ab, machte jedoch keinerlei Anstalten meiner Bitte nachzukommen.

»Warum?«

»Ich mag dein Haar am liebsten offen.«

»Du magst mein Haar offen?«

»Hey ja, ich steh drauf, wenn meine Freundin ihr Haar offen trägt.« Ich zwinkerte ihr zu, sah erfreut, wie ihre Wangen sich röteten.

»Wir sind nicht zusammen.« Sie schüttelte den Kopf und nestelte an dem silbernen Engelsanhänger an ihrer ebenfalls silbernen Kette, die sie über ihrer hochgeschlossenen weinroten Bluse trug. Normalerweise stand ich nicht auf den braven streberhaften Mädchentyp, sie waren mir nicht ganz geheuer. Immer mit ihren Büchern unterwegs oder irgendwelchen öden Hausaufgaben beschäftigt. An Vivien jedoch gefiel mir diese zielstrebige Ernsthaftigkeit, ausnehmend gut sogar. Zwischendurch war sie richtig lustig und verstand Spaß. Sogar meinen Humor. Meistens jedenfalls.

»Warum willst du nicht mit mir zusammen sein?«

Hin und wieder sah Vivien unauffällig über die Schulter. »Meine Eltern würden mir niemals erlauben, dass ich mich mit einem Bad Boy wie dir einlasse.«

Oh, das war nicht nett. Aber mir gefiel die Bezeichnung trotzdem. Aus Viviens keuschem Mund klang der Begriff wie ein verruchtes Kosewort. In der Absicht, ihre Nervosität noch einen Hauch zu steigern, kam ich dichter. Zum Glück hatte sie heute keine Bücher dabei. »Und du denkst ebenfalls, dass ich ein Bad Boy bin?«

»Ich weiß, dass du einer bist.« Sie klang, als hätte sie sich ihre Meinung über mich, unabhängig von ihren Eltern, schon längst gebildet. Das wiederrum sagte mir überhaupt nicht zu. Ich wollte Vivien erobern. Sie sollte mir ihr Herz schenken, Händchenhaltend mit mir durch die Straßen schlendern, ohne sich meinetwegen zu schämen. Vivien kannte mich nicht mal. Vielleicht war es ihr aber auch peinlich, dass meine Mom seit ein paar Wochen die dreckige Wäsche ihrer Familie wusch und bügelte. Sich als Tochter des Oberrichters mit Aidan O'Conners einzulassen, war grenzwertig, das war mir bewusst, aber auch scheißegal. Zu allem Übel hatte ihr Dad mir während einer schwierigen Phase meines Lebens einmal einen Haufen Sozialstunden aufgebrummt.

Mehr als nötig gewesen wären. Drecksack. Wir hatten uns somit unter mehr als ungünstigen Umständen näher kennengelernt. Scheiß drauf! Diese Zeiten waren vorbei, ich hatte einen Platz am Western Nevada Community College ergattert. Okay, das war nicht Harvard, doch für mich bedeutete es die Welt. Dazu war es einigermaßen bezahlbar und lag in Carson City. Die Höhe des Studienkredits würde mich nicht in den Boden drücken. Ich würde als erster in unserer Familie studieren und Wirtschaftsingenieur werden. Vivien beweisen, dass ich sehr wohl zu etwas taugte. Zudem würde ich hier in der Stadt bleiben, ganz in ihrer Nähe, bis sie mit der Highschool fertig war.

Es war beinahe wie eine göttliche Fügung.

»Gib mir eine Chance, dir zu beweisen, dass ich kein Bad Boy bin. Dass du das denkst ist so schwachsinnig.« Ich kam mit dem Gesicht dicht vor ihre Lippen.

»Du beweist mir gerade, dass du einer bist.« Unser Atem vermischte sich, so nahe standen wir beisammen.

»Ich möchte dich so gern näher kennenlernen.«

»Und dann?«

Wie in Zeitlupe nahm ich ihr heißes Gesicht in beide Hände, spürte ihren rasenden Puls am Hals in den Fingerspitzen. Sie war nicht halb so cool, wie sie vorgab zu sein. Vivien war so süß. »Dann«, raunte ich leise, »wirst du dich in mich verlieben.«

Ihre Unterlippe zitterte, aber sie befreite sich nicht. Wir sahen uns tief und tiefer in die Augen, die Welt um uns verschwand, wurde klein und unwichtig, kam zum Stillstand.

Kurz bevor ich meine Lippen auf ihre senken konnte, wich sie mit dem Kopf zurück. »Was wolltest du mir denn jetzt zeigen?«

Ich benötigte ein oder zwei Sekunden, um den kalten Guss mitten im heißen Frühling Nevadas zu verdauen. Sie machte es mir nicht leicht.

Kurz holte ich tief Luft, um mich wieder zu sammeln und meinem Freund eine Etage tiefer eine Erholungspause zu gönnen. Nicht, dass ich mir irgendwas Sexuelles erhofft hatte, aber ich konnte nichts dafür, allein ihre bloße Nähe machte mich scharf.

»Komm mit.« Ich nahm ihre Hand und zog sie hinter der Turnhalle ins Gebüsch.

»Wo schleifst du mich hin, Aidan O'Conners?« Ihre Stimme klang eine Spur zu schrill.

»Wirst du gleich sehen.« Ihren Protest überhörend, führte ich sie weiter, an stacheligen Kakteen und dornigem Gestrüpp vorbei, bis wir zu einer spärlichen freien Fläche kamen, auf der ich mir gestern heimlich einen Joint gegönnt hatte. Sie war über und über mit Klee bedeckt. Ich bückte mich und pflückte einen, den ich Vivien hinhielt.

»Oh«, behutsam nahm sie mir das Pflänzchen aus der Hand und betrachtete es lächelnd. »Ein vierblättriges Kleeblatt. Wie cool ist das denn? Ich hab noch nie eins gefunden.«

»Dann ist heute dein Glückstag, sie sind alle vierblättrig.« Ich machte eine ausschweifende Handbewegung.

»Ernsthaft?« Sie sank in die Hocke und suchte mit dem Blick den Boden ab. »Du hast recht, sie haben alle vier Blätter.« Mit schräg gelegtem Kopf sah sie zu mir auf, was so verdammt unschuldig sexy aussah. »Wie kann das sein?«

»Vielleicht ein magischer, verwunschener Ort.« Ich ließ mich neben sie mitten im Klee auf den Rücken fallen. Hegte die leise Hoffnung, sie würde sich vielleicht in meine Armbeuge kuscheln, damit ich den

blumigen Duft ihres Shampoos einatmen und ihren weichen Körper endlich in die Arme nehmen konnte. Ich wollte sie einfach nur halten.

»Den ausgerechnet du gefunden hast.«

»Ich bin eben ein Riesenglückspilz. Du hast das nur noch nicht erkannt.«

»Diese Stelle ist einmalig.« Ihre Augen glänzten. »Danke, dass du mir diesen Platz gezeigt hast.« Zu meinem Leidwesen ließ sie sich seitlich auf die Waden nieder, nichts mit Kuscheln in magischen Orten. Ihre knielangen dunkelblauen Shorts ließen nicht viel Ausblick auf ihre wohlgeformten Beine zu. Zu schade. Sie hatte tolle Beine. Keine Ahnung, warum sie ihren Körper immer unter so viel Stoff versteckte, der ihre Kurven nur erahnen ließ.

»Wie viele Freunde hattest du schon vor mir?« Ich rupfte einem Kleeblatt die Blätter aus.

»Jetzt hast du sieben Jahre Pech«, sie deutete auf meine Hand. »Und zum letzten Mal: du bist nicht mein Freund.«

»Bis jetzt noch nicht.« Ich lachte. So schnell gab ich nicht auf, da konnte die süße Vivien Davis sicher sein. »Und ich dachte, das mit den sieben Jahren gilt nur für zerbrochene Spiegel.«

Sie war eine extrem harte Nuss, wahrscheinlich lag ihr Widerstand einzig und allein an ihren beschissenen Eltern. »Also. Wie viele Freunde hattest du bis jetzt?«, formulierte ich meine Frage neu.

»Noch keinen.« Sie schüttelte den Kopf, senkte die Lider, als ob ihr das Geständnis peinlich wäre und ich dachte nur: Bingo! Somit würde ich also irgendwann, sobald sie bemerkt hatte, dass sie mich liebte, was ziemlich bald der Fall sein würde, ihr erster sein.

»Und du?« Die Frage kam ihr nur leise über die Lippen.

»Freunde?«, zog ich sie auf.

»Blödmann.«

»Also gut.« Ich tat, als würde ich zählen, beobachtete dabei amüsiert, wie ihre Augen größer und größer wurden.

»Und?«, fragte sie schließlich.

»Ich zähle noch.«

»Ernsthaft?« Sie klang schockiert, was so unglaublich witzig aussah.

»Feste Freundinnen. Zwei«, erlöste ich sie schließlich. »Ally McBethy im Kindergarten. Wir waren drei ganze Tage ein Paar und letztes Jahr Stephanie Matthews.« Den letzten Namen wollte ich am

liebsten schnellstmöglich wieder vergessen. Die Beziehung zu Stephanie war ein Desaster gewesen, wir hatten uns nur gestritten, außerdem hatte ihr zwanghafter Kontrollwahn beängstigende Züge angenommen. Zeitweise musste ich tageweise mein Smartphone stilllegen, wenn ich ein bisschen Ruhe vor ihr haben wollte.

»Was?«, rief sie entrüstet und riss die Augen auf. »Das glaube ich nicht.«

»Die Sache mit Stephanie?« Ich stützte mich auf den Ellenbogen ab. »Ich mittlerweile auch nicht mehr.«

»Nein, du und Ally McBethy. Dieses gerissene Luder, das hätte ich ihr gar nicht zugetraut.« Sie lachte.

»Ally war eine extrem schamlose Vierjährige«, spielte ich mit. »In diesen drei Tagen hat sie mich täglich um meinen Süßigkeitenvorrat erleichtert, den ich mir heimlich von zu Hause mitgenommen hatte. Ansonsten wollte sie ihre Liebe Randy Meyer schenken. Sie hat mich erpresst.«

»Und wieso ging die Beziehung in die Brüche?«, fragte sie mit ernstem Gesichtsausdruck.

»Meine Mom hat mich beim Bonbonklauen erwischt und die Süßigkeiten versteckt. Ab da war ich für Ally nur noch Luft.« Ich hob theatralisch die Hände. »Siehst du, was für ein netter Kerl ich bin. Die Frauen haben mir übel mitgespielt, nicht umgekehrt.«

»Du Ärmster.« Sie schenkte mir ein zuckersüßes Lächeln. Immer wieder blieb mein Blick an ihren Lippen haften, ob ich wollte oder nicht, ich konnte nichts dagegen tun. Sie hatten eine leichte Herzform und riefen regelrecht nach mir. Ja, wirklich! Nur ein einziges Mal wollte ich Viviens weiche, geschwungene Lippen küssen. Mehr wollte ich gar nicht. Falls Vivien sich jemals für mich entscheiden sollte, würde ich es langsam angehen lassen. Nichts überstürzen, sie zu nichts drängen, ihr alle Zeit der Welt geben, und ihr zeigen, dass ich sie ganz ehrlich mochte. Vor allem vor dem Hintergrund, dass sie noch unberührt war und so gut wie keine Erfahrungen mit Jungs gesammelt hatte. (Die würde sie allesamt mit mir sammeln.) Zumindest vermutete ich das, ich hatte Vivien das ganze Jahr über nicht ein einziges Mal auf den einschlägigen Partys getroffen.

»Ich möchte dich so gern küssen, Vivien.«, sagte ich ernst, und mit einem Zittern im Brustkorb. Warum war ich plötzlich so nervös? Wir konnten unsere Blicke nicht voneinander lösen, Vivien ging es ähnlich

wie mir, das spürte ich. Sie wollte diesen Kuss genauso wie ich, trotz allem hatte sie sich immer noch viel zu verdammt gut im Griff. Worauf wartete sie?

»Du wärst dann der erste«, flüsterte sie mit errötendem Gesicht.

Ja, und? Mit dem Gedanken, der Erste zu sein, hatte ich in der Tat kein Problem.

»Einmal ist immer das erste Mal.« Ich setzte mich auf. Wie in Zeitlupe streckte ich meine Hand aus, streichelte ihre heiße Wange, fühlte ihr inneres Zittern und wusste, die Zeit für ihren ersten Kuss war reif. Immer weiter näherte ich mich ihrem Gesicht und legte behutsam meine Lippen auf ihre, küsste sie auf eine unschuldig spielerische Weise und bei Gott, das war das beste Gefühl auf Erden. Reglos ließ sie es geschehen, verharrte mit geschlossenen Augen an meinem Mund, bevor sie schließlich mitmachte. Meine Küsse auf eine unsichere Art erwiderte, als hätte sie Angst, einen Fehler zu begehen.

Ich teilte ihre Lippen mit der Zunge, schlüpfte in ihren Mund, wo ich von ihrer warm und feucht empfangen wurde. Mir entwich ein leises Stöhnen. Vivien schmeckte so verboten himmlisch, süß wie Zuckerwatte mit Vanillearoma. Ihre weichen Lippen umschmeichelten meine, sie wurde mutiger, umspielte zaghaft meine Zunge mit ihrer und das Paradies öffnete seine Tore für mich. Ich betete, von plötzlichem Blitzeis getroffen zu werden, das uns gemeinsam in dieser Position für immer einfror.

Schließlich löste sie sich atemlos, aber strahlend von meinen Lippen. »Wow!«

»Wow«, erwiderte ich ebenfalls noch vollkommen durcheinander von den unerwarteten Gefühlen, die in mir Salsa tanzten, und wischte ihr mit dem Daumen die glänzende Unterlippe trocken. Sie schloss bei meiner Berührung für einen Moment die Augen.

»Gib mir eine Chance, Vivien, ich werde dir beweisen, dass ich es ernst meine. Ich möchte dich so gern besser kennenlernen.«

»Ich weiß nicht, ob ich schon dazu bereit bin, Aidan.« Sie schlug die Lider nieder, auf ihre gewohnt schüchterne Weise.

Ich wusste, worauf sie anspielte. Immerhin hatte es sich rasant in der Schule herumgesprochen, dass Stephanie und ich es miteinander getan hatten. Warum sie es allen brühwarm erzählt hatte, wusste ich bis heute nicht. Für mich war der Sex mit ihr okay gewesen, mehr nicht. Nach der Trennung wurde dann ein Haufen dazu gedichtet, von wegen ich hätte sie betrogen, reihenweise Mädchen flachgelegt, lauter so Schwachsinn. Nichts davon stimmte, doch Gerüchte hielten sich leider hartnäckig. Und mir war es egal gewesen. Wir Jungs hatten es in dieser Beziehung wahrscheinlich einfacher als Mädchen.

»Wir haben alle Zeit der Welt. Ich will nur mit dir zusammen sein, mit dir abhängen. So wie jetzt. Das ist alles für den Moment.« Mit ernstem Gesicht spreizte ich drei Finger zum Eid. »Ich schwöre, Herr Oberrichter.«

Sie gluckste, aber in ihren Augen leuchtete ein wunderschöner Glanz, mein Gesicht spiegelte sich in ihrer Iris, sodass ich mich selbst zweimal sah.

Wir würden langsam machen, Schritt für Schritt. Ohnehin war Sex im Moment zweitrangig für mich. Ja, klar. In der Vergangenheit hatte es den ein oder anderen One-Night-Stand gegeben. Ich hatte mich auch nicht gewehrt, als Stephanie endlich mit mir schlafen wollte.

Aber das war zu einem Zeitpunkt gewesen, als unsere Beziehung schon halb den Bach runterging. Die ersten sechs Monate war nichts gelaufen außer ein bisschen Fummeln. Als wir es dann endlich taten, war unser erstes gemeinsames Mal plötzlich nicht mehr von Bedeutung gewesen. Der Sex mit Vivien hingegen könnte etwas Großes werden, eine Bandbreite der unglaublichsten Gefühle zu einem funkensprühenden Feuerwerk vereinen und uns flashen.

Ich wollte ihr alle Zeit der Welt geben, die sie brauchte. Und noch mehr, sollte sie mich bitten. Mir ihr Vertrauen erarbeiten und ihre Liebe gewinnen. Vivien sollte sich in mich verlieben, genauso wie es mir bei ihr passiert war. Von heute auf morgen und mit Haut und Haar. Dieses süße zurückhaltende Mädchen hatte sich klammheimlich in mein System geschlichen und sich in mir festgesetzt. Keine Ahnung wie das passiert war.

Den ganzen Tag dachte ich nur noch an sie. Vivien war schlichtweg perfekt. Ich hoffte so wahnsinnig, dass sie mir eine Chance gab. Eine nur. Wir würden ein großartiges Paar abgeben und irgendwann, sobald Vivien bereit war, wollte ich unser erstes Mal zu einem besonderen Ereignis machen. Mein Blick schweifte von ihrem glühenden Gesicht zu den Kleeblättern um uns herum. Jedes einzelne davon Vierblättrig und ich nahm das als gutes Omen.

Während wir schweigend den Bürotrakt zum Trainingsraum durchquerten, dachte ich an unser tatsächliches erstes Mal. Das war gestern gewesen. Und ich Arschloch hatte es weder besonders für sie gemacht, noch hatte es uns geflasht. Ganz im Gegenteil. Wehmut beschlich mich beim Gedanken an diese vergebene Chance.

»Du solltest dir jetzt noch keinen Kopf über die Versteigerung machen«, versuchte ich ein Gespräch in Gang zu bekommen. Auf einmal musste ich wissen, was in ihr vorging. »Bis dahin kann noch viel passieren.«

Sie sah mit ernstem Blick auf. »Ich mache mir keine Gedanken über die Versteigerung.«

»Sondern?«

»Ich habe mich gerade gefragt, warum das Schicksal es so schlecht mit mir meint und mich ausgerechnet wieder mit dir zusammengeführt hat.«

Eine schonungslose Ansage. Hätte ich mal lieber nicht nachgefragt. Ihre Worte trafen mich härter, als ich mir eingestehen wollte. Darüber hinaus machte mich ihre überhebliche Art, die sie in der Highschool schon immer mal wieder hinausgekehrt hatte, stinksauer. Es gab keinen Grund, weshalb sie sich immer noch für jemand Besseres halten könnte. Wir waren keine Teenager mehr, sie nicht mehr die Tochter eines angesehenen Oberrichters. Ihr Alter hatte sich hochverschuldet eine Kugel in den Kopf gejagt und sie mittellos im Regen stehen lassen.

Ich hingegen hatte es binnen weniger Jahre zum Multimillionär gebracht. Das Gentleman's Paradise war nicht der einzige Club, der mir und Kayne gehörte. Drei weitere Bordelle in Nevada nannten wir unser eigen, dazu noch einen Stripclub an der Westküste und wir waren noch lange nicht fertig mit unseren Plänen. Gerade traf sich Kayne zu einem wichtigen Gespräch mit einem Farmer, dem wir sein Land für einen neuen Club der Extraklasse abkaufen wollten. Sie hingegen spreizte die Beine für ein paar hundert Dollar die Nacht. Ich bremste meine Gedanken scharf ab, ließ es nicht weiter zu, dass meine unterschwellige Wut mich in die Klauen bekam.

Noch nie hatte ich derart herablassende Gedanken gegenüber Prostituierten gehegt, im Gegenteil. Während meiner Studienzeit hatte ich einiges an Zeit auf dem illegalen Straßenstrich von Las Vegas verbracht. Das Desaster mit Vivien hatte mir dermaßen zugesetzt, dass ich mich Jahre nicht mehr auf eine normale Beziehung einlassen konnte. Business-Sex war alles, was ich wollte, was mir die Szene näherbrachte und den ersten Stein meiner beruflichen Laufbahn legte. Bei genauer Betrachtung hatte ich den Einstieg in mein buntes Berufsfeld Vivien Davis zu verdanken. Einen Ritterschlag bekam sie deswegen dennoch nicht von mir.

»Es hätte dich schlechter treffen können, glaub mir.« Ich prustete durch die Nase. Sie hatte ja keine Ahnung, was für ein Glück sie hatte, in einem Club wie dem unseren gelandet zu sein. Mit Sicherheitspersonal, das rund um die Uhr auf sie aufpasste und ohne die Gefahr, einem brutalen Zuhälter in die Fänge zu geraten. »Eine Woche auf dem illegalen Straßenstrich und du wüsstest, was es bedeutet, nicht nur von wildfremden Kerlen, sondern auch vom Schicksal gefickt zu werden.«

Sie verschränkte die Arme vor der Brust. »Du bist und bleibst ein primitiver Mistkerl.«

»So dachtest du also schon damals von mir?« Mein Pulsschlag schwoll an, während ich auf ihre Antwort wartete. Sie ließ sich Zeit, schien zu überlegen.

»Anfangs nicht«, erwiderte sie schließlich leise, ohne mich anzusehen.

»Ich war achtzehn.« Mehr hatte ich nicht zu meiner Verteidigung vorzubringen.

»Und ich gerade mal sechzehn.«

Was auch immer sie mir damit verklickern wollte. Nein, ich würde diese alte Sache jetzt nicht zur Sprache bringen, nicht mitten während des Trainings, das für heute noch nicht vorbei war. Gäbe es eine Möglichkeit, diesen unglückseligen Abend aus unser beider Leben zu streichen, ich würde sie auf der Stelle nutzen.

Leider war es zu spät, die Ereignisse dieser Nacht würden für immer zwischen uns stehen, egal wie nah wir uns körperlich noch kamen. Diese Einsicht verhalf mir wieder zu mehr Distanz, sodass ich es mit Ach und Krach schaffte, meinen Fokus weg von ihrer verletzten Seele hin zu ihrem makellosen Körper zu manövrieren. Ihre Schönheit blendete die düsteren Schattenbilder aus.

Ich öffnete die Tür zum Trainingsraum und trat beiseite, um sie zuerst hindurchgehen zu lassen.

Sie schritt hoch erhobenen Kopfes an mir vorbei. »Deine verdammte Höflichkeit in den falschen Momenten.«

»Weil ich dir die Tür aufhalte?«

»Weil du mir die Tür zu deinem ganz persönlichen Kerker aufhältst.«

Ich benötigte einen Moment, um diese Aussage sacken zu lassen. Wusste im selben Augenblick jedoch, dass sie log. Ja, sie log. Ihre körperlichen Reaktionen hatten mir bisher immer das Gegenteil erzählt. Wenn Vivien für eins empfänglich war, dann für meine Berührungen. Sie war noch immer stinksauer. Aber nein – wir würden jetzt nicht über diesen ganzen Mist reden, sollte sie mich provozieren, solange sie wollte. Sondern etwas anderes tun.

Ich ließ die Tür hinter uns mit einem leisen Geräusch ins Schloss fallen, während sie mit dem Rücken zu mir stand. Sah, wie sie zusammenzuckte und ihr Körper sich verspannte, als ich langsam auf sie zuging. Dicht hinter ihr blieb ich stehen, schob ihr hellblondes Haar über die linke Schulter und senkte meine Lippen auf ihre freigelegte Haut.

»Trainingsphase zwei«, flüsterte ich rau und hörte, wie sie tief durchatmete. »Glaub mir, dieses Zimmer hat nicht die mindeste Ähnlichkeit mit dem Kerker.«

»Du willst allen Ernstes nach allem, was passiert ist, heute noch ein Training abhalten?« Sie klang ungläubig.

»Die Umstände könnten nicht besser sein.« Ich legte beide Hände auf ihre Taille, zog sie dicht an mich, sodass ihr Rücken meinen Oberkörper berührte. Mein Schwanz richtete sich umgehend auf, erinnerte sich daran, dass sie kein Höschen trug und bettelte buchstäblich nach ihrer feuchten Hitze. Tapfer widerstand ich der Versuchung, eine Hand unter ihr Röckchen zu schieben.

»Wie darf ich das verstehen?« Sie klang leise, unsicher, schlitterte geradewegs in den gefügigen Modus. Das war hervorragend.

»Ich möchte, dass du mich verführst.«

»Was?« Vivien wandte den Kopf, versuchte gleichzeitig, sich aus meinen Händen zu befreien, aber ich hielt sie fest an mich gepresst.

»Ich weiß, dass du gerade nicht gut auf mich zu sprechen bist.«

»Das ist die Untertreibung des Jahrhunderts.«

»Und genau deswegen ist der Zeitpunkt perfekt. Du wirst deine Emotionen mir gegenüber unter Kontrolle halten, deine Wut unterdrücken. Stattdessen wirst du mir zeigen, wie sehr du mich willst. Du wirst mir das Gefühl geben, noch nie zuvor in deinem Leben einen Mann mehr begehrt zu haben als mich.«

»Mein Schauspieltalent reicht für eine Show dieser Größenordnung leider nicht aus«, erwiderte sie sarkastisch.

Aufmüpfiges Biest. Noch immer hatte sie nicht verinnerlicht, was ich ihr heute erst klargemacht hatte. Mein Ehrgeiz erwachte, ich würde sie zähmen, ob sie wollte oder nicht. Im Club spielten ihre Befindlichkeiten eine untergeordnete Rolle, langsam aber sicher sollte sie das kapiert haben.

Ich nahm die Hände von ihr, ließ sie mitten im Zimmer stehen und setzte mich aufs Bett. Mit beiden Händen stützte ich mich auf der Matratze ab.

»Du wirst jetzt für mich strippen. Nach der Show vorhin weißt du ja mittlerweile, wie das funktioniert. Und zwar in einer Art und Weise, die mich antörnt. Ich möchte einen Ständer in der Hose haben, noch bevor du nackt vor mir stehst. Verstanden?«

Sie prustete durch die Nase, ein solch übertrieben arroganter Ton, dass ich die Trainingseinheit spontan ausweitete.

»Ach ja, bevor ich es vergesse.« Ich tippte mir mit den Fingerspitzen gegen die Stirn. »Das wird selbstverständlich ein Join-in Strip.«

»Du spinnst.« Sie klang fassungslos.

»Vivien, wir können die Aufgaben auch immer weiter ausdehnen. Je mehr du dich sträubst, desto mehr wirst du am Ende tun. Es liegt also ganz bei dir.«

»Und falls ich mich weigere, kann ich mein Zeug nehmen und abhauen«, schlussfolgerte sie bitter.

»Wie ich sehe, bist du lernfähig.« Ich suchte in meinem Smartphone nach einem passenden langsamen Lied und drehte den Ton auf, bevor ich mich wieder auf den Händen zurücksinken ließ. Ich blendete aus, dass ich mich wie das größte Arschloch aller Zeiten verhielt, konzentrierte mich nur auf Vivien und ihren sexy Körper.

Sie ließ ein paar Sekunden verstreichen, ehe sie ihren wutblitzenden Blick von mir nahm und begann, sich langsam im Takt der Musik zu bewegen. Anmutig und grazil. So gefiel mir das. Bestimmt hatte sie in ihrer Kindheit Ballettunterricht gehabt, falls ja, sollte sie auf jeden Fall noch einen Spagat zum Einsatz bringen.

Sie wandte mir den Rücken zu, ließ die Hüften kreisen – wieder und wieder. Ihr knackiger Hintern kam unter dem dünnen Stoff wundervoll rund zur Geltung. In den vergangenen Stunden hatte ich sie nicht ein einziges Mal von hinten bewundert, fiel mir auf und schalt mich in Gedanken für diese unverzeihliche Nachlässigkeit.

Warum hatte ich ihr keine halterlosen Strümpfe angezogen? Egal, ihre Natürlichkeit war tausendmal grandioser. Mit beiden Händen griff sie sich in den Nacken und hob ihr Haar an, ließ ihre blonden seidigen Strähnen durch die Finger fließen wie flüssiges Gold, während sie sich lasziv im Rhythmus der Musik wiegte. Unvorbereitet kam sie zu mir und stellte einen Fuß auf der Bettkante ab. Ihr leichtes Hemdchen rutschte zwischen ihre Beine, verdeckte die Sicht auf alles, was sich zwischen ihren Schenkeln versteckte.

Obwohl ich ihre hübsche Pussy schon ein paarmal betrachten durfte, konnte ich den Moment der Präsentation fast nicht erwarten. Ich wollte ihr verdammt sexy Muttermal endlich wiedersehen und diesen rosa Spalt, der sich in dieser Position hundertprozentig ein wenig geöffnet hatte. Genau passend für meine Zunge. Mir fiel ein, dass ich keine Ahnung hatte, wie sie schmeckte.

Sie rekelte sich vor mir, bewegte ihren Oberkörper auf eine sexy Art und Weise. Meine Hoden zogen sich schmerzhaft zusammen vor Verlangen, wenn sie nicht bald auf mir saß, würden meine Eier explodieren. Ich schluckte, als ihre Nippel sich hart durch den dünnen Stoff drückten. Sie war tatsächlich erregt.

»Fass dich an«, raunte ich heiser und konnte den Blick nicht von ihr wenden. Widerstand schweren Herzens der Versuchung, ihr das Negligee vom Körper zu reißen. Sie ließ sich viel zu viel Zeit.

Lächelnd legte sie beide Hände auf ihren Bauch und fuhr langsam den Oberkörper entlang bis hoch zu ihren Brüsten, spielte neckisch mit ihren Nippeln und stöhnte leise. Sie sah so verrucht sexy aus, dass ich aus tiefstem Herzen hoffte, ihre Darbietung war nicht gespielt.

Als ich eine Hand nach ihr ausstreckte, schob sie sie zur Seite und streichelte weiter ihre Brüste. Diesen festen makellosen Busen, dessen Berührung sie mir verbot. Ich wurde fast wahnsinnig vor Verlangen nach ihr, fühlte mich, als hätte ich mich selbst bestraft. Hin und wieder rutschte ich ein wenig herum, meine Hose saß immer enger im Schritt, mein Schwanz wurde empfindlicher.

Und sie rekelte sich weiter vor mir, ohne ihr Hemdchen abzulegen. War diese Art der Folter nicht schon strafbar?

Wie in Zeitlupe glitten ihre Hände an ihren Seiten nach unten, sie streichelte ihre Schenkel, bewegte ihren Oberkörper so gekonnt unanständig, als hätte sie ihr ganzen Leben lang nichts anderes getan. Als sie mit den Fingerspitzen hauchzart die Innenseite ihrer Oberschenkel entlangstrich, keuchte ich laut auf. »Ja, streichle dich.«

Sie schloss die Augen, ihre Lippen öffneten sich einen Spalt, als ihre Hand zwischen ihren Schenkeln verschwand. Ich hielt es nicht mehr aus, Hitze floss durch meine Venen wie glühende Lava, machte mich zu einem anderen Mann. Weckte ein wildes Tier in mir. Ich wollte sie mit meinem Schwanz besitzen, sie wild und zügellos nehmen, ihr winziges selbstgemachtes Vorspiel in einem knallharten Fick enden lassen. Wollte sie einfach nur ficken, wie sie noch nie zuvor ein Mann gefickt hatte. Sie zum Schreien bringen und ihr alle schlechten Gedanken über mich aus dem Kopf vögeln, bis sie schwach und willenlos in meinen Armen lag.

Wie von selbst fand meine Hand zum Saum ihres Röckchens,

das ich zur Seite schob, um freie Sicht zu haben. Diesmal ließ sie es geschehen, ihre Lider noch immer halb geschlossen, streichelte sie beinahe schüchtern ihre Schamlippen. Oh, Gott, sie machte mich fertig. Falls ich nicht bald in ihr steckte, würde ich eingehen wie ein Sprössling unter der sengenden Sonne Nevadas.

Dennoch setzte sich ein kleiner Triumph in mir frei. Vivien hatte sich selbst gekidnappt, sich in einen Zustand manövriert, in dem sie mehr brauchte, es sich selbst jedoch nicht geben konnte oder wollte. Ich sah buchstäblich, wie sie schwach wurde, ihre Lust die Kontrolle übernahm, die Gesichtszüge weich wurden. Hundertmal und öfter hatte ich diesen Gesichtsausdruck bei einer bereiten Frau schon erlebt, aber noch nie so stark ausgeprägt und begehrenswert wie bei Vivien.

Sie schenkte mir ein Lächeln. Zwar kein ehrliches aber immerhin ein erregtes. Mit einem Blick sah ich, dass sie nass war, nass und so bereit für meinen Schwanz. Egal was zwischen uns auch vorgefallen war, im Bett harmonierten wir beide großartig.

»Zieh es aus«, raunte ich und küsste ihre entblößte Hüfte.

Das kleine Biest ließ sich Zeit, spielte am Saum, bevor sie es langsam und extrem sexy nach oben schob, und dann doch wieder ein Stückchen fallenließ. Mich damit an den Rand des Wahnsinns trieb. Himmel, ich musste sie endlich nackt sehen, was meine verspannten Eier wahrscheinlich nicht überleben würden. Schließlich fiel ihr Hemdchen wie der Flügelschlag eines Schmetterlings.

Im nächsten Moment packte ich sie bei den Hüften und presste ihre Scham gegen mein Gesicht, nahm ihr erregtes Aroma wahr, das mich warm umhüllte und mir einheizte. Ich küsste ihren Venushügel und schob meine Knie zwischen ihre, sodass sie jetzt breitbeinig über mir stand.

»Hol ihn raus«, raunte ich und sah an ihr hoch, betrachtete die Wölbungen ihrer festen Brüste von unten. Die neckisch hervorstehenden rosa Spitzen und verlor mich in den formvollendeten Rundungen ihres Körpers. In den vergangenen zehn Jahren hatte ich viele Frauenkörper in den Händen gehalten, so viele, dass ich schon in meinem ersten Jahr in Vegas mit Zählen aufgehört hatte. Aber Viviens war mit Abstand der perfekteste.

Ihrer war Göttinnen gleich. Wenn sie mich in ein paar Wochen verließ, würde ich nie wieder adäquaten Ersatz für sie finden. Keine war wie sie. Allein der Gedanke nach Vivien eine andere Frau zu berühren, fühlte sich unangenehm und falsch an. Vielleicht war das meine längst verdiente Strafe.

Während Vivien sich an meiner Hose zu schaffen machte, streichelte ich ihre Hüften. Beobachtete, wie sie gekonnt die Gürtelschnalle löste und den Knopf öffnete, bevor sie den Schieber des Reißverschlusses nach unten zog. Mein vernachlässigtes Glied drückte sich ihr durch meine schwarzen Boxershorts entgegen. Ein paar Lusttropfen hatten eine kleine feuchte Stelle auf dem Stoff hinterlassen. Das Ziehen meiner Eier brachte mich fast um, als ich atemlos darauf wartete, dass sie meinen Schwanz endlich aus seinem dunklen Gefängnis in ihre sanften Hände entließ.

Ihre Lider flatterten, ein Anflug von Unsicherheit, wie ich feststellte, als ich den nervösen Ausdruck in ihren Augen bemerkte. Ihre Erregung geriet ins Wanken, der Kopf kam ihr dazwischen. Fuck. Gar nicht gut.

»Entspann dich«, flüsterte ich, umfasste ihre Schenkel und legte mich zurück auf die Matratze, nahm Vivien mit mir und zwang sie somit über mir auf die Knie. Sie stieß einen kurzen erschrockenen Schrei aus, als sie sich mit beiden Händen links und rechts von mir abstützte. Wow, was für eine perfekte Aussicht.

»Bleib so«, wies ich sie leise an und sie gehorchte, sodass ich ihre Vagina in voller Schönheit bewundern konnte. Auf ihren inneren Schamlippen glitzerte Nässe und machte mich so unglaublich hungrig auf sie. Obwohl ich ihre innere Abwehr und Scham spürte, zog ich sie näher an mein Gesicht, und leckte genüsslich mit der ganzen Breite meiner Zunge über ihre Schamlippen. Ein atemloses Stöhnen entwich ihrem Mund. *Engelchen, egal was du probierst, um die kleinen Glückslaute zurückzuhalten, du wirst laut kommen. Sehr laut sogar.*

Ihre Feuchtigkeit benetzte mein Kinn, sie saß auf meinem Gesicht, stützte sich jedoch ab, sodass ich sie genüsslich lecken konnte. Ich kreiste mit der Zungenspitze um ihre Klitoris, die hart wurde und anschwoll, saugte sie in den Mund und knabberte sachte daran. Hielt gleichzeitig Viviens Hüften fest, sodass sie sich nicht befreien konnte. Sie legte den Kopf in den Nacken, stammelte keuchend unzusammenhängende Laute, während ich ihre wunderhübsche Pussy mit kleinen Zungenschlägen bearbeitete, tief in ihren Spalt stieß und mir ihren süßlichen Geschmack auf der Zunge zergehen ließ. Sie schmeckte so wundervoll erregt und war so unglaublich nass.

»Oh Gott, was machst du da«, japste sie und ließ den Kopf nach vorne fallen.

Ich nahm einen Finger dazu, drang spielendleicht in sie ein. Mittlerweile wusste ich, wie hochsensibel sie auf den kleinen Punkt in ihrem Inneren reagierte, den ich ihr vorhin gezeigt hatte und reizte ihn mit der Fingerkuppe. Sie zuckte leise jauchzend nach oben, sodass ich sie mit sanfter Gewalt wieder auf mein Gesicht drängen musste. Meine Zunge widmete sich abermals ihrer Klit, ich leckte sie fester, erhöhte den Druck, denn ich fühlte, wie sich ihr Höhepunkt langsam aufbaute. Ihre inneren Muskeln zogen sich um meinen Finger zusammen, eines der besten Gefühle der Welt. Schon wollte ich sie über die Klippe springen lassen, da entschied ich mich anders.

Ich wollte es ihr nicht zu einfach machen, immerhin war die Aufgabe gewesen, mich zu verführen, und diese hatte sie nur halbwegs erledigt. Wollte sie einen wohlverdienten Orgasmus, sollte Madame sich ein wenig anstrengen. Ich glitt aus ihrem feuchtwarmen Fleisch und hob sie von meinem Gesicht, bevor ich mich aufrichtete.

Sie glitt an mir entlang auf meinen Schoß. Ihre Atmung ging hektisch, rote Flecken zierten ihre Wangen und verrieten, wie glühend sie brannte. Während ich ein Kondom aus der Schublade kramte, senkte Vivien ihre Lippen auf meinen Hals und ein zehntausend-Volt Stromstoß riss durch mich hindurch. Ihre Zunge glitt an meiner Haut entlang, reizte die empfindliche Stelle unter dem Ohr. Mit geschlossenen Augen genoss ich, was sie mit mir anstellte und musste mir eingestehen, dass auch Vivien einiges in Sachen Verführung draufhatte.

Sie war so sanft, so gefühlvoll, ließ ihre Zungenspitze hauchzart über meine sensible Haut gleiten, dass es bitter-süß schmerzte. Ihre Zärtlichkeit kam so überraschend gewaltig, dass ich nicht anders konnte, als ein leises Stöhnen von mir zu geben.

Normalerweise konnte ich Vanilla-Sex nicht ausstehen, ich brauchte ein gewisses Maß an Grobheit zum Kommen. Feinfühligkeit im Bett lag mir nicht. Aber bei ihr … Oh Gott, sobald Vivien mich auf diese unschuldig zarte Weise verwöhnte, wähnte ich mich im Himmel an einem unbekannten paradiesischen Ort.

Dann kam plötzlich mein Herz mit ins Spiel und schlug ein paar schmerzhafte Takte zu schnell. Verdammt, mit dieser schüchtern unschuldigen Geste machte sie unsere Trainingseinheit zu etwas ganz Besonderem. Wenn ich nicht aufpasste, würde ich sie noch auf die Lippen küssen.

Sachte schob ich sie von mir, löste ihre Lippen von meinem Hals. »Vivien, nein. Hör auf damit.« Mein Herz raste in der Brust, das Blut rauschte mir in den Ohren, ich bekam das innere Zittern kaum in den Griff.

»Okay.« Sie strich sich eine wirre Haarsträhne aus dem Gesicht, schien langsam wieder zu sich zu kommen. Die Magie des Augenblicks war gebrochen, unsere überquellende Leidenschaft im Keim erstickt. Was unendlich schade war, aber wenigstens hatte ich mich wieder einigermaßen im Griff.

Es durften keine Gefühle mit ins Spiel geraten, zumindest nicht diese ganz großen, wichtigen. Ich hatte Jahre damit verbracht, Vivien aus meinem System zu entfernen, was mir nie vollkommen gelungen war und beinahe hätte sie binnen Sekunden wieder das Ruder übernommen.

Ich riss meinen Blick von ihren riesigen enttäuscht dreinblickenden Augen los, und öffnete das Kondombriefchen.

»Doch Sex?«, fragte sie leise.

»Ja«, ich nickte. »Du machst es mir.«

»Ich dachte, ich soll dich verführen.«

Ich hielt mitten in der Bewegung inne und musterte Vivien, suchte nach irgendwelchen Anzeichen, die darauf schließen ließen, was in ihr vorging. Es war verdammt schwer, ihre Gedanken zu dechiffrieren, um ehrlich zu sein, hatte ich null Ahnung.

»Verführung hat nicht funktioniert«, erwiderte ich härter, als gewollt, »also machen wir es jetzt auf die konventionelle Weise.«

»Okay.« Sie schlug die Lider nieder, als wäre sie enttäuscht. Verflucht, wenn ich nicht aufpasste, würde ich ihr noch mit Haut und Haar verfallen. Sie saß splitternackt auf mir, auf ihren Brüsten schimmerte ein feuchter Glanz. Der warme Duft ihrer Nässe stieg mir so verführerisch in die Nase, dass ich sie nur noch aufs Bett legen wollte, um sie zu küssen und zu streicheln, sie nach allen Regeln der Kunst zu verführen, bis sie mich liebte.

Stattdessen schob ich meine Boxershorts nach unten, mein malträtierter Schwanz reckte sich mir hart und pulsierend entgegen. Vivien sah zwischen uns nach unten, betrachtete mein steifes Glied voll Neugier. Als sie ihren Zeigefinger auf meine Eichel legte, wäre ich fast gestorben. Mit geschlossenen Augen holte ich tief Luft, verbot meinem Körper ihre Zärtlichkeiten auch nur im Ansatz zu genießen. Hier ging es um Sex und ums Dominieren nichts weiter. Gefühle hatten in den Trainingsstunden keinen Raum.

Mit ein paar geübten Handgriffen stülpte ich mir das Kondom über, bevor ich mit den Fingern durch Viviens noch immer äußerst feuchte Vagina strich und ihr ein wohliges Seufzen entlockte.

»Setz dich drauf.« Ich hob ihre Hüften an, und platzierte ihre Pussy über meinem Schwanz. Ein Moment, so intensiv, dass ich die Finger in ihr Fleisch drückte.

Mit beiden Händen stützte sich Vivien an meinen Schultern ab, bevor sie sich langsam auf mich setzte und sich an meinem Schwanz aufspießte. Mit Leichtigkeit verschwand meine Eichel in ihr, sie verharrte für einen Moment und ließ ihre Hüften ein wenig kreisen. Ein unglaublich tiefes Gefühl, das sie durch die absichtliche Langsamkeit ihrer Bewegungen beinahe überstrapazierte. Entweder sie war doch nicht so keusch, wie sie tat, oder Vivien Davis war ein Naturtalent.

Genießerisch schloss ich die Augen, als ich schließlich völlig in ihr versank, sie mein steifes Glied in ganzer Länge in sich aufnahm, ich mit der Spitze ihren Muttermund berührte. Ich wusste, dass sie einen Moment benötigte, um sich an meine Größe zu gewöhnen, mein Schwanz hatte eine enorm gute Länge und auch der Umfang war nicht zu verachten.

Es war normal, dass Frauen eine kurze Eingewöhnungsphase brauchten, bevor es dann zur Sache ging. Sie erhob sich von mir, ich glitt beinahe ganz aus ihr heraus, bevor sie erneut nach unten sank, in einem ebenso quälend langsamen Rhythmus. Pure Folter. Meine Hoden zogen sich schmerzhaft zusammen, eine beinahe nicht auszuhaltende Spannung baute sich in mir auf, bis ich schließlich ihre Hüften packte und ihr einen Takt vorgab. Ihrem spöttischen Grinsen nach zu urteilen, unterstellte ich pure Absicht und nahm sie heftiger. Kleines Biest.

Mein Herz polterte in der Brust. Noch nie zuvor war der Sex für mich derart intensiv gewesen, die unterschiedlichsten Emotionen schüttelten mich und sorgten für einen zusätzlichen Hochgenuss der Extragüte. Was wir hier taten war nicht nur Triebbefriedigung, sondern pure Raffinesse. Immer schneller glitt ich ihre Innenwände entlang, rutschte mit meinem Schwanz durch ihre Nässe und schwebte buchstäblich. Mittlerweile sorgte Vivien für ihre eigene Lust, ihr beseelter Anblick pushte mich enorm. Offensichtlich hatte sie so viel Spaß, dass ich spontan beschloss, ihr ein kleines Geschenk für die Zukunft zu machen.

»Rutscht du jetzt noch mit deiner Klit an meinem Bauch entlang, kommst du ganz von allein.«

Sie hielt einen Moment inne, ehe sie näher rückte und den Rhythmus von eben wieder aufnahm. Dieses Mal glitt sie zusätzlich mit ihrer heißen nassen Pussy an meiner Haut entlang und sorgte für kleine Stromstöße in meinen Eingeweiden. Mein Schwanz begann in ihr zu zucken, in meinen Eiern pulsierte es. Hitze strömte durch mich hindurch, als mein Ejakulat sich einen Weg nach draußen suchte und mir einen heftigen Orgasmus bescherte.

Ich hörte mich laut stöhnen, auch Vivien kam keuchend. Ihre inneren Muskeln zogen sich zusammen und massierten zusätzlich mein Glied, sodass ich kaum noch Luft bekam. Schweiß brach mir aus allen Poren, als Vivien über mir zusammenbrach und sich an mich klammerte. Ich musste zugeben, soeben den intensivsten Orgasmus meines Lebens verspürt zu haben.

KAPITEL 12

VIVIEN

Ich saß mit Linda in Stewies Coffeshop und ließ mir meine Sojalatte mit extra Sahne schmecken. Das erste Mal seit langem fühlte ich mich wieder wie ein normaler Mensch, nicht wie eine Hure. Anderthalb Wochen hartes Sextraining mit Aidan lagen mittlerweile hinter mir und noch immer war ich meinem neuen Job nicht gewachsen.

Bisher war es mir nicht gelungen, irgendetwas Persönliches über ihn in Erfahrung zu bringen.

Lenkte ich das Gespräch auch nur im Ansatz auf sein Privatleben, blockte Aidan ab. Ich hatte keine Ahnung, was er die vergangenen zehn Jahre getrieben hatte, wo er gelebt hatte, wie er in diesem Bordell gelandet war. Ob es Frauen in seinem Leben gegeben hatte, denen er tatsächlich seine Liebe geschenkt hatte? Bei ihm konnte ich mir das nicht vorstellen. Es lag bestimmt nicht am anderen Geschlecht, Aidan war so auffällig attraktiv, dass ich mir in der Hinsicht keine Sorgen um ihn machte.

Viel eher war es so, dass sein Interesse an Frauen die sexuelle Komponente nicht überschritt. Auch unsere gemeinsame Vergangenheit war ein großes Tabu.

Bisher hatten wir beide dieses Thema streng vermieden, obgleich es drückend wie ein schweres Damasttuch über uns lag. Ich konnte ihm nicht vergeben.

Nicht vergessen, wie er mich behandelt hatte, vor allem, weil ich bis heute nicht verstand, weshalb er damals so radikal gemein zu mir gewesen war. Als wäre er binnen Stunden zu einem anderen Menschen mutiert. Dass ich wegen ihm beinahe gestorben wäre, hatte ihn nicht mal am Rand interessiert.

»Ich habe mit Hiob geschlafen«, ließ Linda mich im Flüsterton wissen und trank einen Schluck von ihrem übereiswürfelten Frappuccino.

»Ihr seid jetzt also fest zusammen?«

»Ja«, sie nickte. »Zwischen uns stimmt einfach alles. Am Wochenende hat er mir seine Liebe gestanden.« Ein ganz besonderes Glühen rahmte ihr Gesicht ein und ließ sie weich und glücklich aussehen. Obwohl ich Linda ihr Glück gönnte, tat mir das Herz weh.

»Das freut mich für dich.« Ich nahm ihre Hand und drückte sie. »Du hast es sowas von verdient.«

»Er hat ein Porträt von mir gemalt und es mir geschenkt. Hiob ist überhaupt so aufmerksam. Er sagte sogar, dass er sich vorstellen kann, eines Tages mit mir Kinder zu haben, stell dir vor.«

»Wow. Klingt, als meint er es tatsächlich ernst.«

»Vivien.« Sie schloss für einen Moment die Augen. »Ich glaube, ich war noch nie in meinem Leben so verliebt.«

Ich bekämpfte den Anflug von Eifersucht, der sich wie ein Hornissenstachel in mich bohrte. Es war nicht fair, Linda zu beneiden und meiner Freundin ihr Glück nicht zu gönnen, nur weil mein Leben sich zur absoluten Katastrophe entwickelte.

Ich tatenlos zusah, wie alle meine Träume zerplatzten, während ich meine Nächte mit einem gefühlskalten Mann verbrachte, der mich für ein Bordell fit machte. Um ehrlich zu sein, hatte ich mir dieses Leben ja selbst ausgesucht.

Mühsam zwang ich mich zu einem Lächeln, obwohl ich am liebsten in Tränen ausgebrochen wäre. »Ich gönne dir dein Glück von ganzem Herzen, Linda.«

Sie sah mich durchdringend an. »Was ist denn mit dir? Du wirkst schon die ganze Zeit so bedrückt. Hast du Sorgen?«

Ich winkte ab. »Nur das Übliche. Der Job im Diner ist übel, stressig ohne Ende und die Bezahlung eine Frechheit. Das Geld reicht vorne und hinten nicht.« Was nicht der Wahrheit entsprach. Die fünftausend Dollar, die Joanne mir überwiesen hatte, halfen mir bequem, meinen Lebensunterhalt zu bestreiten.

»Scott hat sich schon ein paar Mal nach dir erkundigt. Er wollte wissen, wie es dir geht und ob du über die Runden kommst. Ich glaube, er tut alles in seiner Macht stehende, um dich bald wieder einzustellen.«

Ich nahm einen Schluck Sojalatte. »Scott ist sehr nett. Er hat mich schon zweimal angerufen, und mir auf die Mailbox gesprochen. Ich muss mich dringend mal bei ihm melden.«

Linda grinste. »Ich glaube, er steht auf dich.«

Ich wich mit dem Kopf zurück. »Wie kommst du darauf?« Mit der Frage wollte ich mir mehr eine Bestätigung einholen. Sollte mich mein Gefühl bei unserem letzten Zusammentreffen doch nicht getäuscht haben?

Ich mochte Scott gern, er verkörperte alles, was ich mir unter einem geeigneten Partner vorstellte, inclusive der äußeren Lebensumstände. Vielleicht sollte ich ihn mir warmhalten, bis meine Höllenzeit im Gentleman's Paradise vorüber war. Danach könnte ich von vorn beginnen, Aidan und dem bescheuerten Training für immer den Rücken kehren und mit Scott kleine Babys zeugen.

Ungewollt züngelte der Gedanke an das Training in mir nach, summte bis in mein Höschen.

»Wie ich darauf komme, dass Scott auf dich steht?«, riss Linda mich glücklicherweise aus meinen Gedanken. »Erstens läuft er bis heute noch jeden Tag wie ein getretener Welpe an deinem leeren Platz vorbei. Zweitens fragt er mich dauernd unauffällig, ob ich denn mal wieder was von dir gehört hätte oder wie es dir geht. Ob du Hilfe brauchst. Und drittens hat er dir früher schon immer gern heimlich auf den Hintern gespannt.« Sie lachte glucksend.

»Das hat er nicht getan.«

»Und wie er das getan hat.«

»Warum hast du mir nie davon erzählt?« Ich gab ihr einen Klaps auf die Schulter.

»Ich wollte nicht, dass du dich unwohl fühlst.«

Ich schmunzelte in mich hinein. Scott hatte also insgeheim meine Kehrseite betrachtet. Nachher würde ich ihn anrufen. Ein

Telefonat mit einem normalen Mann, der mich nicht in der Gegend herumkommandierte, würde mir guttun.

»Ich finde Scott auch nett«, gab ich zu.

Linda warf einen Blick auf ihr Handy. »Huch, so spät schon. Meine Mittagpause ist gleich vorbei.« Sie scrollte durch irgendwelche Nachrichten. »Hat sich Tony nie bei dir gemeldet?«

»Tony?« Wer war das gleich wieder?

»Na, der Immobilienmakler.«

»Ach der.« Genüsslich leckte ich einen großen Sahneklecks vom Becherrand. »Doch, hat er. Ich habe nächste Woche ein Vorstellungsgespräch bei ihm. Aber er meinte gleich im ersten Satz, ich solle mir keine Hoffnungen auf das große schnelle Geld bei ihm machen. Auch in der Immobilienbranche ist gerade Flaute angesagt.«

»Diese blöde Rezession geht mir langsam tierisch auf den Geist. Ich hoffe inständig, dass sich Smithsonian bald erholt.« Linda verstaute ihr Smartphone in ihrer schwarzen Handtasche. Einer echten Chanel. »Wenigstens hat Tony dich zum Gespräch eingeladen.«

»Ja, das freut mich auch. Wer weiß, ob Smithsonian mich überhaupt nochmal einstellt, aus diesem Grund ist es clever ein zweites Standbein zu haben.« Ich war froh gewesen, als vor zwei Tagen Tonys Anruf kam. Leider hatte er meine Träume vom schnellen Geld sofort im Keim erstickt. Aber wer wusste schon, was die Zeit mit sich brachte. Auf ewig Kundenakquise war nicht gerade der Traum meiner schlaflosen Nächte.

Ich konnte mir gut vorstellen, dass mir der Job als Häusermaklerin lag. Bisher hatte Tony allerdings nur von Bürotätigkeit auf Stundenbasis gefaselt. Vor harter Arbeit und Überstunden war ich indes noch nie zurückgeschreckt, somit würde ich mich einfach hocharbeiten und am Ende bestimmt super verdienen. Die nächsten Monate wollte ich tagsüber Immobilien verkaufen und abends die Kohle für Brian verdienen. Schlafen würde ich dazwischen. Schlaf wurde sowieso total überbewertet.

»Tony ist nett. Du wirst sehen.« Hastig kramte sie ein paar Dollarscheine hervor und legte sie auf den Tisch. »Du bist eingeladen.«

»Auf gar keinen Fall«, wehrte ich mit beiden Händen ab.

Ganz so schlimm stand es noch nicht um mich, dass ich auf Almosen angewiesen war. »Das Geld für einen Kaffee habe ich noch.«

»Das weiß ich doch.« Sie hielt in der Bewegung inne und musterte mich schuldbewusst. »Nächstes Mal zahlst du.«

»Okay. Danke.« Ich stand ebenfalls auf und suchte meinen Kram zusammen.

»Ach ja, bevor ich es vergesse. In zwei Wochen ist Hiobs erste Vernissage. Möchtest du nicht vorbeikommen? Dann könnt ihr euch kennenlernen. Ich würde so gern wissen, wie du ihn findest.«

Ich zuckte mit Achseln. Warum nicht. Jegliche Art von Abwechslung vom widerlichen Sexbusiness würde mir bestimmt gut tun. »Klingt toll. Ich komme gern.«

»Das freut mich.« Wir umarmten uns. »Ich schicke dir noch eine Einladung mit den ganzen Daten. Du kannst gern einen Begleiter mitbringen, vielleicht sogar Scott.« Sie ließ mich los und zwinkerte mir zu.

»Wer weiß«, lachte ich ein wenig peinlich berührt auf. Linda machte schon Pläne … »Und jetzt marsch zurück an die Arbeit.«

Auf dem Heimweg nahm ich mein Smartphone aus der Handtasche und betrachtete es nachdenklich. Sollte ich Scott allen Ernstes anrufen? Er hatte mir bereits zweimal eine Nachricht hinterlassen, diese zwar immer freundlich aber doch recht neutral formuliert, sodass ich nicht wusste, ob sein Interesse an mir weiter ging, als rein geschäftlicher Natur. Schließlich überwand ich mich und suchte seine Nummer in meinen Kontakten.

Nach zweimaligem Klingeln ging er dran.

»Scott Johnson«, schallte es mir knapp entgegen und ich konnte nicht anders, als in einem gedanklichen Test zu prüfen, wie sein Nachname wohl in Kombination mit meinem Vornamen klang. Vivien Johnson. Ich fand's nicht schlecht.

»Hey Scott, hier ist Vivien«, meldete ich mich kurzatmig, ich musste dringend wieder mit Laufen anfangen. »Ich wollte mich nur mal melden und hi sagen, weil ich gesehen habe, dass Sie mir schon zweimal auf die Mailbox gesprochen haben.«

»Vivien«, er klang so ehrlich erfreut, dass mir eine wohlige Gänsehaut den Rücken hinunterrieselte. »Wie geht es Ihnen?«

»Soweit ganz gut.«

»Linda hat mir erzählt, Sie arbeiten jetzt in einem Diner.«

»Ja, auf die Schnelle hat sich nichts Besseres ergeben, aber ich habe bereits einen Job als Immobilienmaklerin in Aussicht«, übertrieb ich maßlos. Er sollte nicht denken, ich wäre auf Smithsonian angewiesen. Wollte er mich zurückhaben, sollte er sich gefälligst anstrengen.

»Fleißig wie immer. Hoffentlich kehren Sie dann in ein paar Monaten überhaupt zu uns zurück. Ich zähle auf Sie.«

»Ganz bestimmt.« *Nicht*. Zumindest nicht, falls ich bei Tony in absehbarer Zeit mehr verdiente. Diese kleine Planänderung musste ich Scott ja nicht unbedingt auf die Nase binden.

»Ich vermisse Sie in der Firma.« Scott klang ungewohnt ernst.

»Dann hätten Sie mich nicht entlassen dürfen«, rutschte es mir heraus, so ganz hatte ich ihm die Kündigung ohne Vorwarnung noch nicht verziehen.

»Sie gehenlassen zu müssen war das Schlimmste, was ich in meinem Job bisher tun musste, glauben Sie mir.«

»Alles gut, Scott.«

»Ähm, Vivien.«

»Ja?« ich hielt den Atem an.

»Ich habe mich gefragt, ob Sie nicht mal Lust hätten, mit mir ein Glas Wein trinken zu gehen.«

Die plötzliche Stille zwischen uns hatte etwas Angespanntes. Scott wollte tatsächlich mit mir ausgehen. Ob ich seine Einladung bereits als Date werten konnte? Mit Mühe hielt ich einen Freudenschrei zurück.

»Vivien?«

»Ja, sehr gern.« Ich hörte mich eine Spur zu euphorisch an. Verflixt.

»Wie schön.« Scott klang erleichtert. »Wie wäre es mit Samstagabend?«

»Da geht es leider nicht. Samstags ist im Diner die Hölle los. Ich habe nur mittwochs frei.« Aidan hatte meiner vielbeschäftigten Vagina tatsächlich einen Ruhetag in der Woche zugebilligt.

»Dann Mittwochabend. Passt acht Uhr?«

»Das passt hervorragend.«

»Sehr schön. Ich freue mich.«

»Ich mich auch, Scott.«

»Bis Mittwoch, Vivien.«

»Bis dann.«

Ich hatte ein Date. Wie ein kleines Mädchen hüpfte ich den Gehsteig entlang. Mein Leben hatte wieder einen Sinn. Spätestens in einem halben Jahr war Aidan und die Zeit im Gentleman's Paradise nichts weiter als eine düstere Erinnerung, an die ich keinen Gedanken mehr verschwenden würde. Vor allem Aidan würde ich für immer aus meinem Leben streichen. Rigoros und mit Rotstift.

»Vivien Johnson«, flüsterte ich leise vor mich hin. Der Name gefiel mir immer besser.

Vivien O'Conners. Wie oft ich die beiden Wörter mittlerweile auf die letzte Seite meines Collegeblocks gekritzelt hatte, konnte ich nicht mehr zählen. Mein zukünftiger Name klang so schön.

Seit zwei Wochen waren wir heimlich ein Paar und in dieser Zeit hatte ich mich tatsächlich unsterblich in Aidan verliebt, ganz wie er mir prophezeit hatte.

Kleine Steinchen prasselten gegen die Fensterscheibe meines Zimmers. Hastig sprang ich vom Bett und öffnete das Fenster. Aidan stand unten im Garten, halb verdeckt von der mächtigen Palme. Mein Herz stockte, als ich ihn entdeckte.

»Spinnst du?«, rief ich gedämpft, und kämpfte den leichten Anflug von Panik nieder. »Falls meine Eltern dich im Garten entdecken, bin ich geliefert.«

»Keine Sorge. Ich bringe für meine Mom eure gebügelte Wäsche vorbei.« Er hielt einen vollen Wäschekorb in die Höhe und deutete damit in Richtung Seiteneingang. Selbstverständlich ließen meine Eltern die beiden nicht vorne zur Haustür rein. »Komm runter, nur für einen Kuss.«

»Du bist verrückt. Mein Dad wird dich erschießen, wenn er uns erwischt.«

»Hat er eine Waffe?«

»Nein.«

»Dann komm runter.«

»Okay, aber nur ganz kurz.« Meine Mom war in einer Charity Mission in der Stadt unterwegs und mein Dad machte um diese Uhrzeit immer sein Mittagschläfchen im kleinen Salon, somit würde ich nur ein geringes Risiko eingehen. Ich hatte solche Sehnsucht nach Aidan. Wir hatten uns seit gestern Nachmittag nicht mehr gesehen und da auch nur für eine Stunde im Kleefeld hinter der Turnhalle. Unserem magischen Rückzugsort. Dort lagen wir dann eng zusammengekuschelt und unterhielten uns.

Ich eilte die weiße Marmortreppe hinab, nahm immer zwei Stufen auf einmal. Unten warf ich noch einen raschen Blick in den Salon. Auf dem grünen Samtsofa lag leise schnarchend mein Dad. Auf Zehenspitzen schlich ich vorbei, bog ab in Richtung Küche. Zu meinem Glück war auch von Marla, unserer Haushälterin, weit und breit nichts zu sehen. Ich öffnete die Seitentür und entfloh ins Freie. Aidan stand noch immer am selben Fleck.

Wie jedes Mal machte mein Herz bei seinem Anblick einen Freudensprung. Seine Augen strahlten, als er mich betrachtete. Ich liebte die Art, wie er mich ansah, so zärtlich und mit so viel Gefühl. Vor ein paar Tagen hatten wir uns unsere Liebe gestanden. Ausgesprochen, was jeder schon längst gefühlt hatte. Mittlerweile war ich mir sicher, dass mein Herz für immer ihm gehörte. Sobald mein Vater von Aidans Studienplänen erfuhr, würde sein Widerstand mit der Zeit schon bröckeln. Bis dahin trafen wir uns eben heimlich. Wir fühlten uns wie Romeo und Julia, hatten alle Welt gegen uns, aber nichts und niemand konnte uns etwas anhaben, solange wir nur zusammenhielten. Ich war so unsterblich in Aidan O'Conners verliebt.

»Da bist du ja endlich.« Aidan hatte den Wäschekorb abgestellt und beide Arme um meine Taille geschlungen, bevor er mich in den Schatten der Palme zog. »Ich habe dich so vermisst.«

»Ich dich auch.« Unsere Lippen verschmolzen zu einem der heißen Küsse, die uns immer überkamen, sobald wir uns mehrere Stunden nicht gesehen hatten. Mein Körper pumpte eine Riesenladung Endorphine in meine Adern, die jede einzelne Zelle wohlig kribbeln ließen. In seiner Nähe fühlte ich mich so leicht und schwerelos, als würde ich aus nebligem Wolkenmaterial bestehen. Wenn wir uns in den Armen hielten, verschmolzen unsere Herzen.

Wir beide fühlten es ganz deutlich, wie sie ineinander flossen und sich zu einem goldenen Kreis wahren Glücks formten. Anders konnte ich es nicht beschreiben. Wir wussten, dass unsere Gefühle füreinander etwas ganz Großes bedeuteten. So einzigartig waren, dass wir wahrscheinlich nur den Hauch einer Ahnung davon hatten, was wir da Wertvolles in unseren Händen hielten. Eine Art von Liebe, die unsere Vorstellungskraft gesprengt hatte. Niemals im Leben würde ich Aidan wieder hergeben. Komme, was wolle.

»Hey, Aidan«, hörte ich eine kurzatmige Stimme hinter mir und erschrak bis in die letzte Faser meines Körpers. »Sag bloß, du hast meine Schwester rumgekriegt.«

Ich wirbelte herum, blickte direkt in Brians grinsendes Gesicht. Geräuschlos hatte der kleine Plagegeist sich mit seinem Elektro-Rollstuhl an uns herangepirscht.

»Erzählst du Mom oder Dad davon, lass ich die Luft aus deinen Reifen«, drohte ich ihm. Mist, ich war äußerst leichtsinnig gewesen.

»Hey, Brian. Was geht ab, Mann?« Aidan winkte lässig, er schien Brians Auftauchen nicht halb so dramatisch zu finden wie ich. »Deine Schwester hat mir nur die Tür geöffnet, damit ich die Wäsche reintragen kann.«

»Genauso hat das ausgesehen.« Brian kicherte.

»Brian, ein Wort zu Mom und Dad und ich …«

»Beruhig dich, Vivien«, unterbrach Brian mich. »Ich sag schon nichts. Unter einer Bedingung …« Er kratzte sich am Hinterkopf, als würde er überlegen. Kleiner, mieser Erpresser.

»Und die wäre?« Ich drohte ihm mit einer Faust vor der Nase. »Vergiss nicht, ohne deinen Rollstuhl bist du aufgeschmissen.«

»Dass Aidan mich mal mit zum Basketball in den Park nimmt.«

»Was?«, fragte ich ungläubig?

»Geht klar«, kam es hinter mir von Aidan und ich drehte mich um. »Wie bitte?«

»Warum soll ich ihn nicht mit zum Basketball nehmen?« Er zuckte mit den Achseln. »Vorausgesetzt, deine Eltern erlauben es.«

»Was sie ganz sicher nicht tun werden«, zerschlug ich Brians Hoffnungen, dessen Grinsen von einem Ohr zum anderen reichte.

»Ich könnte morgen Physio schwänzen. Marla bringt mich immer nur bis zur Praxistür. Aidan könnte mich dort abholen und nach einer Stunde wieder hinbringen. Kein Mensch würde das bemerken.«

»Du spinnst.« Ich schüttelte den Kopf.

»Warum? Du triffst dich doch auch heimlich mit ihm und du küsst ihn sogar.« Schon wieder kicherte er. »Die Knutscherei bleibt ihm bei mir wenigstens erspart.«

»Brian«, mahnte ich ihn streng. »Sei bloß still, bist du verrückt?« Ich wusste, dass Brian große Bewunderung für Aidans nicht ganz astreinen Lebenswandel hegte. Für einen Elfjährigen wie ihn verkörperte Aidan all das, was für Brian selbst nie möglich sein würde. Vielleicht sollte ich ihm diese eine Stunde mit meinem Freund einfach gönnen. Aidan schien kein Problem damit zu haben, mit meinem behinderten kleinen Bruder abzuhängen.

»Dann macht halt.« Ich winkte ab, freute mich jedoch insgeheim, dass Brian so glücklich war, was in letzter Zeit nicht oft vorkam. Sein körperlicher Zustand verschlechterte sich radikal.

»Alles klar, dann hol ich dich Montag ab und wir werfen ein paar Körbe.« Aidan hob den Wäschekorb wieder hoch. »Jetzt muss ich das Ding aber endlich ins Haus bringen, draußen im Wagen stehen noch zwei.«

Ich folgte ihm lächelnd in die Küche, während Brian in Richtung Terrasse abdrehte.

»Möchtest du etwas trinken, Aidan?«, fragte ich ganz höfliche Dame des Hauses. Meine Mom gab ihm auch eine Limo, wenn er die Wäsche brachte oder holte.

»Gern. Eine Cola wäre nicht schlecht.« Nachdem er den Wäschekorb abgestellt hatte, kam er zu mir an den Küchentresen. Immer wieder verfingen sich unsere Blicke, die Luft um uns herum lud sich mit prickelnder Energie auf. Lächelnd reichte ich ihm das volle Glas.

»Ich trage übrigens deinen Anhänger. Immer.« Er tippte auf eine Stelle an seinem Brustkorb unter dem gelben T-Shirt.

»Ernsthaft?« Vorgestern hatte ich Aidan in einem glückseligen Moment meinen Engelanhänger geschenkt, den Tante Ruby mir zur Taufe vermacht hatte. Einfach, damit er ein Stück von mir bei sich trug, für die Stunden, in denen wir uns nicht sahen. Ich hatte nicht damit gerechnet, dass er sich den femininen Engel tatsächlich um den Hals hängen würde.

»Deine Kumpels werden dich auslachen.«

»Ist mir doch egal«, flüsterte er und kam mit dem Gesicht näher. Hastig trat ich beiseite. Ein Flirt mitten in der Küche war nicht die glorreichste Idee.

»Ich muss noch Hausaufgaben machen.« Wehmütig zuckte ich mit den Achseln und er verstand.

»Ja, ich muss auch weiter. Ich hol noch kurz die restlichen Körbe rein und dann hau ich ab.«

»Wir sehen uns morgen in der Schule, Aidan.« Ich wollte ihn nicht gehen lassen. Am liebsten hätte ich ihn mit auf mein Zimmer genommen.

»Bis morgen.« Er verließ die Küche, ließ mich mit einem leeren Gefühl zurück und ich vermisste ihn bereits jetzt schon so unglaublich, dass es wehtat. Hoffentlich ging die Nacht schnell vorbei. Gedankenversunken spazierte ich zur Küche hinaus, geradewegs in die Arme meines Vaters.

KAPITEL 13

VIVIEN

Die Hitze knallte erbarmungslos auf mich herab, als ich meine alte Klapperkiste verschloss und mich zum Dienst bereit machte. Hier draußen in der Wüste stach die Sonne tausendmal heftiger, als in Vegas. Zumindest gefühlt. Die Luft um mich herum flirrte, während ich das mittlerweile altbekannte Bild des Gentleman's Paradise in mich aufnahm. Ein Stückweit hatte ich mich an den äußerlich so harmlosen Anblick sogar schon gewöhnt.

Ich schnaufte tief durch, bevor ich mich widerstrebend auf den Weg machte. Heute war ich zeitig dran, der Verkehr in der Stadt hatte sich in Grenzen gehalten, sodass ich problemlos auf den Highway gelangt war. Wie immer winkte mir Spencer vom Eingang aus zu. Ich fragte mich, ob er sich jemals von dort wegbewegte. Egal, wann ich kam oder ging, immer stand er an derselben Stelle und kontrollierte die Gäste.

Auf einem Steinblock unter einem Baum ganz in der Nähe des Hauses entdeckte ich Shawna, die dort eine Zigarette rauchte. Wir hatten uns das ein oder andere Mal kurz miteinander unterhalten und ich fand sie auf eine lustige Weise nett. Ihre lockere Art war bewundernswert. Die vergangenen drei Jahre hatte sie als illegale Escort-Lady in Baltimore ihr Geld verdient, bis sie endlich einundzwanzig geworden war und sich sofort bei Kayne und Joanne bewarb. Mit der Zusage in der

Tasche hatte sie den nächsten Flieger nach Las Vegas genommen und verdiente seither im Gentleman's Paradise ihr Geld.

Ich hatte keine Lust, Aidan früher als nötig über den Weg zu laufen und schlug somit Shawnas Richtung ein.

»Hey, Shawna«, grüßte ich, als ich sie erreicht hatte und winkte.

Mit einer Hand schirmte sie ihre Augen vor der grellen Sonne ab. Ein Lächeln wuchs auf ihrem Gesicht, als sie mich erkannte. »Vivien. Setz dich.« Sie klopfte neben sich auf den massiven Felsbrocken.

Ich ließ mich neben ihr nieder. Der Stein fühlte sich angenehm warm an meinen Beinen an, die in kurzen Jeans-Shorts steckten.

»Gut, dass ich dich treffe.« Sie blies blaugrauen Rauch in kleinen Kringeln in die Luft. »Aidan lässt ausrichten, dass euer Training eine halbe Stunde später beginnt. Er hat noch was zu erledigen.«

Ich war nicht sonderlich traurig über diese Mitteilung. Solange er die verlorenen dreißig Minuten nicht ans Ende des Trainings dranhing, konnte er von mir aus ganz wegbleiben.

»Auch egal.« Teilnahmslos zuckte ich mit den Achseln.

»Aidan ist ein hervorragender Lover, nicht wahr?« Ein feines Grinsen umspielte ihre Lippen und ich fragte mich, wie jemand dermaßen viel Spaß am Sex haben konnte. Beinahe schien es, als wäre Shawna in dieser Hinsicht unersättlich. Sie war unglaublich beliebt bei den Gästen, andauernd nächtelang im Voraus ausgebucht und blühte mit ihren Kunden im Club richtiggehend auf. Ich bezweifelte schwer, in ein paar Wochen denselben Arbeitseifer an den Tag legen zu können wie Shawna.

»Ich hatte schon bessere«, log ich ungeniert und überkreuzte die Fußknöchel.

»Bis jetzt hat sich noch keine über ihn beschwert«, kicherte sie und nahm einen tiefen Zug von ihrer Zigarette.

Somit war die Frage geklärt, ob Aidan auch andere Ladys des Hauses mit seinen Bettqualitäten beglückte.

»Schön für ihn.« Der Qualm ihrer Zigarette zog in meine Richtung, weshalb ich instinktiv den Atem anhielt. Ich hasste Zigarettengestank und war froh über das Rauchverbot drinnen im Club.

»Wie ist das Training mit ihm so? Ich stelle mir das ganz schön intensiv vor, wochenlang mit ein und demselben Kerl alle möglichen Sexstellungen durchzuprobieren.« Sie klang so locker, als würde sie über das Wetter reden. Mir hingegen war ihre Frage unglaublich peinlich. Alle hier wussten, dass ich mit Aidan schlief. Das war ein unangenehmes Gefühl.

»Dann gehe ich mal davon aus, dass dir dieses bescheuerte Training erspart geblieben ist«, schlussfolgerte ich mit bitterer Stimme. Wieso zog Aidan diesen Scheiß dann mit mir ab?

Sie schnippte Asche von ihrem Glimmstengel und wirkte plötzlich ein wenig nervös, wie sie so fahrig mit einer Hand durch ihre wilde Lockenpracht strich. »Ich hab in Baltimore schon genügend Erfahrung als Escort-Lady gesammelt«, erwiderte sie schließlich lapidar.

»Ach, so. Ich dachte, das Training wäre Grundvoraussetzung für alle Frauen, die hier arbeiten«, pokerte ich, um mehr aus ihr herauszukitzeln.

»Keine Ahnung.« Ich sah, wie sie schluckte. Was war denn mit ihr?

»Wie viele Frauen arbeiten hier? Zwanzig? Dreißig?«

»Zur Zeit achtundzwanzig, soviel ich weiß. Es kommen und gehen ja dauernd welche.«

»Dann ist Aidans Penis ganz schön viel im Einsatz, bei dieser Fluktuation.« Mir wurde schlecht bei dem Gedanken an Aidan, der im Wochentakt irgendwelchen Frauen die Geheimnisse der Liebeskunst näherbrachte. Wie kam ein normaler Mann bloß auf diesen abartigen Berufswunsch? Hatte er nicht mal studieren wollen? Nach unserem letzten gemeinsamen Abend vor Jahren hatte sich Aidan in Luft aufgelöst. Ich war ihm in Carson City nie mehr über den Weg gelaufen und hatte erst Monate später erfahren, dass er von dort weggezogen war.

»Ich glaube, sein Penis war schon immer viel im Einsatz.« Sie drückte lachend ihre Kippe neben sich am Stein aus. »Sagen wir mal so. Die wenigsten Frauen im Club wehren sich dagegen, wenn er sie zu sich bestellt.«

»Er bestellt sie zu sich?«, wiederholte ich fassungslos.

»Der Kerl ist wie alt? Dreißig? Ist doch ganz klar, dass er Spaß am Sex hat. Immerhin sitzt er hier an der Quelle. Nutzt er das nicht aus, ist er selbst schuld.«

»Er ist achtundzwanzig.«

Sie zog eine Augenbraue in die Höhe. »Du weißt aber genau Bescheid.«

Ich ignorierte ihren Einwand. »Findest du es nicht demütigend, dass Aidan euch wie einen Gegenstand behandelt? Euch benutzt, wann er Lust dazu hat?«

»Wer sagt, dass er uns benutzt?« Sie klang zutiefst erstaunt, sogar ein wenig verärgert. »Um mal eins klarzustellen. Mir ist es seit Jahren noch nie so gut gegangen wie hier im Gentleman's Paradise. Eigentlich ist es mir noch nie so klasse gegangen wie hier. Aidan und Kayne sind die ersten, die mich wie einen Menschen behandeln. Mir Respekt entgegenbringen und nicht auf mich herabsehen, nur weil ich meinen Körper verkaufe.« Ihre geschwungenen Lippen verzogen sich. »Du hast keine Ahnung, was ich früher mitgemacht habe. Meine Mom hat mich im Gefängnis zur Welt gebracht. Später wurde ich dann zusammen mit meinen vier Geschwistern von meiner Großmutter aufgezogen, die mir übrigens, als ich fünfzehn war, nahegelegt hat, auch endlich mal was zum Lebensunterhalt beizutragen. Damit meinte sie, ich solle für Geld mit ein paar alten Säcken aus der Nachbarschaft schlafen, ansonsten würde sie mich rausschmeißen.« Ein bitterer Ausdruck hatte sich in ihre Augen gelegt, während ich fassungslos ihrer Lebensbeichte lauschte.

»Also hab ich es gemacht. Spielte sowieso keine Rolle, denn mit zwölf hatte mich der Lebensgefährte meiner Oma schon längst entjungfert. Statt zur Schule ging ich also anschaffen, wechselte später in den Escort. Musste mich von fremden Leuten anspucken lassen, für die Jungs in der Nachbarschaft war ich Freiwild. Habe ich sie nicht rangelassen, wurde ich verprügelt. Oft waren es drei oder vier Typen gleichzeitig. Und mir hat keiner geholfen. Meiner Oma war ich scheißegal, solange ich jeden Tag genügend Kohle heranschaffte.« Sie wandte den Kopf, sah mir in die Augen. »Glaub mir, eine Jugend wie meine, wünsche ich niemandem. Aber jetzt bin ich hier und werde zum ersten Mal in meinem Leben mit Respekt behandelt. Alle sind freundlich zu mir, nichts geschieht gegen meinen Willen. Security beschützt mich, ich werde ordentlich bezahlt. Was will ich mehr?«

»Aber das ist doch kein Leben.« Mein Mund stand offen. »Du solltest lieber eine Therapie machen, um diese ganzen traumatischen Erlebnisse zu verarbeiten. Es gibt doch noch so viel anderes, als das hier.« Ich winkte in Richtung Villa. Mein Tonfall war abwertender geworden, je länger ich redete, mich richtiggehend hineinsteigerte.

Egal, was Kayne und Aidan ihr auch eingeredet hatten, ein Leben innerhalb dieser vier Wände war nichts Erstrebenswertes. Die beiden nutzten Shawna schamlos aus, ihnen war vollkommen egal, dass diese arme junge Frau viel mitgemacht hatte und höchstwahrscheinlich intensive psychologische Betreuung benötigte.

Statt sie bei einem Neustart zu unterstützen, hielten sie die arme Shawna genauso gefangen, wie ein Zuhälter das auf der Straße mit seinen Mädchen tat. Sie tarnten es bloß samariterlicher, indem sie der Fassade den Anstrich eines professionell geführten Unternehmens gaben. In diesem Moment starb Aidan ein Stückweit in meiner Achtung.

Es sah Aidan so ähnlich, gefühllos über andere Menschen zu trampeln, solange er irgendeinen Nutzen daraus zog. Er musste ausnehmend gut in seinem Trainingsjob verdienen.

Ich nahm Shawnas Hand. »Es tut mir so leid, dass dein Leben so furchtbar verlaufen ist. Ich glaube ganz fest, dass du den Absprung noch schaffen könntest. Es gibt Behörden, soziale Einrichtungen, an die du dich wenden kannst, und die dir bestimmt helfen werden, aus diesem Sumpf herauszukommen. Du könntest deinen Schulabschluss nachholen und viel aus deinem Leben machen.«

Sie prustete leise. »Du meinst, so wie du?«

»Ich werde nicht lange hier sein«, gab ich schließlich leise zu. »Sobald ich hunderttausend Dollar zusammenhabe, bin ich weg.«

»Wofür brauchst du so viel Geld?«

»Kannst du ein Geheimnis für dich behalten?« Ich sah ihr eindringlich in die Augen. Gerade fühlte ich mich Shawna so unglaublich verbunden. Auch sie war durch irgendwelche äußeren Umstände, die sie nicht zu verantworten hatte, in diesen Job hineingerutscht. Im Prinzip passte Shawna genauso wenig hier her wie ich.

»Natürlich kann ich das.« Sie hob drei Finger. »Ich schwöre.«

»Ich will die Behandlungskosten für meinen Bruder auftreiben. Er leidet an Muskeldystrophie. Ihm kann zurzeit nur in der Schweiz geholfen werden und das ist teuer.«

»Oh, das tut mir leid.« Sie tätschelte mein Knie.

»Aber bitte, erzähl es keinem. Das geht niemanden was an.«

»Versprochen. Ich hab auch eine behinderte kleine Schwester. Alkoholsyndrom. Meine Mutter hat in der Schwangerschaft zu viel gesoffen.«

»Das tut mir leid.«

»Nicht so wild. Sie kriegt nicht mehr viel mit.« Shawna stand auf. »Ich muss wieder rein.«

Ich erhob mich ebenfalls. »Ich auch. Das Training mit Aidan ruft.«

»Du Glückliche.« Sie lachte.

»Shawna. Wenn ich dir irgendwie helfen kann, dann lass es mich bitte wissen.«

»Okay. Danke. Aber ich fürchte, mir ist nicht mehr zu helfen.« Es klang wie ein Witz, dennoch wurde ich das Gefühl nicht los, dass mehr Ernsthaftigkeit hinter ihren Worten steckte, als sie mir glauben machen wollte.

Auf dem Weg zum Bürotrakt überlegte ich, ob ich irgendeine Sozialstelle aufsuchen und ihnen von der jungen Shawna und deren verpfuschtem Leben berichten sollte, damit sie Shawna aus dieser Hölle befreien konnten. Irgendwer musste ihr doch helfen. Sie tat mir unendlich leid, denn sie hatte niemanden mehr auf der Welt.

Ich wusste haargenau, wie sich sowas anfühlte. Durch welche Hölle sie hindurchgegangen sein musste, konnte ich mir nicht mal im Ansatz vorstellen.

Shawna hatte ein gutes Leben verdient, eine normale Zukunft mit Freunden, einem Job, der sie erfüllte. Liebe von einem Mann, der es ehrlich mit ihr meinte und ihr endlich ein Zuhause gab.

Was Kayne, Aidan und der Rest der Bande mit ihr veranstalteten, war nichts anderes als primitiver Menschenhandel. Sie spielten mit der Abhängigkeit, sowie der labilen Verfassung einer jungen Frau mit traumatischer Vergangenheit, und nutzten sie kräftig aus. Meine Verachtung für Aidan, Kayne und Joanne wuchs mit jeder Sekunde.

Alles in mir sträubte sich gegen das Training mit Aidan. Groß und farbig spulten sich noch immer die schrecklichen Bilder von Shawnas Lebensbeichte in meinem Kopf ab, die mir das Herz schwer machten.

Wie konnten Menschen bloß so grausam sein und einem jungen Mädchen solch schreckliche Dinge antun? Zum ersten Mal seit langem war ich dankbar für meine behütete Kindheit, obwohl meine Eltern mich streng überwacht hatten.

Ich blieb vor der Tür des Trainingsraums stehen, ließ Minute um Minute verstreichen, konnte mich nicht überwinden, sie zu öffnen. Wahrscheinlich würde ich Aidan sonst auf der Stelle schlagen müssen. Was um alles in der Welt war in seinem Leben dermaßen schiefgelaufen, dass er sich zu dem Riesenarschloch entwickelt hatte, das er heute war? So abgestumpft und rücksichtslos.

Schließlich drehte ich seufzend den Türknauf. Wäre nicht Brians lebensbedrohliche Situation, dieser Moment wäre definitiv der Finale für eine Notbremse gewesen. Zu meiner Erleichterung fand ich das Zimmer leer vor, ansonsten wäre die Begrüßung heute wohl recht frostig ausgefallen. Noch frostiger als sonst ... Wie es aussah, war er noch immer mit irgendwas beschäftigt. Bestimmt mit der Rekrutierung weiterer verzweifelter Mädchen. Dreckskerl.

Ich hielt es keine Sekunde länger in diesem Höllenzimmer aus. Mein Blick schweifte über die vielen Peitschen und Gerten an der Wand, die er glücklicherweise bisher noch nicht an mir ausprobiert hatte. Aus dem Regal daneben lachten mich frech ein paar Dildos und Vibratoren an. Die würde ich Aidan jetzt liebend gern persönlich in seinen Allerwertesten einführen. Einen nach dem anderen ...

Spontan beschloss ich, mir für heute freizunehmen. Ich benötigte dringend eine Aidan Pause. Was wollte er schon groß dagegen machen? Mich gleich vor die Tür setzen, nur weil ich ihm heute nicht zu Diensten stand?

Bevor mich noch der Mut verließ, ging ich ihn suchen, eilte durch den Korridor, die Treppe zum Personaleingang des Clubs hinunter, der mich in den Vorraum brachte. Sicher wussten die Securities unten wo – oder schlimmer noch mit wem – er sich herumtrieb. In meinem Magen fing es an zu brodeln, dieses verhasste Haus tat ihr übriges zu meiner miesen Stimmung. Ich musste hier raus, und zwar so schnell wie möglich, mir schnürte es buchstäblich die Luft ab.

Unten im Vorraum blieb ich bei der Garderobe stehen. Wegen der heißen Temperaturen draußen, gab es für die Frau, die den Gästen die Jacken abnahm, nicht viel zu tun. Gelangweilt spielte sie an ihrem Smartphone herum. Ein riesiger Kerl im schwarzen Security-Outfit stand neben der Tür, die in die Gentleman's Bar führte.

Mittlerweile wusste ich auch, dass der andere Ausgang im hinteren Bereich der Bar zu den Zimmern der Mädchen führte, in die sie sich mit ihrer Kundschaft zurückziehen konnten. Die hatte Aidan mir damals noch zeigen wollen, bevor uns der Graf erwischt hatte, und die kleine Sightseeing-Tour am Folgetag nachgeholt.

Wo zum Teufel steckte Aidan? Frustriert pustete ich durch die Lippen, während ich mich umsah. Im selben Moment kam Anna, die Stripperin der Extraklasse, in einem ultrakurzen beigen Wildlederdress mit Fransen durch die Tür der Bar getänzelt. Der Typ von der Security spannte ihr grinsend auf den kaum bedeckten Hintern.

Ich eilte auf sie zu. »Hey, Anna. Hast du Aidan gesehen?«

Anna lächelte und blieb stehen. »Vivien. Kein Training heute?« Ein Hauch von Spott triefte aus ihrer Stimme. Wie es aussah, hatte sie beim Jobantritt ebenfalls kein Mentoring nötig gehabt.

»Deswegen suche ich Aidan. Ich hab schreckliche Kopfschmerzen, und will mich zu Hause ein wenig hinlegen«, log ich rasch.

»Vor zwei Minuten hab ich ihn noch unten im Keller getroffen, hinten im letzten Raum.«

»Im letzten Raum? Ist das nicht der Kerker?«

»Ja«, sie nickte und verbiss sich ein Grinsen. »Aber keine Angst, sie bauen den Raum nur ein wenig um, du kannst also zu ihm runtergehen.«

»Ich weiß nicht.« Mein Puls im Hals pochte spürbar. »Bisher war ich noch nie unten im Keller. Aidan hat ihn mir noch nicht gezeigt.«

»Es ist ein Keller. So früh am Abend ist dort unten sowieso noch nichts los. Ich fürchte, um mit Aidan zu sprechen, musst du entweder zu ihm nach unten gehen oder warten, bis er fertig ist. Aber das kann bestimmt noch dauern.«

»Danke.« Verflixt. Wieso trieb Aidan sich im Keller herum, wenn unser Training anstand? Vielleicht sollte ich einfach abhauen und Spencer draußen Bescheid geben. Kreuzte Aidan zum vereinbarten Zeitpunkt nicht auf, war das sein Problem. Andererseits konnte Aidan recht schnell sauer werden. Immerhin hatte Joanne mir einen Haufen Kohle überwiesen.

Einfach ohne Entschuldigung krankzumachen, brachte ich nicht fertig. Fürs Schwänzen war ich zu pflichtbewusst, selbst in diesem Höllenloch. Schweren Herzens machte ich mich auf den Weg in den Keller. Den parkenden Autos draußen nach zu urteilen, musste die Bar fast leer sein, sodass ich sie bestimmt problemlos durchqueren konnte. Mittlerweile hatte ich viel Zeit dort zugebracht und kannte mich aus.

Mit klopfendem Herzen betrat ich die fast menschenleere Gentleman's Bar. Außer ein paar Frauen, die sich am Tresen rekelten, sowie zwei Kerlen, die sich mit Grace unterhielten, war nichts los. Ich entwischte hindurch, ohne von irgendwem großartig wahrgenommen zu werden. Erreichte kurz darauf die schwarze Eisentür im hinteren Bereich, durch die man hinunter in den Keller gelangte, den ich noch nie zuvor betreten hatte.

Meine Hand zitterte ein wenig, als ich den Türknauf drehte und sie tatsächlich aufsprang. Schales Licht beleuchtete die schmale Wendeltreppe, die nach unten führte und meinen Schatten riesig und furchteinflößend an die Wand warf.

Ich schluckte und stieg die Stufen hinab, fühlte mich wie in einem Horrorkabinett gefangen. Wie konnte jemand Spaß an einem abartigen Kellerloch finden? Dieses Geheimnis würde mir wohl für immer ein Rätsel bleiben. Schließlich trat ich unten in eine Art Flur, der von elektrischen Fackeln gesäumt war, die wie überdimensionale Kerzen flackerten. Was dem Ganzen einen schauerlichen Mittelalteranstrich verlieh.

Türen reihten sich auf beiden Seiten aneinander. Schwarzweiß Fotos von gefesselten Frauen hingen an den Wänden. Manche Liebesdienerinnen waren mit irgendwelchen Bällen geknebelt, andere knieten gut verschnürt in aufreizenden Posen, die nichts verbargen. Abartig. Ich schüttelte mich. Wo zum Teufel war Aidan? Ich wollte nichts wie raus. Ob ich rufen sollte? Meine Stimmbänder fühlten sich vor Aufregung dick und geschwollen an. Neugierig öffnete ich die erste Tür und linste hinein.

Wie oben im Trainingsraum hingen allerhand Ledergerten und Peitschen hübsch aufgereiht an einer Schnur. Dasselbe deckenhohe Kreuz in X-Form lehnte an der Wand. Wenigstens würde ich für diese Trainingseinheit nicht in den Keller müssen – sofern es überhaupt so weit kam. Hastig schloss ich die Tür wieder und schüttelte mich. Um freiwillig gequält zu werden, zahlten manche Leute allen Ernstes einen Haufen Geld? Was war bloß aus der Welt geworden?

Ich machte mich wieder auf die Suche nach Aidan. Mir reichte es, ich hatte genug gesehen. Von ganz hinten im Flur drangen gedämpfte Stimmen zu mir. Ah, da trieb er sich also herum. Im Gehen setzte ich mein Leidensgesicht auf, damit er die üble Kopfschmerzstory auch ja schluckte.

Die Stimmen wurden mit jedem Schritt deutlicher, drangen lauter durch die Tür. Aidan unterhielt sich mit irgendjemandem, einer Frau.

»Bitte tu mir nichts«, flehte sie mit ängstlicher Stimme. »Ich mache alles, was du sagst.«

»Dann zieh dich jetzt aus, Schätzchen. Und zwar schön langsam.« Aidan klang, als spräche er mit verstellter Stimme – kratzig und erregt.

»Bitte nicht.« Die Frau schluchzte auf und mir blieb beinahe das Herz stehen. Was ging da drin vor?

»Glaub mir, du willst nicht, dass ich böse werde.«

»Ich tue ja was Sie sagen, aber nehmen Sie bitte die Waffe weg.«

Waffe??? Ich spürte, wie meine Augen sich weiteten.

»So ist es brav, meine kleine süße Fickstute. Ich werde dich jetzt ficken. Willst du das? Willst du von meinem dicken Schwanz gefickt werden?«

»Nein«, ihr Schluchzen war leiser geworden, die Stimme jedoch nach wie vor angsterfüllt.

»Falsche Antwort. Du kleines Miststück. Ich werde dir ein paar Manieren beibringen, mein Wildkätzchen.«

»Au, lassen Sie meine Haare los. Sie tun mir weh.«

»Ich habe noch gar nicht damit angefangen, dir wehzutun. So wunderhübsche Titten. Und die hat ehrlich noch kein Mann vor mir berührt?«

»Nein.«

»Lügst du mich auch nicht an?«

Ich presste beide Hände vor Mund und Nase. Was ging da drinnen vor?

»Nein, ich lüge nicht.« Ihr Atem ging stoßweise.

»Ich werde jetzt meinen Schwanz in deiner süßen kleinen Pussy versenken und dieses hauchzarte Häutchen durchstoßen. Das ist genau das, was du Flittchen brauchst. Leg dich auf den Tisch und mach die Beine breit.«

»Ich mach alles, was Sie wollen. Aber nehmen Sie bitte endlich die Waffe weg.«

»Hinlegen.«

Wieder schluchzte sie, während ich wie erstarrt dastand, mit einem Gefühl, als würde eine eisige Klaue in meinen Nacken greifen. Was sollte ich machen? Irgendwas musste ich doch tun, um dieser armen Frau zu helfen. War Aidan von allen guten Geistern verlassen?

Ohne weiter nachzudenken, riss ich die Tür auf. Mein Puls hämmerte in den Schläfen.

Der Anblick, der mich erwartete, überstieg meine schlimmsten Erwartungen. Nicht Aidan befand sich in dem Raum. Sondern Kayne Crest! Der Besitzer des Gentleman's Paradise höchstpersönlich. Mit halb heruntergelassenen Hosen stand er zwischen den weit gespreizten Beinen einer jungen Frau, die auf einer Art Streckbank lag. Immer wieder drang er mit kräftigen Stößen in sie ein, während er einen Revolver auf ihr Gesicht gerichtet hielt. Seine andere Hand hatte er um ihren Hals geschlungen.

»Aufhören! Sofort!« Ich hörte mich selbst wie von weiter Ferne rufen. Angst schüttelte mich, nackte Todesangst packte meinen Körper und kehrte meine Eingeweide nach außen.

Kayne verharrte mitten in der Bewegung und wandte den Kopf in meine Richtung. Auch die Frau sah mich mit großen Augen an. Noch immer war der Lauf der Pistole auf ihr Gesicht gerichtet. Mein ganzer Kopf pulsierte.

»Vivien«, keuchte er fassungslos. »Was zum Teuf…«

»Ich hole Hilfe«, kreischte ich, und wusste, ich musste hier raus. Und zwar so schnell wie möglich. Niemand würde uns in diesem Kellerloch jemals finden, sollte dieser Psychopath uns beide in die Finger bekommen. »Ich rufe die Polizei.« Auf dem Absatz machte ich kehrt und rannte den düsteren Gang entlang. Meine Beine fühlten sich an, als würde ich auf frischem Zement laufen, ich versank bei jedem Schritt. Adrenalin peitschte durch meine Venen und trieb mich an.

»Vivien, bleib stehen«, rief Kayne, seine Schritte hallten laut und bedrohlich hinter mir. Oh, Gott, er kam näher. Tränen brannten in meinen Augen, als ich mich die Treppe nach oben kämpfte. Kayne blieb mir dicht auf den Fersen.

»Hilfe«, schrie ich gellend. »Hilfe!« Ich bekam keine Luft mehr, die verfluchte Treppe nahm kein Ende.

»Bleib endlich stehen!«

Eine Hand packte mich im Rücken am Saum meines weißen Tops. In Panik schlug ich um mich, kreischte schrill, trat nach hinten und traf Kayne in den Brustkorb. Stöhnend ließ er von mir ab. Ich nutzte die Chance, floh weiter nach oben, erreichte die rettende Tür und stieß sie auf. Mit tränenverschwommenem Blick taumelte ich durch die Bar. »Hilfe!« Meine Stimme überschlug sich. »Ich brauche Hilfe! Polizei! Hilfe! Ich werde verfolgt!«

Ich hörte Frauen kreischen, achtete aber nicht auf sie und stürzte halbblind durch den Raum. Nichts wie weg. Ich musste raus, noch immer würgte mich Todesangst.

Als mich jemand am Arm packte, schlug ich brüllend um mich.

»Vivien, beruhige dich. Vivien.« Irgendwer rief meinen Namen, doch ich achtete nicht darauf, wollte mich befreien, schaffte es jedoch nicht. Starke Arme legten sich wie ein Schraubstock um meinen Oberkörper, fixierten mich, sodass ich nur noch mit den Füßen treten konnte.

»Nein, lass mich los!« Meine eigenen Schreie dröhnten in meinen Ohren. Ich kämpfte wie verrückt um mein Leben.

»Vivien, ich bin es, Aidan.«

»Lass mich los!« Meine Kräfte ließen langsam nach, ich spürte, wie ich schwächer wurde, meine Muskeln mehr und mehr nachgaben. Von einem Weinkrampf geschüttelt sank ich in mich zusammen. Aidan ließ mich zu Boden gleiten.

»Schließt alle Türen«, hörte ich ihn sagen, »lasst keine Gäste rein und niemanden raus.«

Oh, Gott. Aidan gehörte dazu. Sie hatten mich eingesperrt. Mein Brustkorb schmerzte von dem Weinkrampf, den ich nicht unter Kontrolle bekam. »Bitte, Aidan. Tu mir nichts«, bettelte ich unter Tränen. »Bitte, tut mir nicht weh. Bitte.«

»Niemand tut dir weh, Vivien«, hörte ich ihn leise auf mich einreden. Er streichelte mein Haar. »Was ist los? Was ist passiert?«

»Ich habe nichts gesehen, ich schwöre. Ich werde nichts verraten. Bitte, lass mich gehen.«

»Vivien.« Aidan packte mich bei den Oberarmen, holte mich dicht an sich heran. Blankes Entsetzen war in sein Gesicht gemeißelt. »Was ist los?«

»Sie hat mich und Faye im Kerker überrascht«, hörte ich Kayne neben mir sagen und erwachte aus meiner Lethargie. Er war hier, ganz in meiner Nähe! Mit letzter Kraft riss ich mich von Aidan los und schob mich über den Boden, ein aussichtsloser Befreiungsversuch.

»Geh weg«, heulte ich und blieb auf den Fliesen liegen. Verbarg mein Gesicht in den Armen, Schluchzer schüttelten mich.

»Du Vollidiot«, hörte ich Aidan mit einer Wut in der Stimme

sagen, die ich noch nie zuvor vernommen hatte. Oh, Gott, sie würden mich umbringen.

»Vivien.« Zwei starke Arme hoben mich vom Boden auf, ich hatte keine Kraft mehr, mich zu wehren. »Beruhige dich. Niemand wird dir etwas tun.« Aidan setzte sich auf einen Stuhl und nahm mich auf den Schoß, während ich mein Gesicht an seiner Schulter verbarg, weil ich nicht wusste, was ich sonst tun sollte. Vorhin hatte Aidan sämtliche Türen verriegeln lassen, mich mit ihnen eingekerkert. Die Angst vor ihm sprengte beinahe meinen Brustkorb. Behutsam legte Aidan die Arme um mich, streichelte meinen Rücken, während ich in sein Hemd schluchzte.

»Es war nur ein Rollenspiel«, sagte er leise. »Nicht real. Sie haben nur gespielt.«

KAPITEL 14

AIDAN

Ich trug Vivien aus der Gentleman's Bar hinüber in mein Büro, von dem sie dachte, dass es Joanne gehörte. Die Kleine war fix und fertig. Eine Hand hatte ich unter ihre Kniekehlen gelegt, mit der anderen stützte ich ihren Rücken. Noch immer verbarg sie ihr Gesicht an meiner Schulter, weinte leise. Verflucht, ich hatte so eine Scheißangst um sie gehabt. Was zum Teufel hatte sie im Keller verloren gehabt? Und warum hatte Kayne, dieser Idiot, nicht besser aufgepasst?

Mit einer Hand umfasste ich den Türknauf und stieß die Tür auf, betätigte mit dem Ellenbogen auch noch den Lichtschalter, bevor ich mich behutsam mit Vivien auf der Couch niederließ, die an der Wand neben dem Fenster stand. Hielt sie einfach nur. Ich fühlte mich schrecklich, weil Vivien in meinem Club Todesängste ausgestanden hatte. Mir war es nicht gelungen, sie zu beschützen und ihr ein Gefühl von Sicherheit zu geben.

Hatte sie Kaynes bescheuertes Spielchen tatsächlich für echt gehalten, wunderte es mich nicht, dass sie dermaßen ausgeflippt war. Vor allem vollkommen allein inmitten der düsteren Kulisse des Kellers. Es gab wohl kein schlimmeres Gefühl für eine Frau.

Grace steckte nach kurzem Anklopfen den Kopf durch die Tür. Tiefe Sorge spiegelte sich in ihrem Gesicht.

»Wie geht es der Kleinen?«

Matt winkte ich sie zu uns. »Sie hat sich ein wenig beruhigt.«

Ich legte eine Hand in Viviens Nacken, zog sie dichter an mich und streichelte ihren Rücken. Immer wieder schüttelten kleine Schluchzer ihren Oberkörper. Noch immer war Vivien nicht ansprechbar.

»Armes Ding.« Grace strich sich fahrig ihr Schlangenprint-Schlauchkleid zurecht.

»Sie hat einen Schock, ansonsten ist sie okay.«

»Soll ich euch zwei Whisky einschenken?« Sie deutete auf die halbleere Karaffe auf meinem Schreibtisch.

»Einer reicht. Wo ist Kayne?« Ich spürte, wie Viviens Körper sich in meinen Armen anspannte, als ich seinen Namen erwähnte. Folglich bekam sie mit, was um sie herum geschah, das war gut.

»Er redet mit den Gästen, die sich in der Bar aufgehalten haben, als sie so … verstört reingeplatzt ist. Damit keiner die Polizei ruft.«

Fuck. Diese Art von Publicity konnten wir am allerwenigsten gebrauchen. Aber geschah ihm recht.

Sollte Kayne sich ruhig ein schönes Märchen ausdenken, um das wieder geradezubiegen. Glücklicherweise hatte ich wenigstens schnell genug reagiert und den Betrieb rechtzeitig dichtgemacht, somit weitere neugierige Augenzeugen draußen gehalten.

Ich hatte schon immer geahnt, dass Kayne sein verfluchter Hang zu Vergewaltigungsspielchen eines Tages um die Ohren fliegen würde. Ungerechterweise badete den Großteil jetzt Vivien aus. Sie regte sich auf meinem Schoß, als Grace ihr das Glas Whisky unter die Nase hielt.

»Trink einen Schluck, Kleines. Das belebt die Lebensgeister.«

Bedächtig löste Vivien eine Hand, die sie in den Ärmel meines Hemdes gekrampft hatte und wischte sich mit dem Handrücken die Wangen trocken.

»Danke«, flüsterte sie und führte das Glas an ihre Lippen. Sie redete. Gott sei Dank, Vivien redete. Vorsichtig nippte sie daran, hustete.

Grace sah mich besorgt an. »Vielleicht solltest du einen Arzt kommen lassen, Aidan.«

Ich nickte. »Daran hab ich auch schon gedacht. Rufst du Dr. Sullivan an?«

»Nein.« Kraftlos schüttelte Vivien den Kopf. »Ich brauche keinen Arzt. Es geht schon wieder.« Sie befreite sich mit schwachen Bewegungen aus meiner Umarmung, was ich nur widerwillig geschehen ließ. Mein Beschützerinstinkt befahl mir, sie für immer auf meinem Schoß zu halten. Ein Ort, an dem ihr garantiert niemals irgendwas zustoßen würde. Vivien wirkte so zart und verletzlich. Ihr Anblick schmerzte in meinem Herz.

Sie rutschte neben mich auf das Sofa und nahm noch einen Schluck Whisky, bevor sie den Kopf in den Nacken legte.

»Ich lass euch zwei dann mal allein«, sagte Grace und schlich zur Tür. Ich liebte sie für ihre Feinfühligkeit, sie wusste immer, wann man sie brauchte und wann es Zeit war, zu gehen.

»Schätze, diese Aktion vorhin war das Peinlichste, was mir jemals passiert ist.« Vivien lachte bitter auf.

»Du hattest Angst. Daran ist nichts peinlich.« Ich nahm ihr das Glas aus der Hand und trank ebenfalls einen großen Schluck, den ich bitter nötig hatte. Das harzige Aroma brannte angenehm meine Speiseröhre hinunter. Viviens Ausraster vorhin war mir mehr an die Nieren gegangen, als ich wahrhaben wollte. Die ersten Minuten hatte ich allen Ernstes geglaubt, irgendein Dreckschwein hätte ihr etwas angetan und eine Scheißangst um sie gehabt. Hier im Club trieben sich mitunter die merkwürdigsten Gestalten herum.

Sie wandte den Kopf, ihre Augen glänzten noch tränenschwer und waren leicht geschwollen. »Es hat alles so real ausgesehen da unten. Ich dachte wirklich, er vergewaltigt sie.« Ihre Stimme klang brüchig.

Aus gutem Grund hatte ich Vivien diesen Teil des Gebäudes bisher noch vorenthalten. Den Keller besuchten Leute, die eine ganz spezielle Art von Kick herbeisehnten. Ihre dunkelsten Fantasien auslebten, oder in Rollenspiele eintauchten, die nichts für zarte Gemüter waren.

Für mich waren diese Vorlieben okay, immerhin spielten erwachsene Menschen miteinander, obwohl ich selbst keine grenzüberschreitenden Kinks hatte. Ich mochte andere Sachen lieber. Sex in der Öffentlichkeit zum Beispiel, hin und wieder gern auch mal einen netten Dreier oder einen guten Blowjob. Aber für jemanden wie Vivien, ein behütetes Mädchen, das bisher über die Missionarsstellung nicht großartig hinausgekommen war, konnte sich so eine unvorbereitete Erfahrung im Kerker traumatisch auswirken.

»Es war alles vorher zwischen den beiden abgesprochen. Faye wollte diese Fantasie genauso ausleben wie er. Du bist in ein Rollenspiel geraten, das war alles. Ein für Außenstehende gewiss befremdliches, das gebe ich zu. Aber Kayne hat zu keiner Zeit wirklich Gewalt angewandt, du bist mitten in eine Session geplatzt.«

»Jetzt komm ich mir so dumm vor.« Sie legte ihren Kopf auf der Rückenlehne ab. »Ich bin total ausgerastet.«

Wider Willen musste ich schmunzeln, Vivien sah so niedlich aus, wie sie sich Vorwürfe machte. »Ja, du hast das komplette Haus zusammengeschrien. Ich musste den ganzen Laden kurzzeitig schließen lassen.«

»Es tut mir leid.«

Behutsam nahm ich ihre Hand, sie ließ es zu. »Das muss es nicht. Kayne hätte die obere Kellertür nicht offenlassen dürfen. Er war leichtsinnig. Jeder hätte nach unten gelangen können, auch ein Gast.«

»Es ist furchtbar dort unten.«

»Was hattest du im Keller überhaupt zu suchen?«

Sie wandte den Kopf. »Dich. Ich hatte vorhin schreckliche Kopfschmerzen und wollte dich bitten, das Training ausnahmsweise ausfallen zu lassen. Aber du warst nicht im Zimmer, deswegen habe ich dich gesucht. Vor der Bar hab ich dann Anna getroffen und sie hat mir erzählt, dass du im Keller bist.«

»Anna?« Ich setzte mich auf. »Wie kommt sie auf so etwas? Ich war mit einem Getränkelieferanten hinten im Lagerraum beschäftigt. Er hat mir ewig lang ein Ohr abgekaut, sodass ich nicht rechtzeitig weggekommen bin. Das müsste sie gewusst haben.«

Sie zuckte mit den Schultern. »Keine Ahnung. Mir hat sie jedenfalls erzählt, du würdest einen der Räume im Keller umbauen, deswegen könnte ich ruhig zu dir nach unten gehen.«

Das war merkwürdig. Warum hatte Anna sie in den Keller geschickt? Anna tendierte zu schlechten Scherzen, für ihren miesen Humor war sie berüchtigt. Sie war kein wirklich netter

Mensch, aber grandios auf der Bühne, weswegen wir öfter mal ein Auge zudrückten, wenn sie mit irgendeinem der Mädchen aneinandergeriet.

Was sie sich heute jedoch geleistet hatte, ging eine Nummer zu weit. Mit genügend Pech hetzte uns einer der Gäste noch die Cops auf den Hals, was uns in große Schwierigkeiten bringen würde.

Es klopfte an der Tür.

»Herein«, sagte ich barsch und war gleichzeitig sauer über diese Unterbrechung.

Nochmaliges Klopfen.

Seufzend stand ich auf, ging zur Tür und öffnete sie. Kayne stand zusammen mit Faye davor. Beide sahen mich schuldbewusst an.

»Wie geht es ihr?«, fragte er besorgt.

»Schon besser, komm rein«, hörte ich Vivien sagen und machte die Tür vollständig auf. Erfreulicherweise schien sich ihre Angst vor ihm gelegt zu haben, seit sie die Wahrheit kannte.

»Hey, Vivien.« Kayne winkte zurückhaltend. »Wir wollten nur nachsehen, wie es dir geht und dachten, eine vorsichtige Annäherung wäre angebracht. Ich hatte keine Ahnung, ob du ein erneutes Zusammentreffen mit mir schon verdauen kannst.« Er rieb sich den Brustkorb. »Unser vorheriges war ja etwas schmerzhaft.«

»Aidan hat mir alles erklärt. Es tut mir leid, dass ich so ausgeflippt bin.«

Ich winkte die beiden rein und warf die Tür hinter ihnen ins Schloss. »Idiot«, raunte ich ihm dann doch noch zu.

»Es tut mir auch leid, dass wir dich so erschreckt haben.« Faye strich sich eine dunkelblonde Strähne ihres kinnlangen Bobs hinters Ohr, die ihr gleich wieder ins Gesicht rutschte. »Wir dachten, wir wären allein da unten.«

»Ihr beide habt enormes schauspielerisches Talent, das muss man euch lassen.« Fast klang Vivien wieder wie ganz die alte.

»Vivien.« Kayne räusperte sich verlegen. »Ich möchte gern, dass du weißt, dass ich im wahren Leben einer Frau niemals Gewalt antun könnte. Im Gegenteil, ich respektiere und achte meine Mitmenschen. Wenn einer der Verfechter von Gleichberechtigung ist, dann bin ich das. Ich würde es niemals dulden, dass eine Frau gegen ihre Willen zu irgendwas gezwungen wird. Das vorhin …«

»Amen«, ging ich dazwischen und heimste einen bitterbösen Blick von Kayne ein.

»Das vorhin«, machte er ungerührt weiter, »war nichts weiter als ein Spiel. Eine Sache, die privat zwischen mir und Faye hätte ablaufen sollen. Dass du unfreiwillig Zeugin wurdest, tut uns schrecklich leid.«

»Das hat sie ja jetzt verstanden.« Konnten die zwei nicht endlich die Biege machen, und mich mit Vivien allein lassen? Ich schlenderte zum Schreibtisch und goss mir Whisky nach.

»Was hatte sie im Keller überhaupt zu suchen?«, hakte Kayne dann doch noch nach.

Ich wandte mich mit dem vollen Glas in der Hand um. »Anna.«

»Anna?«, wiederholte er.

Ich nickte. »Anna hat sich einen schlechten Scherz erlaubt und sie mit einer blöden Story nach unten gelotst.«

Ich sah, wie Kaynes Körper sich versteifte, die Sehnen an seinem Hals spannten sich an und traten deutlich hervor. Kayne wurde äußerst selten wütend, aber die Person, die ihn reizte, hatte dann nichts mehr zu lachen.

»Ich gehe jetzt zu Anna.« Seine Stimme glich dem Knurren eines Wolfs kurz vor dem Angriff, bevor er auf dem Absatz kehrtmachte und aus dem Zimmer marschierte. Er schlug so laut die Tür hinter sich zu, dass die Wände wackelten. Gut. Musste ich mich schon nicht um sie kümmern. Wie ich Kayne kannte, würde Anna für sehr lange Zeit nichts mehr zu lachen haben.

Als ich das nächste Mal einen Blick auf mein Smartphone warf, war es schon nach Mitternacht. Mittlerweile hatte Viviens Gesicht wieder Farbe angenommen, aber ich sah ihr an, dass sie den Schock noch nicht ganz verdaut hatte.

»Möchtest du irgendwas? Ein Glas Wasser vielleicht, oder soll ich dir was zu essen bringen lassen?«

»Nein, danke.« Sie erhob sich vom Sofa und stand

unschlüssig im Zimmer. Nervös spielte sie an einer Strähne ihres blonden Haars. »Ähm«, sie räusperte sich. »Wie geht es jetzt weiter? Ich meine heute Abend.«

Ich ging zu ihr. »Was meinst du?«

Ihre Lider hoben sich so hinreißend langsam, dass mir ihr Anblick durch alle Zellen brannte. »Ich meine, wegen der Trainingsstunden. Vielleicht könnten wir sie ja ausnahmsweise ausfallen lassen. Oder nachholen«, schoss sie schnell hinterher. »Ich weiß nicht, ob ich heute in der Lage …« Sie brach ab, senkte den Kopf.

Ihre tiefe Verunsicherung machte mir zu schaffen. Machte im schlechtesten Fall sogar das gesamte Mentoring der letzten anderthalb Wochen zunichte. Wir standen wieder ganz am Anfang. Im selben Moment schämte ich mich für meine Gedanken. Dass ich selbst in dieser Situation unterschwellig an Sex mit Vivien dachte.

Ich legte einen Finger unter ihr Kinn, hob ihr Gesicht an. »Kein Training heute.«

»Danke.« Sie lächelte im Ansatz, sah so verletzlich aus. Schon im nächsten Moment kramte sie ihren Autoschlüssel aus der Jeanstasche, der ihr prompt durch die zittrigen Finger rutschte. Ich bückte mich danach, bevor sie es tun konnte, und hob ihn auf. »Was hast du vor?«

»Nach Hause fahren.« Sie klang durcheinander. »Wieso?«

»Denkst du, dass es eine gute Idee ist, dich jetzt hinters Steuer zu setzen?« Ich beobachtete besorgt, wie sie mit fahrigen Bewegungen ihr Haar aus dem Gesicht strich.

»Zu Fuß ist es ein langer Weg.«

»Lass das Auto stehen, nimm dir ein Taxi.«

»Das kann ich mir nicht leisten. Eine Taxifahrt von hier aus nach Las Vegas kostet ein Vermögen.«

»Kayne übernimmt die Kosten«, bot ich ihr frech an. Das war das Mindeste, was der Blödmann für sie tun konnte.

»Nein, das möchte ich nicht.« Vehement schüttelte sie den Kopf.

»Dann lass mich bezahlen.« Ich strich ihr eine hartnäckige Strähne hinters Ohr, verweilte mit meiner Hand einen Hauch zu lange an ihrem hübschen Gesicht. Überraschenderweise schmiegte sie tatsächlich flüchtig ihre Wange hinein, wahrscheinlich ein Reflex.

»Ich nehme auch von dir kein Geld an. Vergiss es. Außerdem hab ich dann morgen kein Auto und weiß nicht, wie ich herkommen soll.«

Sie wollte trotz allem wiederkommen, mit dem Training weitermachen. Mir fiel eine tonnenschwere Wagenladung Geröll von der Brust.

»Spencer kann dich morgen abholen. … Vivien, um eins klarzustellen. Ich werde dich in deinem Zustand nicht mit dem Auto fahren lassen.« Ich stellte mich auf eine kriegerische Auseinandersetzung mit ihr ein, darauf, gleich eine Ladung Schimpfwörter und Drohungen an den Kopf geknallt zu bekommen, aber sie blieb still. Vivien musste total erschöpft sein. Ein Grund mehr sie nicht fahren zu lassen.

»Aidan …«, wagte sie dennoch schwachen Widerspruch, dabei kannte sie meinen Dickkopf nur zu gut.

»Okay«, ich hob beide Hände an, als wollte ich sie stoppen. »Warum machen wir es nicht so. Du schläfst drüben im Trainingsraum ein paar Stunden, ruhst dich aus. Nachher gegen vier macht der Laden dicht. Dann fahre ich sowieso in meine Wohnung nach Vegas und kann dich mitnehmen. Es wäre keine Extratour. Du wärst niemandem was schuldig, schon gar nicht mir.«

»Du wohnst auch in Las Vegas?«

»Ja.« Ich nickte, zum ersten Mal hatte ich ihr etwas Privates von mir erzählt. »Morgen Abend hole ich dich dann wieder ab, und nehme dich mit zurück. Ich habe tagsüber sowieso noch was Wichtiges in der Stadt zu erledigen.« Ich nahm ihre Hand. »Komm schon. Ich lass dich so aufgelöst sowieso nicht gehen.«

»Wenn du meinst«, stimmte sie schließlich leise zu.

»Komm mit.« Ohne eine Antwort abzuwarten, führte ich sie aus meinem Büro hinaus und hinüber in den Trainingsraum. Zum ersten Mal verfluchte ich meine Schnapsidee mit den Peitschen und Dildos an der Wand. Normalerweise hing das Zeug nicht hier herum. Aber sie sah nicht mal hin, reagierte nicht auffällig darauf.

Ich ließ ihre Hand los und ging rüber zum Schrank, kramte

eins meiner einfachen weißen T-Shirts hervor und kam zu ihr zurück.

»Falls du etwas Bequemes zum Schlafen tragen möchtest.« Mit dem Daumen deutete ich zur Badezimmertür. »Du kannst dich dort drinnen umziehen.«

Sie hob eine Augenbraue. »Wieso das denn plötzlich?«

Ohne zu überlegen gab ich ihr einen Kuss auf die Stirn. »Weil ich deine Privatsphäre außerhalb der Trainingsstunden respektiere.«

Ihr Oberkörper schwankte leicht, hoffentlich fiel sie mir allein im Bad nicht um.

»Ich glaube, ich bin zu müde zum Umziehen. Ich leg mich einfach so ins Bett.« Vivien streifte ihre Pumps ab.

»Warte.« Ich hielt sie am Oberarm zurück. »Lass mich dir helfen.«

Einen Wimpernschlag zu lange verhakten sich unsere Blicke ineinander, leuchteten ihre Augen auf, bevor sie einfach nur nickte. Mir stumm ihr Einverständnis gab. Ihr Gesicht war so außergewöhnlich verlockend. Man sagte gemeinhin, dass jeder Mensch irgendwo auf der Welt einen Doppelgänger hatte, der ihm zum Verwechseln ähnlich sah. Bei ihr hingegen konnte ich mir das nicht vorstellen. Vivien war einzigartig, derartig auffallend hübsch, dass sie regelrecht herausstach. Eine Frau wie sie gab es kein zweites Mal.

Ich zwang mich, den Blick von ihrem Gesicht zu nehmen und öffnete den Knopf ihrer Shorts, zog langsam den Schieber des Reißverschlusses nach unten, bevor ich ihr die knappe Hose über die Hüften schob. Sie trug einen rosa Slip darunter. Herrje, ich stand total auf rosafarbene Unterwäsche bei Frauen. Ich riss mich zusammen, machte auf cool. Momentan war der schlechteste Zeitpunkt, um über die Wahl ihrer Unterwäsche ins Schwärmen zu geraten. Vivien war fertig und brauchte Ruhe.

Vorsichtig schob ich ihr weißes Top über den Kopf, bemerkte natürlich auf der Stelle den farblich passenden BH. Sie sah schlichtweg entzückend darin aus. Es erschien mir falsch, noch mehr nackte Haut zu entblößen, während sie reglos vor mir stand und sich schlecht fühlte. Hastig zog ich ihr mein XL T-Shirt über den Kopf, das sogar noch ihre Oberschenkel bedeckte, bevor ich meine Hände in ihrem Rücken unter den Stoff gleiten ließ. Noch immer kam von ihr keine Regung, aber sie atmete tief ein.

Mit geübtem Griff öffnete ich die Häkchen ihres BHs und schob ihre Träger von den Schultern. Befreite sie von dem winzigen Fetzen rosa Seide, ohne ihren Oberkörper dabei zu enthüllen. Dann nahm ich sie wieder bei der Hand und führte sie zum Bett, schlug die Decke zurück, ehe sie sich hineinlegte. Sorgfältig deckte ich sie zu.

Vivien lag leicht zusammengekauert auf der Seite und starrte auf die Wand mit den verfluchten Peitschen. Sie tastete nach einem der weißen Zierkissen und drückte es fest an ihre Brust. Ihr Anblick tat mir weh, einfach nur weh.

»Schlaf ein bisschen.« Ich gab ihr einen Kuss auf die Schläfe. Als ich mich wieder aufrichtete und gehen wollte, hielt sie mich an der Hand zurück.

»Aidan?«

»Ja?«

»Legst du dich ein bisschen zu mir?«

»Natürlich, wenn du das möchtest.«

Als sie kaum merklich nickte, streifte ich mir die Schuhe ab, kroch zu ihr ins Bett und legte mich seitlich hinter sie, schmiegte mich mit dem Brustkorb an ihren Rücken. Ich schob einen Arm zwischen ihren Hals und die Matratze, zog sie mit dem anderen eng an mich. Ihren warmen, atmenden Körper zu spüren tat mir gut. Erleichtert merkte ich, wie sie sich langsam entspannte und sich an mich kuschelte, wie ein verloren gegangenes Kätzchen.

»Schlaf jetzt, mein Engel«, flüsterte ich und küsste sie sachte aufs Haar.

KAPITEL 15

AIDAN

Ich saß an meinem Schreibtisch und konnte mich auf nichts anderes konzentrieren, als auf sie. Vivien schlief seit einer Stunde tief und fest, sodass ich schließlich das Zimmer verlassen hatte. Ununterbrochen beschäftigte ich mich mit der Frage, ob es überhaupt verantwortbar war, Vivien für das Gentleman's Paradise fit zu machen.

Die egoistische Komponente blendete ich bei meinen Grübeleien lieber von vorneherein aus. Ginge es nach mir, würde unser Training endlos dauern, Vivien bis in alle Ewigkeit exklusiv mir allein gehören. Leider hatte besagte Dame auch noch ein Wörtchen mitzureden und außer vorhin, in einem ihrer schwächsten Momente, hatte es sie noch nie nach meiner Nähe gedürstet.

Ich öffnete die oberste Schreibtisch-Schublade und nahm den silbernen Engelanhänger heraus. Die silbrige feine Gliederkette war gerissen und ich hatte sie bis heute nicht reparieren lassen. Das war damals in unserer letzten gemeinsamen Nacht passiert. Glücklicherweise hatte sie sich in meinem Hemd verfangen, sodass ich sie wenigstens nicht verloren hatte.

Ich lehnte mit einer Schulter an Viviens Spind und wartete darauf, dass sie endlich in der Schule auftauchte. Gestern hatten wir uns irgendwie verpasst. Das halbe Schuljahr hatte ich damit zugebracht, heimlich in

Vivien Davis verliebt zu sein. Wie oft ich mir zu Hause in meinem Bett, mit ihrem Gesicht vor Augen, schon einen runtergeholt hatte, konnte ich nicht mehr zählen.

In ihrer Gegenwart den Coolen mimen zu müssen, war hart gewesen, ziemlich hart sogar. Aber diese Zeiten waren vorbei. Warum sie unsere Beziehung sogar vor unseren Freunden geheim hielt, war mir allerdings schleierhaft. Sowieso ahnten die meisten, dass wir ein Paar waren. Obwohl ich Viviens Gründe nachvollziehen konnte, wurmte es mich ein wenig, dass sie vor den anderen nach wie vor nicht zu mir stand. Wir uns immer heimlich treffen mussten, ich im Pausenhof nie den Arm um sie legen durfte. Sie jedem immer wieder erzählte, wir wären nur gute Freunde. Gute Freunde die sich küssten, oder wie?

Nur noch ein paar Minuten bis zum Beginn der ersten Stunde und Vivien war noch immer nicht aufgetaucht, was ungewöhnlich für sie war. Normalerweise war sie die erste am Spind. Ich beobachtete, wie der Sekundenzeiger an der großen Wanduhr gegenüber von mir seine Kreise zog.

Ob sie krank war? Langsam machte ich mir Sorgen.

Eine Minute vor acht, gleich begann meine Mathestunde. Gestern war ich, wie versprochen, mit Brian im Park gewesen und hatte ein paar Körbe mit ihm geworfen. Er war ein cooles Kerlchen und ja, ich mochte es, dass er mich derart offensichtlich anhimmelte. Seine Bewunderung schmeichelte meinem Ego.

Wie es sich anfühlte, betrunken zu sein, wollte der Knirps tatsächlich von mir wissen, und mit welchen Drogen ich schon experimentiert hatte. Außer mit Marihuana noch mit gar nichts. Das hatte er mir nicht abgenommen. Seit ich mit Vivien zusammen war, ließ ich völlig die Finger von dem ganzen Zeug. Nichts sollte unsere Beziehung gefährden, ich wollte clean und sauber für sie bleiben, meinen schlechten Ruf verlieren und aller Welt zeigen, dass ich, Aidan O'Conners, ein Mädchen wie Vivien durchaus verdiente.

Schon wollte ich mich auf den Weg zum Unterricht machen, als Vivien den Flur entlanggeschlendert kam. Den Blick hatte sie zu Boden gesenkt und die Arme vor der Brust verschränkt. Irgendwas stimmte nicht mit ihr, das bemerkte ich schon von Weitem.

Ich stieß mich von ihrem Spind ab und fixierte sie. Mir war egal, dass ich mich auffällig benahm, ein paar meiner Mitschüler warfen uns interessierte Blicke zu.

»Hey, Baby«, sagte ich leise, als sie mich zwar erreicht hatte, jedoch keines Blickes würdigte. »Was ist los?«

»Ich hab jetzt keine Zeit, Aidan. Ich bin spät dran.« Sie drehte am Rädchen ihres Zahlenschlosses.

»Ich warte seit einer Viertelstunde auf dich.«

Vivien öffnete die blaue Blechtür und kramte in ihrem Spind herum. »Warum hast du mir verschwiegen, dass du Drogen nimmst?« Sie tat extrem beschäftigt, während ich ihre überraschende Frage erstmal mühselig zuordnen musste.

»Was?« Ich drehte sie am Arm in meine Richtung. »Wie kommst du auf diesen Scheiß? Wer behauptet, dass ich Drogen nehme?«

»Brian.«

Ich rollte mit den Augen, das durfte doch nicht wahr sein. Hatte der Kleine noch nie von der Regel gehört, dass Männergespräche nicht an Schwestern weitergetratscht wurden?

»Ich nehme keine Drogen, ich rauche ab und zu einen Joint und selbst das nicht mehr, seit wir zusammen sind.«

»Du hättest es mir trotzdem sagen müssen.«

»Was soll das?« Ich langte mir an die Stirn. »Das Zeug ist harmlos, entspannt einen, weiter nichts.«

»Ich will nicht, dass du meinen Bruder auf den Geschmack bringst.«

»Vivien, ganz ehrlich. Langsam frage ich mich, ob du dir nicht irgendwas reingepfiffen hast. Das ist die größte Scheiße, die ich seit langem gehört habe.«

»Wenn ich nur Scheiße rede, warum bist du dann überhaupt mit mir zusammen?« Ihre Wangen glühten.

»Ich habe nicht gesagt, dass du nur Scheiße redest.«

»Und ich habe ein Problem mit einem Freund, der mit Drogen experimentiert.«

»Hat«, verbesserte ich sie. »Damit experimentiert hat. Mit ein bisschen Gras, das ist alles. Siehst du, ich gebe es zu, verschweige dir nichts. Wie hunderte andere hier übrigens auch.« Ich machte eine ausschweifende Armbewegung.

»Vielleicht sollten wir uns eine Zeitlang nicht mehr treffen.« Ihre Unterlippe zitterte, ein untrügliches Zeichen, wie innerlich aufgewühlt sie war. Ich weigerte mich, ihre Aussage gelten zu lassen. Das konnte nicht ihr ernst sein. Warum denn? Wegen dem bisschen beschissenen

Gras? Angst kroch in mir hoch. Wie ein eisigkalter Polyp streckte sie ihre Tentakel nach mir aus und würgte mich. Ohne Vivien war ich nicht lebensfähig.

Irgendwas stimmte nicht mit ihr, sie hatte sich komplett verändert. Ich kannte sie nicht wieder. Langsam dämmerte mir was.

»Du willst Schluss machen«, schoss ich ins Blaue und bebte innerlich. In meinem Hals formte sich ein riesengroßer Kloß, der unglaublich schmerzte.

»Eine Pause«, berichtigte sie mich leise.

»Eine Pause wovon? Zwei wundervollen Wochen?«

»Aidan, bitte mach es nicht so schwer für mich.« Tränen glitzerten in ihren Augen, standen im krassen Widerspruch zu ihrer eiskalten Ansage. Sie stellte mich einfach vor vollendete Tatsachen.

»Lass mich raten. Ich hab dabei kein Wort mitzureden.«

»Aidan«, es war nur gehaucht.

»Warum?!« Meine Stimme echote im weitläufigen Flur nach, zog die Aufmerksamkeit einiger Leute auf uns, die durch den Gang zu ihren Klassen eilten. Was mir scheißegal war. Zumindest einen beschissenen Grund war sie mir schuldig. Was hatte ich falsch gemacht?

Das Schrillen der Schulglocke riss mich aus unserem Blickgefecht.

»Wir passen nicht zusammen«, sagte sie schließlich.

»Du eingebildetes, arrogantes Miststück.« Ich knallte ihre Spindtür so heftig ins Schloss, dass sie zusammenzuckte. »Ich bin nicht gut genug für dich, warum bist du nicht einfach ehrlich?« Ich wandte mich um, die Welt hatte aufgehört zu existieren, meinen Grund zu Leben ausgelöscht. Die plötzliche Leere in mir pochte dumpf, weitete sich aus, erreichte mein Gehirn und zog mich in eine grässliche Dunkelheit. Vivien liebte mich nicht mehr. Der Gedanke war so unerträglich, dass ich vom Fleck weg beschloss, mich umzubringen. Vielleicht sollte ich ein Auto knacken und gegen den nächsten Brückenpfeiler rasen oder mir eine Kugel in den Kopf jagen.

»Aidan.« Sie klang tatsächlich betroffen. Wieviel sie mir in den letzten Tagen noch vorgespielt hatte, wollte ich gar nicht erst wissen. Ich war dumm gewesen, hatte ihr mein Herz geschenkt, obwohl ich es von Anfang an besser hätte wissen müssen. Ein Kerl wie ich hatte ihr nichts zu bieten.

»Mach's gut.« Im Weggehen hob ich kurz die Hand, ich konnte

keine Sekunde länger ihre Anwesenheit ertragen, ohne komplett durchzudrehen.

»Aidan«, wiederholte sie noch einmal leise und mit tränenerstickter Stimme, als ob ihr unsere Trennung tatsächlich nahe gehen würde.

»Hey, Vivien«, hörte ich irgendeinen Kerl hinter mir sagen, »da Aidan nicht mehr am Start ist, lässt du mich dann mal an deine Titten?«

Ich drehte mich just in dem Moment um, als Glenn Harris Vivien einen festen Klaps auf den Hintern verabreichte.

»Nachdem Aidan dich flachgelegt hat, weißt du ja jetzt, wie es geht.«

Die paar vereinzelten Leute um uns herum blieben lachend stehen.

»Hau ab, Glenn«, fuhr Vivien ihn an und schlug seinen Arm zur Seite.

Ein Schalter in meinem Kopf knipste sich aus, ich spürte nur noch, wie diese unerträgliche Wut hochkochte und ein Ventil in mir sprengte. Mit geballten Fäusten machte ich kehrt, erhöhte im Laufen mein Tempo und verpasste Glenn einen Faustschlag ins Gesicht. Der hielt sich ächzend die getroffene Stelle.

»Lass die Finger von ihr, du Wichser.« Mit beiden Händen schnappte ich ihn am Kragen seiner leichten Sommerjacke und stieß ihn mit voller Wucht und einem riesigen Knall gegen die Spinde, bevor ich endgültig auf ihn losging. Mir alle angestaute Wut und Frust, die Enttäuschung und den Schmerz aus dem Leib prügelte. Egal, was vorgefallen war, Vivien war mein Mädchen. Glenn verdeckte sein Gesicht mit den Armen, brüllte irgendwas, während ich ihn mit einem Kinnhaken zu Boden beförderte und mich auf ihn setzte, dabei unaufhörlich auf ihn eindrosch.

»Aidan«, kreischte Vivien wie durch Watte, aber ich nahm sie nicht richtig wahr. Meine volle Konzentration lag auf Glenn Harris. Ein paar Arme griffen nach mir, zogen mich von dem Scheißkerl herunter, bevor ich ihm endgültig das Licht ausblasen konnte. Ich schlug wild um mich, versuchte brüllend mich aus dem Griff meiner Widersacher zu befreien, bis ich Gesicht voran und mit auf dem Rücken verdrehten Armen gegen die Spinde gepresst wurde.

»Aidan, beruhige dich endlich.« Erst jetzt realisierte ich Mr Mancinis Stimme, mein Englischlehrer. Ein paar Typen aus der Footballmannschaft hielten mich fest.

»Aidan Mann, komm runter«, sagte Paul, der Quarterback, zu mir.

Im Augenwinkel sah ich, wie Glenn sich langsam aufsetzte und mit dem Handrücken Blut von seiner Nase wischte. Seine Unterlippe war aufgeplatzt. Ein riesiges Gefühl der Genugtuung überkam mich.

»Diesen Vorfall muss ich der Schulleitung melden«, sagte Mr Mancini und wedelte aufgeregt mit den Händen in der Luft herum. »Aidan, Glenn, ihr kommt beide mit zu Mr Snyder.«

Als die Typen endlich ihre schwieligen Finger von mir nahmen, strich ich mein T-Shirt glatt, bevor ich auf Glenn deutete. »Fass sie noch einmal an und du bist erledigt, Mann.«

Glenn sah zur Seite, während er ächzend aufstand.

Mr Mancini schob mich trotz seiner schmächtigen Statur überraschend energisch an der Schulter voran. »Gehen wir.«

In der Menge von Schülern, die sich um uns geschart hatten, machte ich Vivien aus. Ihre Gesichtszüge zeigten noch deutlich, wie erschrocken sie gewesen war, dennoch schenkte sie mir ein schüchternes Lächeln. Im selben Moment wusste ich: der auf mich zukommende Stress war es wert gewesen. Niemand hier sollte es wagen, seine schmierigen Finger an mein Mädchen zu legen.

Als es an der Tür klopfte, ließ ich den Anhänger wieder in der Schublade verschwinden und schob sie zu. Kayne kam herein.

Ich lehnte mich zurück. »Heute zur Abwechslung mal mit Anklopfen. Ist ja ganz was Neues.«

Mit langen Schritten kam er zu mir und setzte sich halb auf den Schreibtisch. »Ich wusste nicht, ob Vivien noch da ist und wollte sie nicht schon wieder in Panik versetzen.« Er nahm sich eines der Whiskygläser und schenkte sich ein.

»Sie schläft drüben in meinem Schlafzimmer. Nachher fahre ich sie nach Hause.«

Kayne leerte das halbe Glas in einem Zug und atmete tief ein, bevor er es abstellte. In seinen Augen las ich, dass er den Vorfall im Keller ebenfalls noch nicht ganz verdaut hatte.

»Sie hatte Todesangst vor mir, Aidan.« Er klang fassungslos. Mit beiden Händen wischte er durch sein Gesicht. »Es ist das erste Mal in meinem Leben, dass eine Frau panische Angst vor mir hatte.«

»Bis auf Anna danach, wahrscheinlich.« Ich stützte einen Ellenbogen auf der Tischplatte ab und legte das Kinn in meine Handfläche. »Hast du ihr wenigstens ordentlich den Arsch versohlt?« Das war ein Scherz. Nie im Leben würde Kayne außerhalb einer abgesprochenen Session eine Frau schlagen.

»Am liebsten hätte ich das getan.« Er lachte bitter auf. »Anna hat sich mal wieder einen ihrer üblen Scherze erlaubt. Sie wusste, dass ich mit Faye im Keller war.«

»Warum hast du die verdammte Tür oben nicht abgeschlossen?«

»Keine Ahnung.« Er zuckte mit den Achseln. »Wir hatten es eben eilig«, schob er noch schuldbewusst nach.

»Du und deine bescheuerten Spielchen. Falls einer der Gäste doch noch die Cops verständigt, haben wir ein riesiges Problem am Hals. Die Behörden warten nur auf einen Grund, den Club endlich schließen zu können. Und Freiheitsberaubung in Verbindung mit Vergewaltigung ist ganz sicher einer davon.«

»Es waren nur zwei Stammgäste anwesend, mit denen habe ich geredet. Ich denke, wir sind safe.«

»Ich hoffe es. Und was ist jetzt mit Anna?«

»Die liebe Anna wird sich morgen Abend auf der Lack und Leder Party um den Grafen kümmern, außerdem einen Monat lang die Zimmer der Mädchen putzen.«

»Taucht der Scheißkerl schon wieder hier auf?« Der hatte mir gerade noch gefehlt.

»Als ob der Graf sich eine unserer legendären SM Partys entgehen ließe.«

»Auf den deal ist Anna tatsächlich eingegangen?« Ich glaubte es kaum. Der Graf war schon seit einer Ewigkeit scharf auf sie, aber Anna konnte ihn nicht ausstehen. Bisher hatte sie sich strikt geweigert, den Grafen als Kunden zu akzeptieren. Zwar liebte sie schamloses Vögeln in der Öffentlichkeit, hegte aber zum Leidwesen des Grafen keinerlei Hang zu perversen sadistischen Spielchen.

»Ich habe ihr gesagt, ansonsten kann sie ihre Sachen packen und verschwinden. Das ist ihre letzte Chance.«

»Der Graf wird sie genauso das Fürchten lehren, wie du es bei Vivien getan hast.«

Genervt rollte Kayne mit den Augen. »Hör endlich auf damit, ich fühle mich schon schrecklich genug wegen der Sache mit Vivien. Für Anna ist das eine Lehre. Nachdem der Graf mit ihr fertig ist, wird sie zahm wie ein Lämmchen sein, da bin ich mir sicher. Ich habe das Gefühl, sie wollte in erster Linie mir eins auswischen. Respektlosigkeiten der Mädchen uns gegenüber können wir uns nicht leisten.«

»Du bist grausam«, erwiderte ich halb im Ernst, die Kleine tat mir fast schon leid. »Anna stand schon immer auf dich.« Ich lehnte mich zurück, nippte an meinem Drink.

»Annas Talente reichen für meine Bedürfnisse leider nicht aus.« Er zuckte mit den Schultern.

Ich wusste, dass die beiden etwas miteinander am Laufen gehabt hatten, als Anna vor zwei Jahren bei uns anfing. Auf ausschließlich sexueller Basis verstand sich. Zumindest für Kayne. Anna hatte es nie geschafft, ihn vollends von ihren Reizen zu überzeugen. Seine Vorlieben waren schlichtweg zu speziell und sie nicht bereit gewesen, sich auf seine Spielchen einzulassen.

»Wie geht es jetzt mit Vivien weiter?« Er nickte mir zu. »Hat sie alles hingeschmissen?«

»Bis jetzt hat sie noch nicht gekündigt, also gehe ich davon aus, dass wir mit dem Training weitermachen.«

»Und du glaubst, das ist eine clevere Idee?«

»Es liegt an ihr.« Es war sogar eine der schlechtesten Ideen, die ich jemals in meinem Leben gehabt hatte, was mein Riesenarschloch von Ego jedoch nicht davon abhielt, es sich zu wünschen.

»Sie gehört nicht hierher, Aidan.« Kayne musterte mich durchdringend. »Wie wird es nach diesen vier Wochen weitergehen? Wirst du es tatsächlich fertigbringen, sie halbnackt in die Bar zu stellen, und dabei zusehen, wie sie fremden Männern den Schwanz lutscht?«

Allein die Vorstellung war so krass, dass ich einen Moment brauchte, um mich zu sammeln. Ich hasste Kaynes Begabung für plastische Schilderungen.

»Ich weiß es nicht«, gab ich schließlich zu.

»Aidan, weißt du, was ich glaube?«

Ich sah auf. »Will ich wissen, was du glaubst?«

»Ich glaube, dass du dieses Mädchen liebst, schon immer geliebt hast.«

Verdammt, Kayne kannte mich einfach zu gut. »Das war in einem anderen Leben.«

»Du hast nur ein Leben, Aidan.«

»Was zum Teufel soll das jetzt bedeuten?«

»Ich weiß es doch auch nicht.« Er deutete mit dem Zeigefinger auf mich. »Ich weiß nur eins. Du solltest dir langsam Gedanken machen, wie es mit euch beiden nach diesen vier Wochen weitergeht.«

»Da geht überhaupt nichts weiter. Ich spiele in Viviens Leben keine Rolle. Außerdem denkt sie immer noch, ich bin ein Einreiter, der seinen Lebensunterhalt damit verdient, irgendwelche Frauen auf die unterschiedlichsten Arten zu vögeln. Was glaubst du, wie groß stehen meine Chancen da bei ihr?«

»Dann klär sie auf, wer du in Wahrheit bist. Sie wird es bestimmt verstehen.«

»Was verstehen?« Ich lachte bitter auf. »Dass ich sie einen Monat lang verarscht und ausgenutzt habe, weil ich eine verfickte Wette gewinnen wollte. Das wird sie ganz bestimmt umstimmen.«

»Du musst es ja nicht so drastisch formulieren.«

»Kayne.« Ich bremste seinen Redeschwall mit einer kurzen Handbewegung. »Es gab einen Vorfall in der Vergangenheit, den sie mir nicht verzeiht, niemals verzeihen wird. Wirklich schlimme Dinge sogar. Glaub mir, der einzige Grund, weshalb Vivien die Zähne zusammenbeißt und ihren süßen Hintern jeden Tag in unser Bordell schleppt, sind die hunderttausend Dollar, die sie verdienen will.«

Er schüttelte den Kopf. Ich wusste, dass er mit meiner Begründung nicht einverstanden war, aber das spielte auch keine Rolle. Wie sich unser Verhältnis in der nächsten Zeit entwickeln würde, lag weder in meinen noch in seinen Händen. Sondern einzig und allein in Viviens.

Sollte sie auf die Versteigerung und damit quasi ihren Einstieg in das horizontale Gewerbe bestehen, durfte ich ihr diesen Wunsch nicht verwehren. Dazu hatte ich kein Recht, auch wenn es mich wahrscheinlich umbringen würde. Unsere Unterhaltung setzte mir mehr und mehr zu, ich hatte Vivien Davis schon wieder viel zu nahe an mich herangelassen. Mehr als für mich gut war.

Ich widerstand dem Drang, mir ein weiteres Glas Whisky zu gönnen. Immerhin wollte ich Vivien später nach Hause fahren, somit musste ich nüchtern bleiben.

»Du hast mir immer noch nicht erzählt, was bei Ronald Freeman herausgekommen ist.« Dem störrischen Farmer in Lyon County, dem wir seit beinahe drei Jahren versuchten, sein halbbankrottes Land für einen weiteren Club abzuluchsen. Bisher hatte er sich als gläubiger Katholik strikt geweigert, die Farm seiner Ahnen an uns zu veräußern, obwohl wir ihm ein überdurchschnittliches Angebot gemacht hatten. Der Alte würde lange suchen müssen, bis er jemanden fand, der ihm für seine verdorrten Felder auch nur annähernd dasselbe zahlte.

Dennoch lehnte er stur jeden neuen Vorschlag ab, schwafelte jedes Mal, wenn er uns erblickte, von Sodom und Gomorrha und davon, dass wir eines Tages allesamt in der Hölle schmoren würden. Und er gleich mit, sollte er jemals an uns verkaufen. Wäre die Lage, direkt an Kalifornien angrenzend, nicht so perfekt, hätten wir ihn schon längst abgehakt. Von Sacramento waren es gut zwei Stunden bis zu Freemans Farm, wir könnten einen beträchtlichen Teil des kalifornischen Lustbedarfs gleich mit abdecken. Im dortigen Bundesstaat war Prostitution streng verboten, es gab genügend, die eine längere Anfahrt für ein bisschen Spaß in Kauf nahmen.

»Ich glaube, langsam kochen wir Freeman weich.« Kayne klang ausgesprochen zuversichtlich.

Ich setzte mich auf. »Wie kommst du darauf?«

»Ich habe, wie abgesprochen, nochmal zwanzigtausend Dollar obendrauf gepackt.« Er erhob sich von meinem Schreibtisch und setzte sich auf den Besucherstuhl. »Du hättest das Haus sehen sollen, Aidan. Die Bruchbude ist halb verfallen, er hat seither nichts repariert. Das Dach hat Löcher von der Größe deines Schreibtischs.« Kayne klopfte auf die Tischplatte. »Er hat nur Glück, dass es hier so selten regnet. Der Kerl ist pleite, absolut blank. Ronald wäre mehr als blöde, wenn er die 520.000

Dollar nicht annehmen würde, die wir ihm geboten haben. Ein besseres Angebot wird er nie mehr bekommen.«

Das klang super, mehr als super sogar. Die erste positive Nachricht seit langem. Ronald Freemans Farm lag so strategisch günstig, dass wir einen Meilenstein bei unseren Expansionsplänen setzen würden. Dieser Club würde alle anderen in den Schatten stellen.

»Wann wird er unterschreiben?«

»Er hat sich noch Bedenkzeit erbeten.«

Shit. »Wie lange?«

»Er möchte uns nächste Woche besuchen kommen und sich mit eigenen Augen davon überzeugen, dass der Sittenverfall nicht bei uns zu Hause ist.«

»Der Sittenverfall ist bei uns zu Hause«, erinnerte ich ihn kopfschüttelnd.

»Nicht an diesem Tag.« Ein feines Grinsen legte sich über Kaynes Gesicht, das seine verruchte Seite deutlich herauskehrte. Mit einem Handstreich erlosch der seriöse Geschäftsmann in ihm, den er mit seinem Auftreten und dem Maßanzug sonst verkörperte. Ich hätte meinen Arsch verwettet, dass diese ganzen Frauen, die er nach unten in den Folterkeller lockte, nur mitkamen, damit er ihnen genau dieses Bad Boy Lächeln schenkte.

»Was hast du schon wieder vor, Kayne?«

»Wir werden Ronald Freeman beweisen, dass wir ganz harmlos sind. An diesem Tag ist das Gentleman's Paradise für die Öffentlichkeit geschlossen. Nur ein paar auserwählte Stammgäste haben Zutritt, die wir vorher briefen werden. Unsere Mädchen werden sich von ihrer besten Seite zeigen und alle einen Schlüpfer tragen.« Sein Grinsen wurde breit.

Ich hielt eine Hand vor die Augen und konnte nicht anders, als zu lachen. Kayne war total verrückt.

»Du solltest Grace auf ihn ansetzen«, schlug ich vor und nahm die Hand runter. »Nachdem sie ihm einen geblasen hat, unterschreibt er dir alles, was du willst.«

»Für einen Blowjob von Grace unterschreibe sogar ich alles«, erwiderte er lachend. Kayne wurde wieder ernst. »Dein Mädchen würde hervorragend in die Show passen.«

»Vivien?«

»Ja.« Er nickte. »Ein Unschuldsengel würde sich an diesem Tag blendend in der Bar machen. Sie würde dem Schauspiel die nötige Salonfähigkeit verleihen. Ronald soll begreifen, wie harmlos wir in Wirklichkeit sind.«

»Und du glaubst, er fällt auf deine Maskerade herein?«

»Ronald zappelt schon im Netz, er braucht nur noch einen letzten kleinen Happen für seinen Seelenfrieden und den werden wir ihm nicht verwehren. Alles, was er zu sehen bekommt, sind ein paar freundliche Mädchen, die sich angenehm mit ihm unterhalten, einen Schluck gemeinsam trinken und ihm eine angenehme Zeit bereiten. Nett zu ihm sind. Nach spätestens zwei Stunden setzen wir ihn mit dem unterzeichneten Vertrag wieder in seiner Bruchbude ab und öffnen die Türen des Clubs.«

»Das klingt tatsächlich nach einem gewieften Plan«, musste ich ihm zugestehen.

»Das ist sogar ein verdammt schlauer Plan.« Kayne gähnte hinter der vorgehaltenen Hand. »Ich hau mich jetzt aufs Ohr. Dieser beschissene Tag muss endlich ein Ende haben.« Er stand auf.

»Gute Nacht.«

»Sag deinem Engel nochmal, dass es mir leidtut und dass ich ansonsten ganz nett bin.«

»Dass du ganz nett bist, wird Vivien mir sowieso nie glauben, immerhin hat sie dich schon ein paar Mal getroffen.«

Er lachte leise. »Arschloch.«

»Sie kommt drüber weg«, ich schmunzelte. »Von heute an wird sie wahrscheinlich denken, dass du dringend einen Besuch in der nächsten Klapsmühle nötig hast, aber Vivien ist zäh. Sie wird den Schock verdauen.«

»Hoffen wir's. Ich mag den Gedanken überhaupt nicht, dass so ein bezauberndes und süßes Mädchen Schiss vor mir hat.«

»Vivien gehört mir«, verwarnte ich ihn knurrend, obwohl ich für Kayne in dieser Beziehung meine Hand ins Feuer legte. Er würde niemals versuchen, hinter meinem Rücken bei meinem Mädchen zu landen. Wenn ich Vivien einem Menschen auf der Welt anvertrauen würde, dann ihm. Meinem besten Freund.

KAPITEL 16

VIVIEN

Als ich erwachte, schien bereits die Sonne durchs Fenster und schimmerte perlmuttfarben auf der weißen Seidendecke, die mich warm einhüllte. Ich drehte mich auf den Rücken. Aidan war weg! Langsam setzte ich mich auf und schlagartig kam die Erinnerung zurück. Kayne im Keller, der eine Waffe auf die verängstigte Frau unter ihm richtete, während er grob in sie eindrang.

Gott, ich hatte Todesängste ausgestanden. Mit zeitlichem Abstand konnte ich über die sexuellen Ausschweifungen der beiden nur noch den Kopf schütteln. Ich war nicht blöd, aufgeklärt war ich ebenfalls, und hatte sogar schon den ein oder anderen Erotikroman gelesen. Daher wusste ich, dass viele Frauen Vergewaltigungsfantasien nachhingen, obgleich ich selbst mir noch nie heimlich gewünscht hatte, mit Gewalt genommen zu werden.

Kayne Crest war ein riesengroßer Spinner. Aber es war niedlich gewesen, wie er später zerknirscht und reuig vor mir gestanden hatte. Dass es ihm riesig leidtat, mir solch einen Schrecken eingejagt zu haben, war offensichtlich gewesen. Seit Aidan mir erklärt hatte, dass Kayne und Faye nur gespielt hatten, war meine Angst vor ihm verflogen. Ich riesengroße Idiotin.

Seufzend schwang ich die Beine aus dem Bett und stand auf. Meine Klamotten lagen zusammengefaltet am Bettende, Aidan musste das getan haben. Ein Lächeln wuchs beim Gedanken an ihn auf meinen Lippen.

Er hatte sich gestern so rührend um mich gekümmert, beinahe hatte ich das Gefühl gehabt, der Aidan von damals würde vor mir stehen. Ein klein wenig wehmütig schälte ich mich aus seinem riesigen T-Shirt und drückte es in mein Gesicht. Sein angenehm herber Geruch wehte mir schwach in die Nase und sorgte für wohlige Gänsehaut. Wenn ich die Augen schloss, dabei seinen unverwechselbaren Duft einatmete und mich auf nichts anderes konzentrierte, hatte ich seine junge Stimme im Ohr, die zwar bereits den typisch dunklen Tonfall eines Mannes in sich trug, aber dennoch einem anderen Aidan gehört hatte.

Ich liebte den jungen Aidan noch immer, musste ich mir eingestehen. Den Aidan aus meiner Schulzeit, der aus seinen Gefühlen für mich kein Geheimnis gemacht hatte, der mir einmal gesagt hatte, dass ich sein Leben war. Der Aidan, mit dem sich jede gemeinsam verbrachte Minute richtig angefühlt hatte. Meinem Freund, der alle meine Geheimnisse kannte und mir immer wieder seine Liebe gestand, überschäumend vor Leidenschaft.

Jede Stunde, jede Minute, jede Sekunde hatte es immer nur ihn für mich gegeben. Wie hatte ich seine weichen Lippen auf meinen vermisst, sobald er auch nur für Sekundenbruchteile mit Küssen aufhörte. Mit ihm wollte ich meine Zukunft verbringen. Meinem Aidan, den ich so heiß und innig geliebt hatte, dass selbst die glühende Sonne Nevadas nichts weiter als eine Eiskugel dagegen war.

Liebevoll faltete ich das Shirt zusammen und legte es aufs Bett, streichelte mit den Fingerspitzen über den weichen Stoff, ehe ich in meine Klamotten schlüpfte und mir die Schuhe anzog. Wie spät es wohl schon war? Mit Sicherheit nach vier Uhr morgens. Warum hatte Aidan mich nicht geweckt? Ob er überhaupt noch im Haus war?

Ich tastete meine Taschen nach den Autoschlüsseln ab, fand sie jedoch nicht. Aidan musste sie eingesteckt haben. Somit beschloss ich, ihn suchen zu gehen. Was blieb mir anderes übrig? Vielleicht war er immer noch in Joannes Büro. Ich eilte durch den Flur und klopfte leise gegen die Tür, bevor ich sie einen Spalt öffnete. Aidan lag halb auf dem Sofa und hatte die Augen geschlossen. Warum war er nicht bei mir im Bett geblieben, wenn er müde war?

Er musste mich gehört haben, denn er hob die Lider und setzte sich auf.

»Vivien.« Ein weiches Lächeln zeigte sich auf seinem Gesicht. »Hast du gut geschlafen?«

»Ja, danke.« Ich kam näher. »Wie spät ist es?«

Nachdem er einen Blick auf sein Handy geworfen hatte, stand er auf. »Kurz vor acht. Ich wollte dich nicht wecken, du hast so tief geschlafen.«

»Du warst also nochmal bei mir?«

»Ich habe mehr als einmal nach dir gesehen.« Mit beiden Händen schob er mein Haar über die Schultern und betrachtete mich. Bestimmt sah ich fürchterlich zerzaust aus.

»Alles klar?«

»Mir geht es gut. Schock verdaut.« Ich bemühte mich um einen lockeren Umgangston und musste mich zu meiner eigenen Verwunderung gar nicht großartig verstellen. Ich fühlte mich in der Tat besser. Kayne Crest, der Spinner, hatte mir wohl kein lebenslanges Trauma verpasst. »Aber ich möchte jetzt gern nach Hause.« Ich hielt ihm die Hand hin. »Du hast noch meine Schlüssel.«

Er kramte meinen Schlüsselbund aus der Hosentasche und hielt ihn mir grinsend vor die Nase. »Sicher war sicher, nicht, dass du noch bei Nacht und Nebel von hier getürmt wärst.«

»Für eine Flucht war ich viel zu müde. Selbst wenn ihr mich wieder runter in den Folterkeller geschafft hättet, hätte ich nichts mitbekommen.«

»Wie ich sehe, ist dein makabrer Sinn für Humor schon wieder zurückgekehrt.«

Ich zwinkerte ihm zu. »Zehn Tage hartes Training mit dir und nichts haut mich so schnell mehr um.«

Er grinste zwar, aber es wirkte gezwungen. »Du hast heute übrigens ebenfalls frei.«

»Warum? Heute ist Samstag.«

Aidan druckste ein wenig herum. »Sagen wir mal, im Haus

findet heute eine einschlägige Party statt, die nichts für zarte Gemüter ist.«

»Ich habe kein zartes Gemüt«, widersprach ich fast schon sauer. Aidan sollte mich nicht wie ein seelisch geschädigtes Opfer behandeln, das war ich absolut nicht. »Mir geht es prima. Welches Motto hat die Party?«

Er rieb sich den Nacken, schien nicht mit der Sprache rausrücken zu wollen. »Es ist eine Privatparty, nur für geladene Gäste. Freu dich doch einfach über einen Aidan-freien Abend.«

»Das Motto.« Jetzt wollte ich es genau wissen. Warum durfte ich nicht erfahren, worum es heute Abend im Club ging?

»Eine BDSM Party.«

»Das bedeutet irgendwas mit Bondage und Sado-Maso, falls ich richtig Bescheid weiß.«

Er nickte. »Viel Lack und Leder. Diverse Fesselspielchen, peitschen und schlagen, Sessions, die dir höchstwahrscheinlich nicht gefallen werden. Und so weiter und so fort.«

Ich schluckte, mir wurde warm im Bauch. »Werden solche Events öfter im Club abgehalten?«

»Ja, regelmäßig sogar. Diese Partys sind bei den Gästen sogar äußerst beliebt.«

»Und warum darf ich dann nicht dabei sein? Ich arbeite in ein paar Wochen im Club, spätestens dann werde ich sowieso mit allerhand Partys konfrontiert.« Meine Neugierde nagte zu meinem Erstaunen in mir. Irgendwie fand ich es aufregend, einmal im Leben einem Event dieser Art beizuwohnen. Nervenkitzel pur.

Wenn die vergangenen Tage eins in mir bewirkt hatten, dann, dass ich in Punkto Sex abgebrühter geworden war, sogar latent experimentierfreudiger. (Mit dem nötigen Schubs in die richtige Richtung.) Ja, ich gab es zu! Der Sex mit Aidan war schlichtweg atemberaubend und abwechslungsreich, sogar ein klein wenig süchtig machend. Er hatte es einfach drauf, das musste man ihm lassen. Ich fühlte mich mutig genug für eine SM Party - solange Aidan an meiner Seite war.

Aidan wirkte nicht glücklich über meine Argumente. »Ich denke einfach, dass es noch zu früh für dich ist. Ich möchte dir nichts zumuten, was du vielleicht nicht verkraftest.«

»Gefällt es mir nicht, kann ich ja gehen.« Ich zuckte lapidar mit den Achseln und sah Aidan erfreut am Gesicht an, dass ich ihm den Wind aus den Segeln genommen hatte.

Er schüttelte leicht fassungslos den Kopf. »Ich gebe dir keine zehn Minuten da drin. Aber bitte, wenn du unbedingt willst.«

Mein Bauch kribbelte vor Freude und Spannung. Ich räusperte mich. »Stehst du auch auf solche Sachen?«

Sein leises Lachen schmolz in meinem Bauch. »Auf manches.« Aidan klang so zuckersüß verschmitzt, dass ich beinahe geneigt war, ein paar Sachen mit ihm auszuprobieren.

»Auf was zum Beispiel?« Ich hakte beide Daumen in die hinteren Taschen meiner Shorts.

Wie in Zeitlupe kam er mit dem Gesicht näher, in seinen Augen blitzte etwas Gefährliches auf, als hätte ich ein schlafendes Tier in ihm geweckt. »Das, mein süßer Engel«, mit dem Zeigefinger stupste er meine Nase. »Kann ich dir nur zeigen.«

Ich schluckte. »Hab ich Bedenkzeit?«

»Solange, bis du das schwarze Latexkleid trägst, das ich für dich im Kopf habe. Danach ist es leider zu spät für einen Rückzieher.« Seine Drohung klang weich und spielerisch, aber durchaus ernst gemeint. Obwohl ich wusste, dass Aidan mich jederzeit die Reißleine ziehen lassen würde, pulsierte es in meinem Hals vor Aufregung.

»Ich werde pünktlich da sein.«

Er nickte, das Lächeln verschwand aus seinem Gesicht. »Wie schon gesagt, ist deine Anwesenheit heute nicht verpflichtend. Du kannst jederzeit zu Hause bleiben, falls du dich doch noch anders entscheiden solltest.«

»Okay. Bye.« Ich wandte mich um.

»Vivien?«

»Ja?« Ich sah über die Schulter.

»Bist du sicher, dass ich dich nicht doch nach Hause fahren soll?«

Mein Herz schmolz ein wenig, manchmal konnte er so süß und zuvorkommend sein. »Schon okay. Mir geht es gut, ganz ehrlich.«

So hatte ich mir meinen Zweitjob nicht vorgestellt. Stundenweise saß ich nun in Tonys Büro fest und versuchte, das Chaos in den Griff zu bekommen. Überall lagen stapelweise lose Papiere in irgendwelchen Ablagefächern herum, die Buchhaltung war eine Katastrophe, sodass ich fürchtete, das Finanzamt würde ihm wohl bald auf die Pelle rücken.

Einarbeitungsphase nannte Tony das.

Ausnutzung der Notlage einer billigen Bürokraft nannte ich das.

Die Bezahlung an sich war ein Witz, den Hauptteil meines Gehaltes würden die Vermittlungsgebühren ausmachen, sobald ich irgendwann in der Zukunft auf Klienten losgelassen wurde. Warum hatte ausgerechnet immer ich so ein Pech mit meinen Jobs?

Mein Handy klingelte erlösend in meinen Versuch hinein, Tonys desaströse Homepage auf den neuesten Stand zu bringen. Kein Wunder, dass sich fast nie irgendwelche Kunden meldeten.

Linda, stand auf dem Display.

Erfreut ging ich dran. »Hey, Linda. Alles klar?«

»Hi. Ja, mir geht es fantastisch. Ich rufe nur an, um dich zu fragen, ob du mit mir frühstücken gehen willst.«

»Tut mir leid, ich kann nicht. Ich sitze in Tonys Büro fest. Hier hat ein Tornado gewütet, anders kann ich mir das Chaos nicht erklären.«

»Du arbeitest an einem Samstag?«

»Ja, leider. Ich brauche das Geld dringend.«

»Wird Zeit, dass Scott endlich mal in die Puschen kommt und dich wieder in die Firma holt.« Sie klang sauer. »Dann wenigstens heute Abend auf einen Drink?«

»Heute Abend kann ich leider auch nicht, da bin ich im Diner. Samstags ist dort die Hölle los«, log ich geistesgegenwärtig.

»Schade.«

»Ja, finde ich auch.«

»Wie steht es mit Scott? Hat er sich nochmal bei dir gemeldet?«

»Wir treffen uns Mittwoch auf einen Drink.«

»Ehrlich?«, kreischte sie mir so laut ins Ohr, dass ich mein Handy weghalten musste. »Ich freue mich total. Vergiss nicht, ihn für nächsten Samstag zur Vernissage einzuladen. Du kommst doch immer noch, oder?«

Huch. An die Vernissage hatte ich gar nicht mehr gedacht. Ich würde Aidan einfach bitten, den nächsten Samstag ausnahmsweise mit meinem freien Mittwoch zu tauschen. Immerhin wollte er mir heute ganz freigeben. Schon wieder prickelte es bei dem Gedanken an den heutigen Abend in mir.

»Ja, für nächste Woche habe ich mir freigenommen.«

»Juhu«, jubelte sie. »Ich freu mich total drauf. Das wird bestimmt toll. Sekt und Häppchen sind übrigens gratis.«

»Ich mich auch.« Tonys Festnetztelefon klingelte. Zum ersten Mal, seit ich hier arbeitete, hörte ich diesen Ton. »Süße, ich muss auflegen, jemand ruft im Büro an.«

»Okay. Bis nächsten Samstag.«

»Bye.«

Hastig legte ich auf und nahm den Hörer des anderen Telefons in die Hand. »Tonys Immobilienhimmel, Vivien am Apparat«, meldete ich mich geschäftsmäßig.

»Hi, hier ist Sam McMully«, sagte eine ältere Männerstimme. »Kann ich Tony sprechen?«

»Tut mir leid, Tony ist mit Kunden unterwegs.« Musste ja keiner wissen, dass Tony in Wahrheit angeln war, weil keine Besichtigungstermine anstanden. »Kann ich Ihnen helfen?«

»Vielleicht. Es ist so, dass ich eine Farm außerhalb von Rockland besitze, aber die allein nicht mehr bewirtschaften kann. Ich bin achtundsiebzig müssen Sie wissen. Jetzt hat mir meine Tochter in Ohio angeboten, dass ich zu ihr ziehen könnte, was ich auch gern tun möchte. Vorher muss ich allerdings die Farm loswerden, aber im ganzen County finde ich niemanden, der sich für mein Land interessiert. Jetzt dachte ich, ich schalte noch einen Makler ein Stückweit entfernt ein, vielleicht findet sich irgendwoanders ja noch jemand.«

Stichpunktartig kritzelte ich alles mit. »Das sollte kein Problem sein, Mr McMully. Wäre es in Ordnung, dass Tony sich am Montag bei Ihnen meldet, um alles Vertragliche zu besprechen?«

»Selbstverständlich.«

»Könnten Sie mir in der Zwischenzeit vielleicht ein paar Fotos

Ihres Anwesens zukommen lassen, damit wir uns ein erstes Bild von den Räumlichkeiten machen können?«, formulierte ich pompös, obwohl ich wusste, wie heruntergekommen die meisten Farmen im Wüstengebiet Nevadas aussahen. Ich malte mir keine großen Chancen aus, dass der arme Mr McMully seine Farm so schnell loswurde. Aber immerhin ein Auftrag.

»Kein Problem. Stimmt die Emailadresse auf Ihrer Homepage?«

Jetzt schon. »Ja, die können Sie nehmen.«

»Dann schicke ich gleich alles rüber und erwarte am Montag Tonys Rückruf.«

»Ich richte es Tony aus. Auf Wiedersehen, Mr McMully.«

»Bye, Ma'am. Und vielen Dank. Ich bin froh, dass mich endlich ein Immobilienmakler vertritt. Sie sind schon der sechsunddreißigste, den ich anrufe. Keiner sonst will meine Farm vermitteln.« Er hängte auf.

Wow. Ich saß einen Moment grinsend da. Soeben hatte ich meinen ersten Klienten an Land gezogen und hoffte inständig, wir konnten dem armen Mr McMully helfen. Ich war gespannt auf Tonys erstauntes Gesicht, sobald er von meinem ersten Coup erfuhr. Ich war definitiv bereit für Vermittlungsgespräche. Nun ja, wenn man es genau nahm, hatte Mr McMully sich ja bei uns gemeldet. Aber egal.

KAPITEL 17

VIVIEN

Schon wieder rollte ich den geschotterten Weg zum Gentleman's Paradise entlang. Irgendwas klopfte unter der Motorhaube. Verflixt, eine Autoreparatur hatte mir gerade noch gefehlt. Wohl oder übel würde ich Montag mal bei der Werkstatt vorbeifahren müssen.

Ich parkte und stieg aus, verriegelte mit ungewohnter Langsamkeit die Tür, bevor ich in meiner Handtasche nach einem imaginären Taschentuch kramte, um Zeit zu schinden. Irgendwie hatte ich es nicht sonderlich eilig, ins Haus zu gelangen, obwohl ich aus freien Stücken hergekommen war. Was mich heute wohl erwartete? Aidan traute mir offensichtlich nicht zu, eine BDSM Party zu verkraften. Kein beruhigender Gedanke. Dennoch wollte ich unbedingt wissen, was nachher in diesen vier Wänden los war.

Wie immer stand Spencer an seinem Platz vor der Tür, zur Abwechslung trug er einen Smoking statt des üblichen schwarzen Security Outfits. Auch heute winkte er mir aus der Ferne. Ich grüßte in derselben Weise zurück, bevor ich mich auf den Weg zum Seiteneingang machte, der mich in den Bürotrakt führte. Nervös warf ich einen Blick auf mein Handy. Fünf vor sieben. Heute war ich überpünktlich. Ob Aidan mich bereits erwartete?

Vor der Tür des Trainingsraums blieb ich abermals stehen.

Glättete mit den Fingern mein Haar und zupfte mein einfaches schwarzes T-Shirt zurecht. Nach Aidans Latexkleid-Ankündigung hatte ich mir keine große Mühe mehr mit meinem Outfit gegeben und auf bequeme Jeans zurückgegriffen. Sowieso würde ich meine Klamotten nicht lange anbehalten.

Ein leichter Anflug von nervöser Übelkeit überkam mich, als ich am Knauf drehte und die Tür aufsprang. Aidan stand mit dem Rücken zu mir mitten im Raum und wandte sich um, als er mich hörte. Auch er trug heute einen schwarzen Smoking und sah schlichtweg umwerfend darin aus. Auf den ersten Blick erkannte ich, dass es sich um einen maßgeschneiderten Anzug handelte, der ein halbes Vermögen gekostet haben musste.

Er saß perfekt, unterstrich seinen muskulösen Brustkorb und ließ ihn noch größer wirken, als er sowieso schon war.

»Hi«, ich lächelte schüchtern, wagte ein paar kleine Schritte in den Raum hinein, mit einem Gefühl als beträte ich das Zimmer heute zum ersten Mal.

»Du bist tatsächlich gekommen.« Aidan klang erstaunt.

»Natürlich.« Mein Herz trommelte wild, ich legte eine Hand auf meine Brust, in dem Versuch, es einigermaßen zu beruhigen. »Du siehst toll aus in dem Smoking.«

»Danke.« Sein Lächeln kletterte bis hoch zu seinen wunderschönen Augen, ließ das Türkis darin strahlen. Ich konnte nicht anders, als diesen abgöttisch schönen Mann zu bewundern. Der Hauch eines Bartschattens stand ihm dunkel im Gesicht, ihn umgab ein Anflug von Gefahr, was jedoch durch seine selbstsichere Ausstrahlung abgemildert wurde. Dieser Mann musste niemandem mehr etwas beweisen. Mit langsamen Schritten ging ich auf ihn zu, sog seinen atemberaubenden Anblick in jede Körperzelle, betrachtete klammheimlich seine sinnlich geschwungenen Lippen, die mich bisher immer noch nicht geküsst hatten. Er hob einen Mundwinkel, schenkte mir ein jungenhaftes Grinsen, das mich dahinschmelzen ließ.

Ich musste mir eingestehen, dass Aidan heute noch tausendmal besser aussah, als vor zehn Jahren. Männlicher. Begehrenswert. War ich nicht auf der Hut, würde ich bei ihm schwach werden. Vor ihm auf die Knie sinken und ihn anflehen, mich zu bezwingen. Ich schmachtete ihn richtiggehend an und hoffte aus tiefstem Herzen, dass er nichts davon bemerkte. Verbot mir alle aufkeimenden Gefühle für ihn. Wenn ich mich Hals über Kopf in Aidan verliebte, war es um mich geschehen.

Dann war ich rettungslos verloren, ihm für alle Zeiten ausgeliefert. Niemals in meinem Leben würde ich meinen Körper dann noch einem anderen Mann anbieten können. Sowieso gehörte ich jetzt schon Aidan. Würde ihm wohl auf alle Ewigkeit verfallen sein.

Er deutete mit dem Kopf auf das Bett. Dort lag das knappe schwarze Latexkleid in vollem Glanz. Bedächtig ging ich näher, betrachtete das sündige Beweisstück der absoluten Verruchtheit. Versuchte, mir vorzustellen, wie ich darin aussehen würde. Ganz sicher nicht zugeknöpft.

Mit den Fingerspitzen glitt ich langsam darüber, fühlte das ungewohnt glatte Material. Es war trägerlos, mit einem ultrakurzen ausgestellten Rock, ließ sich vorne mit einem schwarzen Reißverschluss schließen.

Aidan trat dicht hinter mich, sein warmer Atem traf auf mein rechtes Ohr, als er sich zu mir beugte und sorgte für Brausepulverkitzeln.

»Probier es an«, flüsterte er. Ich spürte seine Finger unter dem Saum meines T-Shirts auf meiner nackten Haut, bevor er es hochschob und mir über den Kopf zog.

Ich streckte die Arme in die Höhe, half ihm dabei. Als nächstes flatterte mein schwarzer Spitzen-BH zu Boden. Aidan langte um mich herum, nahm meine Brüste und wog sie in beiden Händen, knetete sie mit Gefühl. Ich musste mich an ihn lehnen, ansonsten wäre ich wahrscheinlich umgekippt und seufzte wohlig. Ich hatte seine warmen Hände auf mir vermisst, musste ich mir eingestehen. Woher wusste Aidan immer so genau, wie es mir gefiel?

Er wanderte weiter nach unten, öffnete Knopf und Reißverschluss meiner Jeans und schob sie mir über die Hüften. Meine Klitoris pulsierte, als er mir auch das Höschen herunterzog.

»Ich denke, den Rest schaffe ich allein«, keuchte ich und krallte beide Hände in den Stoff seiner teuren Hose, als er seine warme Hand auf meinen Venushügel legte. Aus dem Augenwinkel bemerkte ich, wie er über meine Schulter blickte und seine Hand betrachtete, die er langsam zwischen meine Beine schob. »Du bist so unglaublich sexy«, raunte er meinen Einwand ignorierend.

Es war so verdorben, wie Aidan ganz selbstverständlich meine intimsten Stellen berührte und ich hätte eigentlich sterben sollen vor Scham. Stattdessen öffnete ich gehorsam die Beine, verschaffte ihm den nötigen Raum, um in mich eindringen zu können.

»Sag mir, was du von mir möchtest«, raunte er und streichelte meine Schamlippen, glitschte immer leichter hindurch. Oh Gott, ich war nicht nur feucht, ich war klitschnass.

»Das kann ich nicht«, japste ich, weiße Punkte tanzten vor meinen Augen, als ich sie schloss.

»Sag es«, befahl er.

»Ich … möchte … deinen … Finger … in … mir«, keuchte ich mit glühenden Wangen.

»Wo genau willst du ihn?« Noch immer beobachtete er, wie seine Hand durch meine Schamlippen rutschte.

»In …«, keuchte ich und hielt kurz inne, entsetzt von mir selbst, aber ich konnte nichts dafür, ich brauchte ihn so dringend. Egal was ich tun musste, ich war willig.

»In meiner Vagina.«

Aidan war gnädig, schob nicht nur einen Finger tief in mich, sondern gleich zwei.

»Genau hier?« Sein leises Lachen klang schmutzig, und verdammt nochmal, ich mochte es. Genoss seine kleinen dreckigen Spielchen, die mir so viel Lust bereiteten.

»Ja, genau hier.« Ich schloss die Augen, ergötzte mich an den kleinen Erschütterungen, die Aidan mit jeder Bewegung in mir auslöste.

Plötzlich sprang die Tür auf. Erschrocken wollte ich mich losreißen, aber Aidan hielt mich um die Schultern umklammert, als habe er meine Reaktion bereits geahnt. Ich stand mit dem Rücken zum Eingang, konnte nicht sehen, wer das Zimmer betreten hatte, und starb beinahe vor Scham, denn Aidan nahm seine Finger nicht aus mir.

»Wie lange braucht ihr zwei noch?« Ich horchte auf. Das war

eindeutig Kayne Crests Stimme, er klang so belanglos, als würde er nicht mitkriegen, was Aidan mit mir veranstaltete.

»Wir sind gleich soweit. Ich stimme Vivien nur ein wenig auf einen ereignisreichen Abend ein.« Genüsslich ließ Aidan seine Finger aus mir gleiten, bevor er wieder tief in mich eindrang. Falls Kayne nicht über Nacht erblindet war, erkannte er allein an Aidans Armbewegung, was dieser mit mir veranstaltete.

Wenigstens schirmte sein breiter Rücken die freie Sicht auf mich und meine heruntergelassenen Jeans ab. Zu allem Überfluss baute sich auch noch dieses unglaubliche Gefühl in mir auf. Sollte er mich vor Kayne zum Kommen bringen, würde ich Aidan hinterher umbringen.

»Aidan, nicht«, flüsterte ich und wollte seine Hand wegschieben.

»Wag es nicht«, raunte er in seinem üblichen Befehlston und mir war klar, wir befanden uns im Trainingsmodus.

»Das ist nett von dir, dass du Vivien ein bisschen auflockerst.« Kayne klang spöttisch. »Leider muss ich euch zur Eile antreiben, die ersten Gäste sind schon da. Ich warte draußen auf euch.«

Erst als die Tür leise ins Schloss fiel, fand ich wieder zu meiner normalen Atmung zurück.

Aidan nahm seine Finger aus mir und drehte mich an den Oberarmen zu sich. Sein Blick durchleuchtete mich, als warte er auf eine bestimmte Reaktion von mir. »Immer noch Lust auf eine tabulose Party?«

Im selben Moment kapierte ich, dass die beiden mich getestet hatten. Kaynes plötzliches Auftauchen war nichts weiter als ein Test gewesen. Sollte er glauben, mir mit dieser billigen Show die Lust auf den Abend genommen zu haben, dann hatte er sich geschnitten.

Lächelnd schob ich meine hochhakigen Pumps von den Füßen und schlängelte mich graziös aus der Jeans und dem Slip. »Ich kann es nicht erwarten«, erwiderte ich zuckersüß und bemerkte amüsiert, wie Aidans Augenbrauen sich zusammenschoben. Wie es aussah, hatte er nicht mit dieser Reaktion gerechnet.

Tja, auch ich war manchmal für Überraschungen gut. So anmutig wie möglich langte ich nach dem Nichts aus Latex und stieg hinein, zog den Bauch ein, bevor ich den Reißverschluss schloss. Das Ding saß verdammt eng am Körper an, klebte regelrecht an mir, als wären wir miteinander verwachsen. Aidan machte sich an den seitlichen Verschnürungen zu schaffen, die vom Becken bis unter die Brust gingen. Das Oberteil war so geschnitten, dass viel freie Haut durch die überkreuzten Schnüre hindurchblitzte. Oh, Gott, ich sah aus wie eine waschechte Domina. Zumindest stellte ich mir diese Damen so vor. Ich schluckte, ließ mir nichts anmerken, lächelte Aidan stattdessen überzuckert an. »Ich schätze, dieses Kleid wird ohne Unterwäsche getragen. Ein Slip würde nämlich nicht mehr darunter passen.«

»Sehr richtig.« Er nickte, trug ein Pokerface zur Schau. »Schätzchen, dir wird das Scherzen bald vergehen.«

Ich ließ mir meine Nervosität nicht anmerken, spielte stattdessen die Coole. Solange Aidan bei mir war, konnte mir nichts passieren, somit kein Grund zur Panik. »Ich wär dann auch soweit.«

»Noch nicht ganz.« Er nahm ein quadratisches Schmuckkästchen vom Nachttisch und öffnete den Deckel, schlug knisternd das rote Seidenpapier zur Seite. Ein geschwungener goldener Halsreif mit eingravierten Ornamenten befand sich darin. Ein breiter Ring war vorne an einer Öse befestigt. Das Schmuckstück sah wunderschön aus, obwohl ihm ein Anflug von Anrüchigkeit anhaftete.

»Gehört der zum Outfit?« Nervös warf ich mein Haar über die Schultern.

Aidan nahm den Reif heraus und öffnete die hinten angebrachte Schließe, bevor er ihn mir um den Hals legte. Instinktiv tastete ich das kühle Metall ab, das sich eng an meine Haut schmiegte.

»Dieser Halsreif weist dich als mein Eigentum aus.«

»Was?«, fragte ich fassungslos. Was hatte er da eben gesagt?

»Solange du ihn trägst, wird niemand auf der Party es wagen, dich anzufassen. Du bist somit für die anderen tabu. Jeder dort weiß dann, dass du mir gehörst.« Er nahm mein Kinn zwischen Daumen und Zeigefinger. »Alles okay?«

Mir war der Sinn nach Scherzen in der Tat vergangen. Eine

unbändige Nervosität drückte mir auf den Kehlkopf, sodass ich nur stumm nickte.

»Jetzt noch ein paar Regeln für dich. Du wirst nachher auf der Party nur reden, wenn ich es dir erlaube. Du wirst jede – ich betone jede – meiner Anweisungen befolgen, was auch immer ich dir befehle. Außerdem wirst du mich mit Sir ansprechen. Verstößt du gegen eine dieser Regeln, muss ich dich bestrafen, also halte dich lieber daran.«

Was er da von mir verlangte, klang so absurd grotesk, dass ich am liebsten herzhaft gelacht hätte. »Warum sollte ich das tun?«

»Vivien, ich bitte dich nicht darum. Das ist ein Befehl. Ich verlange absoluten Gehorsam von dir. Was du nachher auf dieser Party zu sehen bekommst, wird dich zum Teil verstören, wahrscheinlich aber auch erregen. Es wird dich verunsichern, gleichzeitig wirst du dich fragen, ob dieser dunkle Teil in dir, der sich nach oben kämpft, tatsächlich zu dir gehört. Du wirst eine Grenzerfahrung der besonderen Art machen, die du nicht allein verarbeiten kannst. Somit bist du auf mich angewiesen, wirst meinen Halt benötigen, und den kann ich dir nur geben, wenn du tust, was ich dir sage. Und zwar immer! Ich muss mich auf dich verlassen können, genauso wie du darauf vertrauen musst, dass ich jederzeit dein Beschützer bin. Ohne gegenseitiges Vertrauen funktioniert das nicht.«

Meine Unterlippe zitterte, eventuell war mein Wunsch, der Party beizuwohnen, doch eine dumme Idee gewesen.

»Und jetzt sag mir: hast du mich verstanden?«

»Ja«, ich nickte.

»Wie sollst du mich ansprechen?« Er klang grimmig.

»Ja, Sir«, hauchte ich.

»Gehen wir.« Er deutete auf die Tür, übersah meinen aufgelösten Zustand. »Ich habe dir heute Morgen gesagt, sobald du in diesem Kleid steckst, gibt es kein Zurück mehr.« Energisch öffnete er die Tür und deutete nach draußen.

Hastig stieg ich in meine hochhakigen Pumps und stakste los. Der Rock war so ultrakurz, dass ich das Gefühl hatte, jeder konnte mir zwischen die Beine schauen.

Kayne lehnte an der Wand und wirkte erstaunt, als er mich bemerkte. »Du kommst tatsächlich mit?«

»Natürlich komme ich mit.«

»Habe ich dir gestattet, mit Kayne zu reden?«, ätzte Aidan hinter mir.

»Nein«, sagte ich leise und schüttelte den Kopf.

»Wie heißt das?«, fuhr er mich an.

»Nein, Sir.« Meine Fingernägel gruben sich in die Handflächen, ansonsten hätte ich Aidan höchstwahrscheinlich eins übergebraten.

»Sie wirkt nicht sehr devot.« Kayne deutete grinsend auf meine geballten Fäuste.

»Sie hat noch viel zu lernen«, prophezeite Aidan unheilschwer, »und einen Teil davon wird sie heute Nacht beigebracht bekommen.« Schon wieder hatte sich Aidan in denselben alten Mistkerl verwandelt, den ich nicht ausstehen konnte.

»Du läufst immer neben mir, verstanden?«

Ich nickte nur, diesen Befehl hätte er mir nicht erteilen müssen. Ob ich Aidan hasste oder nicht, von seiner Seite würde ich heute garantiert nicht weichen.

»Ich bin mehr als gespannt auf deine Suberziehung«, sagte Kayne hinter uns, der mir garantiert auf den Hintern stierte. Mühsam widerstand ich dem Drang, das Röckchen nach unten zu ziehen.

»Das extrem Dominante liegt dir doch eigentlich gar nicht«, spottete Kayne. Er hatte großen Spaß an meiner Situation, das merkte man ihm an.

»Für Vivien wird es ausreichen«, erwiderte Aidan kühl.

»Vivien, ich muss dir ein großes Kompliment machen«, sagte Kayne, »du siehst so sündhaft verrucht und engelsgleich unschuldig zugleich aus, dass Aidan heute ein gutes Auge auf dich haben muss.«

»Lass den Quatsch«, bellte Aidan, »hast du ihr nicht schon genug Angst eingejagt?«

Mein Herz stolperte in der Brust, plötzlich wollte ich nichts wie weg, nach Hause, mich im Bett verkriechen und einen schnulzigen Liebesfilm schauen, in dem die Welt noch in Ordnung war.

Ich blieb stehen, zitterte und konnte nichts dagegen tun. »Aidan.«

Aidan nahm mein Gesicht in beide Hände, musterte mich durchdringend, und sorgenvoll. »Ich passe auf dich auf.«

Nur zögerlich gelang mir ein Nicken.

»Hör nicht auf mein Gequatsche«, kam es von Kayne, der plötzlich ernst wirkte. »Wenn du jemandem voll und ganz vertrauen kannst, dann ist es Aidan.«

Mein Blick fiel auf ihn, auch Kayne war auffallend attraktiv und fast genauso groß wie Aidan. Er trug ebenfalls Smoking, ein durchtrainierter Körper ließ sich darunter erahnen. Ich glaubte den beiden. In Kaynes Augen lag etwas anständiges, ein Gewissen. Mir wurde klar, dass er seine Mädchen im Club deswegen so gut behandelte, weil er ein von Grund auf ehrenhafter Mann war. Es gab nichts, wovor ich mich fürchten musste, solange die beiden an meiner Seite waren.

»Bereit?«, fragte Aidan an der Tür zur Bar.

Ich lächelte ihn an. »Bereit, Sir.«

Statt lasziver Lovesongs wurde heute Housemusik gespielt. Der gesamte Barbereich war eine Nuance dunkler gehalten, als sonst, gab dem Raum ein düsteres Ambiente und erinnerte mich unangenehm an den Keller. Mit großen Augen sah ich mich um, starrte die vielen Leute an, die sich vergnügten. Beinahe alle Frauen steckten in Latexoutfits ähnlich dem meinen. Die Herren waren seriös im Smoking gekleidet. Ich vermutete einen Dresscode.

Aidan legte einen Arm um meine Taille. »Alles in Ordnung?«

Als ich nickte, streichelte er meinen nackten Hintern unter dem kurzen Rock. Vor aller Augen! Ich hielt den Atem an.

Eine ganze Reihe Männer musterte uns, als wir zu dritt die Bar durchschritten, lüsterne, interessierte Blicke, die so offen zur Schau getragen wurden, dass ich innerlich zitterte. Nicht nur weil Aidans Hand noch immer meinen Po liebkoste.

Ein Mann um die vierzig im schwarzen Smoking und silberner Weste und Krawatte kam zu uns. Er führte eine splitternackte Frau an einer Kette hinter sich her, deren Ende am Ring ihres Halsbandes befestigt war. Oh, mein Gott, sie lief tatsächlich nackt im Club herum. Mit offenem Mund starrte ich sie an. Sie war schlank und auffallend hübsch, bestimmt halb so alt wie er. Ihr dunkles Haar verdeckte zur Hälfte ihr Gesicht, da sie den Blick zu Boden gesenkt hielt.

»Aidan, Kayne«, begrüßte er die beiden herzlich und mit Handschlag.

Weder Aidan noch Kayne schienen sich daran zu stören, dass ihr Bekannter eine nackte Frau an der Leine spazieren führte. Mir wurde schlecht.

»Will.« Kayne klopfte ihm auf den Rücken. »Schön, dass du mal wieder bei uns vorbeischaust.« Sein Blick streifte nun doch die nackte Schönheit. »War Lilly mal wieder ungezogen?«

Er nickte. »Sie hat um meinen Schwanz gebettelt, obwohl ich sie erst kurz zuvor gefickt habe.«

Kayne wandte sich an Wills Begleitung. »Lilly, du unersättliches kleines Luder.«

»Es tut mir leid, Master Kayne. Das habe ich Master Will auch schon gesagt.« Ihre Stimme klang alles andere als reumütig, nur mühsam verbiss sie sich ein Grinsen.

Master? Da war ich mit Aidans Sir wohl noch gut weggekommen.

»Zur Strafe muss sie sich heute den Gästen nackt präsentieren und nachher auf der Bühne mit einem Kerl ficken, den ich ihr aussuchen werde.«

Aidan ließ mich los, nahm meine Hand und drückte sie. Er schenkte mir ein aufmunterndes Lächeln, das ich nur gezwungen erwidern konnte. An Lillys Stelle würde ich sterben, sollte Aidan mir dasselbe antun.

»Sie will es auch«, flüsterte Aidan mir ins Ohr, er musste ahnen, was in mir vorging.

Ich sah mich weiter um, während die drei Männer sich miteinander unterhielten. In einer Ecke entdeckte ich Shawna, die eine dunkelrote Latexkorsage trug, ihre Hand hatte sie in der Anzugshose eines Mannes versenkt. Er stand an die Wand gelehnt und genoss den Handjob mit geschlossenen Augen.

Mein Kiefer klappte nach unten, als eine Frau an mir vorbeispazierte, die lediglich ein schwarzglänzendes Lederbustier trug.

Um die Hüften hatte sie eine Art Zaumzeug geschnallt, ein dort angebrachter gelber Ball bewegte sich bei jedem Schritt auf ihren glattrasierten Schamlippen, schien ihre Klitoris zu massieren.

Hastig wandte ich den Blick und sah Aidan schmunzeln.

Eine blutjunge hübsche Frau in einem knappen Katzenoutfit suchte Kaynes Aufmerksamkeit. Spitze falsche Ohren standen von ihrem Kopf ab, im Gesicht trug sie niedliche geschminkte Schnurrhaare.

»Miau«, sie krallte ihre Fingernägel unter seiner Smokingjacke in sein Hemd.

Will und sein Hündchen verabschiedeten sich derweil von Aidan und zogen weiter.

Kayne schien ganz angetan von dem Katzengirl zu sein. Schnurrend rieb sie sich an ihm, strich mit ihrem Gesicht bis hinunter zu seinem Schritt und entlockte ihm ein Keuchen.

»Wie es aussieht, ist mir ein herrenloses Kätzchen auf der Suche nach etwas Milch zugelaufen«, sagte er zu Aidan, während das Katzengirl mit den Zähnen seinen Reißverschluss nach unten zog.

Aidan schnappte ihr Handgelenk und hob ihren Arm in die Höhe, entblößte eine Tätowierung auf der Innenseite, die aussah, wie ein Stempel mit Initialen in der Mitte.

»Wie es aussieht, gehört dein Kätzchen jemandem«, feixte Aidan und brachte sich mit einem geschickten Ausweichmanöver vor einem fauchenden Krallenschlag der Katze in Sicherheit.

Kayne packte sie im Genick und zog sie zu sich in die Höhe. »Du kleines Biest bist entlaufen. Wer ist dein Besitzer?«

Interessiert begutachtete Aidan das Tattoo. »E.R.«, murmelte er nachdenklich, »das kann nur Edgar Rouvel sein.« Suchend sah er sich um. »Wo steckt der Kerl?«

Fauchend startete das Katzengirl einen Befreiungsversuch, wurde aber von Kayne mit eisernem Griff im Genick fixiert. »Wo will mein kleines Kätzchen denn hin?« Er lachte.

Als eine Peitsche durch die Luft surrte und knallend auf dem Rücken des Katzengirls landete, zuckte ich erschrocken zusammen. Die Katze wand sich maunzend und sank umgehend auf die Knie, als Kayne sie losließ. Ein weiterer Peitschenhieb sauste auf sie herab und hinterließ eine rote Strieme auf ihrer nackten Schulter. Erschrocken presste ich eine Hand vor den Mund, unterdrückte in letzter Sekunde einen Schrei.

»Deine Katze ist mir schon wieder zugelaufen, Edgar«, sagte Kayne ungerührt zu dem bärtigen Kerl im viel zu engen schwarzen Anzug. »Jetzt weiß ich endlich, wem sie gehört. Du hast sie nicht erzogen. Taucht sie noch mal bei mir auf, schenke ich sie Spencer, der sucht schon lange eine Katze wegen der Mäuse in den Garagen.«

»Miau.« Das Katzenmädchen krallte nach ihm, wurde aber durch einen Schlag mit der Peitsche auf die Hand gestoppt.

»Für heute kommt sie an die Leine.« Edgar klemmte die schwarze Lederpeitschte unter den Arm und kramte eine schmale Leine aus der Innentasche seiner Anzugjacke, die er am Halsband des auf allen Vieren sitzenden Katzengirls befestigte. Maunzend rieb sie ihre Wange an seinem Bein und sah mit schräg gelegtem Kopf zu ihm auf.

Edgar lächelte sie verliebt an. »Was soll ich nur mit dir machen, Pussy?«

Okay. Wenn manche Leute auf so was Verdrehtes standen, war es deren Angelegenheit, ich hingegen fand dieses Katzenspiel einfach nur schräg. Erleichtert stellte ich fest, dass Aidan mit der falschen Katze ebenfalls nicht sonderlich viel anfangen konnte. Gelangweilt sah er sich um.

»Setzen wir uns hin«, sagte er schließlich zu Kayne, und deutete zu den Sitzgruppen in der Lounge.

»Warum nicht«, stimmte Kayne zu. Wir schlenderten hinüber zu einem freien Tisch. Als ich mich setzen wollte, hielt Aidan mich zurück.

»Du gehst neben mir auf die Knie.« Er ließ sich in einen Sessel sinken und deutete auf den Boden, während Kayne sich ebenfalls niederließ und nach Grace winkte.

»Aber … warum?«

»Weil ich es so will.« Sein scharfer Blick traf mich wie ein Skalpell. »Hast du schon wieder vergessen, was ich dir vorhin gesagt habe? Du tust, was ich dir sage. Immer. Ganz egal, was ich dir befehle. Hast du mich verstanden?«

»Ja, Sir.« Wie in Zeitlupe sank ich neben ihm auf die Knie und knirschte mit den Zähnen.

Aidan tätschelte mir den Kopf. »Braves Mädchen.«

Derweil bestellte Kayne bei Grace zwei Whisky on the rocks, für mich orderte er kein Getränk.

Die beiden unterhielten sich eine Zeitlang miteinander, nippten nebenher an ihren Drinks, die Grace ihnen hingestellt hatte, und ignorierten mich und meine schmerzenden Knie. Ich rutschte von einer Seite zur anderen, um mein eigenes Gewicht zu entlasten, hob abwechselnd ein Bein an.

»Stehst du ohne meine Genehmigung auf, lege ich dich übers Knie, schieb dir den Rock hoch und versohl dir den blanken Hintern«, kam es scharf von Aidan.

Erschrocken hielt ich mitten in der Bewegung inne, und starrte ihn mit großen Augen an, verbiss mir im letzten Moment eine freche Antwort. Das Risiko war mir zu hoch, dass Aidan seine Drohung tatsächlich in die Tat umsetzte.

»So ist es brav.« Er legte wieder den Arm um mich, rutschte wie vorhin an meinem Rücken nach unten und kraulte meinen nackten Hintern, während er sein Gespräch mit Kayne wieder aufnahm. Ich wagte nicht mehr, mich zu regen.

Mein Blick blieb am Tisch in der hinteren Ecke haften, auf dem eine Frau breitbeinig saß und sich von einem Kerl die Vagina lecken ließ, während sie selbst den Penis eines anderen Mannes lutschte, der mit kräftigen Stößen in ihren Mund eindrang. Niemand um sie herum schien sich an dem Treiben der drei zu stören.

Ein paar Leute in der Nähe sahen ihnen zu, das war alles. Die drei waren vollkommen in eine andere Welt abgetaucht, genossen sichtlich jede Sekunde ihres Spiels. Der Kerl zwischen ihren Beinen wich mit dem Kopf zurück und betrachtete ihre geöffnete Vagina, schob mit beiden Händen ihre äußeren Schamlippen weit auseinander, spannte sie richtig, bevor er mit seiner Zunge tief in ihr versank.

Wider Willen musste ich mir eingestehen, dass ich ihre schamlose öffentliche Darbietung antörnend fand. Es machte mir tatsächlich Spaß, fremden Menschen beim Sex zuzuschauen. Das hätte ich niemals für möglich gehalten.

»Gefällt dir, was du siehst?«, raunte Aidan mir ins Ohr.

»Ja«, gab ich leise zu.

Mir blieb kurz die Luft weg, als er mit seiner Hand von hinten tiefer zwischen meine Beine glitt, seine Fingerspitzen tippten in meinen Eingang.

»Schon wieder so nass«, raunte er dunkel und hungrig.

Hilflos schloss ich die Augen. Einerseits schämte ich mich aus tiefsten Herzen, dass ich hier kniete, und alle Welt mitbekam, wie Aidans Hand sich unter meinem Rock zu schaffen machte. Andererseits entlockte er mir schon wieder diese hunderttausend verschiedenen überwältigenden Gefühle, die ich bisher gar nicht von mir kannte. Ich hielt brav still, genoss heimlich das Gefühl, wie Aidans Finger tiefer in mich wanderten, mich so herrlich dehnten.

Ich war mir sicher, dass mein kurzer Rock hinten nicht mehr viel verbarg, aber mittlerweile war alles zu spät. Was er da schon wieder mit mir tat, fühlte sich viel zu angenehm an, als dass ich ihn stoppen könnte.

Ich genoss es einfach zu sehr, wenn er an mir spielte.

»Was genau gefällt dir?«, hörte ich ihn leise fragen. »Dass er sie vor allen Leuten leckt, oder dass sie zu dritt sind.«

»Zu dritt«, purzelte es aus mir heraus, noch ehe ich überlegen konnte. Ruckartig hob ich die Lider, wurde kurzzeitig klar, obwohl Aidans Finger noch immer tief in mir steckten. Hatte ich das eben tatsächlich von mir gegeben? Ich sah Aidan an, versuchte in seinem Gesicht zu lesen, bemerkte sofort das Feuer in seinen Augen lodern.

»Möchtest du es nachher ausprobieren?«, fragte er mich.

Schon längst hatte der Mistkerl mich mit seinen geschickten Händen in einen Zustand gebracht, in dem ich alles mit ihm ausprobieren wollte, wusste aber nicht, was genau er mit seiner Frage bezweckte.

Seine Finger bewegten sich sachte in mir. Vom Tempo her zwar angemessen, um alles in mir zum Klingen zu bringen, aber nicht halbwegs ausreichend, um mich über die Klippe springen zu lassen. Und das wusste er ganz genau. Er spielte nur ein wenig an mir herum, das war alles.

»Wie meinst du das?«, fragte ich kurzatmig und Kaynes interessierten Blick bemerkend.

»Ob du dich auf ein kleines Experiment mit uns beiden einlassen würdest.«

Kayne beugte sich vor, als hätte er auf ein Stichwort gewartet. »Ich würde mich freuen, deine nähere Bekanntschaft zu machen«, sagte er gespielt förmlich und höflich übersehend, dass Aidan mich gerade nach allen Regeln der Kunst fingerte, während er Smalltalk mit mir hielt.

»Ihr meint … wir drei?«, stieß ich fassungslos und leicht kurzatmig aus. Der Gedanke war mir in der Tat nicht halb so unangenehm, wie ich mich anhörte. Kayne war ein attraktiver Mann, obwohl Aidan mir optisch noch einen Tick mehr zusagte. Doch an Kayne gab es nichts auszusetzen.

Ich saugte scharf die Luft zwischen den Zähnen ein, als Aidan, wie versehentlich, diesen empfindlichen Punkt in mir rieb. Mistkerl. Meine Klitoris pochte wild und sehnte sich nach Erlösung. »Warum sollten wir das tun?«

»Es ist eine Erfahrung«, erklärte Aidan.

»Ich werde nicht mit dir schlafen, Vivien«, hörte ich Kayne sagen und wandte den Kopf in seine Richtung. »Wir werden nur ein bisschen spielen.«

Kleine Schweißperlen sammelten sich auf meiner Stirn. Stimulierte Aidan mich weiterhin so gekonnt, würde ich sowieso bald breitbeinig vor allen beiden auf dem Tisch liegen. Dann konnten sie mit mir anstellen, was immer sie wollten. Ich würde mich garantiert nicht wehren.

»Stell dir vor, ich würde dich jetzt ein bisschen lecken, während Aidan einen weiteren Finger dazu nimmt«, lockte Kayne mich mit weicher Stimme. »Hört sich das nicht anregend an?«

»Aber nicht hier.« Was hatte ich da eben von mir gegeben? Mein benebeltes Gequatsche glich beinahe einer Zustimmung. War ich von allen guten Geistern verlassen?

»Nein, nicht hier«, beruhigte mich Aidan. »Im Trainingsraum.« Noch immer glitten seine Finger gemächlich in mir rein und raus, verschafften mir einfach nur ein angenehmes Gefühl. Die Innenseite meiner Schenkel klebte von meiner eigenen Nässe.

»Das wird ein ganz besonderes Erlebnis für dich werden«,

versprach Aidan mir. »Eine Grenzerfahrung der Extraklasse.«

Er deutete hinüber zur Bühne, auf der Lilly soeben splitternackt an dieses große hölzerne X gefesselt wurde, das auch im Trainingsraum stand.

Erschrocken holte ich Luft. »Was wird das?«

»Eine Session«, raunte Aidan mir ins Ohr.

Grace stellte ein Glas Sekt vor mich auf den Tisch. Aidans Hand unter meinem Rock übersah sie höflich.

»Schön, dass es dir wieder besser geht, Kleines.«

Sie lächelte mich an.

»Ähm, ja. Geht schon wieder«, stammelte ich mit heißen Wangen. Erst jetzt bemerkte ich, dass Kayne nicht mehr bei uns saß und konnte ihn auch nirgendwo entdecken, was mich nach der heißen Ankündigung der beiden fast ein wenig enttäuschte. Bei genauer Überlegung wäre eine Session mit den beiden in der Tat eine aufschlussreiche und sinnliche Erfahrung.

Kayne mochte es härter als Aidan, war mir nach gestern klar, im Gegensatz dazu punktete Aidan mit sehr viel Geschicklichkeit und Fantasie. Ohne Zweifel verfügten alle beide in Liebesdingen über einen gewaltigen Erfahrungsschatz. Zur Krönung sahen sie auch noch umwerfend aus. Falls Kaynes Body nur halb so schön war, wie der von Aidan, würde ich wie Gletschereis im Sommer dahinschmelzen.

»Aidan«, hörte ich eine bekannte Stimme sagen, die mir das Blut in den Adern gefrieren ließ. Ruckartig wandte ich den Kopf. Der Graf stand neben mir und musterte mich und Aidans Hand zwischen meinen Beinen.

»Immer noch mit der Erziehung der kleinen Sub beschäftigt?« Seine Augen funkelten begierig.

»Earl of Dublee, was für eine Überraschung.« Aidan nahm seine Finger aus meiner Vagina und lehnte sich zurück, hinterließ überraschenderweise ein enttäuschend leeres Gefühl in mir.

»Wann ist die Kleine denn endlich so weit?« Schon wieder klang er extrem ungeduldig. Als einziger Gast heute trug er einen Frack. Ich hatte im ganzen Leben noch nie jemanden dieses urtümliche Kleidungsstück tragen sehen, aber zu ihm passte es. Er glich diesem selbstherrlichen Typ Mann aus TV Filmen, die in früheren Jahrhunderten spielten.

»Sie bekommen wie alle Stammkunden eine E-Mail, sobald es einen Termin für die Versteigerung gibt.«

»Ich will sie jetzt.« Der Tonfall des Grafen duldete keinen Widerspruch, klang derart kalt, dass es mich bis in die Seele fröstelte.

»Sie steht nicht zur Verfügung.« Aidan schüttelte den Kopf. »Niemandem.« Er deutete auf mein Halsband. »Sie ist mein Eigentum, ich bestimme, wann sie soweit ist und niemand anders.«

»Ich biete 25.000 Dollar, sofort bar auf die Hand, wenn sie aufsteht und mich begleitet.«

Mein Herz machte einen erschrockenen Satz. Für kein Geld der Welt würde ich dem Grafen irgendwohin folgen.

»Sind Sie taub, Mann?« Aidan schnappte sein leeres Whiskyglas und schmetterte es gegen die Wand. Scherben prasselten nach allen Seiten auf die Gäste nieder. Ein paar Frauen schrien erschrocken auf. Der Graf hingegen verzog keine Miene.

Ich spürte Aidans brodelnde Wut, während die zwei sich mit Blicken duellierten. Noch hielt er sich mühsam zurück, aber schon sehr bald würde er explodieren und dann gab es kein Halten mehr. So gut kannte ich ihn.

»Du willst dich allen Ernstes mit mir anlegen?« Der Graf klang ruhig, viel zu ruhig. Dadurch erhielt die ausgesprochene Drohung eine bedrückende Endgültigkeit.

»Earl of Dublee, wie schön Sie zu sehen.« Kayne kam lächelnd zum Tisch zurück. Er führte Anna am Arm mit sich. Sie hatte sich ebenfalls in ein gewagtes schwarzes Latexoutfit gehüllt, das so tief ausgeschnitten war, dass ihre rosa Vorhöfe halb hervorlugten.

Der Graf wechselte den Blick von Aidan zu Kayne. »Nicht jetzt, Kayne.«

»Das ist aber jammerschade.« Kayne machte ein enttäuschtes Gesicht. »Dabei habe ich eine Überraschung für Sie.«

»Eine Überraschung?« Dublee kniff die Augen zusammen. »Und die wäre?«

Kayne schob Anna vor sich und hielt sie an den Oberarmen fest, präsentierte sie dem Grafen richtiggehend. »Unsere liebreizende Anna hat mich gebeten, bei Ihnen nachzufragen, ob Sie ihr nicht heute ein wenig von Ihrer wertvollen Zeit opfern würden.«

»Woher kommt der plötzliche Sinneswandel?« Der Graf schien Kaynes Worten nicht so recht zu trauen. Annas Miene nach zu urteilen, hatte er auch allen Grund dazu. Ihr Lächeln geriet verzerrt.

»Ich möchte gern einmal etwas Neues ausprobieren«, sagte sie leise und monoton. »Es wäre mir eine große Ehre, wenn Sie mich einweisen würden.«

Der Graf überlegte flüchtig, bevor er ihr seinen Arm anbot und sie sich zögerlich bei ihm unterhakte. In seine Augen hatte sich ein tückischer Glanz gemischt.

»Es ist mir ein Vergnügen meine Liebe, begeben wir uns nach unten.«

Erst als die zwei in der Menge verschwunden waren, ließ Kayne sich in seinen Sessel fallen. »Den Drecksack wären wir für heute los.«

»Ich hasse den Scheißkerl.« Aidans Kiefer verspannte sich.

»Lass dir von dem nicht die Laune verderben, schau lieber, was sie mit Lilly anstellen.« Kayne deutete zur Bühne, auf der Lilly noch immer breitbeinig an das X gebunden war.

Will stand mit einer Art Ledergerte neben ihr und klatschte ihr mit dem breiten Ende auf die Vagina. Sie wand sich stöhnend.

Hitze sammelte sich in meinem Nacken, die mir langsam den Rücken hinunterlief, während ich zusah, wie er den ledernen Griff seiner Gerte in ihre Vagina steckte, wo sie hängenblieb.

»Och«, machte Kayne tadelnd. »Das geht doch auch angenehmer für den gefesselten Part.«

Ich wandte den Kopf. »Was meinst du damit?«, blubberte es aus mir heraus, und ich biss mir auf die Lippe. Er belohnte mein unüberlegtes Interesse mit einem erfreuten Lächeln.

»Dass es haufenweise anderes Spielzeug gibt, das mehr Spaß bereitet, als der Griff einer Gerte.«

Ich hielt mich von näheren Nachfragen ab, beobachtete stattdessen wieder das Treiben auf der Bühne.

»Ist Vivien nicht durstig?«, fragte Kayne und deutete auf das volle Sektglas vor mir.

»Bist du durstig, Vivien?«, fragte Aidan rauchig.

Ich nickte. »Ja, bin ich, Sir.« Mein Hals war ganz trocken, aber ohne sein Einverständnis hatte ich es nicht gewagt, nach dem Glas zu greifen. Ohne Vorwarnung packte Aidan mich unter den Armen und zog mich seitlich auf seinen Schoß. Eine so schnelle Bewegung, dass ich sie fast nicht mitbekam. Meine Knie kribbelten wohlig von der erlösenden Entlastung. Auf Aidans Schoß gefiel es mir jedenfalls tausendmal besser.

Ein Zischen sauste durch die Luft, als Will eine Art Peitsche, an der mehrere Lederschnüre befestigt waren, über Lillys Bauch zog. Stöhnend legte sie den Kopf in den Nacken, zerrte an ihren Fesseln, während ich mich fragte, wie sich der Biss einer Peitsche auf nackter Haut wohl anfühlte. Will winkte einen jungen blonden Kerl mit schulterlangen Haaren auf die Bühne und öffnete mit langsamen Bewegungen dessen Hose, bevor er mit einer Hand hineintauchte. Wie eine seltene Trophäe präsentierte er der Menge dessen steifen Penis, rieb am Schaft entlang.

Das Pochen zwischen meinen Beinen steigerte sich zu einem wilden Pulsieren, als Will den Kerl an den Schultern umdrehte und dicht vor Lilly bugsierte, die mit großen Augen nach unten sah. Will umfasste das Glied des Mannes und setzte es an ihrem Eingang an.

»Du hast nach einem Schwanz gebettelt«, rief er, »jetzt bekommst einen von mir.« Er legte eine Hand auf das Hinterteil des Typen und stieß ihn kraftvoll in Lilly. Ihr Stöhnen hallte laut und genussvoll durch die Bar.

Plötzlich schlang Aidan eine Hand um mein Haar und zog meinen Kopf in den Nacken, bevor er seine Lippen auf meine legte. Als sie sich einen Spalt öffneten, träufelte er eine Flüssigkeit aus seinem Mund in meinen. Champagnerperlen prickelten angenehm auf meiner Zunge und ließen mein Herz höher schlagen. Mein ganzer Körper stand unter Strom, schrie nach Erlösung, nach der Aufmerksamkeit von geschickten Händen, weichen Lippen und zwei Männern, die mir verheißungsvolle Erfüllung versprachen.

»Lust auf ein kleines Spielchen zu dritt?«, flüsterte Aidan in mein Ohr und pustete sanft hinein, ließ mich wohlig erschauern. Ich nahm ihm das Sektglas aus der Hand und leerte es in einem Zug, bevor ich lächelte. »Ich denke, ja.«

KAPITEL 18

VIVIEN

Aidan öffnete die Tür des Trainingsraums und ließ mich zuerst hindurchgehen, ehe er folgte. Mein Herz trommelte wild in der Brust, dennoch überwog das Kribbeln zwischen meinen Beinen, da ich mich ständig fragte, was die beiden wohl gleich mit mir anstellten.

»Was ist los, Kayne?«, hörte ich Aidan neben mir und wandte mich um. »Komm rein und mach die Tür zu.«

Noch immer stand Kayne im Türrahmen.

»Ich komme nur rein, wenn Vivien mich darum bittet.« Sein Blick ruhte auf meinem Gesicht und mir wurde klar, dass er eine Art Einverständnis aus meinem Mund hören wollte. Auf dem Weg hier rüber waren wir alle ein paar Grade abgekühlt, langsam nahm mein Gehirn seine Tätigkeit wieder auf. Kayne würde mich zu nichts drängen, sofern ich nicht aus freien Stücken bereit war.

Ein beruhigender Gedanke. Wahrscheinlich brauchte man diese gewisse Art sensiblen Taktgefühls, wenn man ein Faible für grenzwertig abenteuerliche Sexspielchen hatte. Ansonsten würde eine Frau sich in einem düsteren einsamen Kellerloch kaum auf ihn einlassen können und sich dabei auch noch wohlfühlen. Immer mehr wurde mir klar, wie wichtig gegenseitiges Vertrauen war, sobald es darum ging, die eigenen Grenzen und die des anderen auszuloten.

»Bitte, komm rein, Kayne.« Ich lächelte ihn schüchtern an, während er eintrat und die Tür hinter sich schloss.

Kayne zog seine Smokingjacke aus und warf sie aufs Bett. Mit beinahe unheimlicher Langsamkeit kam er auf mich zu, während sich Aidan dicht hinter mich stellte und beide Hände auf meine Hüften legte.

»Du kannst unsere kleine Session jederzeit stoppen, falls es dir zu viel wird.« Kayne klang ernst. »Dein Safeword lautet: Mayday. Sobald dieses Wort über deine Lippen kommt, hören wir auf der Stelle auf.« Er schenkte mir ein warmes Lächeln, dennoch flackerte in seinen Augen Erregung wie Kerzenlicht bei offenem Fenster.

»Mayday«, wiederholte ich und nickte. »Kann ich mir merken.« Meine Stimme bebte. »Was … was werdet ihr jetzt mit mir anstellen?« Ich sah mich nach Aidan um, der statt einer Antwort seine Lippen auf meine Halsbeuge legte und mich zärtlich küsste.

Kayne spielte am Schieber meines Reißverschlusses. »Darf ich?«, fragte er Aidan. Als der einmal kurz nickte, zog er ihn langsam bis ganz nach unten und entblößte meinen Oberkörper, da das Oberteil bis zur Taille sackte. Verschämt hielt ich einen Arm vor meine nackte Brust, was Kayne ein amüsiertes Lachen entlockte.

»Ich hatte gehofft, du wärst ein wenig aufgetaut.« Er zog mir das Kleid am Röckchen über die Schenkel, sodass es auf der Erde landete.

»Noch nicht ganz«, gab ich leise zu. Aidans warme Hände gaben mir Sicherheit.

»Würdest du bitte den Arm runternehmen, Vivien. Damit ich deine Brüste betrachten kann.« Kayne klang äußerst formvollendet.

»Nimm den Arm runter«, Aidan drückte seine Finger in meine Haut. Wie üblich reagierte mein Körper auf seinen unerbittlichen Tonfall und gehorchte, ließ es geschehen, dass ich splitternackt zwischen ihnen stand.

»Sehr hübsch. Auch aus der Nähe.« Kayne klang zufrieden. »Aidan, du bist ein Glückspilz.«

»Ich weiß.« Aidan umarmte mich und verschränkte die

Finger vor meinem Bauch. Ich lehnte mich an ihn, hielt die innere Anspannung beinahe nicht mehr aus, die auf den Raum überging und die Luft um uns herum zum Knistern brachte.

Kayne kratzte sich nachdenklich am Kopf. »Ich überlege gerade, wie eine angemessene Bestrafung für dich ausfallen könnte.«

»Bestrafung?«, keuchte ich.

»Ja.« Er nickte. »Du bist gestern ohne die Erlaubnis deines Mentors durchs Haus gewandert und hast mich im Keller in eine kompromittierende Lage gebracht. Eine Respektlosigkeit dergleichen kann leider nicht ungestraft bleiben. Ich hoffe, das siehst du ein.«

»Aidan?« Ich klammerte mich an seine Unterarme. »Was meint er?«

»Er meint damit nur, dass du ein böses Mädchen warst.« Aidan küsste meinen Hals, fuhr mit der Zungenspitze meine Haut entlang, bis die Stelle kribbelte.

»Aber da ich ein netter Mensch bin«, sagte Kayne spöttisch, »wird deine Bestrafung maßvoll ausfallen.«

Meine Unterlippe bebte. »Wie willst du mich bestrafen?«

Kayne spazierte zur Wand mit den Toys, inspizierte eins nach dem anderen. »Eine nette Sammlung.« Er drehte sich um. »Was habt ihr davon schon ausprobiert?«

»Noch nichts«, erwiderte Aidan.

»Nichts?« Kayne klang fassungslos. »Was für eine Verschwendung. Das sollten wir umgehend nachholen.« Er nahm eine schmale Gerte, deren Spitze in einem breiten ledernen Herz endete und klatschte damit in seine Handfläche. »Ein netter Biss. Nicht zu unangenehm für ein Newbie.«

»Ich will nicht geschlagen werden«, keuchte ich und war drauf und dran mich loszureißen.

»Was für ein Pech für dich.« Kayne lachte auf. »Deine Bestrafung bestimme als Geschädigter selbstverständlich ich.« Er schlenderte weiter zu dem Regal mit den Dildos und Vibratoren, begutachtete sie der Reihe nach, ehe er sich wieder uns zuwandte. »Davon ebenfalls nichts?«, fragte er Aidan ungläubig.

»Sie war noch nicht so weit.«

Kayne nahm einen Gegenstand aus dem Regal, den er in

seiner Hosentasche verschwinden ließ. Danach hob er mit spitzen Fingern eine schmale Kette hoch, an der irgendwelche Klemmen befestigt waren, und kam zu uns zurück.

»Ich will das nicht«, japste ich, als er wieder vor mir stand.

Mit dem Griff der Gerte hob Kayne mein Kinn an und zwang mich, ihm in seine karamellfarbenen Augen zu sehen. »Du kennst dein Safeword noch?«

Ich nickte zögerlich. »Mayday.«

»Sobald du es sagst, ist diese Session beendet. Du kannst das Zimmer verlassen und gehen. Niemand wird dich gegen deinen Willen festhalten. Okay?«

»Okay.« Mein trommelnder Herzschlag beruhigte sich ein wenig.

»Du kannst es auf der Stelle beenden«, machte Kayne weiter, »sag es einfach. Was ich persönlich jedoch äußerst schade finden würde, denn du würdest dich um ein paar ausnehmend anregende neue Erfahrungen bringen. Lass dich darauf ein. Probier einfach aus, ob dich ein kleiner Kick nicht doch reizt, du sündiger Unschuldsengel.«

»Vivien, lass uns spielen«, raunte Aidan mir ins Ohr und ich lehnte meinen Kopf an seinen Hals.

Als Kayne eine der Klemmen an meiner linken Brustwarze befestigte, wehrte ich mich nicht, sondern wartete einfach mit angespanntem Atem darauf, wie sich dieses kinky Schmuckstück anfühlte. Es zwickte, war jedoch auszuhalten. Danach befestigte er die zweite Klemme an meinem anderen Nippel und trat einen Schritt zurück.

»Wunderschön«, sagte er bewundernd. »Sieh dich an. Wie gefällt es dir?«

Ich ließ den Blick nach unten sinken, betrachtete neugierig meine eingequetschten Brustwarzen, die sich heftig kribbelnd röteten. Die Kette hing bis zum Bauchnabel hinunter, streichelte meine Haut bei jeder Bewegung.

»Es sieht hübsch aus«, erwiderte ich erstaunt.

Aidan ließ mich los und stellte sich neben Kayne. Die beiden betrachteten mich zufrieden.

»Reizend«, gab er Kayne recht.

Kayne reichte mir galant die Hand, als würde er mich auf

einem Ball zum Tanzen auffordern. »Bereit für deine Bestrafung, Vivien?«

Ich nahm sie zögerlich, ließ mich von Kayne zu dem beinahe deckenhohen hölzernen X führen und betrachtete es zum ersten Mal genauer, registrierte die ins Holz eingetriebenen Metallringe. Mich schauderte. Währenddessen besorgte Kayne lederne Manschetten, an denen schwere Karabinerhaken befestigt waren, und verschloss sie eng um meine Handgelenke. Prüfend glitt er mit einem Finger dazwischen, bevor er auch meinen Fußgelenken welche verpasste. »Du weißt, warum ich dich gleich an diesem Kreuz festbinde?«, fragte er streng.

Demütig senkte ich die Lider. »Weil ich dich im Keller überrascht habe, obwohl ich dort unten nichts zu suchen hatte.«

Er nickte. »Sehr richtig.«

Immer wieder sah ich mich nach Aidan um, der reglos neben uns stand, als wäre er ein Zuschauer.

Zwischenzeitlich stellte Kayne mich mit dem Rücken an das X, und befestigte die Karabiner an den vorgesehenen Eisenringen. Das kühle Holz drückte gegen meine Wirbelsäule. Breitbeinig und fixiert stand ich vor den beiden. Mit diesem Schritt hatte ich mich Kayne endgültig ausgeliefert.

Kayne spazierte vor mir auf und ab, klatschte mit der Gerte leicht in seine Hand. »Sag mir, Vivien. Was hat dich vorhin bei Lilly am meisten angemacht, als sie oben auf der Bühne angebunden war?«

»Ich … ich weiß nicht.« Unwillkürlich zog ich an den Manschetten, das weiche Innenfutter verhinderte, dass meine Haut aufscheuerte. Nie im Leben würde ich ihm das verraten.

»Falsche Antwort.« Kayne drehte an der Stellschraube meiner Nippelklemme.

»Ahh!« Ein beißender Schmerz züngelte durch mich hindurch und brachte meine Klitoris zum Pulsieren, ehe sich das unangenehme Gefühl in ein glühendes Kitzeln verwandelte. Wow! Im nächsten Moment ebbte es schon wieder ab, sodass ich wieder Luft holen konnte.

»Wirst du jetzt meine Frage beantworten?«, fragte er spöttisch.

Ich biss mir auf die Lippen, worauf Kayne nach meiner anderen Brust griff.

»Als der blonde Kerl in sie eingedrungen ist.«

Kayne wirkte nicht erstaunt, nicht im Geringsten. »Genauso hab ich dich eingeschätzt.«

»Wie hast du mich eingeschätzt?«

»Sagen wir mal so. Du wirst diese Session wahrscheinlich nicht wiederholen.«

Er kramte irgendwas aus seiner Hosentasche, hielt es in der geschlossenen Hand verborgen, ließ mich keinen Blick darauf werfen. Währenddessen fixierte sein hungriger Blick meine Scham. In diesem Moment wollte ich nichts lieber, als meine Beine zusammenpressen.

Kayne wandte sich zu Aidan um. »Darf ich?« Er hielt ihm die Hand so hin, dass ich nichts sehen konnte. Mistkerl.

Ein feines Grinsen legte sich über Aidans Gesicht. »Selbstverständlich, mein Freund.«

Was zum Teufel hielt Kayne da in der Hand? Ich zerrte an den Manschetten, das angestaute Blut in meinen mittlerweile dunkelroten Brustwarzen pochte heftig.

Kayne kam zu mir. »Cherie.« Als seine Hand zwischen meine weit geöffneten Beine wanderte, schoss mir Hitze in die Wangen, mein Kopf kochte. Er schob ein kühles Stück Metall in mich hinein.

»Was ist das?«, japste ich.

»Nur ein Toy«, beruhigte er mich und nahm noch eine kleine Fernbedienung aus der Hosentasche. Als er den Regler schob, surrte es in mir los, massierte mich von innen. »Siehst du, Vivien, es gibt nettere Spielzeuge, als den Griff einer Gerte.«

»Oh, Gott.« Ich ließ den Kopf nach vorne fallen, das Gefühl war fast schon zu intensiv. Wo gab es das Zeug zu kaufen? Ich brauchte so ein Teil dringend, für die Zeiten, in denen Aidan mich nicht mit seinen Fingern beglückte.

»Moment, er sitzt nicht richtig.« Kayne schob ihn noch ein Stückchen tiefer, drehte ihn, sodass der Dildo gegen den empfindlichen Punkt in meinen Tiefen pulsierte. Hinterhältigster aller Mistkerle!

Ich wand mich keuchend, kämpfte gegen das viel zu intensive Gefühl an.

»Schalt eine Stufe runter«, hörte ich Aidan sagen. Gleich darauf pochte der kleine Metallstab langsamer in mir, jagte mir wohlige Schauer über den Rücken. Wieso hatte ich mir nie einen Vibrator oder ähnliches zugelegt? Oh Gott, fühlte sich das gigantisch an.

Völlig unerwartet hob Kayne den Arm und ließ die Gerte auf meine Vagina sausen, gerade fest genug, um meine Haut zu röten. Das lederne Herz traf exakt meine Klitoris. Ich stieß einen überraschten Schrei aus. Ein süßer Schmerz züngelte durch mich hindurch und explodierte in den Nervenenden meiner Scham. Himmel, war das intensiv gewesen.

»Das ist immer noch eine Bestrafung, Vivien«, sagte er kühl.

Wenn das eine Bestrafung war, konnte er von mir aus gern so weitermachen.

»Ich werde das Gefühl nicht los, du genießt meine Züchtigung viel zu sehr.«

Konnte der Kerl Gedanken lesen? Ich hob den Kopf, suchte Aidans Blick. Er beobachtete uns mit dunklem, hungrigem Ausdruck in den Augen.

»Da Aidan gegen ungehorsame Frauen nie die Peitsche erhebt, musst du mit mir Vorlieb nehmen, Vivien.«

Kayne wanderte die Reihe der Folterinstrumente an der Wand ab. »Ich hingegen habe mit einer kleinen körperlichen Züchtigung keine Probleme.« Er nahm eine Peitsche mit vielen langen Lederschnüren von der Wand und kam zu mir zurück. Eine ähnliche hatte auch Will bei Lilly verwendet. Er wollte doch nicht tatsächlich?

Noch immer pulsierte der Dildo sanft in mir, streichelte mich wohlig von innen und stand im krassen Gegensatz zu dem, was Kayne mit mir vorhatte. Ich war drauf und dran, das Safeword zu rufen, wusste selbst nicht, was mich davon abhielt. Höchstwahrscheinlich die Neugier. Wie heftig würden sich die schmalen Lederriemen wohl in meine Haut beißen? Wie fühlte sich das an?

»Ich nehme erfreut zur Kenntnis, dass du deine Bestrafung recht demütig akzeptierst.« Kayne schloss die Hand um die vielen Lederschnüre und ließ sie hindurchgleiten.

»Ja, Sir«, sagte ich bebend vor Aufregung. Das Prickeln in meinen eingeklemmten Brustwarzen züngelte in Wellen bis in meine Klitoris, die von Kaynes kunstvoll ausgeführtem Schlag noch lustvoll summte.

Die Lederriemen verteilten sich beim ersten Streich auf meiner Brust und dem Bauch, hinterließen ein scharfes Züngeln auf meiner Haut, sodass mir kurz die Luft wegblieb. Ein zweiter Hieb folgte umgehend, einen Tick heftiger ausgeführt, als der vorherige und biss sich wie Brennnesseln in meine Haut.

Ächzend schloss ich die Augen und lehnte meinen Kopf zurück, fühlte erstaunt, wie das Brennen sich nach und nach in ein erregendes Glühen verwandelte, meine Brüste kribbelnd belebte und eine beinahe ekstatische Explosion heraufbeschwor. Die vielen gleichzeitigen Reize bündelten sich zu einem gewaltigen Feuerwerk. Plötzlich verspürte ich meinen Körper intensiver als jemals zuvor.

»Das reicht fürs erste«, hörte ich Aidan leise aber entschieden sagen.

Auf der Stelle ließ Kayne die Peitsche sinken. »Ja, sie ist bereit für deinen Part«, erwiderte er grinsend und ich riss die Augen auf. Was kam denn jetzt noch?

»Entspann dich, süßer Engel«, raunte Kayne mir ins Ohr, während er langsam den Dildo aus mir zog, dabei gleichzeitig gekonnt mit dem Daumen meine Klitoris stimulierte. Derweil ging Aidan zielstrebig zu dem Regal mit den Spielzeugen.

Ich stöhnte leise, als Kayne ein wenig den Druck erhöhte, mich wachsweich machte, weshalb ich nur noch halb mitkriegte, dass Aidan zu uns zurückkam. Er beugte sich über mich, küsste meinen Hals mit fiebrigen Lippen, spielte behutsam mit meiner linken übersensiblen Brustwarze, während Kayne sich weiter meiner empfindlichsten Stelle widmete. Ich schnappte keuchend nach Luft, meine Knie gaben langsam nach, trugen mich beinahe nicht mehr. Mein Körper stand lodernd in Flammen, verlangte nach mehr von diesen beiden begnadeten Männern.

Als Aidans Hand zwischen meine Pobacken glitt, hielt ich erschrocken die Luft an. Ahnte spätestens dann was er vorhatte, als er spielerisch mit einem Finger meine Rosette weitete. Kühles Gleitgel machte ihm das Eindringen einfach.

»Oh, Gott nicht«, keuchte ich und schämte mich zutiefst. Alles in mir sträubte sich dagegen.

»Entspann dich«, flüsterte Aidan und nahm seine Finger Gott sei Dank wieder aus mir. Meine Erleichterung währte leider nur flüchtig, gerade so lange, bis Aidan mit sanfter Gewalt einen stumpfen Gegenstand an meinen hinteren Eingang platzierte.

»Was tust du da?«, fragte ich und wagte nicht, mich zu regen.

Kayne erhöhte den Druck auf meine Klitoris, rieb einen Tick schneller, drang mit den Fingerspitzen in mich ein und verteilte meine Nässe auf mir. »Entspann dich«, flüsterte er, als sich mein Körper wohlig schüttelte.

Schon wieder stand das, was die beiden mit mir taten, im krassen Gegensatz, vereinte Furcht und Lust zu einem atemberaubenden Tanz von dem mir schwindlig wurde. Mit der anderen Hand zwirbelte er meine inzwischen hypersensible Brustwarze. Ein scharfer Schmerz züngelte jäh hindurch, den Kayne mit der Zungenspitze wegleckte. Himmel, war das intensiv gewesen.

»Das ist nur ein Analplug«, sagte Aidan, »er wird dich ein wenig für später weiten. Je entspannter du bist, desto leichter kann ich ihn dir einführen.«

»Du sollst mir da hinten nichts einführen.« Ich versuchte mich zu entspannen, denn Aidan schob trotz meines Protestes den Plug ein Stückchen tiefer, dehnte mein bisher unberührtes Löchchen. Es tat zwar weh, aber ich konnte es noch aushalten. Aidan wollte nachher anal mit mir verkehren, ohne mich vorher gefragt zu haben? Ich biss die Zähne zusammen, schaffte es nicht richtig sauer zu werden, denn Kayne gab meiner Klitoris weiterhin eine gekonnte Massage.

»Du hast es gleich geschafft.« Aidan versenkte den Plug vollständig in meinem Hintern.

»Braves Mädchen«, grinste Kayne.

Ich hasste die beiden. Sie ließen mich hier breitbeinig vor ihnen stehen, mit einem Plug im Hintern der meine zarte Haut bis zum Anschlag dehnte und hatten nicht den Hauch von Mitleid mit mir. Nie im Leben würde ich es schaffen, Aidans riesiges Glied in mein Hintertürchen zu lassen. Der deutlich schmälere Plug war schon eine Nummer zu viel.

Als Aidan vor mir auf die Knie sank, trat Kayne beiseite und knöpfte sich das Hemd auf. Zwischenzeitlich hatte auch Aidan sich seiner Jacke und des Hemdes entledigt und kniete nun in seiner ganzen muskelbepackten Schönheit vor mir. Ich konnte gar nicht anders, und musste ihn anschmachten, vergaß darüber beinahe ganz, dass ein Plug in meinem Hintern steckte.

Zu gern hätte ich eine Hand ausgestreckt und wäre die Konturen seiner Schultern nachgefahren, unter denen die Muskeln bei jeder Bewegung arbeiteten.

Aidan fing an, mich zu lecken, erst langsam und sachte, steigerte er sein Tempo jedoch schnell. Himmel, er war schlichtweg der Meister in dieser Disziplin. Ich kam ihm mit dem Becken entgegen, damit er mir alles geben konnte, was er zu bieten hatte. Meine gespreizte Haltung machte ihm das Eintauchen zwischen meine zarten Falten einfach.

»Ja, Aidan.« Mein eigenes Stöhnen hallte laut in meinen Ohren. »Oh, ja.« Ich schlug mit dem Hinterkopf gegen die Wand, während Aidan an meiner Klitoris saugte und daran knabberte, bevor er sie mit der Zunge umkreiste.

Mein längst überfälliger Orgasmus überkam mich mit dem Tempo eines Hochgeschwindigkeitszuges, rauschte mit Fahrtwind über mich hinweg und ließ meinen Körper erbeben. Meine Beine gaben nach, ich hing mit meinem ganzen Körpergewicht an den Handgelenken und versuchte, zu Atem zu kommen.

»Mach sie los«, wies Aidan Kayne an. Kurz darauf spürte ich erleichtert, wie sich die Fesseln lockerten, ich um die Hüften gepackt und zum Bett getragen wurde.

Aidan legte mich bäuchlings darauf ab, schnappte sich ein paar der Kissen und schob sie mir unter das Becken, sodass meine Kehrseite in die Höhe ragte. Vorsichtig entfernte er den Plug aus mir und schlagartig ließ der Druck auf meine Rosette erlösend nach.

»Wir sind noch nicht am Ende, Engel«, flüsterte Kayne spöttisch. Träge sah ich auf. Er kniete mit freiem Oberkörper vor meinem Kopf auf dem Bett. Jesus Maria, der Body des Kerls war dermaßen durchtrainiert, dass sich jeder einzelne Bauchmuskel abzeichnete. Bisher hatte ich gedacht, dass niemand auf der Welt Aidans gottgleichen Körper toppen konnte, aber Kayne kam schon sehr nahe an ihn ran. Die beiden waren schlichtweg perfekt, während ich verschwitzt und mit in die Luft gestrecktem Hinterteil bäuchlings vor ihnen lag, und zu nichts mehr fähig war. Die beiden hatten mich fertig gemacht.

Ich sah, wie Aidan sein Glied großzügig mit Gleitcreme einschmierte und wollte abhauen, konnte mich aber nicht regen. Der längst fällige Orgasmus hatte mich gelähmt, ich war noch nicht über das Gefühlschaos in mir hinweg.

»Aidan«, ich klang leicht panisch.

Er beugte sich von hinten über mich, die Spitze seines Glieds berührte mich zwischen den Hinterbacken, sodass ich ängstlich zuckte.

»Bleib ganz entspannt liegen. Ich bin vorsichtig.«

»Ich weiß nicht«, widersprach ich bibbernd. Was er da mit mir vorhatte, war zu viel, viel zu viel.

Er langte um meinen Bauch und hob mich an. »Geh auf alle Viere.«

Widerstrebend gehorchte ich, spreizte brav die Beine, als er sie mir auseinanderschob und wartete mit angespanntem Atem ab.

Meine Augen weiteten sich, als Kayne dicht vor mir seine Hose öffnete, und mir sein pralles Glied präsentierte. Genüsslich fuhr er mit einer Hand daran auf und ab, während ich Aidans Eichel an meinem kleinen Loch spürte, fühlte, wie er mich langsam dehnte.

»Bleib locker«, sagte er und rutschte tiefer. Ich biss die Zähne zusammen. Der Plug war nichts gegen Aidans riesigen Penis gewesen. Ächzend stieß ich die Luft aus, während sich Aidans Glied gnadenlos in mich drückte.

»Es tut nur ganz am Anfang ein bisschen weh.« Kayne streichelte mir beruhigend übers Haar, »sobald er vollständig in dir drin ist, wirst du es lieben.«

Der hatte gut reden. Wenn Kayne Analsex so toll fand, warum kniete er dann nicht hier und versuchte, Aidans Monsterpenis irgendwo in sich unterzubringen?

Dennoch blieb ich breitbeinig auf allen Vieren sitzen, wie Aidan mir befohlen hatte und ließ mich von ihm dehnen. Es dauerte ein Weilchen, bis er endlich bis zum Anschlag in meinem Hintern versunken war. Sofort verharrte er reglos in mir.

»Alles gut?«, fragte Aidan. Er griff um mich herum, rieb gekonnt über meine Klitoris und entlockte mir ein frohlockendes Stöhnen. Oh, Gott, ich liebte seine meisterhafte Liebkosung. Der wahnsinnige Druck auf meinen Hintern ebbte ab, ich begann mich zu entspannen und wider Erwarten fühlte sich Aidans Riesenpenis wundervoll in mir an. Sogar großartig. Als ich meinen Hintern bewegte, glitt er halb aus mir heraus und drang sachte wieder in mich ein.

»Fuck, du bist so unglaublich eng. Ich glaube, ich werde gleich sterben vor Glückseligkeit.«

»Ich mag es auch«, keuchte ich und wartete zittrig auf Aidans nächsten sanften Stoß. Er fand in einen schnelleren Rhythmus, erhöhte sein Tempo und nahm mich mit auf eine ekstatische Reise. Ich legte den Kopf in den Nacken, genoss dieses neue, unsagbar wonnige Gefühl.

Es war armselig wie schlecht ich meinen eigenen Körper kannte, niemals hätte ich mir zugetraut, Spaß an Analsex zu haben, aber ich fand es großartig.

Kayne strich mit seiner Eichel über meine Lippen, verteilte einen Lusttropfen darauf. »Nimm ihn in den Mund«, befahl er rau und dunkel, zwängte sein Glied zwischen meine Lippen, während ich von Aidan gefickt wurde. Ich saugte an seiner Eichel, nahm ihn tief in den Mund, meine Zunge glitt an seinem Schaft entlang.

Ich entlockte ihm ein langgezogenes Stöhnen. Er schmeckte gut, angenehm mit einer leicht herben Prise. Seinen Penis zu lutschen, während Aidan es mir machte, war das Aufregendste, das ich jemals erlebt hatte. Immer wieder stieß Aidan heftig von hinten in mich, presste mein Gesicht in Kaynes Schoß, der mein Haar gepackt hatte und mir einen Rhythmus vorgab, meinen Mund nach allen Regeln der Kunst vögelte.

Als mein Orgasmus anrollte, kam ich fast nicht mehr zu Atem, japste nach Luft, denn Kayne stieß sein Glied fast bis in meinen Rachen, während ich um Aidan krampfte. Gleich darauf pulsierte Kaynes Penis zwischen meinen Lippen. Eine warme Flüssigkeit spritzte heraus und lief mir die Kehle hinunter. Ich schluckte jeden Tropfen, denn Kayne ließ mir keine andere Wahl, hielt meinen Kopf mit beiden Händen fest. Erst als Aidan, mit einem langgezogenen Stöhnen über mir zusammenbrach, mich in die Matratze drückte, entließ er mich aus seinem Griff.

Kurzatmig blieb ich liegen, versuchte wieder einigermaßen zu mir zu kommen. Wow! Das war dermaßen intensiv und heiß gewesen. Mein Körper pumpte Endorphine durch meine Venen, die aufgeregt im Blut kribbelten, obgleich die Nachwehen des Orgasmus noch in mir arbeiteten und meine Extremitäten träge machten.

»Mayday«, nuschelte ich und schob mir die wirren verschwitzten Haarsträhnen aus dem Gesicht.

Aidan lachte leise. »Dein Safeword kommt zu spät, Liebes. Die Session ist vorbei.«

KAPITEL 19

AIDAN

Ich ging zu meinem Büro und holte meine Geldbörse und den Autoschlüssel, die ich in meiner Schreibtisch-Schublade deponiert hatte. Der Engelanhänger lugte halb unter meinem Portemonnaie hervor. Ich nahm das Schmuckstück heraus und steckte es in die Tasche meiner Jeans. Vorhin hatte ich mir noch schnell ein paar bequemere Klamotten angezogen.

Bei Gelegenheit wollte ich endlich das Kettchen reparieren lassen. Vor ungefähr zehn Minuten hatte Vivien sich auf den Nachhauseweg gemacht und mich allein zurückgelassen. Mittlerweile war es schon sechs Uhr morgens. Im selben Moment, als die Tür hinter ihr ins Schloss fiel, hatte ich sie schon unglaublich vermisst. Kayne hatte uns recht schnell nach der Session verlassen. Er besaß einfach Taktgefühl, wusste instinktiv wann es an der Zeit war, sich zurückzuziehen. Obwohl er mein bester Freund war, sogar der einzige Mensch auf der Welt, dem ich blind vertraute, war es überraschend hart gewesen, ihn intim mit Vivien zu sehen.

Unsere Session war keine Spontanaktion gewesen, wie Vivien vielleicht vermutete, sondern eine sorgsam durchgeplante Trainingseinheit. Es war schlichtweg an der Zeit für einen ersten Vorgeschmack gewesen, wie Sex mit einem völlig Fremden im Gentleman's Paradise ablaufen könnte. Zugegeben, Kayne war für derartige Schulungszwecke nicht wirklich der geeignete Lehrmeister.

Zumindest dann nicht, wenn man ihr den Job eigentlich madig machen wollte. Kayne war schlichtweg zu attraktiv und fähig. Aber er war der einzige Mensch auf der Welt, bei dem ich es halbwegs verkraften konnte, wenn er Vivien berührte. Nicht zum ersten Mal hatten wir uns eine Frau geteilt, ganz im Gegenteil.

Wir ergänzten uns beim Gruppensex perfekt, indem wir unsere sexuellen Präferenzen meisterlich bündelten. Bei uns war noch jede Frau auf ihre Kosten gekommen. Mit Vivien war dieses Spielchen jedoch vollkommen anders verlaufen, und zwar genau an dem Punkt, als meine Eifersucht sich zu Wort meldete. Ein hässliches Gefühl hatte mich überfallen, als hätte sich Kayne unrechtmäßig mein Eigentum angeeignet. Obwohl ich Kayne in dieser Hinsicht zu hundert Prozent vertraute. Vivien war nicht mal sein Typ, sie war ihm viel zu sensibel.

Kayne hatte sich strikt an meine Anweisung gehalten, und sie nicht hart rangenommen. Was er mit ihr veranstaltet hatte, reichte nicht im Mindesten, um ihn selbst halbwegs auf Touren zu kriegen. Für die unbedarfte Vivien hingegen, war das harmlose Peitschenspielchen schon als Grenzerfahrung durchgegangen. Kayne hatte sie für seine Verhältnisse mehr als sanft angepackt, ihre Haut hatte nicht mal den Hauch einer Strieme geziert. Sessions dieser Art liefen sonst anders bei ihm ab.

Ich warf die Tür hinter mir ins Schloss und stiefelte durch den Flur nach draußen. Verfluchte mein Kopfkino für die Bilder von Vivien beim Blowjob mit Kayne, die mein verficktes inneres Auge permanent abspulte. Verdammt, ich wollte diesen Scheiß nicht sehen! Mit Sicherheit war dies der erste und letzte Dreier gewesen, bei dem sie mit von der Partie war, so viel stand fest. Eine Wiederholung würde ich nicht verkraften.

Zu meinem Erstaunen war Vivien noch nicht weggefahren, unschlüssig stand sie neben ihrem Auto herum. Die Fahrertür stand sperrangelweit offen. Die Sonne lugte schon schwach vom Himmel, sodass ich ihr mürrisches Gesicht bereits von weitem erkennen konnte.

»Du bist ja noch da«, sagte ich, als ich bei ihr ankam. Sie zuckte zusammen und drehte sich um.

»Die blöde Karre springt nicht an.« Missmutig trat sie gegen den Vorderreifen. »Es hat bei der Herfahrt schon so komisch unter der Motorhaube geklopft, und jetzt macht er nur noch merkwürdige Geräusche, wenn ich den Schlüssel drehe.«

»Bei ungewöhnlichen Geräuschen sollte man sofort eine Werkstatt aufsuchen«, erwiderte ich klugscheißerisch, als ob ihr blöde Ratschläge irgendwie helfen könnten.

»Einen Werkstattbesuch kann ich mir leider erst dann leisten, sobald ich mal Geld verdiene«, erinnerte sie mich schnippisch an das demnächst bevorstehende Ende unseres Trainingsmonats. Als könnte sie es nicht mehr erwarten. Scheiße. Jetzt wusste ich auch, dass sie noch keinen Inch von ihren Plänen abgerückt war. Zu viel Information.

Ich stieß einen gellenden Pfiff durch die Finger aus. Vivien hielt sich die Ohren zu.

»Jetzt bin ich auch noch taub, vielen Dank.«

Ein paar Sekunden später öffnete sich eine der Garagen und Spencer streckte seinen kahlen Schädel zur Tür hinaus. Ich wusste, dass er nach Feierabend gern an seinem Oldtimer bastelte, den er liebevoll restaurierte. Ich winkte ihn zu uns. Auch er war einer meiner absoluten Vertrauenspersonen, wir hatten uns vor Jahren im Gefängnis kennengelernt.

»Viviens Auto springt nicht an. Kannst du mal nachsehen?«, fragte ich ihn, als er bei uns stand.

»Klar.« Er öffnete die Verriegelung im Wageninneren, lupfte die Motorhaube und beugte sich vor. »Sieht nach defekten Zündspulen aus«, ließ er uns wissen.

»Kannst du das reparieren?«

»Das ist kein großes Ding. Allerdings müsste ich erst die Ersatzteile besorgen.«

»Wie lange würde das dauern?«

»Bis heute Abend sollte das Schätzchen wieder laufen.« Spencer grinste breit, sein silberner Eckzahn blitzte mir entgegen.

»Dann mach das bitte für sie.« Ich kramte nach meinen Autoschlüsseln, die sich in meiner Hosentasche verhakt hatten.

»Und was wird das kosten?«, wollte Vivien wissen.

»Mach dir darüber keine Sorgen«, beruhigte ich sie. »Die Reparatur geht aufs Haus.«

»Nein, das will ich nicht.« Vehement schüttelte sie den Kopf. »Ich will von euch kein Geld.«

Sie klang beinahe, als wäre ihr unsere Kohle nicht gut genug, obwohl ich wusste, dass sie lediglich keinem von uns irgendwas schuldig bleiben wollte.

Ich seufzte. »Also, was kostet die Reparatur, Spencer?«

Spencer kratzte sich am haarlosen Kopf. »Die Zündspulen nur ein paar Dollar. Zusammen mit der Reparatur würde ich sagen, einen Fuffi.«

»Dann zahlst du Spencer heute Abend fünfzig Dollar, okay?«

Sie nickte. Was blieb ihr auch anderes übrig.

»Okay. Danke Spencer.« Sie gab ihm ihren Schlüssel.

»Ich bin auf dem Sprung nach Las Vegas. Brauchst du vielleicht eine Mitfahrgelegenheit? Es wäre kein Umweg«, schob ich schnell hinterher.

Sie seufzte. »Mir bleibt wohl nichts anderes übrig.«

»Aber gern doch, nichts zu danken«, erwiderte ich sarkastisch und deutete mit dem Kinn auf meinen schwarzen Aston Martin, den Spencer mir wie üblich vor die Tür gefahren hatte. Ihre Augen wurden groß, als sie mein 200.000 Dollar teures Auto sah.

»Der gehört dir?«

Hoffentlich schöpfte sie jetzt keinen Verdacht. Ich fuhr keinen Durchschnittswagen, das musste sogar die technisch unbegabte Vivien bemerken.

»Eigentlich gehört es Kayne«, log ich geistesgegenwärtig und gab Spencer ein rasches Zeichen mit den Augen. »Er lässt mich das Baby manchmal fahren.«

Sie öffnete den Kofferraum ihres Wagens und hob ächzend einen Karton heraus, der recht schwer aussah. »Den brauch ich.«

»Lass mich das machen.« Ich nahm ihr die Pappkiste ab und trug sie zum Wagen.

Die erste Zeit verlief die Fahrt recht schweigsam. Viviens Wangen zierte ein Hauch von Röte und ich musste zugeben, sie sah ein bisschen durchgenommen aus. Wahrscheinlich war auch ihr süßer Hintern ein wenig wund von den Folgen ihres kleinen sexuellen Experiments.

»Die Session«, begann sie zusammenhanglos und aus dem Seitenfenster starrend.

Ich horchte auf. »Was ist damit?«

»Die gehörte zum Training, richtig? Das war kein Privatvergnügen.«

»So ist es«, gab ich zu.

Sie wandte den Kopf, erwartete offensichtlich eine detailliertere Erklärung von mir.

Ich seufzte. »Mittlerweile haben wir fast die Hälfte des Trainingsmonats hinter uns. Du hast bisher immer nur mit mir geübt.« Zum ersten Mal fand ich, dass ich furchtbar abwertend und gefühlskalt klang, obwohl mein ganzes System schon längst an ihres angedockt hatte. »Es wird langsam Zeit, dass du erlebst, wie es sich anfühlt, mit einem Fremden Sex zu haben. Und zwar auf eine Art und Weise, die allein er bestimmt.«

»Aber Kayne ist kein Fremder für mich. Er ist dein Freund und sozusagen auch unser Boss. Ich … ich finde ihn ...«

Sie brach ab, ich merkte, wie ihre eigenen Worte sie innerlich aufwühlten.

»Du findest Kayne attraktiv. Das wolltest du sagen, nicht wahr?« Ich schenkte ihr ein weiches Lächeln. »Er kann sehr charmant sein und dir hat es mit ihm gefallen.«

»Mit euch«, verbesserte sie leise, als beichte sie eine schwere Sünde. »Du wusstest, dass es mir gefallen wird, richtig?«

Ich atmete tief durch. »Ich wollte, dass dieses erste Mal eine gute Erfahrung für dich wird, deswegen habe ich ihn dazu geholt.«

Sie lehnte sich zurück. »Das war es auch. Vielen Dank.«

»Vivien.« Sie klang viel zu glückselig, schien völlig zu verdrängen, worum es bei unserem Training im Kern ging. »Du weißt, dass die Einheiten langsam gesteigert werden, in einem Maße, das ich für dich verkraftbar halte.«

»Ja, das weiß ich mittlerweile«, auf ihren Lippen erblühte ein warmes Lächeln, voller Emotionen und gefangen im Taumel der Eindrücke, die sie noch längst nicht verarbeitet hatte.

»Das wird bedeuten, dass du in der nächsten Zeit mit einer

ganzen Reihe Männern schlafen wirst, die ich nach bestimmten Kriterien für dich auswähle. Stundenweise wirst du allein mit ihnen sein.« Ich starb beinahe, als ich das sagte, hasste mich mehr als abgrundtief für jedes einzelne Wort.

»Was für Männer werden das sein?« Es war lediglich gehaucht.

»Das entscheide ich kurzfristig. Alle möglichen. Ältere. Jüngere. Für den Anfang vielleicht Spencer. Was meinst du?«

»Spencer«, wiederholte sie wie in Trance und mein Herz wurde von einer eisigen Klaue gequetscht.

»Er ist ein guter Kerl und wird dich nicht überfordern. Spencer steht nicht auf irgendwelche Spielchen, der Sex mit ihm wird clean und konventionell ablaufen. Du musst dich einfach nur vor ihm ausziehen, ihn ein bisschen scharf machen, den Rest wird er dann erledigen. Du legst dich einfach nur hin und spreizt deine Beine. Wir haben das alles geübt. Ich werde den genauen Ablauf vorher mit ihm besprechen.«

»Okay.« Ihre Stimme zitterte, als halte sie Tränen zurück. Im selben Moment wusste ich, dass es kein größeres Arschloch auf der Welt gab, als mich. Mühsam riss ich mich zusammen. Mein Vorschlag entsprach genau dem, was sie wollte, selbst wenn sie für Momente die Courage verließ.

»Vivien.« Ich nahm ihre Hand. »Du willst doch freiwillig im Gentleman's Paradise arbeiten, allein aus diesem Grund durchläufst du überhaupt dieses Training. Ich kann dich lediglich unterstützen, ob mir persönlich dein Berufswunsch gefällt oder nicht. Leider habe ich kein Mitspracherecht. Es ist dein Körper, deine Entscheidung. Glaub nicht, dass es mir leichtfällt, in diese nächste Phase überzutreten. Bist du immer noch der Überzeugung, dass du diesen Job machen willst, dann musst du dich daran gewöhnen, von fremden Männern angefasst zu werden, und zwar von sehr vielen. Und so leid es mir tut, die allermeisten davon werden keine Kaynes sein.«

Sollte ich mein hirnverbranntes Vorhaben tatsächlich in die Tat umsetzen, war es mit mir vorbei, dann war ich für alle Zeiten innerlich gestorben.

»Das ist mir klar.« Sie entzog mir ihre Hand. »Deine Ankündigung kommt nur so überraschend. Ehrlich gesagt, hatte ich gedacht, dass bis zur Versteigerung nur wir zwei …«

»Warum wirfst du nicht alles hin? Lass diese bescheuerte Idee doch einfach sausen. Du findest schon einen Job, bei dem du gut verdienst. Warum ausgerechnet in einem Bordell?« Kayne würde mich umbringen, falls er jemals erfuhr, dass ich einer kommenden Starkonkubine den Start in unserem Club ausredete, aber das war mir scheißegal.

Ich konnte im Zusammenhang mit Vivien das Wort Prostituierte oder Hure nicht einmal ansatzweise denken. Sie mit diesen Frauen gleichzusetzen, erschien mir dermaßen lachhaft irrational, als würde der Papst plötzlich verkünden, dass das Zölibat der Vergangenheit angehörte.

»Das kann ich nicht.« Sie schüttelte den Kopf.

»Warum nicht?«

»Weil ich hunderttausend Dollar für eine Eigentumswohnung brauche.«

»Dann spar doch ein paar Jahre. Ich helfe dir bei der Jobsuche, irgendwas wird sich schon finden. Mit einer Anzahlung bekommst du doch locker einen Kredit. Wo liegt das Problem?«

Ihr Blick war nach draußen gerichtet, als habe sie gar nicht mitbekommen, dass ich mit ihr redete.

»Ich mag dich, Vivien«, beichtete ich gedämpft. »Sehr sogar.«

»Ich möchte die Wohnung aber jetzt und nicht erst in ein paar Jahren. Nach dem ganzen Mist der hinter mir liegt, möchte ich mir endlich mal wieder ein paar schöne Sachen leisten können. Für ein bisschen Luxus braucht man nun mal Geld.« Sie verkniff die Lippen, starrte weiterhin auf irgendeinen Punkt in der Wüste.

Wie es aussah, ließ sie sich diese Wahnsinnsidee tatsächlich nicht ausreden. Wann, in all den Jahren, war Vivien dermaßen gleichgültig geworden? Ihre Worte versetzten mir einen tiefen Stich, sie war mit keiner Silbe auf meine Beichte eingegangen. Dabei hatte ich im Leben nicht mehr damit gerechnet, ich könnte mich noch einmal in ihrem emotionalen Netz verfangen. Im Gegenteil, ich war zutiefst davon überzeugt gewesen, dass ich als gestandener Kerl schon längst über die prüde Vivien Davis hinweg war.

In den vergangenen Jahren hatte ich so viel Mist erlebt,

Millionen beschissener Situationen durchgestanden, doch nichts davon war vergleichbar mit ihrem eben offensichtlich zur Schau getragenen Desinteresse an mir. Ihre getarnte Abfuhr zerschlug mein Ego in Milliarden Splitter, vernichtete jegliche aufglimmenden Gefühle für diese Frau, dazu die minimale Hoffnung, dieses Mal könnte die Geschichte anders für uns ausgehen. Leider ließ sich dieselbe Story nicht zweimal erzählen.

War ich tatsächlich dermaßen begriffsstutzig? Es hatte damals schon kein Happy End für uns gegeben, mit diesem katastrophal neu gemischten Blatt war unsere Aussicht auf ein gutes Ende mehr als hoffnungslos.

Ich schlang den letzten Knoten und zurrte ihn fest. Im Internet gab es wirklich für jeden Dreck eine Anleitung. Ich nahm den soliden Strick in die Hand, fuhr mit den Fingern die vielen eng anliegenden Schlingen entlang, die nachher mein Gewicht tragen mussten, nachdem das Seil mir das Genick gebrochen hatte.

Für einen Moment schloss ich die Augen, klammerte mich an die Gewissheit, dass mein heutiger Tod diesen brennenden Schmerz endgültig aus meiner Brust vertreiben würde. Warum zum Teufel hatte Vivien mit mir Schluss gemacht? Nicht mal eine Antwort war ich ihr wert gewesen. Nicht mal das. Wahrscheinlich war ich schlichtweg nichts wert. Diese Erklärung erschien mir noch am Einleuchtendsten.

Was wollte sie mit einem Loser wie mir? Ich war so ein jämmerlicher Totalversager, hatte es zugelassen, dass sie sich wochenlang mit mir versteckte, ohne zu kapieren, dass sie sich für mich schämte. Fuck her! Fuck Vivien Davis! Für alle Zeiten. Die gottverdammte, beschissene Welt konnte mich mal. Ich wollte einfach nur noch meinen Frieden.

Mit Daumen und Zeigefinger massierte ich mir die brennenden Lider. Ich fühlte mich so verflucht einsam. Eine ganze, von der Schule wegen Schlägerei suspendierte Woche, saß ich schon allein zu Hause herum und dachte von früh bis spät nur an sie. Stand mit dem Gedanken an Vivien auf und ging mit ihrem Bild vor Augen ins Bett. Klammerte mich wie ein affiges Kleinkind an ihre kitschige Kette, weil mir nichts weiter von ihr geblieben war.

Tief in meinem Inneren verstand ich sie sogar. Aidan O'Conners zu lieben brachte behüteten Mädchen wie Vivien nun mal einen Haufen Scherereien. Ich hatte diesen Punkt von Anfang an mit einkalkuliert, mir persönlich waren heraufbeschworene Scherereien leider schon immer scheißegal gewesen.

In dieser Hinsicht tangierten sie mich ohnehin nur mittelmäßig, die volle Breitseite bekam Vivien ab. Die Leute in unserem Umfeld hatten sich ihre Meinung über mich längst gebildet und nichts und niemand konnte sie mehr vom Gegenteil überzeugen. Ich war abgestempelt.

Wie nach der Schlägerei mit Glenn Harris in Rektor Snyders Büro. Mich hatte er eine Woche vom Schulunterricht ausgeschlossen, den Drecksack Glenn hatte er mit Nachsitzen laufen lassen. Offensichtlich war sexuelle Belästigung eines Mädchens in der Schule nur halb so schlimm, wie eine blutende Nase. Mir ging unser heuchlerisches und doppelmoralisches System immer mehr gegen den Strich.

Beim bloßen Gedanken, nie wieder in Viviens fantastische Augen blicken zu dürfen, zerriss es mich fast in Stücke. Ihr Leben würde weitergehen, wenn meins schon längst vorbei war. Ein anderer – besserer Typ – würde irgendwann seine Arme um sie legen, diese weichen Lippen küssen und als allererster zwischen ihre Schenkel kriechen. Sie war dann bestimmt glücklich, dachte nicht mehr an mich, während ich den kläglichen Rest meines nichtsnutzigen Daseins damit zubrachte, um unsere verlorene Liebe zu trauern. Allein der Gedanke war so unerträglich, dass ich froh war, schon längst im Grab zu liegen, wenn all das passierte.

Diese Vorstellung reichte mir zum Sterben schon aus.

Bedächtig faltete ich das Blatt Papier auseinander und las zum hundertsten Mal diesen Brief durch, den ich ihr geschrieben hatte und bei dem mein Herz schwer wurde. Bald hatte ich alles hinter mir, tröstete ich mich.

Liebe Vivien (mein Engel),

ich schreibe dir diesen Brief, um dir für zwei wundervolle Wochen zu danken, von denen ich jeden einzelnen Tag geliebt habe - genauso wie dich. Es ist lustig, einen Abschiedsbrief zu schreiben. Man kann Dinge ansprechen, die man sich im wahren Leben nie zu sagen getraut hätte, wie den Fakt, dass deine Klamotten immer eine Spur zu spießig sind und deinen hübschen Hintern nicht betonen. Wieso eigentlich nicht? Dein Hintern ist klasse. Vielleicht ist das doch nicht so lustig. Verzeih mir bitte, falls ich mal wieder kitschig bin, aber ich schreibe einen Abschiedsbrief zum ersten Mal. Ich muss ehrlich gestehen, es fällt mir nicht leicht, von dir Abschied zu nehmen.

Einerseits wegen deines Hinterns (das weißt du mittlerweile ja schon) andererseits, weil ich es so unendlich schade finde, dass wir nie mehr herausfinden werden, wohin uns unsere gemeinsame Reise geführt hätte. Hätten wir bis zur Hochzeit durchgehalten? Oder uns im College in einer volltrunkenen Nacht nach einer Verbindungsparty im Streit getrennt, weil du mit Smalldick Andy herumgeknutscht hast. (Sorry, ich konnte ihm keinen großen Schwanz verpassen, dafür bin ich zu eifersüchtig) oder ich meine Finger nicht von Brenda the Bitch lassen konnte.

Was meinst du? Wie viele Kinder hätten wir wohl bekommen? Ich wollte nur Mädchen von dir, zehn Stück, die alle so aussehen wie du, keinen Jungen, der nach mir schlägt. Wir hätten sie zu großartigen Menschen erzogen, sie meinetwegen in Rüschenblusen gesteckt und wahrscheinlich hätte ich mir ein Schrotgewehr wegen ihrer vielen Verehrer zulegen müssen.

In sechzig Jahren wären wir beide dann grau und faltig im Schaukelstuhl auf der Veranda gesessen, und hätten unseren Enkelkindern, worunter leider auch ein kleiner Aidan gewesen wäre, beim Spielen zugesehen. Wir hätten Händchen gehalten und gewusst, dass wir alles richtig gemacht haben. Na, wie klingt das? Ich hätte es gern erlebt.

Aber weißt du, wofür ich dir am meisten dankbar bin? Dass du mich zu einem besseren Menschen gemacht hast. Dank dir weiß ich jetzt, wie sich wahre und tiefe Liebe anfühlt, dass das Gerücht vom Seelenverwandten eben doch keines ist. Für dich wollte ich mein Leben umkrempeln. Ich wollte, dass du stolz auf mich bist, auf den Aidan O'Conners, der ich geworden wäre.

Du solltest es immer gut bei mir haben, für dich wollte ich hart arbeiten. Ich liebe dich, Vivien. Jede Minute, die ich in deiner Nähe verbringen durfte, hat mich reifen lassen. Wuchs der Junge in mir zum Mann. Ich wollte dich beschützen und dich glücklich machen. Jetzt versprich mir eins, Vivien. Werde glücklich. Werde glücklich mit einem anderen Mann, und vergiss, dass es mich einmal in deinem Leben gegeben hat. Ich werde dasselbe versuchen, versprochen. Ganz sicher gibt es ein Leben nach dem Tod, irgendetwas wartet auf mich da draußen, ich spüre es ganz genau. Mein Tod ist kein Ende, es ist nur ein neuer Anfang. (Hey, da oben sollen ein paar richtig sexy Engel herumschwirren, hab ich mir sagen lassen.)

In Liebe,
dein Aidan

Ich musste das Blatt Papier ein Stück weg halten, sonst wären tatsächlich Tränen darauf getropft. Ich war so eine jämmerliche Memme, heulte herum, weil ich einen Heidenschiss vor dem finalen Moment bekam. Abrupt stand ich auf, wischte mir wütend die Wangen trocken, bevor ich das Papier fein säuberlich zusammenfaltete und in ein Kuvert steckte, auf dem ihr Name stand. Ich würde jetzt zu Viviens Haus gehen, und ihr den Umschlag in den Briefkasten legen. Danach gab es kein Zurück mehr. Würde ich dann mein Vorhaben nicht mehr in die Tat umsetzen, machte ich mich zum Gespött in ganz Carson City.

Meine Nervosität flaute ab, machte einer gähnenden Leere Platz, die keinerlei Gefühl mehr zuließ. Im Handstreich wurde ich ruhig, sogar beinahe glücklich. Ich hatte meine Entscheidung gefällt und nichts würde mich davon abhalten.

Als ich mich auf den Weg machte, schien die Sonne hell auf mich herunter. Ich liebte das heiße Wüstenklima Nevadas, was für ein schöner Tag zum Sterben. Ob Vivien wohl zu meiner Beerdigung kam? Ob überhaupt irgendein Mensch dort auftauchte?

Ich bog in ihre Straße ab, wurde unwillkürlich langsamer, mein verficktes Unterbewusstsein trickste meinen Körper aus. Aber das würde ihm nichts nutzen, es würde den Moment nur um Minuten hinauszögern. Mein Nervensystem wehrte sich mit Herzrasen, das Nebennierenmark schüttete eine Ladung Adrenalin in meine Venen, das mich unter Strom setzte. Ich betrachtete den Umschlag, der in meinen Händen zitterte. Nichts konnte mich abhalten. Ich musste ihn loswerden, ansonsten würde ich mein Vorhaben nicht in die Tat umsetzen.

»Aidan?«, rief eine glockenhelle, mir nur zu gut bekannte Stimme, und mich riss es herum.

Ausgerechnet Vivien kam auf mich zu. Mein Herz stand tatsächlich eine Sekunde still.

»Hey.« Ich räusperte mich. Meine Augen fingen an zu brennen, das

durfte doch nicht wahr sein. Ich würde jetzt nicht allen Ernstes vor ihr losflennen.

»Willst du zu mir?« Sie musterte mich ernst.

Ich schüttelte den Kopf. »Nein … ich hab ganz in der Nähe was zu erledigen.«

»Ach so.« Sie wirkte enttäuscht. Wieso wirkte sie enttäuscht? Oder war alles wieder mal pure Einbildung? »Danke, dass du mir mit Glenn Harris geholfen hast, er ist so ein schmieriger Idiot ohne Manieren.«

Ich schluckte den fetten Kloß im Hals runter. »Jederzeit, Vivien … Ich helfe dir jederzeit.«

Aufsteigende Tränen brachten ihre Augen zum Glänzen und rammten mir einen Pflock in die Brust. War irgendwas passiert? Hatte Glenn, dieser Wichser, sich nochmal an ihr vergriffen? Falls er das gewagt hatte, würde ich auch noch einen Strick für ihn basteln.

»Was ist los?« Ich hielt den Atem an.

»Ich hab dich vermisst.« Sie senkte die Lider auf diese einzigartige Vivien Art, die mich im Handumdrehen schwach werden ließ. Was hatte sie da gesagt?

»Du wolltest mich nicht mehr sehen«, erinnerte ich sie mit weicher Stimme und widerstand nur schwer dem Impuls sie in meine Arme zu reißen.

»Ich weiß.« Eine Träne kullerte über ihre Wange. »Mein Dad hat uns in der Küche zusammen ertappt und ist total ausgerastet, nachdem du weg warst. Er meinte, sollte ich mich weiterhin mit dir treffen, wird er einen Grund finden, um dich in ein Jugendgefängnis einweisen zu lassen. Ich wusste nicht, was ich sonst tun sollte, um dich zu beschützen. Aber glaub mir Aidan, mit dir Schluss zu machen, hat mir das Herz gebrochen. Ich liebe dich so so sehr.«

»Warum hast du mir das nicht gesagt?«

»Ich hatte Angst um dich.«

»Vivien, dein Dad blufft nur. Er kann mich nirgends grundlos einsperren lassen. Seine Tochter zu daten ist kein Verbrechen.«

»Das weiß ich mittlerweile auch. Ich war nur so durcheinander und brauchte Zeit zum Nachdenken. Aidan, ich will mich nicht von dir trennen. Aber ich weiß nicht, ob du mich nach allem, was ich getan habe, überhaupt noch willst.«

»Ich liebe dich, Vivien. Was glaubst du denn?« Mein Herz blühte auf, wie eine verdorrte Rose nach einem Regenguss, über der sich ein

Regenbogen bildete, der den schwarzen Gewitterhimmel vertrieb. Meine süße hübsche Vivien liebte mich noch. »Du bist mein Leben«, fügte ich leise hinzu.

»Was hast du da?« Sie deutete auf den Umschlag in meiner Hand. »Steht da mein Name drauf?«

Hastig knüllte ich den Abschiedsbrief in meine Hosentasche. »Nichts Wichtiges.«

»Aidan?«

»Ja?«

Sie sah so herzzerreißend schüchtern aus. »Willst du nächsten Samstag immer noch mit mir zur Prom gehen?«

»Natürlich will ich das, Vivien.« Ich nahm ihre Hand. »Sehr gern sogar.«

KAPITEL 20

VIVIEN

Völlig unvorbereitet bog Aidan auf den Parkplatz eines kleinen Frühstückrestaurants ab und hielt an.

»Lass uns was frühstücken. Ich bin am Verhungern.«

»Oh.« Ich war völlig in Gedanken versunken gewesen. Unser Gespräch nagte noch mit spitzen Zähnen in mir. Allein der bloße Gedanke an den nackten Spencer auf mir verursachte Brechreiz. Die vergangenen Tage hatte ich tatsächlich erfolgreich verdrängt, weshalb ich mir das Training überhaupt antat, stattdessen hatte ich mir selbst vorgegaukelt, ich würde mich mit meinem heimlichen Lover treffen.

»Frühstück klingt okay«, sagte ich schließlich und öffnete die Tür, obwohl ich keinen Hunger verspürte. Zumindest eine Tasse Kaffee würde mich wiederbeleben.

Wir betraten das fast leere Restaurant und suchten uns einen Platz am Fenster. Eine ältere, korpulente Frau mit grauen Dauerwelle-Locken humpelte an unseren Tisch. »Guten Morgen, Aidan. Das übliche?« Sie lächelte ihn an.

»Wie immer«, bestätigte er nickend. »Wie geht's, Rosa? Immer noch Probleme mit dem Knie?«

»Mal mehr, mal weniger. Alt werden macht keinen Spaß.«

»Du bist doch noch längst nicht alt.« Er lehnte sich zurück, wirkte entspannt. »In der Blüte deiner Jahre.«

»Ach, du alter Charmeur.« Rosa winkte geschmeichelt ab. »Und was darf ich der Lady bringen?«

»Nur einen Kaffee, bitte.«

Rosa musterte mich. »Nichts zu essen? Sie sehen aus, als ob Sie ein paar Pfund mehr auf den Rippen vertragen könnten.«

»Rosa macht die besten Blaubeerpancakes weit und breit«, sprang Aidan ihr bei.

»Dann probiere ich die mal«, gab ich nach und sah zu, wie Rosa glückselig von dannen hinkte.

»Sie sieht es als persönliche Niederlage an, wenn jemand hereinkommt und nichts bei ihr essen will.«

»Du kommst wohl öfter hier her.«

Aidan schmunzelte. »Beinahe jeden Morgen auf dem Heimweg.«

»Wie lange wohnst du schon in Las Vegas?«, nutzte ich die Gunst der Stunde, in der Hoffnung, ihn in einem gesprächigen Moment erwischt zu haben.

»Seit zehn Jahren.« Er wurde ernst.

Seit zehn Jahren? Das bedeutete, er war ziemlich schnell nach seinem Schulabschluss aus Carson City weggezogen.

»Dann hast du also nicht in Carson City studiert?« Kein Wunder, dass ich ihm nach der Promnacht nie wieder über den Weg gelaufen war.

»Nein«, er schüttelte den Kopf. »Ich habe noch einen Platz am Community College in Las Vegas ergattert. Dort war es, sagen wir mal, aufregender für einen jungen Kerl als in einem Provinznest.«

»Und was hast du studiert? Doch wohl nicht erotische Liebestechniken oder so was in der Art.«

Er lachte leise. »Nein. Ursprünglich wollte ich Wirtschaftsingenieur werden.«

»Und warum bist du es dann nicht geworden?«

Rosa kam mit zwei weißen Tassen zu uns, die sie auf dem Tisch abstellte, bevor sie Kaffee aus einer Glaskanne eingoss.

»Danke, Rosa.« Aidan schien froh über die kurze Unterbrechung zu sein. Sie tätschelte ihm die Wange wie einem kleinen Jungen. »Aber gern. Das Essen kommt gleich.«

»Sie mag dich«, stellte ich fest, als Rosa gegangen war.

»Warum auch nicht? Ich bin ein netter Kerl.« Er zuckte mit den Achseln.

»Ja, das bist du«, gab ich ihm recht. »Also«, begann ich gedehnt und grinste. »Was hat so ein netter Kerl wie du in einem Bordell verloren?«

Wenn er so entspannt wie jetzt dasaß, bekam sein kantiges Gesicht immer diese unterschwelligen weichen Züge, obwohl ein dunkler Bartschatten seine Wangen umwogte. In solchen Momenten haftete ihm etwas Abenteuerliches an, verführte sein muskulöser Körper mich dazu, meinen Kopf an ihn schmiegen zu wollen und mit den Händen über seinen Brustkorb zu streicheln. Mühsam hielt ich mich von einer Dummheit zurück, nahm stattdessen einen Schluck Kaffee.

»Kayne und ich kennen uns aus dem College. Unsere Zimmer im Studentenwohnheim lagen nebeneinander und wir verstanden uns von Anfang an super. Haben uns zusammen auf irgendwelchen Partys herumgetrieben und es richtig krachen lassen.«

Mein Nacken spannte sich an. Das hatte er also getrieben, während ich mühsam wieder sprechen und laufen lernte.

Rosa kam mit dem Essen und sorgte für eine kurze Atempause, in der ich mich regenerieren konnte. Ich betrachtete den Haufen mit Pancakes, bestimmt acht Stück. »Die kann ich unmöglich alle essen.«

»Ich helfe dir bei denen, die du nicht schaffst. Aber probier erstmal.« Auf Aidans Teller türmte sich knuspriger Speck, sowie zwei Spiegeleier, dazu ein paar Frühstückswürstchen, und ebenfalls ein Stapel Pancakes. Großzügig verteilte er Ahornsirup über allem.

Ich nahm meine Gabel und probierte ein Stückchen. Himmel, das waren in der Tat die besten Blaubeerpancakes, die ich jemals gegessen hatte. »Die schmecken wirklich toll.«

»Sagte ich doch.« Aidan zerschnitt sein Spiegelei. »Möchtest du immer noch wissen, wie ich in einem Bordell gelandet bin?«

Ich hielt mit dem Essen inne. »Unbedingt.«

»Du bist so sensationslüstern«, tadelte er mich lachend. »Ganz unspektakulär. Im letzten Studienjahr hat Kayne die alte verlotterte Farm seines Großvaters geerbt und wusste nicht, was er damit anfangen sollte. Eine Zeitlang hat er versucht, sie zu verkaufen, aber niemand wollte sich das antun.«

Der bedauernswerte Mr McMully kam mir in den Sinn, der ebenfalls nicht wusste, wie er seine Farm loswerden sollte.

»Also hat er sie wohl oder übel behalten«, machte Aidan weiter und schluckte einen Bissen hinunter. »Als er nach dem Studium keinen Job fand, ist er raus auf die Farm gezogen und wollte ein Bed and Breakfast daraus machen. Aus dem Bed and Breakfast wurde schnell ein Bordell, da sich nur Leute einfanden, die sich mit irgendwelchen illegalen Nutten aus Vegas die Zeit vertreiben wollten. Für bezahlte Sexspielchen war es ihnen in der Stadt zu heiß. Kayne hat super verdient, aber sein Hotel war ja kein Bordell. Für einen Sexclub brauchte er eine Lizenz. Und da seine Farm glücklicherweise in einem County liegt, in dem Prostitution nicht verboten ist, solange man ein staatlich anerkanntes Gewerbe führt, hat er schließlich Nägel mit Köpfen gemacht.«

»Er kam also durch Zufall dazu.«

Aidan nickte. »Mehr oder weniger. Der Laden hat so viel Geld eingebracht, dass Kayne die Bruchbude seines Großvaters bald abreißen konnte und das Gentleman's Paradise errichten ließ.«

»Okay«, ich widmete mich meinem vierten Pancake, denn ich konnte nicht aufhören zu essen. »Aber jetzt weiß ich immer noch nicht, wie du ins Bild passt.«

»Nicht?« Er schmunzelte. »Ich hatte gehofft, du hättest über meine ausschweifende Erklärung die Ursprungsfrage vielleicht schon wieder vergessen.

»Pech gehabt.« Ich tippte mit dem Gabelgriff an meine Schläfe. »Elefantengedächtnis.«

Aidan seufzte hörbar. »Sagen wir mal so, Kayne hat mir in einer schwierigen Zeit meines Lebens geholfen und mir einen Job angeboten.«

»Was war denn bei dir los?«, fragte ich äußerst taktlos. Meine Neugierde hatte gesiegt.

Aidan wurde ernst. »Ich war im Gefängnis.«

Ich schluckte, konnte nicht glauben, was er mir da erzählte. Aidan war straffällig geworden? Mein Puls im Hals pochte.

»Weshalb?«

»Schwere Körperverletzung«, sagte er lapidar und trank seine Tasse leer.

Ich brauchte einen Moment, um seine Beichte sacken zu lassen. Aidan konnte schnell aufbrausend werden, das wusste ich inzwischen. Aber er würde doch niemals grundlos einen Menschen derart zurichten, dass er in den Knast wanderte. So verhielt sich nicht der Aidan, den ich kannte.

»Das ist lange her.« Er musste mein Entsetzen bemerken. »Mittlerweile habe ich ein Anti-Aggressionstraining absolviert. Ich hab mich im Griff.«

Die Stimmung war gekippt, ich fragte mich immer wieder, was um alles in der Welt passiert war, wollte jedoch nicht mehr nachhaken. Aidan sah nicht so aus, als hätte er Lust auf nähere Ausführungen.

»Was macht deine Mutter?«, schwenkte ich um. »Ist sie wieder gesund?« Das war ein mindestens ebenso blödes Thema, wie das vorherige, wurde mir zu spät bewusst.

Er nickte. »Sie hat den Brustkrebs besiegt. Ich glaube, es geht ihr ganz passabel. Wir haben nicht viel Kontakt.«

»Ich auch nicht zu meiner Mutter.« Ich senkte die Lider. »Sie hat niemals verkraftet, was damals passiert ist. Ihre Depressionen machen mich fertig. Bei jedem Besuch fängt sie mit den alten Geschichten an. Wieder und wieder. Ich kann ihr Drama nicht mehr ertragen.«

»Sie gibt dir eine Mitschuld, nicht wahr?« Er beobachtete mich aufmerksam.

»Sie gibt eher der ganzen Welt die Schuld, außer sich selbst.« Meine Lungen fühlten sich an wie gelähmt, nur mit Mühe konnte ich atmen. Ob ich es ihm beichten sollte? »Sie hat … sie hat zu mir gesagt, ich hätte in dieser Nacht nicht so reagieren dürfen. Hätte ich es einfach zugelassen, wäre vielleicht nichts davon an die Öffentlichkeit gelangt.«

Aidan legte seine Gabel beiseite, ein halber Pancake lag noch auf seinem Teller. »Oh, Gott, Vivien. Bitte erzähl mir das nicht. Jetzt fühle ich mich noch viel schrecklicher.«

»Sorry«, sagte ich leise.

»Dir muss überhaupt nichts leidtun, wenn jemandem alles

leidtun muss, dann mir.« Er schüttelte den Kopf. »Dich trifft überhaupt keine Schuld. Die trage nur ich allein.«

»Ich glaube, wir beide konnten am wenigsten für den ganzen Mist.«

»Ich würde trotzdem alles dafür geben, Vivien, könnte ich diese Nacht rückgängig machen. Ich war so ein Riesenarschloch zu dir.« Er klang schuldbewusst, ehrlich schuldbewusst, für ein Geschehen, das so lange Zeit zurücklag. Warum hatte er mir das nicht schon Jahre früher gesagt?

»Ich würde es auch gern ungeschehen machen, Aidan.« Schüchtern lächelte ich ihn an, gerade fühlte ich mich ihm so verbunden. Trotz all der Katastrophen, die zwischen uns vorgefallen waren, teilten wir ein Stück Vergangenheit miteinander. Und zum allergrößten Teil war diese positiv verlaufen. Sogar atemberaubend.

Aidan war meine erste große Liebe gewesen, allein dieser Umstand machte ihn schon zu jemand Besonderem. Mittlerweile hatten wir uns ein bisschen angenähert und ich erkannte die tausend guten Seiten, die noch immer in ihm schlummerten, auch wenn das Leben ihn als Mann abgehärtet hatte. Sollte er seine Ankündigung mit Spencer tatsächlich in die Tat umsetzen, war unser einzigartiger Zauber für immer vorüber. Die vergangenen zwei Wochen hatte ich mich ihm hingegeben. Dem Mann Aidan, dem Liebhaber, und nicht dem Mentor.

Ich wusste, ich würde ein Stückweit sterben müssen, bevor ich die nächste Trainingsphase in Angriff nehmen konnte. Unglücklicherweise hatte Aidan wie immer recht.

Um Brian zu retten, musste ich mit hunderten Männern schlafen. Genau aus diesem Grund durfte ich mich nicht in Aidan verlieben.

Er blätterte ein paar grüne Scheine auf den Tisch. »Gehen wir.«

»Ich kann mein Frühstück selbst bezahlen.« Hastig kramte ich in meiner Handtasche. Aidan hielt mich am Arm zurück. »Es sind nur ein paar Pancakes, du verkaufst mir dadurch nicht deine Seele.«

»Okay.« Wider Willen musste ich lachen. »Aber nächstes Mal lade ich dich ein.«

»Abgemacht.«

Aidan fand einen Parkplatz direkt vor dem schäbigen Mietshaus, in dem ich wohnte und stellte den Motor ab. Flüchtig sah er sich um. »Nette Gegend.«

Ich nickte. »Ja, der Park ist gleich um die Ecke, ideal zum Joggen.« Ich öffnete die Wagentür einen Spalt breit. »Danke, dass du mich nach Hause gebracht hast.«

»Kein Problem.« Er löste seinen Gurt. »Warte, ich helfe dir noch mit der Kiste.

Huch, die hätte ich fast vergessen. Sämtliche Klientenakten von Tony befanden sich darin, die ich bis Montag ausmisten und sortieren wollte, um wenigstens ein bisschen Ordnung ins Chaos zu kriegen. »Das ist lieb von dir.«

Wir stiegen aus, Aidan schnappte sich den Pappkarton aus dem Kofferraum und folgte mir. Ich schämte mich ein wenig, für die ärmliche Gegend, in der ich lebte. Wenigstens war mein winziges Einzimmerapartment halbwegs aufgeräumt. Inständig hoffte ich, Kaynes Nobelkarosse möge nachher noch an einem Stück vor der Tür stehen. Ein Auto wie seins hatte ich im Nordosten von Vegas noch nie gesehen.

Nachdem ich die Haustür aufgeschlossen hatte, traten wir in den muffigen Flur. Wie es aussah, war die Klimaanlage mal wieder ausgefallen. Ich seufzte. Das konnte ja heiter werden, draußen hatte es schon über dreißig Grad. Scheppernd polterten die leeren Konservenbüchsen vor Mr Misamotos Apartmenttür in sich zusammen, die Aidan mit seiner Jeans gestreift hatte. Mein schräger Nachbar litt unter Verfolgungswahn. Schon in der nächsten Sekunde lugte er durch den Türspalt.

»Hi, Mr Misamoto«, grüßte ich freundlich. »Ich bin es nur, Vivien.«

Mr Misamoto warf Aidan einen grimmigen Blick zu. »Ich hasse fremde Leute im Haus.« Mit einem lauten Schlag warf er die Tür ins Schloss.

»Hat mich ebenfalls gefreut, Sie kennenzulernen, Mr Misamoto«, sagte Aidan spöttisch.

Ich winkte ihn die Treppe hoch. »Ich wohne im nächsten Stockwerk.«

Von oben kam uns Mrs Honeywater mit ihrem weißen Pinscher entgegen, der uns wütend ankläffte. Unter seinen winzigen Pfoten bildete sich eine Pfütze auf der Stufe.

Ich ächzte innerlich auf. Das reinste Irrenhaus. Was Aidan wohl von mir dachte?

»Hi, Mrs Honeywater.« Ich schob mich an der Wand vorbei, wich dabei der zähnefletschenden Schnauze so gut es ging aus. »Ist Timmy immer noch nicht stubenrein?«

»Der Ärmste hat Angst vor Fremden«. Sie schob die Lippen zusammen und ließ es zu, dass Timmy jetzt Aidan wütend anbellte und nach seinem Hosenbein schnappte.

»Beiß mich und ich verarbeite dich zu Katzenfutter«, knurrte Aidan ihn an, worauf der Hund winselnd und mit eingezogenem Schwanz an ihm vorbeihüpfte.

»Tierquäler«, fauchte Mrs Honeywater im Weitergehen.

»Langsam kann ich verstehen, warum du so dringend eine Eigentumswohnung haben möchtest«, hörte ich ihn sagen, als ich die Tür aufschloss.

Ich nickte. »In diesem Haus wohnen nur Verrückte.«

Er betrat hinter mir die Wohnung und sah sich um. Mein Apartment war zwar klein, aber ich hatte das Beste daraus gemacht. Das Sofa aus zweiter Hand mit bunten Decken aufgehübscht, überall standen Grünpflanzen und Dekoartikel liebevoll arrangiert herum. Ein schmaler Wandschrank trennte mein Bett vom übrigen Zimmer. Ich war eigentlich ganz zufrieden mit dem Resultat.

»Hübsch.« Er stellte den Karton ab und sah sich um.

»Nicht groß, aber ausreichend für eine Person.« Ich drehte eine Haarsträhne um meinen Finger. »Möchtest du etwas trinken? Ein Glas Wasser vielleicht oder eine Coke?«

Bedächtig kam Aidan näher und näher. Wie einzementiert blieb ich auf der Stelle stehen und betrachtete ihn. In der perfekt sitzenden hellen Jeans und dem legeren weißen Polohemd, sah er anders aus als sonst. Trotzdem immer noch unglaublich heiß. Der helle Stoff betonte die Sonnenbräune seiner Haut, ließ sie noch einen Tick dunkler schimmern.

Ich konnte nicht anders und schmachtete seine durchtrainierten Oberarme an, beobachtete fasziniert, wie die Muskeln bei jeder Bewegung unter der Haut spielten. Ich wagte nicht, den Blick zu heben, ansonsten würde ich ihn wohl anfallen. Wie machte er das nur immer? In Nullkommanichts stellte er diese besonderen Momente her, in denen ich ihm rettungslos verfiel. Als würde mein Körper einzig und allein auf Aidan lauern.

Dass er nicht redete, steigerte meine Anspannung ins Unermessliche. Wie es aussah, war es nicht meine beste Idee gewesen, den Kater ins Mauseloch einzuladen.

»Aidan«, flüsterte ich hilflos. In diesem Augenblick wollte ich nur noch ihn. Sein warmer Atem traf auf meine Wange, so nahe standen wir uns gegenüber. Jeder Atemzug von ihm vermischte sich mit meinem. Ich sog die Luft tief in meine Lungen, ließ Aidan in jede Körperzelle strömen, schloss genussvoll die Lider. Mit mir war es aus, ich gehörte ihm, was auch immer er jetzt vorhatte.

Er nahm mein Gesicht in beide Hände, streichelte meine Wangen mit den Daumen. »Schau mich an, Liebes.« Seine Stimme klang weich und lockend, umschmeichelte mich, sodass ich schließlich die Lider hob und den verliebten Blick in seinen Augen einfing. Ich täuschte mich nicht. Obwohl dieses Funkeln ein ganzes Jahrzehnt nicht mehr für mich glühte, hatte ich es nicht vergessen.

Eine Sekunde lang hatte Aidan sich geöffnet, mich in sein Inneres sehen lassen, bis ganz hinein in sein Herz, in dem es noch einen Platz für mich gab. Seine Lippen legten sich auf meine, zuerst sanft, dann fordernder. Als seine Zunge stürmisch meinen Mund eroberte, leidenschaftlich mit meiner spielte, legte ich beide Arme um seinen Nacken.

Aidan küsst mich, war der einzige Gedanke, den mein glücksbesudeltes Hirn zuließ. Endlich küsste er mich auf den Mund, nach so vielen Jahren und mit so viel Gefühl. Wir verloren uns in einem stürmischen Kuss, Aidan saugte meine Unterlippe ein und gab sie wieder frei, spielte hingebungsvoll mit meiner Zunge, und ich genoss jeden Augenblick. Unzählige Male hatten wir inzwischen schon miteinander geschlafen, er hatte seine Finger in jede meiner Körperöffnungen gesteckt, meine Schamgrenze bis zum Äußersten getrieben, doch nichts davon hatte sich so göttlich angefühlt wie dieser Kuss.

Seine Hände glitten an meinem Körper entlang, auf eine ungewohnt zärtliche Art und Weise. Sofort wusste ich, er wollte nicht einfach nur mit mir schlafen, er wollte Liebe machen.

Unser Kuss wurde wilder, unsere Münder pressten sich ungestümer aneinander. Ich leckte über seine Lippen und Zähne, vergrub beide Hände in seinen Haaren und zerzauste sie. Ein wohliges Stöhnen entwich seinen Lippen, als er mich hochhob. Ich schlang meine Beine um seine Hüften, während er mich zum Bett trug und ich rücklings auf der Matratze landete. Er sank auf mich, streichelte meinen Busen durch das T-Shirt, während er meinen Hals mit fiebrigen Küssen bedeckte.

Oh, Gott. Genauso hatte ich mir als junges Mädchen mein erstes Mal mit Aidan vorgestellt. Wir rissen uns die Shirts vom Körper. Keuchten, als Aidan meine Jeans öffnete und ich rasch meine Pumps abstreifte, damit er mir die lange Hose ausziehen und sich endlich um das wilde Pulsieren in meiner Klitoris kümmern konnte.

Uns blieb keine Zeit für ein ausgedehntes Vorspiel. Ich wollte nur seine Zunge in meinem Mund haben und seinen steinharten Penis tief in mir spüren. Nachdem er mir auch den Slip ausgezogen hatte, löste er sich von meinen Lippen und betrachtete meinen willigen Körper, strich mit einer Hand meine für ihn weit geöffneten Schenkel entlang. Meine Bauchdecke bebte.

»Du bist so verrucht sexy, wenn du die Beine für mich spreizt«, sagte er rau. »Und glaub mir, ich werde der einzige bleiben, für den du das tust.«

Ehe ich zu einer Erwiderung ansetzen konnte, schob er drei Finger in mich, bevor er sich zu mir beugte, mich wild, ja beinahe unbezähmbar küsste. Ich tauchte ein in den Strudel der Aidan-Lust, ließ es zu, dass er mein Gebieter wurde, der mit meinem Körper machen konnte, was immer er wollte. Ich wollte mit ihm schlafen, ihn tief in mir spüren, mein überempfindliches Fleisch an ihm reiben, und von einem Orgasmus zum nächsten getragen werden. Und er küsste mich noch immer, küsste tatsächlich meine Lippen.

Aidan schwang zurück auf die Knie und öffnete seine Jeans,

während seine Finger der anderen Hand weiterhin geschickt in mir spielten, mir überbordende Lust schenkten.

Als er mir sein pralles Glied entgegenstreckte, leckte ich mir die Lippen. Ich wollte es unbedingt in den Mund nehmen, an seinem Schaft entlanglecken und mir den ersten Lusttropfen genüsslich auf der Zunge zergehen lassen.

»Ich will ihn in den Mund nehmen«, sagte ich tapfer und setzte mich auf. Mit einer Hand fuhr er an seinem Schaft entlang, seine Lider waren halb geschlossen. Ich legte meine Lippen um seine Eichel, saugte sein wunderschönes Glied in den Mund und schmeckte sein köstliches Aroma. Schon im nächsten Moment, entzog er sich, packte meine Kniekehlen und schob meine Schenkel hoch bis zur Brust, bevor er genüsslich langsam in mich eindrang.

»Du sollst auch etwas davon haben.« Er fickte mich so gefühlvoll, wie noch nie zuvor. Durch meine weit geöffnete Haltung drang er noch tiefer in mich ein als sonst, versenkte sein Glied bis zum Anschlag in mir und verschaffte mir überschäumende Befriedigung. Ich könnte ewig einfach so daliegen und mich von ihm nach allen Regeln der Kunst durchnehmen lassen.

Mittendrin ließ er meine Kniekehlen los, packte mich bei den Hüften und schon saß ich auf ihm drauf, während er unter mir lag. Unsere Unterleiber waren noch immer miteinander verschmolzen.

»Fick mich, Vivien«, keuchte er und ich fing an, mich zu bewegen, rutschte an seinem Glied auf und ab. Genoss das wundervolle Gefühl, jedes Mal wenn ich auf ihn sank und er mich so wohltuend dehnte. Am liebsten würde ich seinen steifen Penis für immer in mir behalten, auf diese Weise mit ihm verbunden bleiben.

Ich hob meine Arme, rekelte mich vor ihm, während ich weiter an ihm entlanglitt. Ich hob mein Haar im Nacken an, ließ es durch die Finger gleiten, und stöhnte leise, denn ich hatte durch Zufall von ganz allein eine Position gefunden, in der Aidans Eichel den Lustpunkt tief in mir massierte. Nässe floss aus mir heraus und benetzte Aidans Unterleib.

Keuchend griff Aidan mir in den Nacken, und zog meinen Kopf zu sich, bevor er seine Lippen hitzig und unbändig auf meine presste, mir genau den Kuss gab, den ich in meiner Ekstase benötigte. Er stöhnte in meinen Mund, während winzige Schauer meinen Körper schüttelten, mein Inneres zum Zittern brachten und meine krampfenden Muskeln seinen Penis bearbeiteten. Keuchend genoss ich das süße Erdbeben, während Aidans Orgasmus sich heiß in mir entlud.

Atemlos ließ ich es zu, dass Aidan mich von sich hinunterrollte, seinen Penis aus mir herauszog und mich schrecklich verloren zurückließ. Der Sex mit ihm war unglaublich gewesen, so grandios, dass mir kein geeignetes Wort einfiel, welches auch nur annähernd beschrieb, was ich gefühlt hatte. Außer eins vielleicht. Wir hatten uns wahrhaftig geliebt.

Aidan blieb auf dem Rücken liegen und zog mich eng an sich, spielte mit meiner harten Brustwarze, während er noch heftig atmete. Falls er sein Gefummel nicht schleunigst unterließ, würde er früher als gedacht zur nächsten Runde ranmüssen. Oh, Gott. Bei Aidan war ich unersättlich.

»Du hast mich fast umgebracht«, keuchte er schließlich. »Was war das eben?«

»Ich glaube, wir haben Liebe gemacht.« Ich hielt den Atem an. Hatte ich das tatsächlich laut gesagt?

»Das haben wir in der Tat«, stimmte er mir zu und ein Lächeln legte sich über sein vor Erregung noch leicht angespanntes Gesicht.

»Vivien«, sagte er plötzlich leise. »Ich will nicht, dass du mit Spencer schläfst.«

»Das will ich auch nicht.« Ich malte mit dem Zeigefinger kleine Kreise auf seinen Bauch, genoss seine verschwitzte Wärme so nah an meiner Haut und fühlte mich einfach nur wohl.

»Ich will überhaupt nicht, dass du mit irgendwelchen anderen Männern schläfst«, legte er nach und ich stoppte in der Bewegung.

»Wie meinst du das?«

»Dass ich der einzige sein will, mit dem du schläfst.«

Ein Glücksgefühl rieselte durch mich hindurch, wie feinporiger Sand durch die schmale Taille einer Sanduhr und brachte alle meine empfindlichen Stellen zum Summen. Aidan hatte soeben meinen größten Wunsch ausgesprochen. Ich hatte mich

Hals über Kopf in Aidan verliebt und wurde zu schwach, um weiter gegen meine Gefühle zu rebellieren. Wusste selbst keinen Grund, warum ich ihn nicht lieben sollte. Aidan machte mich so glücklich. Bis im hintersten Eckchen meines vernebelten Gehirns Brian auftauchte, der mich mit mahnendem Blick an mein Versprechen erinnerte.

»Ich brauche noch Bedenkzeit. Bitte«. Mein Körper spannte sich an. Wie würde er reagieren?

Er nickte. »Du bekommst deine Bedenkzeit. Du hast zwei Wochen, um dir zu überlegen, was du möchtest. Dann ist die Zeit des Trainings vorbei und du wirst sowieso eine Entscheidung fällen müssen. In der Zwischenzeit wirst du ausschließlich mit mir trainieren.«

Sein Vorschlag klang fair, sogar mehr als das. Ich hatte ganz vergessen, wie einfühlsam und verständnisvoll Aidan sein konnte. Zwei Wochen Galgenfrist. In zwei Wochen konnte viel passieren.

»Aidan«, sagte ich leise.

»Ja?« Er klang angespannt.

»Die Session war zwar eine sehr interessante Erfahrung für mich, aber am allerbesten gefällt mir der Sex mit dir allein.«

KAPITEL 21

VIVIEN

Stirnrunzelnd las ich die eingegangene Nachricht auf meinem Smartphone.

Ich komme dich dann Morgen um acht Uhr abholen und freue mich schon sehr auf einen wundervollen Abend mit dir. Scott

An das morgige Date mit Scott hatte ich gar nicht mehr gedacht. Ob ich ihm einfach per Handy Nachricht absagen sollte? Normalerweise war sowas nicht meine Art.

Es gehörte sich einfach nicht, eine Verabredung kurzfristig zu canceln, solange man nicht sterbenskrank war oder im Krankenhaus lag. Darüber hinaus musste ich mir Scott warmhalten, für den Fall, dass ich meinen alten Job doch noch brauchte. Was war schon dabei, mit meinem ehemaligen Chef auf einen Drink auszugehen? Sollte er mir irgendwelche Avancen machen, würde ich ihm einfach freundlich mitteilen, dass ich mich bereits mit jemandem traf. Aidan wollte ich vorsichtshalber nichts von meiner Verabredung erzählen. Wir waren nicht fest zusammen, überdies hatte ich sowieso nicht vor, Scott in mein Höschen zu lassen. Mittlerweile konnte ich mir nicht mal mehr vorstellen, was ich überhaupt an Scott gefunden hatte. Neben Aidan verblasste er regelrecht zu einem farblosen Haufen Nichts.

Trotz allem sollte ich nicht ungerecht sein. Scott war ein netter Kerl. Warum durfte ich kein freundschaftliches Verhältnis zu männlichen Bekannten pflegen?

Der Klingelton meines Handys riss mich aus meinen Gedanken. Tony, blinkte es mir auf dem Display entgegen. Schon wieder. Bereits gestern hatte er mich angerufen, während ich im Park joggen war. Als ich mich bei ihm gemeldet hatte, war er nicht mehr erreichbar gewesen. Ich nahm das Gespräch an.

»Hey, Tony. Wie geht's?«

»Hast du einem Sam McMully allen Ernstes verklickert, wir würden seine Bruchbude vermitteln?«, brüllte er mir ins Ohr und hinterließ ein feines Summen in meinem Gehörgang.

»Ähm, könnte sein.« Ich schluckte. Was war denn mit Tony los?

»Was soll das heißen: könnte sein? Hast du oder hast du nicht?«

»Er rief Samstag an, und brauchte unsere Hilfe, weil er seine Farm dringend loswerden muss. Er möchte zu seiner Tochter nach Ohio ziehen. Über dreißig Immobilienmakler haben ihn abgewiesen. Er tat mir leid.«

»Mit gutem Grund. Diese Ruine mitten in der Wüste macht nur Arbeit. Hast du die Bilder gesehen, die er geschickt hat?«

»Äh, nein. Wie sehen sie denn aus?«

»Scheiße sehen sie aus«, dröhnte mir seine Stimme aus dem Handy entgegen. »Niemand tut sich sowas freiwillig an, wir werden bis in alle Ewigkeiten auf dem Gerümpel sitzen bleiben. Und glaub ja nicht, dass auch nur eins dieser Fotos auf unserer Homepage landet. Kein Mensch nimmt mich dann in meinem Job noch ernst.«

Langsam machte mich Tony richtig sauer. Mr McMully war so nett am Telefon gewesen. Was machte es denn für Umstände, nach einem Käufer Ausschau zu halten? Bei seiner derzeitigen Auftragslage sollte er froh um jeden Klienten sein.

»Ich fände es eine großzügige Geste, einem alten Mann zu helfen«, schoss ich dagegen. »Aus welchem Grund sollte sich kein Käufer für eine Farm finden lassen? Du hast es doch noch nicht mal versucht.«

Ich hörte Tony aufgebracht atmen, hoffentlich sprach er nicht gleich meine Kündigung aus. Noch ein Rauswurf in der kurzen Zeit würde mir echt an die Nieren gehen.

»Weißt du was?«, sagte er plötzlich überfreundlich. »Da du ja ganz scharf darauf bist, endlich als Maklerin eingesetzt zu werden, darf ich dir gratulieren. Du hast diesen exorbitanten Auftrag an Land gezogen, also will ich mal nicht so sein. Du bekommst den Auftrag McMully ganz für dich allein. Schnapp dir den Trümmerhaufen, und vermittle ihn. Die Provision darfst du dann selbstverständlich ganz für dich behalten.«

Mein Herz summte. »Wie hoch wäre die Provision denn, angenommen ich finde einen Käufer?«

»Falls du tatsächlich in den nächsten Jahren einen Dummen auftreibst.« Tony schien zu überlegen. »Ein Fleck Wüste mit einem halb verfallenen Haus darauf, sollte mit viel Glück schon seine 50 000 Dollar bringen. Bei zehn Prozent Provision kämst du auf satte 5000 Dollar.«

»Nur?« Enttäuschung machte sich in mir breit. »Aber es wird ewig dauern, bis ich jemanden gefunden habe. Ich werde hinfahren müssen und mit ihm reden. McMully wohnt ein paar Stunden entfernt. Die Fotos müssen aufbereitet werden und noch einiges mehr.«

»Ein Haufen Arbeit«, gab er mir recht. »Verstehst du jetzt, warum sich kein Makler um solche Aufträge reißt?«

Trotz regte sich in mir. Ich würde Mr McMully helfen, und Tony beweisen, dass sich für jede Immobilie ein Käufer fand. »Also gut, Tony. Ich nehme den Auftrag an.«

»Warum hast du die Sachen aus dem Zimmer geräumt?« Überrascht sah ich mich im Trainingsraum um, der ohne die Peitschen und das Regal mit dem Sexspielzeug ungewohnt leer wirkte. Selbst das hölzerne X war verschwunden.

Aidan kam auf mich zu und schlang die Arme um meine Taille. »Du hattest deine Trainingsstunde damit. Wir brauchen das Zeug nicht mehr.« Sanft senkte er seine Lippen auf meine, gab mir einen gefühlvollen Kuss, der mein Blut in Wallung brachte. Nur zu gern erwiderte ich sein heißes Lippenspiel und mein Herz schäumte über vor Glück. Ich war so verliebt in ihn.

In der Tat war ich froh, dass zumindest die Peitschen und Gerten nicht mehr im Zimmer hingen. So sehr ich die außergewöhnliche Erfahrung dieser Session auch genossen hatte, war mir doch bewusst, dass Kayne sich zurückgehalten hatte. Auf eine härtere Gangart konnte ich getrost verzichten. Um die netten Toys hingegen tat es mir ehrlich gesagt ein wenig leid. Im Nachhinein betrachtet, sahen manche recht vielversprechend aus, ich hätte zu gern gewusst, wozu einige der ausgefalleneren nutze waren. Zudem könnte ich schwören, dass Aidan Toys im Bett stimulierend fand.

Ich war froh, dass er keinen Hang zum Sadismus in sich trug, denn Kayne hatte recht behalten. Eine Wiederholung, gefesselt an das X, würde es freiwillig für mich nicht mehr geben.

Aidan küsste mich auf die Stirn. »Du wirkst ein bisschen wehmütig, dass ich das Zeug rausschaffen habe lassen.«

»Nein«, ich schüttelte den Kopf. »Das Allermeiste davon kann meinetwegen für immer sein verlottertes Dasein unten im Folterkeller fristen.«

»Das Allermeiste«, wiederholte er amüsiert. »Und was davon nicht?«

Ich zuckte mit den Achseln, wand mich peinlich berührt in seinen Armen. Mir war der Verlauf unseres Gespräches ein klein wenig unangenehm. »Ein paar von den Toys sahen ganz interessant aus«, gab ich schließlich leise und mit warmen Wangen zu.

»Du schätzt also Toys.« Er klang zufrieden. »Ich finde sie zwischendurch extrem amüsant. Welche gefallen dir denn am besten?«

»Keine Ahnung«, ich zuckte mit den Achseln, »um das beurteilen zu können, müsste ich sie ausprobieren.« Unwillkürlich strich ich mit meiner Hand seinen festen Oberkörper nach unten und grub meine Finger genüsslich in seinen knackigen Hintern. Der Kerl bestand einfach überall aus Muskelmasse, es war nicht zu glauben. Nach seinen durchtrainierten Oberarmen, mochte ich seinen festen Hintern am zweitliebsten. Sein göttlicher Penis lag außen vor, der war unschlagbar.

»Ich denke, das lässt sich machen.« Aidan klang mehr als angetan, »aber leider müssen wir unser Spielchen auf ein Andermal verschieben. Heute Abend liegt wichtiges an.«

»Was denn?« Meine Klitoris pulsierte, während meine Vorfreude tatsächlich einer unterschwelligen Enttäuschung viel zu viel Platz einräumte.

»Heute besucht uns ein bedeutender Vertragspartner im Club, der besonders wichtig für Kayne ist. Dieser Mann will sich mit eigenen Augen davon überzeugen, dass im Gentleman's Paradise keine hemmungslosen Sexorgien gefeiert werden.«

»Aber das tut ihr doch.« Ich zwinkerte ihm zu.

»Heute Abend nicht. Wir werden ihm ein paar nette Ladys präsentieren, nicht zu offenherzig gekleidet und mit Stil. Und diese Damen werden sich mit ein paar ausgewählten Herren im gesitteten Rahmen amüsieren. Zu den Ladys wirst heute Abend auch du gehören.«

Ich riss die Augen auf. »Wieso ich?«

»Du hast von Haus aus Manieren, und weißt, wie man sich in der Öffentlichkeit tadellos benimmt. Allein dein Auftreten wird dem kleinen Theaterspiel den letzten Schliff verleihen.« Er nahm meine Hand. »Dieser Abend ist unglaublich wichtig für Kayne und die Zukunft des Gentleman's Paradise. Schließt er den Deal ab, hat er die einmalige Chance, aus dem Club etwas ganz großes zu machen.«

»Okay.« Ich schluckte. Mir war nicht wohl bei dem Gedanken, welche Last Aidan soeben auf meinen Schultern ablud, obwohl dieses Geschäft bei genauerer Betrachtung überhaupt nichts mit mir zu tun hatte. Ich diente lediglich als schmuckvolles Beiwerk. Natürlich würde ich Kayne unterstützen, wann immer sich mir die Möglichkeit dazu bot. »Was muss ich tun?«

»Nicht viel. Einfach nur anwesend sein, nett aussehen, zurückhaltend mit ihm flirten, ein Gläschen miteinander trinken. Sonst nichts. Du sollst ihn nicht anmachen oder dich von ihm anfassen lassen. Ganz im Gegenteil. Der Kerl soll den Eindruck bekommen, dass ihr Mädchen eben nicht leicht zu haben seid. Das ist im Prinzip alles.«

»Ich denke, das kriege ich hin.« Aidans Anweisung klang

simpel. Im Großen und Ganzen war das im Kern seiner Beschreibung sogar ich, die echte Vivien.

»Ich bin zu hundert Prozent sicher, dass du das packst.« Aidan wirkte entspannt, sodass ich auch wieder ruhiger wurde. Er deutete zum Bett, auf dem ein hübsches weißes Sommerkleid mit breitem schwarzem Gürtel lag. »Dein Outfit für heute Abend.«

»Dieses Outfit lässt nicht viel Raum für Männerfantasien«, kicherte ich, obwohl ich das Kleid durchaus charmant fand und auch auf der Straße tragen würde. »Ich kann mir nicht vorstellen, dass Kaynes Geschäftspartner euch allen Ernstes abnimmt, wir würden in Sommerkleidchen am Tresen herumstehen.«

»Der Kerl ist streng katholisch. Glaub mir, für ihn ist dieses Kleid offenherzig genug.«

»Mit Slip oder ohne?«, neckte ich ihn, während ich Top und Shorts abstreifte.

»Heute zur Abwechslung mal mit.« Ich hörte ihn leise hinter mir knurren. »Beweg dich nicht so sexy, sonst vergesse ich mich, und falle auf der Stelle über dich her.«

Ich wandte den Kopf. »Ich würde mich nicht wehren.« Aufreizend wackelte ich mit dem Hintern. »Genauso hast du es mir doch beigebracht.«

Aidan atmete mit geschlossenen Augen tief durch. »Du bist zu gelehrig. Leider bleibt uns keine Zeit mehr, der Kerl müsste jede Minute im Club auftauchen.«

Aidan stieß die Tür zur Bar auf und wir schritten nebeneinander hindurch. Sie spielten tatsächlich Countrymusik, ich glaubte es kaum. Trugen die zwei nicht ein wenig zu dick auf? Auf den ersten Blick zählte ich acht Mädchen, von denen ich die meisten nur vom Sehen kannte. Bis auf Anna. Die Hälfte davon unterhielt sich mit irgendwelchen Kerlen an den Tischen. Der Rest schlenderte mit schwingenden Röcken umher.

Kayne und Aidan hatten auch sie allesamt in kurze Sommerkleider gesteckt, die zwar ihre Figuren hübsch betonten, allerdings nicht vulgär wirkten - wie sonst. Sogar Grace hinter dem Tresen trug ein geblümtes Kleidchen. Ihr gebleichtes Haar hatte sie zu einem Pferdeschwanz zusammengebunden und ganz auf die sonstige grelle Schminke verzichtet. Sie wirkte um Jahre jünger und natürlich hübsch.

»Grace sieht toll aus«, sagte ich zu Aidan.

Er lachte leise. »Unsere Gäste haben ihre aufgespritzten Lippen lieber rot geschminkt. Das regt die Fantasie an, falls du verstehst, was ich meine.«

»Ihr Männer denkt tatsächlich immer nur an das Eine. Unglaublich.«

»Wer wollte sich vorhin nicht wehren?«, erinnerte er mich spöttisch, bevor er sich im Raum umsah. Wie es aussieht, sind Kayne und Ronald Freeman noch nicht da. Er winkte einen von den Securitys heran. »Ist Kaynes Geschäftspartner schon eingetroffen?«

»Vor einer halben Stunde. Die beiden sind noch in seinem Büro.«

»Okay. Dann warten wir eben.« Aidan deutete zum Tresen. »Möchtest du ein Gläschen trinken?«

Meine Aufregung blubberte sachte in meinem Magen vor sich hin, bestimmt war es nicht schlecht, sie mit einem Gläschen Sekt zu ertränken. »Gern.«

Auch Aidan wirkte nervös. »Wie läuft's«, fragte er Grace, die uns ungefragt zwei Gläser mit Champagner füllte.

»Alles in Ordnung. Die Mädchen benehmen sich, keine kriegt mehr als ein Glas Alkohol von mir ausgeschenkt, danach kommt nur noch Wasser in die Gläser. Wir wissen alle, wie wichtig dieser Deal ist.« Sie nickte ihm beschwichtigend zu.

»Ich hoffe nur, er schluckt den Köder.« Aidan hob sein Glas und sah mir in die Augen, als er mit mir anstieß. »Cheers, mein Engel.«

»Cheers.«

»Du siehst zauberhaft aus, Vivien.« Grace strahlte. »Beinahe wie die junge Grace Kelly, als sie damals in Monaco von Bord ging, um ihren Traumprinzen zu heiraten.«

»Danke. Ich finde dich auch sehr hübsch.«

Grace winkte lachend ab. »Ach, das alberne Kleid. Ich bin froh, wenn ich nachher meinen Schlüpfer wieder ausziehen kann. Das Ding kneift ständig im Hintern.«

»Himmel.« Aidan rollte mit den Augen.

»Kayne ist im Anmarsch«, zischelte Grace, worauf Aidan sich umgehend umdrehte.

Kayne blieb mitten in der Bar stehen und deutete auf die Billardtische im hinteren Bereich. An einem von ihnen spielte ein Kerl mit der zierlichen, schwarzhaarigen Judy. Ganz gesittet, ohne die sonstigen Entkleidungsfummeleien. Unaufhörlich redete Kayne auf den älteren Mann ein, der neben ihm stand und sich scheu umsah. Er trug Jeans und ein rotkariertes Flanellhemd, hielt einen Cowboyhut an der Krempe vor seinen Bauch gedrückt. Auf den ersten Blick hätte ich wetten können, dass er ein Farmer oder ähnliches war.

»Bleib hier, bis ich dich rufe«, wies Aidan mich an, ehe er auf die beiden zuging und dem Mann die Hand schüttelte.

Sie unterhielten sich ein Weilchen, lachten sogar hin und wieder. Schließlich deutete Kayne auf einen der Tische in der Lounge, an dem sie sich niederließen. Sofort trippelte Grace auf sie zu und lächelte alle drei strahlend an. Währenddessen winkte Aidan mich zu ihnen. Ich folgte seiner Anweisung und machte mich auf den Weg.

Plötzlich kam ich mir in meinem weißen Kleid, inmitten dieses sonst so zügellosen Bordells, dumm vor. Als würde ich einen unbeteiligten Fremden reinlegen. Hastig streifte ich die albernen Gedanken ab wie eine Echsenhaut und ging zu ihnen an den Tisch.

»Guten Abend«, sagte ich lächelnd.

»Das ist unsere charmante Vivien Davis«, stellte Kayne mich vor. »Vivien, würdest du bitte Ronald Freeman begrüßen.«

Galant hielt ich seinem Geschäftspartner die Hand hin. »Es freut mich, Sie kennenzulernen, Mr Freeman.«

Mr Freeman erhob sich und schüttelte sie mit seiner verschwitzten kühlen Hand. »Ganz meinerseits, Miss Davis. Nennen Sie mich doch bitte Ronald.« Er räusperte sich.

»Nur, wenn Sie Vivien zu mir sagen.« Lächelnd deutete ich auf den Stuhl neben ihm. »Darf ich?«

»Selbstverständlich.« Ronalds Gesicht nahm eine unnatürliche Röte an, als ich mich niederließ.

Grace brachte Champagner für alle, außer für mich, bemerkte

ich, nachdem ich davon genippt hatte und Wasserperlen auf der Zunge schmeckte. Die Jungs hatten an alles gedacht.

»Ich muss gestehen, ich habe mir einen Sexclub ganz anders vorgestellt«, sagte Ronald, der weiterhin sämtliche Eindrücke inhalierte wie ein riesengroßer Staubsauger.

»Das tun die meisten«, beruhigte ihn Kayne. »Genau aus diesem Grund war es mir auch so wichtig, dass Sie bei uns vorbeischauen, um sich ein eigenes Bild zu machen.«

»Im Prinzip ist das Gentleman's Paradise nichts weiter als ein ganz normaler Club, den die Leute besuchen, wenn sie sich ein bisschen amüsieren möchten. Was nicht bedeutet, dass es gleich bis zum Äußersten kommt. Ich hoffe, Sie verstehen, was ich meine«, erklärte ihm Aidan.

Ronald nickte. »Selbstverständlich verstehe ich. Aber dennoch …« Ronald warf mir einen unauffälligen Seitenblick zu, »ist es wohl eine Tatsache, dass Ihre Damen unkeuschen Handlungen nicht abgeneigt sind.«

Kayne hob die Hände an. »Unkeusche Handlungen gibt es in jedem stinknormalen Danceclub ebenfalls. Sie möchten nicht wissen, was in den Hotels und Clubs in Las Vegas los ist, glauben Sie mir.«

»Darüber bin ich im Bilde.« Ronald nahm einen kleinen Schluck Champagner, der ihm nicht so recht zu schmecken schien. »Und ich halte dieses sündige Treiben ebenso wenig für rechtschaffen.«

»Hier im Club wird wenigstens streng darauf geachtet, dass alles safe zugeht«, sagte Aidan ungewohnt milde, »Dass die Frauen, die hier arbeiten, gesund sind und bleiben, sie anständig bezahlt und behandelt werden. Keine der Ladys arbeitet gegen ihren Willen in diesem Haus. Schauen Sie sich beispielsweise Judy an.« Er deutete hinüber zum Billardtisch. »Sie studiert Medizin, macht bald ihren Abschluss und arbeitet dann als Ärztin. Mit dem Geld, das sie hier im Gentleman's Paradise verdient hat, konnte sie ihr gesamtes Studium finanzieren, ohne Schulden machen zu müssen. Demnächst wird sie in einem Krankenhaus Leben retten.«

»Wenn Sie so daherreden, klingt das schon sehr beeindruckend, Mr O'Conners.« Ronald Freeman lehnte sich nachdenklich zurück, bevor er sich unverhofft an mich wandte. »Aus welcher Motivation heraus, möchten Sie in diesem Club arbeiten, Miss? Ohne Ihnen zu nahe treten zu wollen.«

»Vivien arbeitet nicht im Club«, stellte Kayne mit fester Stimme richtig. »Sie hat sich Bedenkzeit erbeten. Auch das gestehen wir den Frauen zu. Niemand, ich betone, absolut niemand wird in diesem Haus gezwungen, für mich zu arbeiten. Die Damen halten sich allesamt freiwillig im Club auf.«

Glockenhelles Gelächter drang von einem Nebentisch zu uns herüber, an dem sich ein Mann und eine mir nur vom Sehen bekannte Frau blendend unterhielten.

Aidan deutete zu ihnen hinüber. »Glauben Sie mir, Ronald. Diese Unbeschwertheit kann man nicht spielen. Hätte Kayne die Lady zu diesem Job gezwungen, würde sie jetzt unter Garantie nicht lachend am Tisch sitzen.«

Schweigend hörte sich Ronald alles an. »Wieso wollten Sie Bedenkzeit, Vivien?« Er lächelte mich schüchtern an. »Warum möchte eine so auffallend hübsche Frau überhaupt in diesem Etablissement arbeiten? Sie haben doch bestimmt ein Dutzend Verehrer an jedem Finger. Was sagt denn Ihr Partner dazu?«

Ich holte tief Luft, mein Puls im Hals pochte heftiger. Jetzt ja nichts Dummes herausblöken. Aidan warf mir seinen rede-bitte-keinen-Blödsinn-Blick zu, der nicht wirklich beruhigend auf mein seelisches Gleichgewicht wirkte.

»Ich lebe derzeit in keiner festen Beziehung, Ronald.« Ich lächelte charmant zurück. »Außerdem bin ich von Natur aus recht aufgeschlossen gegenüber allem neuen«, log ich unverfroren. »Ich möchte meine Grenzen selbst feststecken, herausfinden, ob dieser Club überhaupt etwas für mich ist. Das kann ich jedoch nur, wenn man mir die Möglichkeit gibt, mir in Ruhe alles anzusehen. Niemand drängt mich zu Dingen, die ich nicht tun möchte. Ich habe somit alle Zeit der Welt für eine Entscheidung. Sollte sie am Ende negativ ausfallen, kann ich jederzeit durch diese Tür nach draußen verschwinden. Die Leute, die hier arbeiten, passen aufeinander auf und behandeln sich gegenseitig mit Respekt, man hat das Gefühl, als wäre man Teil einer großen Familie. Bessere Voraussetzungen für dieses zugegeben heikle Gewerbe kann es nicht mehr geben.«

Ronald spielte mit der Krempe seines Huts, der auf seinem Schoß lag. »Vielleicht stecke ich in meinem fortgeschrittenen Alter doch zu tief in alten Vorurteilen fest. Die Zeiten ändern sich heutzutage ja rasant.

Was allein im Internet los ist, für dieses Lotterleben findet man keine Worte. Dank Ihnen, Vivien, bin ich jetzt überzeugt, dass dieser Club mit viel Verantwortungsbewusstsein geführt wird. Ich bin froh, über meinen Schatten gesprungen zu sein und mir ein eigenes Bild von den Verhältnissen in diesem Haus gemacht zu haben.« Er stand auf. »Ich denke, ich habe genug gesehen. Unterzeichnen wir den Vertrag.«

Kayne und Aidan atmeten sichtbar erleichtert aus, während sich Ronald an mich wandte. »Dennoch hoffe ich aus tiefstem Herzen, dass Sie es sich doch noch anders überlegen und zurück auf den Pfad der Tugend kehren.«

»Ich werde darüber nachdenken, versprochen.« Lächelnd reichte ich ihm die Hand, im Bewusstsein, dass unter seiner engstirnigen Fassade ein gutherziger Mann steckte.

»Ich werde Vivien nicht daran hindern, sollte sie sich gegen das Gentleman's Paradise entscheiden«, sagte Kayne, es klang wie eine unterschwellige Botschaft.

Aidan und ich beobachteten, wie Kayne zusammen mit Ronald in Richtung Ausgang entschwand. Kurz bevor sie die Tür erreicht hatten, flog diese mit einem lauten Knall gegen die Wand. Ich zuckte erschrocken zusammen. Eine halbe Armee an uniformierten Männern stürmte herein.

»Zurück«, rief ein blonder Hüne, der breitbeinig den Türrahmen verstellte. »Keiner verlässt oder betritt den Raum.«

Zwei Männer im Anzug schlängelten sich an ihm vorbei und sahen sich um. »Wer von Ihnen ist Kayne Crest«, rief der ältere.

»Der bin ich.« Kayne stand direkt vor ihm. Der Mann hielt ihm ein Schreiben vor die Nase. »Hausdurchsuchung.«

»Was?«, hörte ich Aidan fassungslos neben mir, bevor er sich zu Kayne aufmachte, während ich stehenblieb.

»Aus welchem Grund, wenn ich fragen darf«, erwiderte Kayne mit fester Stimme. Währenddessen fingen die restlichen Polizisten damit an, die Personalien aller im Raum befindlichen

Leute aufzunehmen, auch die von Ronald Freeman, der kreidebleich geworden war.

»Verdacht auf Menschenhandel, in Verbindung mit sexueller Nötigung«, gab der Mann laut Auskunft, während ich einer Polizistin im Flüsterton meinen Namen und Adresse mitteilte. Meine ID lag in meiner Handtasche im Trainingsraum.

»Wie bitte?« Kayne lachte eine Spur zu laut auf. »Seid ihr alle total verrückt geworden? Dieser Club ist staatlich gemeldet, ich besitze eine Lizenz.«

»Die Sozialfürsorge erhielt einen anonymen Anruf, in dem der Behörde mitgeteilt wurde, dass Sie, Mr Crest, traumatisierte und schwer labile Frauen zu sexuellen Handlungen nötigen.«

»Das ist der größte Blödsinn, den ich jemals gehört habe.« Kayne schüttelte fassungslos den Kopf.

»Sie halten in diesem Haus also keine Frauen gegen ihren Willen fest, Mr Crest?« Der Cop in Zivil hob eine Augenbraue.

»Selbstverständlich mache ich das nicht. Sämtliche Frauen, die hier arbeiten, sind angemeldet und den Behörden bekannt.«

»Die hier nicht«, warf die Polizistin neben mir in den Raum. »Eine Vivien Davis kann ich in meiner Liste nicht finden.«

»Das ist Quatsch«, entgegnete Kayne gereizt. »Mrs Davis hat wie alle anderen vor zwei Wochen ihren Vertrag unterzeichnet. Eine Kopie davon müsste schon längst bei den Behörden angekommen sein, wahrscheinlich haben die ihn verschlampt.«

»Ich dachte, sie arbeitet hier nicht«, sagte Ronald verwirrt. »Vorhin haben Sie mir erzählt, Vivien hätte noch Bedenkzeit.«

Kayne ächzte auf. »Hat sie ja auch.«

»Was denn nun?«, fragte der Cop in Zivil. »Ist sie jetzt eine Nutte oder nicht?«

»Menschenhandel«, japste Ronald entsetzt.

»Ihr habt sie ja nicht mehr alle.« Kayne schüttelte den Kopf.

»Ist eine gewisse Shawna Landowski anwesend?«, rief der Zivilpolizist.

»Shawna hat heute frei«, gab Aidan Auskunft.

»Können Sie sie trotzdem herbestellen? Wir hätten ein paar Fragen an die Lady.«

Als der Cop Shawnas Namen erwähnte, sackte mein Herz in den Magen. Das durfte nicht wahr sein. Im Sekundenbruchteil schoben sich Puzzleteile vor meinem inneren Auge zusammen. Dieses übertriebene Polizeiaufgebot hatte Kayne einzig und allein mir zu verdanken. Am Tag nach meinem Gespräch mit Shawna, hatte ich anonym bei einer Sozialeinrichtung angerufen und ihnen von Shawnas traurigem Leben berichtet.

Mit diesem Telefonat wollte ich doch nur erreichen, dass eine fachlich ausgebildete Person in einer ruhigen Minute einmal ein paar Worte mit der Ärmsten wechselte. Lediglich, um ihr die Augen zu öffnen, wie viele Möglichkeiten sie sich entgehen ließ, sollte sie die nächsten Jahre ein Dasein als Prostituierte fristen. Nie im Leben hatte ich damit gerechnet, dass eine Spezialeinheit den ganzen Club hochnehmen würde, noch dazu im denkbar schlechtesten Augenblick. Ronalds Miene verfinsterte sich zusehends. Die nette Dame am Telefon hatte mir so aufmerksam zugehört, viele interessierte Fragen gestellt und überaus verständnisvoll reagiert.

Sie hatte mir versprochen, dass sich jemand mit Shawna unterhalten würde. In meinen kühnsten Träumen hätte ich nicht gedacht, dass diese nette Frau die Cops verständigen würde. Wozu gab es solche Einrichtungen, wenn man denen nichts im Vertrauen mitteilen konnte? Sollte Aidan jemals von meinem versehentlichen Verrat Wind bekommen, würde er mich für alle Zeiten hassen. Angst griff mit schmierigen Fingern nach meinem Herzen und legte einen öligen Film darüber, der das Pumpen erschwerte. Mich überkam das Gefühl zu ersticken, mein Blut staute sich in den Adern und baute Druck auf meine Gefäße auf.

Aidan winkte Spencer zu sich. »Schau nach, ob du Shawna auftreiben kannst und bring sie her.«

»Das Ganze ist doch nichts weiter als ein beschissener Treppenwitz«, fluchte Kayne, die Sehnen an seinem Hals spannten sich an vor Wut. »Uns will einer ans Bein pissen, das ist alles. Wer auch immer dieser Wichser ist, er hat sich mit dem Falschen angelegt. Ich werde herausfinden, wem ich diesen Ärger zu verdanken habe und dann hat der Drecksack nichts mehr zu lachen, das schwöre ich.«

Obwohl mein schlechtes Gewissen mich auffraß, beschloss ich auf der Stelle, Aidan niemals im Leben ein Sterbenswörtchen zu verraten. Kayne würde mich bestimmt umbringen und Aidan genüsslich dabei zusehen.

»Haben Sie gerade eine Drohung ausgesprochen, Sir?«, fragte der Zivilpolizist. Seine Kollegen zerlegten derweil die Bar in ihre Einzelteile, gründlich durchsuchten sie jeden Winkel.

»Kayne, sei besser still«, zischte Aidan.

»Können wir uns in Ihrem Büro zum Verhör zurückziehen, oder möchten Sie uns aufs Präsidium begleiten?«

»Du sagst nichts mehr ohne Anwalt«, raunte Aidan. »Ich rufe John an.« Er kramte sein Handy aus der Hosentasche, ehe er sich an den Cop wandte. »Ich rufe unseren Anwalt, John Birkenfield, an. Ohne seine Anwesenheit wird es keine Befragung geben.«

»Das ist Ihr gutes Recht.«

»Gehen wir in mein Büro. Du kommst mit, Aidan.« Kayne winkte noch kurz dem Cop, als wäre der ein Hund und marschierte los. »Warten wir dort auf John.«

Es war schon weit nach zwei Uhr morgens, als endlich Ruhe im Club einkehrte. Die Cops abzogen und den Laden in einem Schlachtfeld zurückließen. Wie versteinert saß ich in der Lounge und konnte noch immer nicht glauben, was ich angerichtet hatte. Grace und die anderen Frauen hockten verstreut um mich herum.

Ab und zu schüttelte eine fassungslos den Kopf, ertönte aus einem anderen Mund ein ungläubiger Laut. Tränen schimmerten in Graces Augen, mir war ebenfalls zum Heulen zumute. Falls es ganz schlecht für Kayne lief, würden die Behörden das Gentleman's Paradise vielleicht komplett dichtmachen.

Ich war so eine gottverdammte Vollidiotin. Warum musste ich mich auch immer in Angelegenheiten anderer Leute einmischen, die mich nichts angingen?

Als ob ich mit solchen hirnverbrannten Aktionen die Welt verbessern könnte. Gegen Mitternacht hatte Spencer die erschrockene Shawna doch noch aufgetrieben. Zwei bewaffnete Cops hatten sie wie eine Schwerverbrecherin an uns vorbei zum Verhör abgeführt. Sollte Shawna bislang noch kein Trauma davongetragen haben, nach dieser Aktion hatte sie garantiert eins. Und ich allein war an allem schuld.

Bedächtig stand ich auf, von der inneren Anspannung tat mir alles weh. »Ich fahre nach Hause«, ließ ich Grace leise wissen.

Die nickte. »Mach das, Liebchen.«

Ich stakste zur Bar hinaus und hinüber in den privaten Bereich, um meine Handtasche zu holen. Dieses unnütze Herumsitzen brachte sowieso nichts. Vielleicht schmorten Kayne und Aidan schon längst wegen Menschenhandels in irgendeiner Zelle eines Hochsicherheitstraktes und keiner hatte ihre Verhaftung mitbekommen. Menschenhandel. Die hatten sie doch nicht mehr alle. Ich fühlte mich so schlecht, dass ich mich nur noch daheim unter meiner Decke verkriechen wollte.

Die Tür zu Joannes Büro stand sperrangelweit offen, ein Lichtkegel erhellte den düsteren Flur davor. Im Vorbeigehen bemerkte ich Aidan, der ganz allein an Joannes Schreibtisch hockte. Von Kayne fehlte weit und breit jede Spur. Oh, Gott. Saß der Ärmste tatsächlich in einer Zelle?

Ich räusperte mich. »Hi.«

Aidan schrak hoch, seine Augen leuchteten auf, als er mich entdeckte. »Hey, komm rein.«

Langsam setzte ich einen Fuß vor den anderen. Merkte er mir die Verräterin am Gesicht an? Mir tat alles so schrecklich leid.

»Wo ist Kayne?«, fragte ich, als ich neben ihm stand. Er griff nach meiner Hand, streichelte meinen Handrücken mit dem Daumen. »Bei Faye.«

»Oh.«

Aidan zuckte mit den Achseln. »Das ist eben seine Art, wieder runterzukommen.«

»Und du? Wie geht es dir? Hat sich alles geklärt?«

Aidan nickte. »John kümmert sich um die Angelegenheit. Er ist ein hervorragender Anwalt. Die Hausdurchsuchung hat nichts ergeben, es wurden keinerlei illegale Aktivitäten entdeckt. Nichts. Absolut gar nichts. Diese Wichser haben nichts gegen den Club in der Hand.«

»Immerhin etwas.« Ich atmete erleichtert durch, wie es aussah, war Kayne noch einmal glimpflich davongekommen.

»Ronald Freeman hat den Deal gecancelt.« Aidan wischte sich

mit einer Hand durchs Gesicht. »Er wird den Vertrag doch nicht unterzeichnen. Der Kerl will nicht einmal mehr mit uns reden. Falls Kayne es wagt, noch einmal bei ihm aufzukreuzen, will er ihn eigenhändig erschießen.« Er lachte bitter auf.

Aidan wirkte so mitgenommen, dass ich ihm tröstend die Arme um den Hals legte. Dabei fühlte ich mich wie eine Verräterin. »Das tut mir so unendlich leid.«

Er streichelte meinen Unterarm. »Du kannst nichts dafür. Bestimmt hat einer der Gäste damals die Cops doch noch informiert, als du so aufgelöst aus dem Keller aufgetaucht bist. Das würde auch den Quatsch erklären, den sie Kayne vorwerfen. Anders kann ich mir nicht erklären, weshalb diese Ärsche ausgerechnet heute hier aufgetaucht sind. Wenigstens war kein öffentlicher Betrieb, ein Haus voll mit Kunden hätte uns gerade noch gefehlt.«

Oha, so oder so. Die Hauptschuld trug ich. »Also hab ich Kayne den Schlamassel eingebrockt.«

»Du hast niemandem was eingebrockt, es war eine Verkettung unglücklicher Umstände.« Er schüttelte immer wieder fassungslos den Kopf. »Dann haben sie Shawna in die Mangel genommen, sie haufenweise irgendwelchen Blödsinn über ihre Vergangenheit gefragt. Über ihre Familienverhältnisse. Ob sie früher sexuell missbraucht wurde, sie jemand zum Anschaffen gezwungen hat, ob sie Drogen nimmt. Lauter so Mist. Als ob sie bei solch einer Historie für den Club arbeiten würde. Kayne ist doch nicht verrückt. Alle Mädchen, die hier anfangen, werden vorher gründlich durchleuchtet.«

»Aber davon hat Shawna mir auch erzählt«, rutschte es mir heraus. Scheiße.

Aidan hob eine Augenbraue. »Wovon hat sie dir erzählt?«

»Na, dass ihre Großmutter sie mit fünfzehn an irgendwelche Männer aus der Nachbarschaft verkauft hat, nachdem deren Lebensgefährte sie vergewaltigt hat. Und dass sie deswegen nicht mehr zur Schule gehen konnte, in ihrer Gegend gemobbt wurde. Shawna hat die Hölle durchlebt, Aidan.« Tränen brannten in meinen Augen. Trotz allem Mist, der passiert war, überwog das Mitleid für Shawna in mir.

»Vivien.« Aidan rollte mit den Augen. »Shawna ist eine notorische Lügnerin. Sie erzählt dauernd irgendwelchen Blödsinn, um sich interessant zu machen. Die Wahrheit ist, dass sie sogar sehr behütet als Tochter eines Lehrer-Ehepaars aufgewachsen ist. Sie hat übrigens einen Schulabschluss, war sogar mal auf dem College, aber hat das Studium schon nach dem ersten Semester geschmissen, weil sie lieber im Escort arbeiten wollte. Shawna ist nymphomanisch veranlagt, ihr macht der Job hier im Club Spaß. Das ist genau ihr Ding. Ab und zu rückt sie sich jedoch mit irgendwelchen ausgedachten Storys in den Vordergrund. Sie will Aufmerksamkeit, weiter nichts.«

»Oh, Gott.« Mein Herz blieb beinahe stehen, als er das sagte. Ich Idiotin war voll auf Shawnas Schwindelgeschichte hereingefallen. Sie hatte mich verkohlt, weiter nichts.

»Hey, halb so wild.« Er zog mich auf seinen Schoß. »Lass Shawna einfach quatschen. Keiner hier glaubt ihr ein Wort. Solange sie ihren Job bei den Kunden ordentlich erledigt, kann sie Geschichten erfinden, so viele sie will.«

Nie mehr in meinem Leben würde ich mich in die Angelegenheiten anderer Leute einmischen, schwor ich mir, während mein Puls dumpf in den Schläfen pochte. Und noch eine Sache wusste ich ganz genau: Ich würde dieses Geheimnis auf jeden Fall mit ins Grab nehmen.

KAPITEL 22

VIVIEN

»Du siehst zauberhaft aus, Vivien.« Scott betrachtete mich eingehend durch seine schwarz umrandete Brille. Er hob sein Weinglas. »Auf einen schönen Abend.«

»Auf einen schönen Abend«, wiederholte ich freundlich lächelnd und stieß mit ihm an, obwohl mir seine feierliche Ansage fast schon einen Tick zu viel war.

Scott hatte eine nette Bar für unsere Verabredung ausgesucht, stylish, mit schmalen Edelstahltischen, die an der Fensterfront entlang aneinandergereiht waren, sowie cooler bunter Neonbeleuchtung. Fast schon ein wenig europäisch. Gefiel mir.

»Eine nette Bar.« Ich sah mich um.

»Die Originalbar steht in Neapel. Diese hier wurde eins zu eins nachgebaut. Warst du schon einmal in Italien?«

»In Italien noch nicht, aber in meiner Schulzeit habe ich während der Sommerferien an einem zweimonatigen Französisch Sprachkurs in Paris teilgenommen. Das war eine wundervolle Zeit. Ich liebe Frankreich.«

»Ich liebe Paris, die Stadt hat so viel zu bieten. Allein die vielen Museen und Straßencafes, Spaziergänge an der Seine und dazu das wundervolle Essen. In ein paar Jahren möchte ich einmal dort leben.«

»Geht mir genauso.« Ich nippte an meinem Sekt. »Manchmal spaziere ich zum Paris Las Vegas Hotel, nur um mir den nachgebauten Eifelturm anzusehen. Sobald ich davorstehe, blende ich alles andere um mich herum aus und stelle mir vor, ich wäre wieder in Paris.«

»Das sollten wir unbedingt einmal zusammen machen, Vivien.« Scott verschlang mich beinahe mit Blicken. »Mit dir zusammen stelle ich mir das unglaublich romantisch vor. Warum nicht heute noch?« Er wirkte voller Tatendrang.

Eine Woche zuvor hätte ich mich geschmeichelt gefühlt. Mit Aidan im Hinterkopf, machte mich sein offensichtliches Interesse allerdings leicht nervös, musste ich zugeben.

»Ich fürchte, das wird zu spät für mich. Ich muss morgen in aller Früh im Diner sein.« Mist. Mir fiel keine bessere Ausrede ein. Eine, die sich nicht wie eine Ausrede anhörte …

Prompt sanken seine Mundwinkel nach unten. »Wie schade.« Gleich darauf hatte er sich gefangen und schenkte mir sein strahlendstes Zahnpastalächeln. »Dann eben ein andermal. Wir haben ja alle Zeit der Welt.«

»Wie läuft es in der Firma?«, wechselte ich rasch das Thema. Wie es aussah, wollte er eine Wiederholung des Dates. Vor ein paar Tagen hätte ich noch gejubelt.

»Immer noch nicht rosig, muss ich zugeben.« Er nahm einen großen Schluck Wein, als müsste er sich Mut antrinken. »Der Juniorchef ist an dem neuen Auftrag dran, aber die Details sind noch immer nicht geklärt. Es ist noch alles offen. Sobald es Änderungen diesbezüglich gibt, erfährst du es als Erste, Vivien.« Er langte über den Tisch und nahm meine Hand, bevor ich reagieren konnte.

»Das ist nett von dir.« Wie zufällig entzog ich mich ihm und griff nach meinem Glas. Meine Nackenhaare sträubten sich, ich fühlte mich, als würde ich meinen Partner hintergehen. Ich hätte Aidan von dem Treffen zumindest erzählen sollen. Wäre es andersherum, hätte ich auch gern von Dates mit anderen Frauen erfahren.

Obwohl wir nicht offiziell zusammen waren, wusste ich, dass Aidan in dieser Hinsicht Exklusivität von mir voraussetzte. Genauso wie meine Wenigkeit das bei ihm tat.

Ich verlegte unser Gespräch auf Smalltalk, fragte Scott nach seinen Hobbys und Lieblingsfilmen, er mich nach meinen Lieblingsblumen und ob ich gern in die Oper ging. Seine Hintergedanken ahnend, wich ich den Fragen gekonnt aus, indem ich einen wahren Antworten-Slalom hinlegte. Gegen halb zwölf endlich fiel uns beiden kein belangloses Gesprächsthema mehr ein.

Meine weibliche Intuition flüsterte mir zu, dass Scott sich mehr Vertrautheit zwischen uns erhofft hatte, doch er war glücklicherweise zu höflich, um sich etwas anmerken zu lassen.

Was hatte ich für ein Problem? Er war ein netter Kerl und wir hatten einen harmlosen freundschaftlichen Abend zusammen verbracht. Kein Grund für ein schlechtes Gewissen.

Trotz meines Protestes übernahm er die Rechnung. Bei mir war es bei zwei Gläsern Sekt geblieben, danach war ich auf Wasser umgeschwenkt. Scott hatte einiges mehr intus und schwankte leicht, als wir uns draußen vor der Bar verabschiedeten.

»Vielen Dank für einen reizenden Abend, Vivien.« Ohne Vorwarnung nahm er mich in die Arme und drückte mich an sich.

»Ich fand es auch nett.« Als ich instinktiv beide Hände gegen seinen Brustkorb stemmte, ließ er mich los.

»Ich wohne nur ein paar Blocks entfernt«, fing er zögerlich an. »Vielleicht magst du ja noch auf einen Kaffee zu mir hochkommen.«

»Heute nicht, Scott.« Ich lächelte gezwungen. »Es ist schon spät, morgen wartet ein Haufen Arbeit auf mich.«

Er nickte, wirkte ein wenig gekränkt, was mir in der Seele wehtat. Scott war ein netter Mann.

»Vielleicht können wir diesen Abend bald mal wiederholen«, gab er nicht auf. »Ich verstehe, wenn du Zeit brauchst. Wir können es langsam angehen lassen, uns in aller Ruhe kennenlernen, ich möchte dich zu nichts drängen.«

Ich schluckte. »Scott, ich treffe mich mit einem anderen Mann. Es ist zwar noch nichts festes, aber wir sind auf dem besten Weg dorthin.«

»Oh«, sagte er betroffen. »Ich verstehe.« Scott reichte mir die Hand, gab mir zwei Küsschen links und rechts auf die Wange. »Ich melde mich bei dir, sobald es Neuigkeiten im Büro gibt.«

»Ich hätte dir schon früher von ihm erzählen sollen. Bitte entschuldige.«

»Das macht doch nichts.« Er schüttelte den Kopf. »Im Gegenteil. Mich hat es gewundert, dass eine attraktive Frau wie du noch Single ist. Mir hat der Abend trotzdem gefallen. Auf Wiedersehen, Vivien.«

»Bye, Scott.«

Warum ich nicht nach Hause gefahren war, sondern stattdessen mitten in der Nacht den weiten Weg ins Gentleman's Paradise auf mich nahm, wusste ich selbst nicht. Während der Heimfahrt hatte mich eine schreckliche Sehnsucht nach Aidan überfallen, die in mir gekratzt und geschabt hatte, mich nicht in Ruhe ließ, bis ich auf den Highway stadtauswärts gebogen war. Dann hatte mein Herz freudig zu hüpfen begonnen, sodass ich ausnahmsweise das Tempolimit ignoriert und Gas gegeben hatte. Ich kramte mein Handy aus meiner Handtasche, die auf dem Beifahrersitz lag und schrieb Aidan eine Nachricht.

Was machst du gerade?

Kurz darauf kam die Antwort.

Ich sitze in Joannes Büro und mache meinen Steuerkram. Wie war dein freier Abend?

Nett. Ich war aus, etwas trinken.

Mit einer Freundin?

Mit meinem früheren Chef.

Pause. Mit einem Auge linste ich auf das leuchtende Display, während ich auf Aidans Antwort wartete und mir das Herz bis hoch zum Hals schlug. Mindestens eine Minute verging.

War es nett?

Gleich darauf vibrierte mein Smartphone erneut.

Gibt es etwas, was du mir sagen möchtest?

Es war nett und rein freundschaftlich. Ich möchte kein Geheimnis daraus machen. Aus diesem Grund hab ich es dir erzählt.

Okay.

Okay? Ich stutzte. Das war alles, was er dazu zu sagen hatte? Hatte ich am Ende mal wieder viel zu viel in mein Techtelmechtel mit Aidan hineininterpretiert? Mein Handy brummte.

Falls der Kerl seine Finger nicht bei sich behalten hat, bring ich ihn um.

Ein warmes Lächeln legte sich über meine Lippen. In diesem

Augenblick wollte ich nichts sehnlicher, als in seinen Armen liegen.

Er hat sich tadellos benommen. Wir haben uns nur unterhalten.

Dann hat das Kerlchen ja nochmal Glück gehabt.

Ich überlegte wegen Samstag. Sollte ich ihn fragen? Warum nicht. Ich hätte ihn gern an meiner Seite.

Möchtest du mich am Samstag auf eine Vernissage begleiten?

Natürlich. Sehr gern.

Ich spürte, wie meine Mundwinkel sich hoben, konnte mein bescheuertes breites Grinsen nicht abstellen. Er hatte zugesagt!

Dann haben wir also unser erstes offizielles Date?

Sieht ganz so aus. Gute Nacht, mein Engel.

Gute Nacht, Aidan.

Ich drückte das Gaspedal bis zum Anschlag durch und brauste über den nachtschwarzen Highway, während meine Gedanken sich in der Zeit verstiegen.

»Warum hast du mich bei Aidan verpetzt, du blöde Kuh!« Brian kam

mit seinem Rollstuhl in mein Zimmer und stieß mit dem Rad unsanft gegen meinen Schreibtisch, an dem ich gerade saß und Hausaufgaben machte.

Missmutig betrachtete ich den blauen Strich, der sich quer durch meinen Aufsatz über die Rolle der Frau während des Bürgerkriegs zog. »Danke, Brian. Wegen dir habe ich meine Hausaufgabe versaut.«

»Geschieht dir recht.« Er blitzte mich an, war stinksauer. »Aidan ist mein Freund. Warum gönnst du mir meine Freundschaft zu ihm nicht?« Wuttränen schwammen in seinen Augen. »Du willst Aidan ganz für dich allein, stimmt's?«

Ich schob meinen Schreibtischstuhl ein Stück nach hinten. »Das ist doch Blödsinn. Natürlich gönne ich dir deine Freundschaft mit Aidan.«

»Ich habe sowieso kaum Freunde.« Mein kleiner Bruder klang verbittert, was mir in der Seele wehtat. Es war eine Scheißaktion von mir gewesen, sein Vertrauen für einen fingierten Grund zu missbrauchen, um mit Aidan Schluss zu machen.

»Aidan ist sowas von cool. Er hat mir ein paar Tricks mit dem Basketball beigebracht und wir haben zusammen gechillt und gequatscht.«

»Es tut mir leid, Brian.« Ich zuckte hilflos mit den Achseln. »Das ist mir so rausgerutscht, ich wollte nichts an Aidan weitertratschen.«

»Ein paar Typen in der Schule haben erzählt, dass du mit ihm Schluss gemacht hast, weil er Glenn Harris verprügelt hat. Sie haben gesagt, Glenn hat nur ein paar harmlose Worte mit dir gewechselt, schon ist Aidan auf ihn losgegangen und hat ihn zusammengeschlagen.«

Ich schüttelte den Kopf. »Nein, so war das nicht. Aidan hat mir geholfen, als Glenn zudringlich geworden ist und mir an den Hintern gefasst hat.« Auch mir war dieses hartnäckige Gerücht bereits zu Ohren gekommen, in dem Aidan als eifersüchtiger brutaler Schläger dargestellt wurde. Selbst dann noch, nachdem ich dieses dumme Gerede zigmal widerlegt hatte. Beinahe schien es mir, als wollten die Leute Aidan in diesem Licht sehen.

»Das klingt schon glaubhafter.« Brian fuhr ein Stück zur Seite. »Aidan würde niemals grundlos auf jemanden losgehen.«

Mir tat es gut, dass noch jemand auf dieser Welt den wahren Aidan kannte. »Würde er auch nicht. Aber ich musste Schluss mit ihm machen, weil Dad uns zusammen in der Küche gesehen hat und völlig ausgerastet ist.«

Brian seufzte. »Dad kann ein richtiges Arschloch sein.«

»Brian«, mahnte ich ihn scharf.

»Und jetzt?« Er hob die Hände an. »Willst du dich wegen Dad nicht mehr mit ihm treffen? Dann bist du echt selbst schuld.«

»Wir gehen Samstag zusammen zur Prom«, wisperte ich.

Brians Mund stand offen. »Sobald Aidan hier auftaucht, wird Dad ihn noch auf der Türschwelle zu Kleinholz verarbeiten und dich in ein strenges Mädchen-Internat stecken«, prophezeite er unheilschwer.

»Wir gehen nicht offiziell zusammen zur Prom, sondern getrennt und treffen uns dort. Kimberley und Melissa haben auch kein Date, wir wollen zu dritt hin. Aidan wird mit seinen Kumpels auftauchen. Offiziell hängen wir alle zusammen als Freunde ab. Weiter nichts.«

»Freunde, die sich küssen.« Brian grinste von einem Ohr bis zum anderen. »Warum nicht.«

»Erzähl bloß nichts davon Mom und Dad, sonst bin ich geliefert.«

»Keine Sorge«, er rollte zur Tür hinaus. »Ich bin keine Petze.«

Mein Bruder war süß. Obwohl er noch so klein war, konnte ich mich immer auf ihn verlassen. Ich hatte einfach nicht nachgedacht, als ich auf die Schnelle die Drogengeschichte als Trennungsgrund vorgeschoben hatte. Sowas passierte mir kein zweites Mal.

Seufzend stand ich auf und schlenderte die Treppe hinunter, um mir eine eiskalte Coke zu besorgen. Mein Mund war ganz trocken. In der Küche traf ich auf meinen Vater, der sich mit Aidans Mutter unterhielt, während er ihr den vollen Wäschekorb abnahm.

»Lassen Sie mich den nehmen, Mrs O'Conners. Der ist doch viel zu schwer für Sie.«

»Danke.« Aidans Mom schob sich eine hellbraune Strähne aus der Stirn. Im Vergleich zu meiner Mutter sah sie unglaublich jung und ausnehmend attraktiv aus, als wäre sie höchstens Ende zwanzig.

Die Ähnlichkeit zu ihrem Sohn war nicht zu leugnen, beide hatten dieselben ungewöhnlichen Augen, auch die hübsch geschwungenen Lippen hatte er von ihr. Ich wusste von Aidan, dass sie fünfzehn gewesen war, als sie mit ihm schwanger wurde. Kurz nach seiner Geburt hatte sie mit dem Einverständnis ihrer Eltern Aidans Dad geheiratet, der nach zwei katastrophalen Ehejahren, in denen er Mrs O'Conners mehr als einmal krankenhausreif prügelte, endgültig das

Weite gesucht hatte. Aidan hatte keine Ahnung, wo sein Vater sich aufhielt oder ob er überhaupt noch lebte.

Mein Dad stellte den Wäschekorb neben sich ab. »Darf ich Ihnen einen Drink anbieten, Ma'am? Heute ist es ja wieder schrecklich heiß draußen.« Er klang äußerst liebenswürdig, vor dem Hintergrund ein Mitglied der O'Conners vor sich zu haben.

Aidans Mom lächelte ihn an. »Das ist nett von Ihnen, Mr Davis. Vielleicht ein Glas Wasser.«

Während mein Dad ihr einschenkte, spazierte ich an ihnen vorbei zum Kühlschrank.

»Hi, Mrs O'Conners«, grüßte ich und öffnete die Edelstahltür.

Sie wandte sich um. »Oh, hallo Vivien. Du wirst ja immer hübscher.«

»Danke.« Es spritzte zischend, als ich die Dose öffnete. Ich nahm einen großen Schluck. Ah, das tat gut.

»Wie weit bist du mit deinen Hausaufgaben?«, wollte mein Dad wissen, während er ihr das Glas reichte.

»Fast fertig. Mathe hat bis Freitag Zeit.«

»Ihre Tochter ist so fleißig und tadellos erzogen«, schwärmte Aidans Mom. »Sie können stolz auf sie sein. Mein Aidan sitzt suspendiert zu Hause herum, weil er in der Schule geschlägert hat.« Ihre Lippen verkniffen sich zu einem harten Strich. »Wenn er so weitermacht, wird er eines Tages noch im Gefängnis landen.« Sie wandte sich an mich »Ich habe gehört, ihr beide seid tatsächlich miteinander befreundet. Ist das wahr?« Sie klang allen Ernstes entsetzt. Aidans eigene Mutter. Ich fasste es nicht.

»Wir kennen uns aus der Schule«, wich ich lapidar aus und trat den Rückzug an.

»Ich habe Vivien den Umgang mit Aidan bereits verboten«, hörte ich meinen Dad im Rücken und blieb stehen. Hatte er das tatsächlich laut gesagt? Wie konnte er nur?

»Das haben Sie richtig gemacht«, pflichtete Mrs O'Conners ihm bei. »Er ist so ein schlechter Einfluss, ich weiß nicht mehr, was ich mit ihm anstellen soll.«

Die beiden machten mich so sauer. Woher nahmen sie sich das Recht, dermaßen abfällig über Aidan zu urteilen? Sie kannten ihn nicht mal, zumindest nicht so wie ich.

Langsam drehte ich mich um. »Aidan ist kein Versager«, spuckte ich ihnen beinahe vor die Füße. »Er wird ab September studieren und ich bin mir sicher, er wird einmal sehr erfolgreich im Leben sein.«

»Auf einem Community College«, erwiderte mein Dad abfällig. »Ein Studium für arme Schlucker. Wie weit wird er damit wohl kommen?«

»Falls er es überhaupt durchzieht. Ich gebe ihm keine drei Monate, dann hat er das Studium wieder hingeschmissen und liegt mir auf der Tasche«, pflichtete Aidans Mom ihm gehässig bei. Jedes einzelne Wort traf mich wie Dartpfeile in die Brust. Wie konnte seine eigene Mutter so schlecht über ihn reden? Sie war seine Mom!

Ich schüttelte nur mitleidig den Kopf. Diese verbitterte Frau war es gar nicht wert, dass man ihr zuhörte. »Aidan ist ein wundervoller Mensch, Mrs O'Conners. Es ist schade, dass Sie nicht erkennen, was für einen großartigen Sohn Sie haben. Auch Sie werden das eines Tages noch begreifen, aber ich fürchte, zu diesem Zeitpunkt wird es zu spät sein.« Ich machte auf dem Absatz kehrt und stürmte aus dem Zimmer.

Noch ein Wort von den beiden und ich würde mich vor ihre Füße übergeben müssen.

Ich parkte den Wagen, stoppte den Motor und stieg aus. Voll innerer Vorfreude eilte ich über den Parkplatz in Richtung Seiteneingang. Meine Sehnsucht nach Aidan wuchs und wuchs. Rasch gab ich den vierstelligen Zahlencode für die Tür ein und betrat das kühle Haus.

Die Klimaanlage blies angenehm kalte Luft auf meine nackten Schultern. In Joannes Büro, ein Stückweit vor mir, brannte noch Licht. Ich beschleunigte meine Schritte und lugte durch die offene Tür. Aidan saß am Schreibtisch und tippte auf einem Laptop herum. Eine geöffnete Aktenmappe lag neben ihm auf dem Tisch. Mein ganzer Körper summte vor Glückseligkeit, während ich ihn einfach nur betrachtete. Aidans Mom hatte Unrecht behalten. Aus ihm war ein großartiger Mann geworden. Je länger ich so dastand und ihn betrachtete, desto verliebter wurde ich in ihn. Ging das überhaupt noch? Ich lächelte in mich hinein, als er die Stirn in leichte Falten legte und so hilflos überfordert aussah. Er fluchte leise, hämmerte auf die Tastatur ein. Mein Aidan.

Als ob er meine Anwesenheit gespürt hätte, hob er den Kopf. Ein Ausdruck überraschter Freude legte sich über sein Gesicht.

»Hey, mit dir habe überhaupt nicht gerechnet.«

Ich lächelte ihn an. »Ich wollte dir Gute Nacht sagen.«

»Das wäre auch am Handy gegangen.«

Mit wippenden Hüften kam ich näher, während er sich zurücklehnte. »Und dir einen Gutenacht Kuss geben.«

»Das wiederum wäre nicht am Handy gegangen.« Seine Stimme klang rau, kratzig. Er winkte mich zu sich. »Komm her zu mir.«

»Ich will dich nicht bei deiner Arbeit stören.«

Energisch klappte er die Akte zu. »Glaub mir, ich bin für jede Unterbrechung dankbar.«

Mit einer schnellen Handbewegung packte er mein Handgelenk und zog mich schwungvoll auf seinen Schoss, sodass ich einen überraschten kleinen Schrei ausstieß.

Sein Gesicht wurde ernst. »Du triffst dich also hinter meinem Rücken mit fremden Männern.«

»Nicht mit Männern. Ich war nur mit Scott auf einen Drink aus, das ist alles. Und ich habe ihm von dir erzählt.«

»Dann hat er dich also doch angemacht.«

Ich schüttelte den Kopf. »Soweit habe ich es gar nicht erst kommen lassen.«

»Du bist ein böses Mädchen«, schalt er mich mit Spott in der Stimme.

»Es tut mir leid.« Gespielt reumütig senkte ich die Lider.

»Wäre ich Kayne, würde ich dich übers Knie legen, dein Höschen zwischen deine Schenkel klemmen und dir den Hintern versohlen.« Er streichelte meinen nackten Oberschenkel, den mein leichter schwarzer Sommerrock nur halb verdeckte.

»Zum Glück bist du nicht Kayne, sondern Aidan.« Ich küsste ihn fiebrig. »Ich habe die ganze Zeit nur an dich gedacht«, murmelte ich an seinen Lippen, »und hatte solche Sehnsucht nach dir, dass ich es nicht mehr ausgehalten habe. Ich musste herkommen.«

»Eine weise Entscheidung.« Er glitt an der Innenseite meines Schenkels nach oben, während er meinen Kuss leidenschaftlich erwiderte. Ich keuchte in seinen Mund, als seine Fingerspitzen meine Schamlippen durch das hauchdünne Netz meines Strings streichelten, er hingebungsvoll mit meinen inneren Falten spielte. Oh, wie ich es liebte, wenn er an mir spielte. Er in diese ganz besondere Laune kam, die sofort auf mich übersprang, weil sie meist in etwas Großem endete. Ich spürte deutlich, wie diese speziellen Vibes um uns schwangen, in einer chemischen Reaktion unserer Körper endend, die unsere Lust immer weiter schürte.

Seine heißen Lippen trafen auf meinen Hals, küssten die Stelle, an der meine Schlagader heftig pochte. Genießerisch schloss ich die Augen.

»Willst du ein bisschen spielen?«, raunte er in mein Ohr, und knabberte an meinem Ohrläppchen, schickte lustvolle Blitze in mein Höschen.

»Was möchtest du denn spielen?«, japste ich, denn Aidans Daumen kreiste um meine Klitoris.

»Komm mit.« Er wich mit dem Kopf zurück, nahm seine Hand von mir und riss mich aus meiner wundervollen Trance. Zur Krönung schob er mich noch von seinem Schoß, bevor er aufstand. Meine wild nach seinen Fingern winselnde Klitoris erschwerte mir eine lässige Haltung. Oh, Gott, ich brauchte Aidan so dringend.

Er lotste mich an der Hand durch den leeren Flur. Wir liefen in die andere Richtung als sonst. Ich kam bei seinen weit ausholenden Schritten kaum hinterher.

»Wo gehen wir hin?«

»Das wirst du gleich sehen.« Sein Grinsen sah gerissen aus. Er führte mich eine Wendeltreppe hinunter. Erst als wir unten standen, wusste ich wieder, wo ich mich befand. Im Trakt mit den Zimmern der Mädchen, die sie für ihre Kundenbesuche nutzten. Ein paar davon standen offen, bei anderen baumelten *bitte nicht stören* Schilder am Türknauf. Die halbnackte Judy winkte uns im Vorbeigehen.

Ich hielt Aidan am Arm zurück. »Was machen wir hier?«

»Gleich siehst du es.« Er öffnete eine Tür und knipste das Licht an. Mich traf fast der Schlag.

»Das ist dann wohl das Untersuchungszimmer«, riet ich aufs Geradewohl, nachdem ich mich ein wenig gefangen hatte. Mein

Blick fiel auf den gynäkologischen Stuhl in der Mitte. An den Wänden reihten sich Regale, die vollgestopft waren mit allerhand Zeugs. Plastikpenise in jeder erdenklichen Größe, Vibratoren und Dildos in sämtlichen Farben und Formen. Das Spekulum im Fach links neben mir, war mir von meinen Frauenarztbesuchen extrem unangenehm in Erinnerung.

Ich deutete flüchtig darauf. »Ich hoffe inständig, du hast nicht vor, dir meine Gebärmutter in Lebensgröße anzusehen.

»Was interessiert mich deine Gebärmutter.« Aidan wackelte mit den Augenbrauen. »Hier drinnen kann man viel Spaß haben.« Sachte schob er mich ein Stückchen vorwärts, bevor die Tür hinter uns ins Schloss fiel und er sie verriegelte. »Damit uns nicht dasselbe passiert, wie Kayne im Keller«, raunte er.

Ich wandte mich zu ihm um und stemmte beide Hände in die Hüften. »Ha, ha.«

Zärtlich nahm er mein Gesicht in beide Hände und küsste mich auf die Lippen. »Wolltest du nicht ein paar Toys ausprobieren?«

»Schon«, gab ich zu. »Aber ich dachte dabei eher im Bett.«

»Ein bisschen Abwechslung kann nicht schaden.« Er ließ mich wieder los und spazierte zu dem langen Wandregal, begutachtete alles der Reihe nach, während er sich nachdenklich das Kinn rieb. »Welches würde dir wohl Spaß machen?«

Ich nahm allen Mut zusammen und folgte ihm, versteckte meine kleine zittrige Hand in seiner großen. Aufmerksam betrachtete ich die Toys der Reihe nach und meine Neugier entfachte ganz von selbst die Glut in mir.

»Hast du die alle schon mal mit jemandem ausprobiert?« Ich sah zu ihm auf. Aidan spielte an der Fernbedienung eines vibrierenden schwarzen Plastik-Monsterdildos, der bestimmt einem Nilpferdpenis nachempfunden worden war, und mir eine Heidenangst einjagte. »Vergiss es. Dieses Ungetüm kommt mir nicht mal in die Nähe meiner Vagina. Ich will Spaß haben und keine Geburt simulieren.«

Er lachte. »Mir ist das Ding auch nicht geheuer, muss ich zugeben.«

Ich griff nach einer silbernen Klammer, die ähnlich aussah,

wie eine längliche Spange, und im Licht funkelte. Eigentlich wunderhübsch.

»Wozu braucht man die?«

»Das ist eine Labienspange.« Er musterte mich sanft. »Hervorragende Wahl. Ich denke, sie könnte dir gefallen.«

»Was macht man damit?« Ich klang eine Spur zu nervös.

»Deine Schamlippen stimulieren.« Mit beiden Händen schob er mir den Sommerrock über die Hüften, den ein Gummiband um meine Taille hielt.

»Ich weiß nicht«, wehrte ich halbherzig ab, ließ es dennoch zu, dass er mir auch den String abstreifte.

Seine warme Hand legte sich auf meine Vagina, ich spürte seinen Mittelfinger zwischen meinen Schamlippen und wurde sofort feucht.

»Du wirst es mögen«, raunte er heiser. »Zieh deine Bluse aus.«

Ich folgte seiner Anweisung. Knöpfte meine dunkelgrüne Bluse auf und öffnete auch noch den BH, stand schließlich splitternackt und zu allem bereit vor ihm, da er nicht aufgehört hatte, mich gekonnt zu stimulieren. Er schob mich rückwärts in Richtung Stuhl, drang mit einem Finger in mich ein, worauf mir ein Stöhnen entwich. Sobald ich Platz genommen hatte, war ich im wahrsten Sinne des Wortes offen und bereit für ihn. Obwohl. Bereit war ich schon längst.

Er spreizte die Schalen, in denen meine Beine lagen, noch weiter.

»Lehn dich zurück, entspann dich und genieße.« Er nahm auf dem Drehstuhl Platz, sein Gesicht befand sich direkt vor meiner Vagina. In dieser Position konnte Aidan alles von mir sehen - bis ganz hinein!

»Das ist die schönste Pussy, die ich je in meinem Leben betrachten durfte.« Er beugte sich vor und küsste das Muttermal auf meinem Venushügel, konnte seine Finger nicht bei sich behalten, und rieb mich sanft. Meine überhitzten Nerven reagierten mit einem wohligen Zucken. Auch meine Nippel wurden hart, schmerzten beinahe vor unerfüllter Sehnsucht.

»Ich liebe es, wenn du so zuckst.« Er hielt die Spange in der einen Hand, mit der anderen streichelte er meine Schamlippen, spreizte mein äußeres Fleisch schließlich mit Daumen und Zeigefinger, während ich vor Anspannung fast nicht atmen konnte.

»Es wird dir nicht wehtun«, beruhigte er mich.

Vorsichtig setzte er die kühle Spange auf meiner Vagina an, die Schienen der Spange glitten mühelos über meine inneren klitschnassen Schamlippen. Ich warf einen neugierigen Blick zwischen meine Beine und konnte mir ein wohliges Aufseufzen nicht verkneifen. Fand, dass es hübsch aussah. Wie edler Intimschmuck, obwohl ich keinerlei Wirkung verspürte. Erst als Aidan vorsichtig die Schließe der Spange dicht über meiner Klitoris schloss, begannen meine Schamlippen zu prickeln.

Das feine Häutchen über meiner Klit war angespannt, ein leichter Druck baute sich auf, als würde Aidan meine empfindlichste Stelle stimulieren, obwohl er das nicht tat. Er bewunderte sein Werk, beobachtete mit einem feinen Lächeln, wie sich das Blut in meinen Schamlippen staute, sie dunkelrot und unglaublich sensibel machte. Meine Perle pulsierte freigelegt und geschwollen, lechzte nach einer Steigerung, irgendeinem Impuls, der mich in den Himmel katapultierte. Ich hatte das Gefühl, ganz ohne Aidans Zutun in der Lage zu sein, an diesen glückseligen Ort zu gelangen.

Oh, Gott, dieses Gefühl war so unbekannt erregend, derart intensiv, dass ich befürchtete, in Ohnmacht fallen zu müssen, sollte Aidan mir nicht auf der Stelle Linderung in irgendeiner Art und Weise verschaffen. Das Aroma meiner eigenen Nässe stieg mir in die Nase und ich schämte mich fast für meine überfließende Erregung.

»Oh Gott, Aidan. Mach was.« Hilflos klammerte ich mich an den Seiten des Stuhls fest. Meine Lust verzehrte mich fast, steigerte sich ins Unermessliche.

Aidan beugte sich langsam vor. Als seine Zungenspitze auf meine geschwollene Klitoris traf, riss mich ein wahrer Stromstoß auf meinem Stuhl. Schon immer war das, was Aidan mit seiner Zunge veranstaltete, ein Feuerwerk gewesen, aber die Spange steigerte dieses Gefühl noch um ein vielfaches. Machte mich so unglaublich empfindlich, dass ich vor Lust wimmerte. Mittendrin hob er den Kopf und stand auf, ließ mich mit dem wilden

Klopfen in meiner Scham auf dem Stuhl zurück. Ob ich wollte oder nicht, ich war nicht in der Lage mich zu bewegen.

Kurz darauf kam er mit einem goldenen Vibrator zurück und stellte ihn an. Hielt die summende Spitze vorsichtig an meine überempfindliche Perle, bis ich vor Überhitzung aufschrie.

»Ja, Aidan«, stöhnte ich immer wieder. »Ja, Aidan.« Flehte regelrecht. Oh, Gott. Hilfe! Ich zuckte und wand mich unter ihm, hielt das süße Foltern beinahe nicht mehr aus. Gut! Viel zu gut!

Er beugte sich wieder zwischen meine Schenkel, leckte meine angeschwollenen Schamlippen. Das Gefühl baute sich nicht wie sonst langsam auf, sondern streifte mich wie eine Cessna im Landeanflug. Mein Stöhnen hallte fremd und langgezogen durchs Zimmer, ich verlor die Kontrolle über meinen Körper, schlotterte regelrecht, von der ungezügelten Lust, die in mir explodierte. In einem Ausmaß, das ich bisher von mir nicht kannte.

Mein Orgasmus ließ gar nicht mehr nach, baute sich wieder und wieder auf, bis ich endlich wachsweich wurde. Meine Beine zitterten unkontrolliert, während ich versuchte, meinen japsenden Atem unter Kontrolle zu bekommen. Meine Vagina surrte noch immer.

»Oh, Gott, Aidan. Ich halte das nicht mehr aus. Es ist zu viel. Viel zu viel.«

Aidan stellte den Vibrator ab und löste die Spange. Wohltuend strömte das Blut aus meinen empfindlichen Schamlippen, ebbten die Nachwehen dieses Mega-Orgasmus langsam ab.

Als Aidans Lippen sich auf meine senkten, schmeckte ich mich selbst. Träge, wie eine satte Katze, hob ich die Hände und zerzauste ihm das Haar, erwiderte seinen Kuss voll Liebe und Dankbarkeit für diese exorbitante Erfahrung.

»Das war der gigantischste Orgasmus meines Lebens«, hauchte ich an seinem Mund und entlockte ihm ein amüsiertes Lachen.

»Vorerst«, flüsterte Aidan. »Es werden noch viele folgen, Liebes.«

KAPITEL 23

AIDAN

Kayne lümmelte breitbeinig auf dem Besuchersessel herum, der vor meinem Schreibtisch stand. »John hat vorhin angerufen, sämtliche Vorwürfe gegen uns wurden wegen Mangel an Beweisen fallengelassen. Aber er meinte, wir müssen in den nächsten Monaten mit verstärkten Kontrollbesuchen seitens der Behörden rechnen.«

Ich zuckte mit den Achseln. »Lass die Penner ruhig kommen, wir haben nichts zu verbergen.«

»Leider lässt sich nicht mehr nachvollziehen, wer der anonyme Anrufer war, der uns das eingebrockt hat. John konnte lediglich in Erfahrung bringen, dass es sich wohl um eine Frau gehandelt hat.«

»Um eine Frau?« Ich warf den Kugelschreiber auf die Schreibtischplatte, auf dem ich herumgedrückt hatte. Falls uns tatsächlich eine Frau verpfiffen hatte, dann bestand die Chance, dass es sich um eine von unseren Angestellten handelte. Doch keiner von ihnen traute ich wahrhaftig zu, ihren eigenen Arbeitsplatz zu gefährden, nur um Kayne oder mir eins auszuwischen. So viel Dummheit konnte ich mir nicht vorstellen.

Kayne zuckte die Achseln. »Vielleicht ein Racheakt von Anna oder irgendeine von den Nutten, die uns in letzter Zeit verlassen hat.«

»Das glaub ich nicht.« Ich schüttelte den Kopf. »Anna ist

bekannt für ihre miesen Scherze, aber nicht einmal sie ist dermaßen hinterhältig. Und wie sollte eine Außenstehende von Viviens Ausraster erfahren haben? Das macht alles keinen Sinn. Vielleicht lügen die Behörden. Am Ende wurde der ominöse anonyme Anruf nur vorgeschoben, damit sie einen Grund haben, den Laden auseinanderzunehmen. Vielleicht war es sogar eine Scheißaktion vom Grafen.«

Kayne zuckte mit den Achseln. »Wie auch immer. Wir werden es wohl nie erfahren. Die große Katastrophe dabei ist nur, dass uns der Deal mit Freeman durch die Lappen gegangen ist.« Er stieß einen unschönen Fluch aus. »Wir waren so nah dran, Aidan.« Mit Daumen und Zeigefinger deutete er eine winzige Lücke an. »Mit dieser Location, direkt an der Grenze zu Kalifornien, hätten wir aus dem Gentleman's Paradise etwas ganz Großes machen können.«

Ich lehnte mich zurück. »Wir finden ein anderes Stück Land.«

»Nicht im Umkreis von ein paar hundert Meilen.« Kayne schüttelte den Kopf. »Freeman hat sämtliche Nachbarfarmen vor uns gewarnt. Ich fürchte, sobald wir auch nur einen Fuß auf den Boden von Lyon County setzen, steckt uns eine Mistgabel im Rücken.«

Ich hatte keinen Nerv mehr, mich mit dem ganzen Dreck zu befassen. Was passiert war, ließ sich sowieso nicht mehr rückgängig machen. Irgendwas würde sich schon ergeben. Was blieb uns anderes übrig? Auch mich kotzte es tierisch an, dass unser bisher wichtigster Deal quasi Sekunden vor der Unterzeichnung geplatzt war. Sollte ich diese Frau jemals ausfindig machen, die uns die Cops auf den Hals gehetzt hatte, würde ich ihren Hintern mit einer Reitgerte zum Glühen bringen, bis er aussah wie ein Pavianarsch. Verfluchte Weiber.

»Lass ein bisschen Gras über die Sache wachsen, Kayne, dann sehen wir uns nach einer neuen Farm um.«

Kayne schien mir gar nicht zuzuhören, er stierte vor sich hin. »Freeman, dieser alte Sturkopf. Lieber wartet der Esel darauf, dass ihm sein morsches Dach auf den Kopf fällt, bevor er eine halbe Million Dollar von uns annimmt. Das ist doch nicht normal.«

»Freeman ist eben ein Mann mit Prinzipien.« Normalerweise

wusste ich solche Charakterzüge sehr zu schätzen. In diesem Falle kollidierte seine Rechtschaffenheit leider mit unseren Plänen. Scheiße.

Es klopfte leise an der Tür, bevor sie sich einen Spalt öffnete und Joanne den Kopf hereinstreckte. »Oh, bitte entschuldigt. Ich wusste nicht, dass ihr mitten in einer Besprechung seid.«

Ich winkte sie zu uns. »Schon okay. Komm ruhig rein. Was gibt es wichtiges?«

Joanne stolzierte in ihrem engen schwarzen Bleistiftrock zum Schreibtisch, während Kayne ihren langen Beinen anerkennende Blicke zuwarf. Er konnte es einfach nicht lassen.

Sie reichte mir ein Blatt Papier. »Mal wieder ein Brief von deiner Mutter, Aidan.«

»Was will sie schon wieder?« Als ich keine Anstalten machte, nach dem Zettel zu greifen, legte sie ihn vor mich auf den Tisch.

»Das Übliche. Geld.«

Ich seufzte schwer. Obwohl meine Mom mittlerweile beinahe ebenso lang in Las Vegas wohnte wie ich, konnte ich unsere Treffen an einer Hand abzählen. Ganz am Anfang war sie ein paarmal bei meiner Wohnung aufgetaucht, weiß der Teufel wie sie meine Adresse herausbekommen hatte. Immer wieder hatte sie mir beteuert, wie leid ihr alles tat und mich um Verzeihung gebeten. Verziehen hatte ich ihr schon längst, trotz allem war sie meine Mutter, hatte mich geboren, dazu war sie lange Zeit schwerkrank gewesen.

Was sollte ich nachtragend gegenüber einer krebskranken, verbitterten Frau sein? Es war nur die Enttäuschung, über die ich nicht hinwegkam. Dieser eine Moment, als mir klar wurde, dass sie mich nie geliebt hatte.

Das hatte mich getroffen. Als ich klein war, hatte ich mir immer vorgestellt, meine Mutter wäre eine von diesen Sitcom Moms. Diese verdrehte Sorte, die ihre Söhne beim Baseball blamierten, weil sie immer was Peinliches ins Spielfeld riefen. Oder bei Schul-Theateraufführungen in der ersten Reihe saßen, wie verrückt klatschten und durch den Saal grölten: hey, alle mal herhören, das da oben ist mein Sohn. Meiner! Und das Talent hat er von mir geerbt!

Tja, meine Mom war leider eine von der Sorte gewesen, die

ihren hochfiebernden Vierjährigen nachts allein in der Wohnung ließ, weil sie auch mal Zeit für sich brauchte.

Die dann morgens um fünf mit irgendeinem Kerl nach Hause kam, während ihr kleiner Sohn bibbernd im Badezimmer auf dem Boden lag, zu dehydriert, um zurück in sein Bett zu finden. Ich hätte gern eine Mom gehabt, die sich um mich kümmert. Vielleicht wäre dann sogar mein Leben ein Stückweit anders verlaufen. Obwohl ich mittlerweile ganz zufrieden mit mir war.

Ich schob den Zettel beiseite, ihr Gejammer wollte ich mir nicht antun. »Wieviel braucht sie?«

»Deine Mom ist mit drei Monatsmieten im Rückstand. Bezahlt sie bis Montag nicht, fliegt sie aus der Wohnung.«

Ich ächzte auf. Diese Frau sollte mir scheißegal sein, aber leider war sie es nicht. Aus dem einfachen Grund. Ich wollte niemals so werden wie sie.

»Überweis ihr das Geld für die ausstehende Miete, und sag ihr, es war das letzte Mal, dass sie was von mir kriegt«, wies ich Joanne wie immer im selben Wortlaut an. Wir alle wussten, dass meine Mutter demnächst wieder bei mir angekrochen kam.

Ich schlenderte bestens gelaunt die Straße entlang, war auf dem Heimweg. Vorhin hatte ich mich noch mit Vivien zum Knutschen hinter der Turnhalle getroffen und obwohl ich das Gefühl hatte, sie war bereit für den nächsten Schritt, war ich ihn nicht gegangen. Anders als sonst hatte sie sich eng an mich geschmiegt, sich beim Küssen scheu an meiner Jeans gerieben. Beinahe wäre mein Schwanz geplatzt, bestimmt hatte sie meinen Steifen bemerkt. Mir war ebenfalls nicht entgangen, dass ein dritter Knopf ihrer geblümten Bluse offen stand.

Mit Leichtigkeit hätte ich eine Hand hineinschieben können und war mir sicher, sie hätte mich gelassen. Dennoch hatte ich es nicht getan. Warum nicht? Ganz einfach. Ich wollte dieses spezielle Kribbeln zwischen uns noch ein wenig länger auskosten. Diese Vorfreude, die man fühlte, bevor man eine Sache zum ersten Mal tat, auf die man ewig hingefiebert hatte.

Außerdem war Vivien mein süßer Engel, sie war so wundervoll, so unschuldig und sie liebte mich. Mich! Aidan O'Conners. Den Kerl mit dem schlechtesten Ruf in ganz Carson City. Wie konnte ich da hinter einer Turnhalle, im halb vermüllten Dickicht, ihre zarte Brust in die Hand nehmen?

Für Vivien wollte ich alles so perfekt wie möglich gestalten. Jede neue Erfahrung sollte sie überwältigen, glücklich und strahlend machen.

Wie es aussah, war eher ich noch nicht bereit für den nächsten Schritt. Wer hätte das von mir gedacht? Mein erstes Mal mit Stephanie war auf einer Party gewesen. Wir hatten es in der dunklen Ecke eines Zimmers getrieben. Wenn ich mich richtig entsinnte, vögelte im Raum noch ein anderes Pärchen. Damals waren wir so besoffen gewesen, dass uns alles egal war.

Hinterher war ich wieder nüchtern - und ernüchtert.

Mit Vivien würde alles anders verlaufen, sollte es endlich soweit sein. Ich wollte sie romantisch lieben, sogar richtig kitschig. Hatte mir im Kopf schon hunderttausend Mal und öfter vorgestellt, wie ich unser Bett mit Rosenblättern bestreuen würde. Ein Kerzenmeer durfte natürlich nicht fehlen. Ich würde Vivien sanft auf die Matratze betten und mir mit dem Vorspiel bis zum Morgengrauen Zeit lassen. Irgendwann. Irgendwann!

Ich schloss die Haustür auf, und betrat unser schwer renovierungsbedürftiges Holzhäuschen, das meine Mom von ihren Eltern geerbt hatte. Glück gehabt.

Sonst wären wir wahrscheinlich draußen vor der Stadt im Trailerpark gelandet. In meiner Hand hielt ich eine Plastiktüte, in der mein nagelneues Hemd für die Prom steckte. Ich hatte einen Teil meiner mageren Ersparnisse geopfert. Es war ein schönes Hemd, keines von den billigen, die in Wallmart hingen. Ich hatte es bei Macys erstanden und für den Kaufpreis einige Stunden den Nachbarn die Rasen mähen müssen.

Aber ich wollte gut für Vivien aussehen. Da mein Anzug von Georges älterem Bruder geliehen war, wollte ich wenigstens ein neues Hemd für sie tragen.

Mein T-Shirt klebte mir verschwitzt am Rücken, die Temperaturen kletterten täglich, draußen ließ es sich tagsüber kaum mehr aushalten. Vor einer abkühlenden Dusche wollte ich noch rasch was trinken und bog ab in die Küche. Ich erstarrte im Türrahmen.

Stand einfach reglos da.

Mein Hirn stellte die Arbeit ein.

Brechreiz zog mir den Magen zusammen.

Ich konnte einfach nicht glauben, was ich da sah. Das war Verrat. Es war grotesk. Sie war so eine Drecksschlampe. Und er! Was zum Teufel machte dieser Wichser hier? In unserem Haus!

Meine Mom lag bäuchlings auf dem Küchentisch, ihr Rock war hoch bis zum Rücken geschoben. Ihre Unterhose klemmte zwischen ihren Oberschenkeln. Hinter ihr stand Viviens Dad. Steven Davis höchstpersönlich, der rhythmisch seinen dreckigen Schwanz in meine Mutter schob. Beide keuchten, sein Gesicht war zu einer lächerlichen Fratze verzerrt.

Erst als ich mich räusperte, bemerkten sie mich. Mom riss die Augen auf, ihr Oberkörper hob sich vom Tisch.

»Was …«, stammelte sie, »was.«

Er hingegen wandte nur den Kopf zur Seite, betrachtete mich wie eine störende Schmeißfliege. Mit einer Hand drückte er meine Mom zurück auf den Tisch, hielt sie im Genick fest und stieß noch dreimal in sie, bevor er schnaubend kam. Gleich darauf zog er seinen halbschlaffen Schwanz aus ihr heraus. Etwas Sperma löste sich von seiner Spitze und tropfte auf unseren Küchenboden. Am liebsten hätte ich gekotzt.

»Was zum Teufel macht er um diese Uhrzeit hier?«, fuhr er meine Mutter an, während er sein Glied wieder in der Hose verstaute und den Reißverschluss hochzog.

»Ich wohne hier, du Drecksack«, knurrte ich und ging einen Schritt auf ihn zu. Ich wollte dem Schwein die Fresse polieren, ihn in seine Einzelteile zerlegen. Nachdem ich mit dem Arschloch fertig war, erkannte ihn nicht mal mehr seine arrogante Frau. Die dumme, nichtsahnende Nuss.

Währenddessen zog Mom ihre Unterhose wieder hoch und schob den Rock über die Hüften. Wie konnte sie nur? Ausgerechnet mit ihm! Sie wusste, dass Steven Davis mich abgrundtief hasste, ja sogar fast in einen Jugendknast gesteckt hatte, nur weil ich mit ein paar Kumpels eine Dose Bier im Park getrunken hatte.

»Pass auf, wie du mit mir redest, Freundchen.« Er deutete mit dem Zeigefinger auf mich. Seine Augen blitzten auf vor Wut, wie meine wahrscheinlich ebenfalls.

»Nein, Sie passen besser auf.« Ich boxte so heftig gegen die Tür, dass sie gegen die Wand knallte. »Sie Mistkerl spielen aller Welt den Moralapostel vor, fällen Urteile, unterdrücken Ihre Tochter und

bescheißen Ihre Frau. Was sind Sie nur für ein erbärmlicher kleiner Wichser.«

»Reiz mich nicht, Junge. Sonst finde ich eine Straftat, die ich dir anhängen kann. Glaub mir. Dann wirst du für ziemlich lange Zeit in einem der County-Jails verschwinden, soviel kann ich dir versprechen.«

»Sie drohen mir?« Ich wandte mich an meine Mom. »Mit so einem Scheißkerl lässt du dich ein? Dieses Arschloch will mich grundlos ins Gefängnis stecken und für den machst du auch noch die Beine breit?«

Sie kam zu mir und verpasste mir eine schallende Ohrfeige. »So redest du nicht mit deiner Mutter, verstanden?«

Ich ballte die Hände zu Fäusten, hielt mich nur mühsam unter Kontrolle, ansonsten hätte ich wohl die Kücheneinrichtung zu Kleinholz verarbeitet.

»Ich sag doch die ganze Zeit, dass er zu nichts taugt«, hörte ich Davis reden, als wäre ich gar nicht anwesend. »Du bist ein Nichtsnutz und wirst auch immer einer bleiben. Früher oder später landest du sowieso im Knast, das garantier ich dir. Und ich sag dir jetzt noch eins: Lass deine Finger von meiner Tochter. Einer wie du hat ihr nichts zu bieten. Soll sie vielleicht mit dir in dieser Bruchbude hausen?« Er sah sich angewidert um. »Nicht einmal du kannst ernsthaft dermaßen naiv sein, zu glauben, dass ihr beide eine Zukunft miteinander habt. Sie sieht in dir einen Reiz, du bist der Bad Boy, mit dem sie ein wenig spielt. Sie geht sowieso bald nach Europa. Spätestens dann hat sie dich vergessen.«

Was? Was quatschte der Kerl daher? »Vivien geht nach Europa?«

»Ja.« Er nickte. »Nach Frankreich. Wie ich sehe, weißt du nichts davon und das aus gutem Grund. Sollte es ihr den Sommer über dort zusagen, wird sie in Paris ein Internat besuchen und somit außer Reichweite von Subjekten wie dir sein.«

Er log. Er musste lügen. Warum sollte mir Vivien etwas derartig Wichtiges verheimlichen? Das würde sie niemals tun. Wir hatten haufenweise Zukunftspläne zusammen geschmiedet und keiner davon hatte von Paris gehandelt. Paris. Diese Stadt war so unerreichbar für mich, wie ein Stipendium in Harvard. Was zum Teufel wollte Vivien in Paris? Verarschte sie mich tatsächlich?

Davis lachte höhnisch auf. »Du einfältiger Tölpel.«

Er schritt an mir vorbei, streifte absichtlich meine Schulter mit seiner. Ich ließ ihn vorüber, reagierte nicht auf die offensichtliche Provo-

kation. Mein Körper war paralysiert, die Tüte mit dem teuren Hemd fiel mir aus der Hand. Ich war zu keiner Regung fähig. Starrte den widerwärtigen Spermafleck auf dem Linoleumboden an und fand keine Erklärung, weshalb Vivien mir nichts davon gesagt hatte. Außer, sie besaß einen triftigen Grund, wie den, dass sie unsere Beziehung nicht ernst nahm und tatsächlich nur mit mir spielte. Dem Bad Boy.

»Aidan, wir müssen reden.« Meine Mutter riss mich aus meinen wahnwitzigen Grübeleien, die immer wirrere Formen annahmen, sich zu einem furchtbaren Brei von Bildern der letzten Tage und Davis' Gerede vermischten.

»Worüber willst du reden?« Ich schaffte es tatsächlich, zum Kühlschrank zu gehen. »Hoffentlich nicht über diese Sache auf dem Küchentisch.« Mit dem Kinn deutete ich hinüber zum Tisch, an dem ich nie wieder in meinem Leben einen Bissen hinunterbringen würde. Allein die Erinnerung drehte mir den Magen um. Dieses Bild würde mich ganz sicher bis an den Rest meines Lebens verfolgen.

»Du kannst hier nicht mehr länger bleiben.«

Ruckartig drehte ich mich um. Glaubte, sie falsch verstanden zu haben. »Was?«

»Ich möchte, dass du demnächst hier ausziehst.«

»Warum?«

»Steven und ich …«

Ich lachte entsetzt auf. »Das ist nicht dein Ernst. Du glaubst doch nicht allen Ernstes, dass der Kerl bei dir einzieht.«

Sie schüttelte den Kopf. »Nein, das wird er nicht. Aber ich denke, früher oder später habe ich ihn soweit, dass er sich scheiden lässt.«

»Du spinnst doch.« Oh, Gott. War diese Frau wirklich dermaßen naiv? Kein Wunder, dass sie sich mit fünfzehn ein Kind von einem zehn Jahre älteren Kerl hatte andrehen lassen, nur weil der ihr erzählt hatte, er wäre bald Schauspieler in Hollywood.

»Das ist meine große Chance, Aidan. Und die werde ich mir von dir nicht nehmen lassen. Ich habe dich achtzehn Jahre lang durchgefüttert. Du bist erwachsen. Geh deinen eigenen Weg. Ich möchte, dass du in den nächsten zwei Wochen von hier verschwunden bist.«

»Wegen ihm?« Mein Herz hämmerte schmerzhaft gegen die Rippen. Meine Mutter warf mich wegen Viviens Dad aus der Wohnung? Sie wusste doch, dass ich im September mit dem Studium begann und allein die Studiengebühren nur mit einem staatlichen Kredit bestreiten

konnte. Wenn sie mich allen Ernstes auf die Straße setzte, musste ich einen zweiten Kredit für die Miete aufnehmen, sofern ich diesen überhaupt bewilligt bekam. Ansonsten konnte ich nicht Vollzeit studieren, weil ich nebenher jobben musste.

»Ja«, sie nickte. Ihre Züge wurden hart, der Kiefer verspannte sich. Kälte schlug mir aus ihren Augen entgegen, ein eisiger Sturm in dem es keinen Funken Wärme für mich gab.

»Ich möchte, dass du ausziehst, Aidan.«

KAPITEL 24

VIVIEN

Kritisch betrachtete ich mich im Spiegel, der an der Innentür meines Kleiderschranks angebracht war. Mittlerweile hatte ich schon sechs Kleider anprobiert, doch keines gefiel mir so richtig für eine Vernissage.

Immerhin ging ich nicht mit irgendwem dorthin, sondern mit Aidan und wollte hübsch neben ihm aussehen. Sollte er heute einen Smoking tragen, würde er bestimmt jeder Frau ins Auge stechen. Er sah einfach umwerfend darin aus.

Eingehend musterte ich das schlichte schwarze Abendkleid, das mir in hohen Schuhen bis zu den Knöcheln reichte. Es war im Nacken zusammengehalten und figurbetont geschnitten. Durch den hohen Schlitz vorne blitzte mein Bein bei jedem Schritt hervor.

Ich war soweit ganz zufrieden mit mir und widmete mich meinem Haar, das ich zu einer sexy Hochsteckfrisur drehte, aus der sich wie zufällig ein paar hellblonde Strähnen gelöst hatten. Nach einem Blick auf die Uhr, schlüpfte ich rasch in meine schwarzen High-Heels und suchte meine passende Clutch, fand sie jedoch nirgends. Mist. Aidan musste jeden Moment auftauchen. Schon klingelte es.

Auf dem Weg zur Wohnungstür hüpfte ich noch schnell ins Bad und tupfte mir zwei Tropfen Chanel No.5 hinter die Ohren. Ein wundervoller Duft.

Dann ließ ich ihn rein, hörte Mr Misamotos Konservenbüchsenturm scheppernd in sich zusammenfallen, bevor Schritte aus dem Treppenhaus zu mir hochdrangen.

Mein Herz klopfte vor Freude, als Aidan vor mir stand und mich mit seinen Blicken fast verschlang. Wie erhofft, trug er Smoking und sah schlichtweg atemberaubend aus. Heute Abend würde ich ein wachsames Auge auf diesen Mann haben müssen.

»Du siehst wunderschön aus, Vivien.« Seine Stimme klang warm, verliebt und auch ein wenig stolz.

»Du siehst auch toll aus.« Ich konnte mich an seinem Anblick nicht sattsehen. Er sah zum Anbeißen aus. Die schwarze Smokingjacke schmeichelte sich perfekt um seine muskulösen Schultern und betonte seinen Oberkörper auf eine versteckt sinnliche Weise, was das Kopfkino jeder Frau ohne Sehfehler garantiert auf Hochtouren brachte. Er war beinahe zu gutaussehend für mich. Mir wurde trotz des offenherzigen Kleides tatsächlich warm. Ich hatte viel zu viel Stoff an und er definitiv auch. *Ganz schlechtes Timing, Vivien.* Ich riss mich von meinen verdorbenen Gedanken los und trat beiseite. »Bitte, komm doch rein.«

Er schlenderte an mir vorbei in die Wohnung.

»Möchtest du noch einen Drink, bevor wir gehen?« Ich schloss die Tür und legte von hinten beide Arme um seine Hüften, schmiegte mich an seinen breiten Rücken. Atmete genüsslich den feinherben Duft seines Aftershaves ein.

»Nein, danke.« Aidan drehte sich in meinen Armen zu mir um, sein schmeichelnder Blick wärmte mein Herz. Ihm gefiel anscheinend, was er sah.

»Du siehst so sexy aus.« Er knurrte richtig. »Am liebsten würde ich dich auf der Stelle in diesem heißen Kleid vögeln. Warum tust du mir das an? Ich werde eingehen wie ein verdorrter Kaktus, wenn ich dich den ganzen Abend vor Augen habe und nicht randarf.«

Ich kicherte geschmeichelt, obwohl ich mich ebenso fühlte. »Dann hauen wir um Mitternacht heimlich ab und treiben es unterwegs in deinem Auto.«

»Dein Vorschlag gefällt mir.« Seine Hand fand zielsicher den Schlitz in meinem Kleid. »Sehr sogar.« Er schob seine Finger an den Innenseiten meiner Schenkel entlang nach oben, erzeugte wohlige Gänsehaut. Hilfe, sollte er so weitermachen, war es das mit der Vernissage, bevor sie überhaupt begonnen hatte. Linda würde mir niemals verzeihen, sollte ich nicht aufkreuzen. Ich hatte nicht nur zugesagt, sondern gleichzeitig einen Begleiter angekündigt.

»Wir müssen los«, keuchte ich.

Aidan stutzte, als er zwischen meinen Beinen anlangte. »Ernsthaft?« Er sah mich entsetzt an. »Du trägst keinen Slip? Willst du mich umbringen?«

Grinsend schob ich seine Hand beiseite. »Damit dein Fokus den ganzen Abend über auch schön bei mir bleibt.« Auf dem winzigen Esstisch in der Ecke entdeckte ich meine Clutch. »Ah, da ist ja meine Handtasche.« Ich ließ Aidan stehen, um sie zu holen und merkte, dass er mir nachkam, dicht hinter mir stehenblieb.

»Moment«, raunte er in mein Ohr. Zärtlich knabberte er an meinem Ohrläppchen. Winzige Schauer wogten in sanften Wellen meinen Rücken hinunter und versetzten meinen Körper in Schwingungen, die ich gerade am allerwenigsten gebrauchen konnte.

»Wir müssen los«, widersprach ich halbherzig, das Gefühl war zu göttlich.

»Es fehlt noch etwas.« Mit beiden Händen senkte er irgendwas Funkelndes vor mein Gesicht und legte mir etwas um den Hals. Verschloss es im Nacken. Ich tastete es neugierig ab, fühlte eine ganze Reihe geschliffener Steine und hielt den Atem an.

»Ist das ein Collier?«

Aidan drehte mich an den Oberarmen zu sich und bewunderte sein Werk. »Wunderschön. Als ich es im Schaufenster entdeckt habe, wusste ich sofort, dass es perfekt an dir aussehen würde. Du verleihst dem Schmuckstück erst den richtigen Schliff.«

Ich kramte meinen Klappspiegel aus der Clutch und betrachtete mit offenem Mund das Brillantenmeer um meinen Hals. Das Collier war atemberaubend, schmiegte sich wie für mich gemacht, in einer Tropfenform, um meinen Hals. Auf den ersten Blick war mir klar, dass es ein Vermögen gekostet haben musste.

Ich sah hoch. »Ist das geliehen für den Abend?«

Sein leichtes Kopfschütteln jagte meinen Pulsschlag in die Höhe.

»Gefällt es dir nicht?«, fragte er leicht gekränkt.

»Ob es mir gefällt?« Ich benötigte einen Moment, um mich zu sammeln. »Aidan, ein schöneres Schmuckstück habe ich noch nie in meinem Leben gesehen. Ich liebe es. Aber es muss ein Vermögen gekostet haben.

»Mach dir darüber keine Gedanken.« Er winkte ab. »Es ist wie für dich gemacht.«

»Ich kann es nicht annehmen.« Puh, mir wurde tatsächlich schwindlig, ich musste mich am Stuhl neben mir abstützen. »Okay, für heute Abend.« Eigentlich wollte ich es nur ungern wieder ablegen, noch nie in meinem Leben hatte ich ein so wundervolles Schmuckstück getragen. »Aber nach der Party gebe ich es dir wieder zurück.«

»Vivien.« Er nahm mein Kinn zwischen Daumen und Zeigefinger, zwang mich, ihm in die Augen zu sehen. »Wie oft denn noch. Du verpflichtest dich zu nichts, nur weil du ein Geschenk von mir annimmst.«

»Das ist aber nicht einfach nur ein Geschenk. Dieses Collier kostet mehr als mein Auto.«

»Meine Schuhe kosten mehr als dein Auto, Vivien.« Er küsste mich auf die Lippen. »Bitte nimm es an. Mir zuliebe. Ich muss gestehen, ich habe es nicht ganz uneigennützig gekauft. Du wirst nachher grandios darin aussehen. Außer dem Schmuckstück wirst du nämlich nichts mehr anhaben, wenn ich dich ficke.« Er grinste gerissen. »Du kannst mir im Gegenzug ja auch ein Geschenk machen, dann sind wir quitt.«

»Was soll ich dir denn schenken?«

»Keine Ahnung«, er zuckte mit den Achseln. »Du kannst mir was basteln«, schlug er amüsiert vor.

»Oh ja.« Ich prustete. »Nach ein paar selbstgestrickten Socken sind wir garantiert quitt.« Ich schnappte ihn am Ärmel und zog ihn hinter mir her. »Wir sind spät dran. Diese Diskussion ist verschoben, nicht beendet.«

Hörbar seufzte Aidan auf.

Aidan hielt mir die Tür zu Hiobs Atelier auf. Die Fenster waren hell erleuchtet, Stimmengewirr und leise Musik wehte uns entgegen. Hinter uns betrat noch eine ganze Reihe Leute die Räumlichkeiten, drinnen wurde gelacht und getrunken. Überdimensionale grellbunte Bilder hingen an den Wänden. Bodygepaintete Bedienungen, die Champagner sowie Häppchen auf silbernen Tabletts präsentierten, spazierten zwischen den Gästen in Abendgarderobe herum.

Ich traute meinen Augen nicht. Die Frauen waren tatsächlich – nackt. Ihre Hosenanzüge im Hippy Style allesamt aufgemalt.

»Wäre das nicht eine Idee für das Gentleman's Paradise?«, konnte ich mir nicht verkneifen, nachdem eine der Damen uns Sekt gereicht hatte.

Er trank einen Schluck aus seinem Glas. »Die Farbe würde wohl nicht lange an den Mädchen halten. Unsere Gästen würden sich nicht mit Anschauen begnügen.«

Mir wurde warm im Bauch, als die Sprache auf den Club kam. Nachher hatte ich noch eine Überraschung für ihn parat, von der Aidan nichts ahnte. In den vergangenen Tagen hatte ich lange nachgedacht, die vielen Fürs und Wider sorgfältig abgewägt. Sogar eine Pro- und Contraliste geschrieben, die mir die Augen geöffnet hatte.

Es gab nur ein einziges Pro, das für den Club sprach. Dieses Für war allerdings übermächtig. Brian. Ich hatte über Aidans Bitte nachgedacht, den Job im Gentleman's Paradise nicht anzutreten, stattdessen bei ihm zu bleiben, weil er mich liebte. Mittlerweile konnte ich mir ein Leben ohne ihn nicht mehr vorstellen. Er war meine Existenzgrundlage, ohne Aidan war mein Dasein bedeutungslos.

Im Gentleman's Paradise würde ich immer ein Fremdkörper bleiben, wie eine Perle in der Auster. Die zwar hübsch anzusehen war, aber nur aus einem Grund überhaupt existierte: das ursprüngliche Sandkorn bereitete der Auster Schmerzen, sodass sie einen undurchlässigen Film darum spann, der mit der Zeit hart und steinern wurde. Wollte man den vollen Glanz der Perle genießen, musste man die Auster vorher töten.

Ich wollte keine Perle sein, die zwar teuer und luxuriös war, aber dennoch mit der Zeit ihren Wert verlor.

Ich hatte anderes im Sinn. Wollte große Emotionen mit Aidan ausleben, diese unglaublichen Glücksgefühle, die ich in seiner Nähe empfand, in vollen Zügen auskosten. Nur in Aidans Armen fühlte ich mich vollständig, als hätte ich nach Jahren endlich das fehlende Puzzleteilchen unter dem Sofateppich wiedergefunden.

Ich war nicht mehr bereit, mich selbst aufzugeben. Immerhin war ich erst sechsundzwanzig, hatte mit viel Glück noch einen längeren Aufenthalt auf dieser Erde vor mir und wollte mich nicht am Ende meines Lebens fragen müssen, was wäre gewesen, wenn … Natürlich war da immer noch Brian, dessen Gesundheitszustand sich weiterhin verschlechterte. Also hatte ich meinen ganzen Mut zusammengenommen und mich an sämtliche Hilfsorganisationen gewandt, die ich auf Google gefunden hatte. Vielleicht konnte eine davon mir weiterhelfen oder mir zumindest einen Kredit verschaffen.

Ein bisschen Startkapital. Gleichzeitig hatte ich mich um Jobs beworben, von denen ich glaubte, sie könnten binnen kurzer Zeit viel Geld einbringen. Als Maklerin in anderen Immobilienagenturen, Beratertätigkeiten auf Provisionsbasis, lauter solche Berufe, von denen ich mir ein lukratives Einkommen versprach, sodass ich das Geld für Brian hoffentlich schnell zusammenkratzen konnte.

Als Aidan mir damals verkündet hatte, mein erster Sparringpartner im Bett würde Spencer sein, hatte mich das derart schockiert, dass mir zum ersten Mal richtig bewusst geworden war, was der Job als Prostituierte überhaupt bedeutete. Es gab keinen Raum für Selbstbestimmung oder wahre Emotionen mehr.

Am Tag der Versteigerung würde ich Aidan unwiederbringlich verlieren. Nachdem ich Aidan mein Herz geschenkt hatte, konnte ich mein Vorhaben nicht mehr in die Tat umsetzen. Ich gehörte ihm, nur ihm allein. Und nachher Zuhause würde er von meinem Entschluss erfahren und mich hoffentlich mit ein paar exzellenten Orgasmen belohnen.

»Es ist die pure Folter, neben dir zu stehen in dem Wissen, dass du nichts unter diesem hübschen Kleid trägst.« Aidan seufzte gequält. »Ich werde den halben Abend mit einem Ständer in der Hose herumlaufen und daran bist du schuld.«

Ich grinste zufrieden. Mission erreicht. »Zu Hause mache ich alles wieder gut.«

»Stell dich auf eine lange Nacht ein.«

In der Menge machte ich Linda aus, die ein hübsches cremefarbenes Abendkleid trug, das ihren hellen Teint wundervoll betonte.

»Linda!« Ich winkte ihr.

Sie strahlte, als sie uns bemerkte, und eilte auf uns zu. Wir verteilten Küsschen links und rechts auf den Wangen. »Wie schön, dass du es hergeschafft hast, Vivien.« Flüchtig beugte sie sich zu mir. »Ich kenne fast niemanden hier, außerdem ist die Hälfte mit denen ich geredet habe, sterbenslangweilig.« Als ihr Blick auf Aidan fiel, leuchteten ihre Augen. »Wow! Jetzt kann ich verstehen, warum du nicht mit Scott aufgetaucht bist.«

»Ähm«, ich räusperte mich. Musste sie ausgerechnet jetzt von Scott anfangen? »Darf ich dir Aidan O'Conners vorstellen? Aidan, das ist meine Freundin und frühere Arbeitskollegin Linda.«

Die beiden schüttelten sich die Hände. »Nett, dich kennenzulernen, Linda.«

»Oh, ganz meinerseits.« Sie betonte ihre Worte auf eine übertrieben unterschwellige Art. »Aidan, du bist ein Lichtblick auf dieser Party.« Sie flirtete ungeniert mit ihm, weshalb meine Eifersucht umgehend stramm stand.

Aidan überging ihr Turteln und sah sich im Raum um. »Ein paar schöne Bilder hängen an den Wänden.«

Linda glühte förmlich. »Hiob ist unglaublich talentiert. Das ist seine erste Vernissage, sogar ein paar Galeristen aus Sacramento sind auf der Party.«

»Wo ist Hiob?«, fragte ich, um auch mal wieder ein paar Wörter zur Unterhaltung beizusteuern. Linda hatte mich regelrecht ausgeblendet.

Sie wandte den Kopf nach allen Seiten. »Eben war er noch da. Es sind so viele Leute hier, da verliert man vollkommen den Überblick.«

»Wir werden den Künstler bestimmt noch im Laufe des Abends kennenlernen.« Aidan nahm meine Hand und drückte sie leicht. Eine liebevolle Geste. Er musste spüren, dass ich mir gerade ein wenig unsichtbar vorkam.

»Ah, da ist er ja.« Mit einer Hand bedeutete sie uns, stehenzubleiben. »Wartet hier, ich hole ihn her.«

»Deine Freundin ist nett«, raunte Aidan mir ins Ohr.

»Zu dir ist sie eine Spur zu nett«, konnte ich mir nicht verkneifen.

»Eifersüchtig?«

»Ein bisschen schon«, gab ich leise zu.

Ein breites Lächeln legte sich über sein Gesicht, bevor er mich auf die Lippen küsste. »Du bist die Schönste von allen.«

»Vivien, Aidan, darf ich euch Hiob Silverstein vorstellen?«, verkündete Linda und ich riss mich schweren Herzens von Aidans unwiderstehlichem Anblick los. Ein recht attraktiver Mann stand neben ihr, Mitte dreißig, mit dunklen Locken, die ihm bis über die Ohren wuschelten. Ein typischer Künstlertyp in meinen Augen.

Leider beachtete er mich überhaupt nicht, sein Blick lag starr auf Aidan, dessen Körper sich für den Bruchteil eine Sekunde verspannt hatte.

»Sie haben sich wohl auf der Party geirrt, Aidan O'Conners.« Abfälliger hätte Hiob Silverstein nicht mehr klingen können. »Auch wenn unsere Bedienung heute keine Kleidung trägt, so handelt es sich bei ihnen doch nicht um Nutten.«

Was? Mein Unterkiefer klappte herunter, als ich realisierte, dass die beiden sich kannten.

»Wie bitte?«, konstatierte Linda, der Hiobs Gerede sichtlich peinlich war. »Du bist gerade sehr unhöflich, Hiob«, flüsterte sie von einem zum anderen schauend.

»Gehen wir, Vivien.« Aidan deutete zum Ausgang, was ich erstaunt zur Kenntnis nahm. Üblicherweise war er nicht derjenige, der Provokationen dieser Art unbeantwortet auf sich sitzen ließ. Allein aus diesem Grund war ich schon froh, dass er sich beherrschte. Er wollte ebenso wenig eine Szene mitten unter diesen vielen Leuten provozieren, wie ich nicht erpicht auf seinen Ausraster war. Was auch immer sich zwischen den beiden abspielte, draußen würde ich es bestimmt erfahren.

»Ja, gehen wir.«

Grußlos wandten wir uns von den beiden ab.

»Ist sie auch eine deiner Nutten, Aidan?«, fragte Hiob laut.

»Nutten?« Linda klang verwirrt. »Wieso sollte Vivien eine Nutte sein? Was ist denn mit dir los? Du bist taktlos.«

»Wieso bin ich taktlos?« Hiob lachte spöttisch. »Darf ich vorstellen, Linda. Aidan O'Conners. Millionär und Besitzer des Gentleman's Paradise, einem Puff mitten in der Wüste. Sowie ein paar weiterer fragwürdiger Etablissements verstreut in ganz Nevada.«

»Was?«, hörte ich Linda entsetzt japsen.

»Was?«, fragte ich Aidan fassungslos. »Wovon spricht er?«

Aidan starrte auf einen Punkt weit hinter mir. Sein Kiefer war angespannt, die Lider halb geschlossen. Ich erschrak bei seinem Anblick, denn ich wusste, dass Aidan gerade seine Dämonen bezwang, die kurz vor dem Ausbruch standen, was meist in einem cholerischen Ausraster gipfelte. Trotzdem musste ich wissen, was der Kerl daherquatschte. Aidan sollte endlich diese üble Lüge revidieren, verdammt.

»Lass uns draußen darüber reden.« Sein Atem ging hektisch.

»Sag mir, dass er lügt.« Tränen brannten wie Chlor in meinen Augen, während langsam die Tragweite von Hiobs Anschuldigung zu mir hindurchsickerte. Sollte das Gentleman's Paradise tatsächlich Aidan gehören, dann hatte er mich die ganze Zeit über verarscht!

»Ich lüge nicht, Schätzchen. Dein Begleiter ist nichts weiter als ein Zuhälter.« Hiob legte den Kopf in den Nacken und lachte.

»Komm mit, Vivien.« Aidan zog an meiner Hand, reagierte gar nicht auf Hiobs mieses Gerede. Mir wurde klar, er wollte raus, nur noch raus.

Ich stemmte mich dagegen. »Erst sag mir, dass er lügt.«

»Vivien.« Es war nur ein Flüstern. So reuig und schuldbewusst, dass mir allein sein Tonfall als Antwort genügte. Aidan hatte mich wochenlang betrogen und belogen.

Ich schluckte den Kloß in meinem Hals herunter. »Verschwinde aus meinen Leben.«

»Vivien, bitte.« Angst schwang in seiner Stimme mit, blanke entsetzliche Angst.

»Hau ab«, schrie ich ihn an, worauf sich sämtliche Leute in

der Nähe umdrehten. »Ich will dich nie wieder in meinem Leben sehen.«

Er öffnete den Mund, schloss ihn aber wieder, während Tränen meine Sicht verschwammen. Ich konnte es nicht glauben, Aidan hatte mich schon wieder verarscht.

Ich saß auf den Stufen im Hinterhof und weinte. Heulte und heulte mit bebenden Schultern, konnte mich gar nicht mehr beruhigen. Linda hatte einen Arm um mich gelegt und redete leise auf mich ein. Ich verstand kein Wort. Wollte auch nichts mehr hören. Was gab es noch groß zu sagen? Mein Herz schmerzte in der Brust, so wund, als hätte Aidan es mit Schmirgelpapier bearbeitet.

Trotz aller Wut und der Trauer wollte meine Liebe zu ihm einfach nicht verschwinden. Wieso hatte er das gemacht? Ich presste beide Hände vors Gesicht. Schon wieder lag mein Leben in einem Trümmerhaufen. Eine Million Mal schlimmer als damals bei Greg. Allein der Gedanke, Aidan nie mehr wieder zu sehen, schmerzte. Ich bestand aus nichts anderem mehr als Schmerz.

»Wie bist du an diesen Mann geraten?«, fragte mich Linda leise, sie klang besorgt.

»Wir kennen uns von früher«, wich ich aus, »gingen auf dieselbe Highschool.«

»Und seid euch vor kurzem wieder über den Weg gelaufen«, schlussfolgerte sie.

»So ähnlich.«

»Du wusstest allen Ernstes nicht, was er beruflich macht?«, fragte sie fassungslos.

»Nicht so richtig«, wich ich aus, beobachtete, wie meine Tränen zu Boden tropften.

»Was meinst du mit nicht so richtig?«

Ich fühlte mich nur noch fertig, müde und ausgelaugt. Hämmernde Kopfschmerzen malträtierten meinen Schädel. Aidan hatte mir das Herz aus der Brust gerissen, es mit roher Gewalt aus meinem Körper entfernt und gegen eine Wand geknallt. Die Wunde, die er hinterlassen hatte, war so riesig, dass sie sich nie wieder schließen ließ. Aidan hatte mich vernichtet.

»Ich meine damit, dass ich vom Gentleman's Paradise wusste, allerdings nicht, dass es ihm gehört.«

»Oh, Gott, Vivien.« Linda schlug sich eine Hand vor den Mund. »Bitte sag mir, dass du nicht dort arbeitest.«

»Ich arbeite nicht dort.«

»Dem Himmel sei Dank.« Sie pustete durch die Lippen. »Wenn ihr euch nur privat getroffen habt, dann ist das Ganze doch nicht so dramatisch. Hak ihn einfach ab, vergiss den Kerl.«

»Es war nicht rein privat.« Als ich schniefte, reichte Linda mir ein Taschentuch.

»Was jetzt?« Die Ärmste klang komplett verwirrt.

Ich schüttelte den Kopf. »Vergiss es.«

»Du machst mir Angst.« Sie nahm meine Hand. »Gerade siehst du aus, als ob du eine große Dummheit planst.«

Konnte sie Gedanken lesen? In der Tat war mir just in diesem Moment eine Idee gekommen, wie ich Aidan alles heimzahlen konnte.

Wow. Der Saal sah umwerfend aus, ganz in rot-blau gehalten. Den Schulfarben. Eine überdimensionale altmodische Discokugel drehte sich oben an der Decke, deren bunte Lichtreflexe im Raum herumschwirrten wie ein Bataillon neonlichtverseuchter Schmetterlinge.

Kimberley stieß mich mit dem Ellenbogen an. »Ich wusste gar nicht, dass Stan Trisha gefragt hat.« Unauffällig deutete sie auf ein Pärchen, das sich soeben fürs Erinnerungsfoto aufstellte. Kimberley tat mir leid, monatelang hatte sie gehofft, Stan würde sie auffordern.

»Ach, Süße.« Ich legte einen Arm um sie. »Stan ist selbst schuld. Du bist tausendmal hübscher als Trish.«

»Wahrscheinlich hat er sich nur nicht getraut, mich zu fragen.« Sie kniff ihre rot geschminkten Lippen zusammen.

»Vergiss den Idiot.« Melissa winkte ab. »Holen wir uns Punsch, bevor irgendein Schwachkopf heimlich eine Flasche Wodka reinkippt.«

Ich sah mich nach Aidan um, konnte ihn allerdings nirgends entdecken. Wo steckte er nur? Extra für ihn hatte ich mir ein mintgrünes Kleid mit einem für meine Verhältnisse recht offenherzigen Ausschnitt angezogen. Ich wollte so gern, dass Aidan meine Brüste berührte, seine warme Hand auf meinem Busen spüren.

Zärtlich von ihm gestreichelt werden. Bisher hatte Aidan sich dermaßen mustergültig mir gegenüber verhalten, dass mein Vater bei jedem anderen Jungen vor Freude gejauchzt hätte. Aidan ging keinen Schritt weiter, machte nie irgendwelche Anstalten, mir an die Wäsche zu wollen. Langsam reichte es. Ich fand, heute war der perfekte Abend für den nächsten Schritt. Ich wollte Aidan zeigen, wie gewaltig meine Liebe für ihn war.

Beim Punsch trafen wir Aidans Kumpel George. Die Coverband war zu einem langsamen Lovesong übergewechselt.

»Hey, George.« Ich hob kurz die Hand. »Ist Aidan schon da?«

»Ähm, ja«, druckste er herum, sein Kopf wurde rot bis hoch zu den rotblonden Haarwurzeln.

»Und wo ist er?«

»Auf der Tanzfläche.« George leerte seinen Punsch in einem Zug.

»Aidan tanzt?«

Er nickte. »Sieht ganz so aus.«

»Allein?«

Als George nicht antwortete, suchte ich die sich im Takt wiegenden Pärchen in der Mitte des Raums ab und fand ihn schließlich eng umschlungen mit Stephanie, seiner Ex. Eine spitze Nadel bohrte sich in mein Herz. Er und Stephanie? Ich verstand überhaupt nichts mehr.

»Tut mir leid, Vivien«, sagte George.

»Nein, schon gut.« Ich wehrte ab, wollte vor den vielen Leuten nicht zu verletzt wirken. »Ist ja nur ein Tanz. Wir sind offiziell nicht mal zusammen hier.« Hastig nahm ich mir einen Becher Punsch vom Tisch. Haltung bewahren, sagte ich mir immer wieder und gegen das Brennen in meinen Augen ankämpfend. Aidan sollte nicht merken, wie heftig er mich mit dieser Scheißaktion getroffen hatte.

Ein paar Songs später lief ich auf dem Weg zur Toilette beinahe in Aidan hinein und hielt mich nur mühsam unter Kontrolle. »Oh, hi«, sagte ich nervös.

Aidan verzog keine Miene. »Na, Koffer schon gepackt?«

»Welche Koffer?« Ich musterte ihn verwirrt. Hatte er irgendwelche Drogen inhaliert?

»Du haust doch ab nach Paris.«

»Das steht noch gar nicht fest. Und falls ich gehe, dann nur für ein paar Wochen in den Ferien.«

»Warum hast du mir nichts davon erzählt?«

Hilflos hob ich die Hände. »Mein Dad hat mich vor ein paar Tagen gefragt, ob ich das machen will. Er meinte, ich könnte meine Französischkenntnisse ein wenig für die Schule aufpolieren und soll es mir überlegen. Es steht noch gar nichts fest. Aber ich finde das gar keine schlechte Idee.«

»Dein Dad.« Er knirschte mit den Zähnen. »Dieser widerliche alte Sack.«

»Aidan, was ist mit dir los?«

»Ich lasse mich nicht gern von reichen verwöhnten Tussis verarschen, das ist alles.« Seine Stimme klang eiskalt.

»Ist es wegen Paris? Es wäre doch nur für ein paar Wochen. Wo ist denn das Problem?«

»Nein, es ist nicht wegen Paris«, schnauzte er mich an. »Es geht darum, dass du mir die große Liebe vorspielst, und mich wie einen verdammten Idioten dastehen lässt!«

»Ach ja?« Ich stemmte die Hände in die Hüften, langsam machte er mich stinksauer. »Wer macht denn hier mit seiner Ex rum?«

»Bei ihr musste ich wenigstens nicht ewig warten, bis sie mich mal an ihre Titten gelassen hat.«

Sekundenlang starrte ich ihn einfach nur fassungslos an, hatte das Gefühl, einem Fremden gegenüberzustehen.

»Du bist das Allerletzte, Aidan O'Conners.« Ich stürmte an ihm vorbei und hielt nur mühsam die Tränen zurück.

»Vivien, warte!« Aidan kam mir nach und hielt mich am Handgelenk fest. »Es tut mir leid.«

Ich konnte ihm nicht in die Augen sehen, hatte mich halb abgewandt. »Warum machst du das, Aidan? Warum verdirbst du uns den Abend?«

Aidan zuckte hilflos mit den Schultern. »Ich hatte Stress mit meiner Mutter. Hatte nichts mit dir zu tun. Komm, lass uns nicht streiten.«

In einem ersten Impuls wollte ich ihn auf Stephanie ansprechen, fand mich dann aber kleinlich. Es war nur ein Tanz gewesen. Auf einem Schulball.

Ich lächelte ihn tapfer an. »Möchtest du tanzen?«

»Später vielleicht. Die Jungs warten draußen auf mich.«

»Was macht ihr draußen?«

»Chillen.« Aidan ging meine Fragerei sichtlich auf den Keks, was mich zutiefst verletzte. Ich hatte ihn bisher noch nie genervt.

»Alles klar«, ich hob im Weggehen nur lässig die Hand. Aidan konnte mich mal.

»Sehen wir uns später auf der Party?«, rief er mir hinterher.

Ich wusste, dass nachher in Joes Elternhaus eine Megaparty für den Abschlussjahrgang stieg. Ursprünglich war ich davon ausgegangen, wir würden zusammen hingehen.

»Mal sehen.«

»Okay.« Seine Enttäuschung über meine Abfuhr hielt sich in Grenzen. Ahh! Oberarsch, Aidan O'Conners. Ich kochte vor Wut.

Natürlich war ich zur Party gegangen. Allein der Gedanke an Stephanie Matthews hatte genügt, um dort aufzukreuzen. Falls Aidan tatsächlich mit ihr herummachte, sollte er das vor meinen Augen tun, bevor ich ihn für immer aus meinem Leben strich. Ich fühlte mich hundeelend. Warum tat er das? Er hatte mich vor allen unseren Mitschülern dumm dastehen lassen. Der Seniorstudent, der sich ein wenig mit dem jungen Küken vergnügte, bevor sie ihm doch wieder zu langweilig wurde und er sich zum Spielen eine in seiner Kragenweite suchte. Ich hatte mich total in ihm getäuscht.

»Aidan auf drei Uhr«, zischelte Kimberley, als wir an der Haustür standen.

»Ignorieren«, säuselte ich und hakte mich bei meinen Freundinnen ein. Die Musik dröhnte bis hinunter zur vollgeparkten Straße. Überall auf dem Rasen lümmelten Mitschüler von mir herum, zum Teil sichtbar angeheitert. Schon durch die Fensterfronten sah ich, dass drinnen alles voller Leute war und wäre am liebsten wieder umgedreht. Mir war nicht nach Feiern zumute.

»Vivien«, rief eine nur zu gut bekannte Stimme nach mir, auf die ich gerade null Bock hatte.

»Du kannst mich mal.« Ich sah gar nicht erst hin.

Eine Hand legte sich auf meine Schulter. »Komm mit, wir müssen reden.« Ein gewaltiger Befehlston, den ich nicht von Aidan kannte.

»Wüsste nicht, worüber wir noch reden sollten«, erwiderte ich schnippisch. Melissa und Kimberley nickten mir zu. Melissa signalisierte mir unauffällig ein Daumen hoch Zeichen. Meine Freundinnen

waren genauso stinkig auf Aidan wegen seines miesen Verhaltens vorhin.

»Lass uns nicht mehr streiten.« Aidan redete mit leichtem Zungenschlag, sofort merkte ich, dass er was intus hatte.

Ich löste mich von meinen Freundinnen. »Lass mich in Ruhe, du bist betrunken.«

»Wir feiern.« Er machte eine weit ausholende Armbewegung. »Endlich liegt die Scheiß-Schulzeit hinter uns.« Aidan legte den Kopf schräg und sah mich bettelnd an. »Bitte, Vivien, es tut mir leid. Lass uns kurz reden, danach kannst du meinetwegen mit deinen Freundinnen Party machen.«

Ich geriet ins Schwanken. Sollte ich Aidan die Gelegenheit zu einer Entschuldigung einräumen?

»Aber nur kurz.« Ich nickte meinen Mädels zu. »Wir treffen uns gleich drinnen.«

»Okay. Aber knick bloß nicht ein«, wisperte Kimberley noch, die Aidan mit bösen Blicken bombardierte.

»Bestimmt nicht.« Ich prustete.

»Wohin?«, fragte ich knapp, als die beiden verschwunden waren. Mein Bedarf an Aidan O'Conners war für heute mehr als gedeckt.

»Ein Stück da rüber?« Er deutete hinters Haus und ich lief voraus, bog um die Ecke.

»Was willst du noch?«, schnauzte ich, nachdem wir schließlich stehenblieben.

»Ich möchte wissen, warum du so sauer auf mich bist.«

»Ernsthaft?« Ich fasste es nicht.

Aidan kam mit dem Gesicht näher, eine schwere Alkoholwolke schlug mir entgegen, der Geruch von Marihuana dünstete aus seinen Poren. »Küss mich, Vivien.«

»Du bist komplett dicht, Aidan.« Abwehrend stemmte ich beide Hände gegen seinen Brustkorb, aber er wich kein Stück zurück.

»Stell dich nicht so an, du frigide Kuh. Ich bin dein Freund.« Er grapschte mir unsanft an die Brust.

»Lass das, Aidan.«

»Du willst es doch auch.« Feuchte Küsse bedeckten meinen Hals, seine andere Hand wanderte unter mein Kleid. »Schlaf mit mir, Vivien.«

»Wenn du nicht sofort aufhörst, schreie ich.« Ich hielt seine Finger

fest, die an meinem Schenkel nach oben glitten, schon fast meinen Slip berührten. Er war so stark, viel zu stark, presste sich mit seinem ganzen Gewicht gegen mich.

»Hör auf!« Ich holte aus. Es klatschte, als meine Hand sein Gesicht traf. Sein Kopf flog zur Seite. Endlich nahm Aidan seine Hand aus meinem Rock und rieb sich die getroffene Wange, ehe er einen Schritt zurückwich. Er schien wieder einigermaßen klar im Kopf zu sein.

»Verpiss dich«, sagte er schließlich, sein Blick wurde kalt und immer kälter.

»Nichts lieber als das.« Ich stürmte an ihm vorbei über den Rasen, wollte nichts wie weg. Obwohl ich wusste, dass vor allem die Drogen und der Alkohol Schuld daran trugen, dass ich Aidan nicht wiedererkannte, machte er mir Angst. Dieser Junge war nicht mehr der Aidan, den ich kannte und liebte.

»Du frigide Kuh!«, rief er hinter mir her. »Verpiss dich endlich nach Paris und lass dich von irgendwelchen Franzosen bumsen. Du bist genauso scheiße drauf, wie dein Alter.«

Abrupt hielt ich an und kam ein paar Schritte zurück. Ich war so wütend auf Aidan, dass ich ihm am liebsten den Hals umgedreht hätte. Er sollte meinen Vater aus dem Spiel lassen. Mein Dad hatte mit jedem Wort recht gehabt, als er mich vor Aidan gewarnt hatte.

»Lass meinen Vater da raus. Das ist eine Sache zwischen dir und mir. Und ja, ich bin froh, dass ich nicht mit dir geschlafen habe!«

Ein paar der Leute, die im Gras saßen, standen auf und kamen neugierig näher.

Aidan schwankte leicht. Er war so geladen, dass er die Fäuste geballt hatte. »Warum soll ich deinen Drecksack von Dad aus dem Spiel lassen? Deine ganze beschissene Familie geht mir dermaßen auf die Nerven. Ihr stolziert durch die Stadt, glaubt ihr seid was Besseres, nur weil dein Dad unschuldige Leute in den Knast steckt. Und was macht der Wichser hintenrum? Er fickt meine Mom! Bescheißt euch alle von vorne bis hinten. Du bist so dämlich, Vivien.«

»Hör auf, solche Lügen zu verbreiten!«, brüllte ich ihn an. Der Schock über das, was er eben gesagt hatte, brannte sich wie Phosphor in meine Knochen. Mein Dad würde niemals meine Mutter betrügen. Ich kannte ihn seit sechzehn Jahren. Aidan hingegen zeigte mir zum ersten Mal die hässliche Fratze einer tief in ihm schlummernden düsteren Seite. Ich begann, Aidan zu hassen. Tiefster, erbärmlichster

Hass flutete meinen Körper und löschte jedes Gefühl von Liebe für ihn aus.

»Lügen? Ich habe mit eigenen Augen gesehen, wie sie es miteinander getrieben haben.«

Meine Mitschüler um uns herum tuschelten aufgeregt. Ein paar von ihnen rannten nach drinnen ins Haus. Wahrscheinlich, um die neuesten Neuigkeiten zu streuen. Merkte Aidan nichts davon? Stand er dermaßen neben sich, dass er nicht begriff, wie er mit einem Handstreich soeben zwei Familien ruiniert hatte?

»Ich hasse dich, Aidan O'Conners.« Ich wandte mich ab und stürmte über den Rasen.

»Na und?«, rief er mir hinterher. »Ich hasse dich auch, Vivien Davis. Genauso wie deine beschissene Familie!«

Der Tränenschleier vor meinen Augen machte mich halbblind, während ich die Straße hinunterhetzte. Nur weg. Ich wollte nur weg, taumelte durch die schwarze Nacht. Hatte keine Ahnung mehr, wo ich mich befand und bekam Aidans gehässige Stimme nicht aus dem Ohr. In mir dröhnte nur noch Aidan. Er hatte gelogen. Alles, was er über meinen Dad gesagt hatte, war frei erfunden.

Mein Vater würde niemals seine Frau betrügen. Aidan wollte sich an mir rächen, weil ich nicht mit ihm geschlafen hatte, das war der einzige Grund, weshalb er den Ruf meines Vaters ruinierte. Ich war so dumm gewesen. Warum hatte ich mich überhaupt in Aidan verliebt?

Ich stürzte über die Straße, stolperte über meine Beine, fing mich glücklicherweise in letzter Sekunde ab, bevor ich auf den Asphalt knallte. Bremsen quietschten neben mir, kreischten schmerzhaft in meinen Ohren. Erschrocken wandte ich mich um, sah die hellen Scheinwerfer auf mich zurasen, bevor mich der dumpfe Aufprall traf.

KAPITEL 25

AIDAN

Ich saß an meinem Schreibtisch, die Stirn in beide Hände gestützt und konnte nicht fassen, dass Vivien und ich wieder am selben Punkt angelangt waren, an dem wir uns vor zehn Jahren so desaströs voneinander verabschiedet hatten. Vivien hasste mich und wie es aussah, hatte sie mich endgültig aus ihrem Leben gestrichen.

Die vergangenen Tage hatte ich ungefähr eine Million Mal bei ihr angerufen, leider war ihr Smartphone abgestellt. Sie gab mir nicht mal die Chance eines Gesprächs, einer Entschuldigung. Vor ihr auf die Knie zu fallen und sie für mein schäbiges Verhalten um Verzeihung zu bitten. Ich hatte bei ihr zu Hause geklingelt, zu ihrem Fenster hochgerufen, bis Mr Misamoto mir wegen Lärmbelästigung mit den Cops drohte. Langsam aber sicher musste ich den Gedanken zulassen, dass ich Vivien für immer verloren hatte. Diese Einsicht tat scheiße weh. Ich vermisste sie unglaublich.

Auf den ersten Blick hatte ich diesen Scheißkerl Hiob Silverstein gar nicht wiedererkannt. Erst als er mit seiner miesen Show anfing, war die Erinnerung zurückgekehrt. Er war der Drecksack gewesen, der Shawna vor ein paar Wochen einfach unter den Rock gegriffen hatte, und erst von ihr abließ, als Kayne und ich ihm ein paar Manieren einbläuten. Zudem war das nicht sein erster Besuch bei uns gewesen. Weshalb also spielte der geile Bock sich so auf?

Ich goss mir ein Glas Whisky ein, nahm einen großen Schluck und schüttelte mich. Nicht mal mein Lieblingsbourbon schmeckte mir mehr.

Wie üblich kam Kayne ohne anzuklopfen in mein Büro.

»Schon was von Vivien gehört?« Er lehnte sich mit dem Hintern gegen die Schreibtischkante.

»Sie ist immer noch auf Tauchstation und wie es aussieht, wird sie dort auch noch lange bleiben.«

»Das Mädchen sollte sich langsam mal wieder einkriegen. Sag ihr, es war alles meine Schuld. Ich hatte die Idee mit der Wette. Das ist nicht einmal gelogen.«

»Sie weiß noch nicht einmal von der Wette.«

»Oh.«

Ich trank den Whisky aus und knallte das Glas auf den Tisch. »Ja, oh! So scheiße steht es zwischen uns. Den richtig miesen Teil der Story kennt sie nicht einmal. Dass unser Training am Anfang nichts weiter als ein fucking Joke gewesen war. Wie, glaubst du, wird sie erst reagieren, sobald sie dieses winzige Detail erfährt?«

»Das solltest du ihr so in aller Deutlichkeit lieber nicht sagen.«

»Scheiße, Kayne. Ich hab's total vermasselt.«

»Komm schon.« Er stand auf. »Vivien hat sich bei uns beworben, weil sie Prostituierte werden wollte. Diesen nicht unerheblichen Umstand solltest du bei deiner kleinen Selbstzerfleischung schon ein wenig berücksichtigen. Die Ausgangslage war eine völlig andere. Keinem von euch ging es am Anfang doch um Liebe, die kam erst später dazu, an einem Punkt, als euer - was auch immer ihr da miteinander am Laufen hattet – schon eine völlig neue Wendung genommen hatte.«

»Ich hätte es ihr trotzdem früher beichten sollen.«

»Wozu? Um zwei Wochen eher an den Punkt zu gelangen, an dem ihr jetzt steht?«

»Weil es ehrlich gewesen wäre.« Ich hasste mich selbst am meisten, dass ich mich auf den Einreiter-Schwachsinn überhaupt eingelassen hatte, statt die Bewerbung sofort zu löschen. Obwohl es die schönsten und aufregendsten Wochen meines Lebens gewesen waren.

»Eigentlich bist du an allem Schuld«, warf ich Kayne an den Kopf, nur um mich an jemandem abzureagieren.

»Ich?«, fragte er empört.

»Wer hatte denn die schwachsinnige Idee mit der Wette?«

»Was kann ich dafür, dass Vivien keinen Spaß versteht?«

»Kayne«, knurrte ich.

»Das war ein Scherz.« Er wehrte mit den Händen vor der Brust ab. »Du bist gerade ein bisschen empfindlich, das verstehe ich. Sorry. … In meinen Augen ist Vivien ein weiblicher Ronald Freeman.«

Ich sah hoch. »Wie meinst du das?«

»Sie ist eine Frau mit Prinzipien. Verirrst du dich zu früh wieder auf ihr Minenfeld, steckt dir schnell mal eine Mistgabel im Rücken.«

»Sie gibt mir ja nicht mal eine Chance. Wenn sie mich wenigstens umbringen wollte. Aber nicht mal das.«

Mein Telefon auf dem Schreibtisch klingelte. Joanne rief mich an, sah ich mit einem kurzen Blick und hob einen Finger, um Kayne zu bedeuten, mal eben die Klappe zu halten.

»Was gibt's Joanne?«, fragte ich in den Hörer.

»Ein Anruf von Vivien Davis. Darf ich durchstellen?«

Mein Puls schnellte in die Höhe. Warum rief sie mich nicht auf dem Handy an?

»Mach schon.« Es knackte kurz in der Leitung.

»Guten Morgen, Aidan.« Vivien klang kühl, dennoch war ihre Stimme das süßeste, was je in meinem Bauch geschmolzen war.

»Wie geht es dir Vivien?« Ich hielt den Atem an. Kayne, der anstandslose Penner, setzte sich auf den Besuchersessel und lauschte andächtig, obwohl ich ihn nach draußen winkte.

»Oh, mir geht es prima. Die Vernissage war ein voller Erfolg. Schade, dass du so früh gehen musstest.«

Unter ihrer Arroganz steckte eine zutiefst verletzte Seele, das merkte ich am vibrierenden Unterton ihrer Stimme. Ich konnte alle ihre Tonlagen deuten, wusste im Schlaf, wie sie sich in jeder nur erdenklichen Stimmung anhörte. Vivien war mir vertraut, viel zu vertraut.

»Bitte, Vivien. Lass uns über alles reden. Ich würde gern aufklären, wie es dazu gekommen ist.«

»Lass mich raten, du leidest an partieller Amnesie und wusstest die vergangenen Wochen nicht mehr, dass dir die Hälfte eines Bordells gehört.«

»Nein, natürlich nicht.«

»Dann hast du vielleicht vorsätzlich gehandelt? Mit voller Absicht die dumme Vivien verarscht und belogen? Wie oft habt ihr euch hinter meinem Rücken schlappgelacht? Du und Kayne. Der durfte dann ja auch mal ran«, sagte sie bitter.

Hilflos schloss ich die Augen. Ich war wahrhaftig ein Dreckschwein. Vivien würde mir nicht verzeihen, ich fühlte das finale Ende mit Siebenmeilenstiefeln nahen und musste machtlos zusehen.

»Gibt es dieses Training tatsächlich«, fragte sie leise. Ich hatte ihr bezauberndes Gesicht genau vor Augen. Bestimmt zitterte ihre hübsche Unterlippe, die großen grünen Augen waren gefüllt mit Tränen. Und das hatte ich verbrochen. Ich hatte meinem süßen Engel die Flügel gebrochen. Meine Hand tastete an meinen Brustkorb, unter dem Hemd trug ich ihre Kette mit dem kleinen silbernen Engel. Das einzige, was mir von ihr geblieben war.

»Nein, das Training gab es nur für dich. Eine Wette mit Kayne«, gab ich zu, meine Finger krallten sich um den Hörer. Sie blieb still, verdaute meine schonungslose Beichte wohl gerade. *Bitte, leg nicht einfach auf und verschwinde an diesem Punkt aus meinem Leben,* flehte ich in Gedanken.

»Oh, Aidan«, sagte sie matt, ungläubig und zutiefst enttäuscht.

»Es tut mir leid«, war alles, was ich noch sagen konnte. »Es tut mir so leid, Vivien.«

»Wann hättest du mir die Wahrheit erzählt?«

»Ich weiß es nicht.«

»Nie?«

»Bestimmt irgendwann. Ich fand nicht den richtigen Zeitpunkt. Ich … ich wollte dich nicht verlieren. Vivien, ich liebe dich. Das ist nicht gelogen.«

»Eigentlich rufe ich nur wegen einer Terminabsprache an.« Sie klang kühl, hatte sich recht schnell gefangen.

»Terminabsprache?«

»Für die Versteigerung. Steht der Termin am Samstagabend noch? Dann sind die vier Wochen vorbei.«

»Du willst dich tatsächlich versteigern lassen?«

Kayne setzte sich auf, wurde hellhörig, formte mit den Lippen ein stummes: »Was?«

»Selbstverständlich. Wozu habe ich denn sonst dieses bescheuerte Training hinter mich gebracht, wenn am Ende nichts für mich dabei herausspringt.«

»Bitte, Vivien, mach das nicht.« Ich merkte selbst, wie entsetzt ich klang. »Können wir nicht in Ruhe über alles reden?«

»Es gibt nichts mehr zu besprechen, Aidan. Ich will die Versteigerung, das ist mein vertraglich zugesichertes Recht.«

»Vivien«, versuchte ich es noch einmal. Sie musste sich in einem totalen Schockzustand befinden, anders konnte ich mir ihr verrücktes Anliegen nicht erklären.

»Ich will die Versteigerung, Aidan«, sagte sie mit Nachdruck.

»Wieviel Geld brauchst du? Ich gebe es dir.«

»Ich will dein verdammtes Geld nicht. Deine Kette bringe ich dir am Samstag zurück. Ich will überhaupt nichts mehr von dir, außer der Versteigerung.«

»Warum? Warum willst du dich versteigern lassen?«

»Damit dieses Training wenigstens irgendeinen Sinn hatte.«

Ich wusste, sie wollte mich treffen, genauso verletzen, wie ich das bei ihr getan hatte. Und sie war äußerst erfolgreich. Ihr Wunsch hatte einen Beigeschmack von ausgleichender Gerechtigkeit, das musste ich ihr lassen. Andererseits wäre die Versteigerung eine Möglichkeit, sie in den Club zu lotsen, ihr in die Augen sehen zu können, wenn sie ihr Anliegen wiederholte. Vielleicht konnte ich ihr den Quatsch wieder ausreden. Sie zu versteigern würde mich umbringen.

»Dann sehen wir uns Samstag um sieben Uhr. Wie immer.«

»Ich werde pünktlich sein.« Sie legte auf, bevor ich mich verabschieden konnte und ließ mich fassungslos zurück.

»Hab ich das richtig mitbekommen? Vivien will sich am Samstag versteigern lassen?«, fragte Kayne.

Ich nickte nur, mein Sprachzentrum funktionierte nicht.

»Warum hast du ihr diesen Blödsinn nicht ausgeredet? Ist Vivien verrückt geworden?«

»Vielleicht kann ich sie am Samstag noch umstimmen.« Ich klammerte mich an diesen winzigen Hoffnungsschimmer, wie ein Freeclimber an einen Dachvorsprung.

Kayne stand auf. »Ich vermute mal, das wird ein interessanter Abend werden.«

KAPITEL 26

VIVIEN

Zwei Minuten vor Sieben. Mechanisch gab ich den Sicherheitscode für die Seitentür ein. Nicht einmal heute konnte ich unpünktlich sein. Mein bescheuertes Pflichtbewusstsein hatte mir mal wieder einen Strich durch die Rechnung gemacht. Ursprünglich hatte ich Aidan und die Meute ein wenig zappeln lassen wollen.

Mit einem raschen Blick überprüfte ich mein Outfit, ein stilvolles rotes Kleid von Valentino, das wie Seide an mir entlangfloss. Selbstverständlich mal wieder zu einem Spottpreis aus der vorletzten Kollektion. Auch egal. Als ob irgendjemand da drin Ahnung von Haute Couture hatte. Für die Versteigerung würde Aidan es mich höchstwahrscheinlich sowieso nicht tragen lassen. Mein Magen zog sich zusammen, bei dem Gedanken, den Trainingsraum noch einmal betreten zu müssen.

Zu viele Erinnerungen waren in diesem Zimmer gefangen, die ich mühevoll beiseite drängte. In den vergangenen Tagen hatte ich so viele Tränen vergossen, dass ich mich so ausgetrocknet fühlte, wie eine stiefmütterlich behandelte Primel auf der Fensterbank.

Mit hölzernen Schritten stakste ich den Flur entlang. Nichts hatte sich verändert, alles sah noch genauso aus wie immer. Warum auch nicht? Was sollte sich binnen einer Woche schon großartig getan haben? Außer der Beziehung zwischen mir und

Aidan. Die Vertrautheit, die ich mit diesem Ort verband, tat mir im Herzen weh.

Ich fühlte mich nur noch traurig und hatte keine Ahnung, ob dieses leere Gefühl jemals wieder aus meinem Körper verschwinden würde. Vor ein paar Tagen noch war ich wütend gewesen. Oh, so wütend auf Aidan, dass er Glück gehabt hatte, vor meiner Haustür lediglich mit Mr Misamoto aneinandergeraten zu sein.

Vor allem während der Nächte jedoch hatte sich die Wut gelegt und den Platz mit meinen verletzten Tränen getauscht, die ich in mein Kissen geweint hatte. Trotz allem vermisste ich Aidan immer noch so unglaublich, obwohl ich wusste, dass ich ihm nicht mehr vergeben konnte. Ich hatte ihm bereits einmal sein abgrundtief mieses Verhalten verziehen.

Ein zweites Mal ging das nicht mehr. Vor allem, nachdem er zugegeben hatte, dass es sich bei diesem Training nur um einen lausigen Witz gehandelt hatte, eine Wette. Ich kam mir so dumm und ausgenutzt vor. Aidan hatte mich auf die mieseste Art und Weise in sein Bett gelotst. Auch egal, denn vorgestern hatte sich tatsächlich eine Hilfsorganisation gemeldet, die mir helfen wollte.

Alle anderen hatten mich mit gut gemeinten Ratschlägen vertröstet wie: ich solle doch Geld mittels eines öffentlichen Spendenaufrufs sammeln. Bittsteller-Nummern brachte ich zu meinem Leidwesen nicht über mich. Diese Organisation jedoch wollte sich wegen eines Kredits bei einer Bank dazwischenschalten, sollte es mir gelingen 20.000 Dollar Eigenkapital aufzutreiben.

Wie bitte schön sollte ich mir binnen kürzester Zeit eine Summe in dieser Höhe verschaffen? Außer mit dieser idiotischen Versteigerung. Brians Termin in der Schweiz stand bereits fest, er konnte demnächst dort hinreisen - sobald die erste Rate an das Krankenhaus in Zürich überwiesen war. Den Rest des Kredites durfte ich der Bank nach und nach zu einem dementsprechenden Zinssatz in Raten abstottern, wahrscheinlich bis ich alt und grau war. Doch mein Schuldenberg war mir sowas von egal.

Mit der Versteigerung würde ich nicht nur Aidan beweisen, wie weit er mir mittlerweile am Allerwertesten vorbeiging. Mit viel Glück würde sich auf einen Schlag eine Summe in dieser Größenordnung für mich einspielen lassen. Ich musste mich nur eine Nacht lang zusammenreißen. Die Zähne zusammenbeißen und ans Geld denken. Mir vorgaukeln, ich hätte mich bei einem One-Night-Stand ein wenig vergriffen. Leider wusste ich von Aidan, dass Alkohol für mich an diesem Abend tabu war, ansonsten hätte ich mir den Kerl einfach schöngetrunken.

Natürlich verstand ich den Grund, der dahinter hervorblitzte. Kein Mann, der einen fünfstelligen Geldbetrag für eine Frau hinblätterte, wollte sie komatös in seinem Bett vorfinden. Irgendwie würde ich die paar Stunden schon hinter mich bringen und die Sache hinterher als einmalige Aktion abhaken. Auch andere Frauen waren schon mal versehentlich mit Quasimodo im Bett gelandet, ohne gleich eine großzügige Abfindung zu kassieren, und lebten auch noch.

Die Tür zu Joannes Büro stand weit offen. Als ich sie erreichte, entdeckte ich Aidan hinter dem Schreibtisch sitzen. Jäh jagte mein Pulsschlag in die Höhe und pochte wild bis in meine Schläfen. Mit einer derart heftigen Reaktion meines Körpers auf ihn hatte ich nicht gerechnet. Vorhin war ich doch noch supercool gewesen. Ich ließ meinem überforderten Herzen einen Moment Zeit, in einen ruhigeren Rhythmus zu finden, was ihm nur schwerlich gelang. Aidan saß einfach da und sah mich an, während ich im Türrahmen stehenblieb. Oh, nein. Warum musste er immer noch so verdammt attraktiv aussehen? Hätte ihm in den vergangenen Tagen nicht wenigstens eine fette Warze auf der Nase wachsen können?

»Heute erwartest du mich nicht im Trainingsraum?« Ich verschränkte die Arme vor der Brust.

»Ich empfand dieses Zimmer nicht als angemessen für unser Wiedersehen.«

»Dann vermute ich mal schwer, das hier ist dein Büro und nicht das von Joanne«, sagte ich mit überraschend fester Stimme und dankte meinen Stimmbändern für deren Unterstützung. Wenn mein dummes Herz mich schon so kläglich im Stich ließ.

»Ja, das ist mein Büro.« Er nickte. »Guten Abend, Vivien. Du bist tatsächlich hergekommen.«

»Heute zum letzten Mal.«

Er zuckte zusammen, als ich aussprach, was wir beide schon längst wussten. Meine Antwort hatte ihn getroffen. Vier harmlose kleine Worte. Ich konnte mich nicht über diesen winzigen Triumpf freuen. Die Zeit des Nachtragens war vorüber. Ein letztes Turnier stand an, bevor ich für immer die Arena verließ. Mehr gab es nicht mehr, was uns verband.

»Komm bitte rein und setz dich.« Er deutete auf den bequemen ledernen Besuchersessel.

Ich spazierte langsam näher, bewahrte Haltung.

»Du trägst ein sehr hübsches Kleid, es steht dir ausgezeichnet.«

»Danke.« *Aufmerksam wie eh und je.* Ich hielt ihm das Collier an der Schließe zwischen zwei Fingern hin. Er machte keinerlei Anstalten es zu nehmen. Es baumelte ein wenig in der Luft, bevor ich es schließlich auf dem Schreibtisch ablegte. Wehmütig betrachtete er es.

»Dann ist der Trainingsraum wohl auch kein Trainingsraum.« Ich lachte bitter auf. »Du siehst, ich kombiniere haarscharf.« *Ich Idiotin!*

»Mein privates Schlafzimmer. Für die Nächte, in denen es zu spät für den Heimweg wird.«

»Oder um dich mit deinen Angestellten in den Kissen zu wälzen«, ätzte ich.

»Vivien, überleg dir das noch…«

»Wie läuft die Versteigerung genau ab?«, unterbrach ich ihn. Nichts von seinem Gerede konnte mich umstimmen, je früher er das kapierte, desto besser.

Er seufzte gequält auf. »Ich habe dir ein Zimmer unten bei den Mädchen herrichten lassen. Den Trainingsraum möchtest du wohl nicht mehr von innen sehen.« Er musterte mich ernst und eindringlich. Ich sah die Reue in seinem Blick und zog meine Mauer hoch. Für Schuldgefühle war es zu spät, die hatte er wochenlang auch nicht gehabt, als er mir eine beschissene Show vorgespielt hatte, um mich ins Bett zu kriegen.

»Das ist äußerst zuvorkommend von dir. Mir ist es in der Tat unten lieber. Da gehöre ich dann ja auch hin.« Ich klang routiniert und war zufrieden mit mir. Aidan und ich saßen in einem

Büro und besprachen die Details eines Geschäfts, mehr lief nicht mehr zwischen uns.

»Du lässt dich nicht mehr umstimmen, nicht wahr?«

»Selbstverständlich nicht.« Ich schlug ein Bein über das andere, strich den Rock nach unten und bedeckte meine Knie.

Er seufzte noch einmal. »Es wird nachher folgendermaßen für dich ablaufen. Ich führe dich hinunter in das Zimmer, welches heute Abend nur für dich reserviert ist. Du findest dort ein Outfit vor, das du anziehen wirst. Danach wartest du ab, bis wir dich holen.«

»Das krieg ich hin.« Ich betrachtete seinen silbernen Kugelschreiber auf dem Schreibtisch, konnte ihm nicht in die Augen sehen. Ansonsten hätte er mich dabei ertappt, wie ich blinzelte, um das Brennen darin zu kühlen.

»Du wirst auf die Bühne geführt«, machte er monoton weiter. Ich kannte ihn gut genug, um zu wissen, dass er alles an Körperbeherrschung aufbrachte. »Dort oben wirst du den Zuschauern eine kleine Show bieten und dich langsam ausziehen, aber nur bis auf die Dessous.«

»Damit meinem ersten Kunden die Vorfreude nicht getrübt wird, verstehe.« Ich nickte. Die Regeln klangen einleuchtend.

Aidan rieb sich mit einer Hand über das Gesicht. »Erst nachdem du in den Dessous dastehst, dürfen die Leute ihre Gebote abgeben. Der Höchstbietende bekommt den Zuschlag. Das ist alles. Was in den Stunden danach hinter der geschlossenen Tür passiert, ist allein eure Sache. Der Mann, der dich ersteigert hat, wird dir seine Wünsche sicherlich explizit mitteilen.«

»Der Kunde und ich werden uns bestimmt einig. Selbstverständlich werde ich ihm all seine Wünsche erfüllen. Ich verspreche dir und Kayne, dass keinerlei Klagen seinerseits kommen werden.«

»Vivien.« Er schloss kurz die Augen. »Warum lässt du dich nicht umstimmen? Wenn du Geld brauchst, finden wir eine Lösung, mit der auch du leben kannst. Wir regeln das schon irgendwie.«

»Ich habe dir schon mal gesagt, dass ich von dir kein Geld annehme. Für die fünftausend Dollar, die du mir überwiesen hast, habe ich einen Monat lang hart geschuftet, in dieser Hinsicht bin ich dir nichts mehr schuldig. Alles andere geht dich nichts an.« Ich erhob mich abrupt. »Führst du mich jetzt bitte in mein Zimmer?«

Unsere Unterhaltung nahm mich mehr mit, als ich zugeben wollte. In Situationen wie diesen war ich recht nah am Wasser gebaut und das letzte, was ich gebrauchen konnte, war, vor Aidan O'Conners in Tränen auszubrechen.

Er zögerte einen Moment, ehe er schließlich aufstand. »Bitte.« Aidan deutete zur Tür. »Ich möchte der ersten Rate für deine neue Wohnung nicht im Wege stehen.« Mit dem Kinn deutete er auf mein Kleid. »Mode von Valentino ist ebenfalls nicht günstig, selbst wenn du bislang keine Kleider aus den neuen Kollektionen der großen Designer trägst. Für den ganzen Luxuskram braucht man einen Haufen Geld, nicht wahr?«

Mein Kiefer klappte nach unten. »Seit wann kennst du dich mit Mode aus?«

»Du weißt nicht einmal die Hälfte von mir, Vivien. Und wie es aussieht, interessiert dich die andere Hälfte einen Scheißdreck. Also geh auf die Bühne und hol dir die Kohle, lass dich von irgendeinem alten Sack begrabschen, falls es wirklich das ist, was du tun möchtest, um an ein Bündel Dollarnoten zu gelangen.«

»Du verdienst auch nicht schlecht dabei«, giftete ich verblüfft über seine harschen Worte. Immerhin ging die Hälfte des Geldes an den Club.

»Von mir aus kannst du alles behalten. Nimm die ganze Kohle aus der Versteigerung, wenn sie dir so wichtig ist und verprass sie.«

»Das werde ich ganz bestimmt nicht tun.« Ich verschränkte die Arme vor der Brust. »Ich will nur, was mir zusteht.«

»Plötzlich so hohe Moralansprüche, Vivien?«

Ich hörte die unterschwellige Herabsetzung heraus, die in seiner Frage mitschwang.

»Es ist mein Körper, Aidan. Ich kann damit tun und lassen, was ich will. Wie sagtest du einmal zu mir? Du bist der Letzte, der mich für diesen Job verurteilt.«

»Ich verurteile dich nicht.« Sein Adamsapfel bewegte sich beim Schlucken. »Ich versuche nur zu verstehen, was dich dazu bewegt, dich versteigern zu lassen. Ist es das Geld oder willst du mit dieser Aktion mich treffen? Falls du es meinetwegen machst, kann ich dir gratulieren. Das tut es nämlich. Es trifft mich. Sehr sogar.«

Aidans Worte sackten in meinen Magen, wo sie so schwer liegenblieben, als hätte ich steinerne Linsen gegessen. Meine Rachegedanken lösten sich in Rauch auf, entschwanden sanft ins Nirwana. Übrig blieb nur noch nostalgische Wehmut, diese ganz besondere Art Herzschmerz, die einen befiel, sobald man an eine große verlorene Liebe zurückdachte.

Aidan war sogar meine einzige große Liebe gewesen. Und würde es wahrscheinlich auch für immer bleiben, egal, was das Leben noch für mich bereithielt. Selbst wenn ich heiraten würde, mich neu verliebte. Den größten Teil meines Herzen würde für immer Aidan in Beschlag nehmen. Seine Widerhaken waren zu stark, ich konnte ihn nicht daraus entfernen.

»Es ist wegen des Geldes«, sagte ich schließlich leise und der Wahrheit entsprechend. Eigentlich tat ich es einzig und allein wegen Brian.

»Das ist wenigstens ehrlich.« Er ließ sich mit keiner Miene anmerken, was er dachte, als er auf die offene Tür deutete. »Nach dir, Vivien.«

Wir durchquerten schweigend den Club. Ich in meinem knielangen Kleid, Aidan im grauen Anzug neben mir. Warum wir nicht den Hintereingang zum Bereich der Mädchen genommen hatten, wusste ich spätestens dann, als ich die Bühne sah, auf der ich später stehen würde. Nachher, wenn mich irgendein Fremder kaufte. Sie war dekoriert worden, ganz in Silber und Gold gehalten, sah stylish und ein Stückweit verrucht aus.

Mein scheuer Blick schweifte umher. Es war ungewöhnlich für diese Zeit, dass sich so viele Männer in der Gentleman's Bar aufhielten. Der Laden quoll beinahe über. Die Mädchen hatten alle Hände voll zu tun, um die vielen Kerle bei Laune zu halten.

»Ganz schön voll heute.« Ich bemerkte Shawna am Tresen, deren Hand in der offenen Hose eines Kerls steckte, während der sie unter dem knappen Rock heftig fingerte. Schamlos wie immer. Shawna war voll in ihrem Element, schob ihre Hüften nach vorn und schwang ihren Schenkel auf einen hohen Barhocker. Breitbeinig präsentierte sie sich ihrem Kunden. Ob ich mich nachher ebenso professionell anstellen würde? Der Kerl, der sie befummelte, war nicht sonderlich attraktiv.

Einen Kopf kleiner als sie, leichter Bauchansatz, mit bleichen wabbligen Gesichtszügen. Mit Leichtigkeit gab Shawna ihm das Gefühl, begehrt zu werden. Ich würde das nicht schaffen, wurde mir klar. Zumindest nicht auf Anhieb.

»Sie sind alle wegen der Versteigerung hier«, raunte Aidan und ich riss die Augen auf.

»Wegen mir?«

Er nickte. »Alle Stammgäste bekommen bei Versteigerungen eine Einladung per Rundmail. Die Präsentation von Frischfleisch ist jedes Mal ein großes Event.«

Ich verschluckte mich fast an meinem eigenen Atem. Bald schon würde ich mich vor dieser lüsternen Horde sexy entkleiden müssen, glücklicherweise nicht vollständig, doch der Mini-Strip allein reichte mir schon. Ich würde himmelschreiend versagen.

»Viele Gäste bedeuten viele Bieter. Das ist super für mich.« Ich ließ mir meine Nervosität nicht anmerken.

Wir passierten die Billardtische, an denen Judy und Anna soeben unter johlendem Beifall eines Rudels Kerle, die Körbchen ihrer BHs auseinanderrissen und provokant ihre Brüste nach allen Seiten streckten. Ein recht junger Typ leckte mit seiner Zunge nach Judys Brustwarze, die ihn schließlich lachend gewähren ließ.

Okay, für einen fünfstelligen Geldbetrag stand mir mit ziemlicher Sicherheit heute noch einiges bevor. Die zwei erhielten für ihr schamloses Treiben gerade mal einen Bruchteil.

Ein Blick brannte sich in meinen Nacken, als hätte jemand seine Zigarette auf meiner Haut ausgedrückt. Instinktiv wandte ich mich um und erstarrte. In einiger Entfernung stand der Graf und nickte mir grinsend zu.

Aidan hatte meine Reaktion bemerkt. »Wie es aussieht, hat der Earl of Dublee immer noch ein Auge auf dich geworfen.«

»An den Grafen hatte ich gar nicht mehr gedacht.« Mir wurde

schummrig vor Augen. Sollte der Graf mich ersteigern, wäre das mein Untergang. »Jetzt könnte ich ein Glas Champagner vertragen.«

»Tut mir leid, kein Alkohol für dich heute Abend. Es sei denn, dein Kunde möchte mit dir anstoßen, dann darfst du selbstverständlich trinken, so viel du möchtest.«

Wir erreichten den Durchgang zu den Zimmern der Mädchen, wie immer ließ mich Aidan galant vorangehen, bevor er auf eine offenstehende Tür auf der linken Seite deutete. »Dein Zimmer für heute Nacht.«

Bedächtig trat ich ein. Es war beinahe genauso eingerichtet wie der Trainingsraum. Die Wände voll mit Peitschen und Gerten, in den Regalen lag allerhand Spielzeug. Das X war an der Wand befestigt.

»Wie es aussieht, bin ich auf alles vorbereitet.«

»Wir wissen nicht, wer dich ersteigert. Ansonsten hätten wir uns selbstverständlich enger an den Vorlieben des Kunden orientiert.«

»Natürlich.« Auf dem Bett lag ein schwarzer Spitzenbody, daneben passende Strapse, sowie halterlose schwarze Netzstrümpfe. Ein rotes Latexkleid, das vorne mit Klettverschlüssen verschlossen wurde, hing an einem Bügel am Bettrahmen.

»Ein sexy Outfit.« Ich nahm das Kleid.

»Es lässt sich auf der Bühne problemlos ausziehen.«

»Ihr habt in der Tat an alles gedacht.«

»Vivien, das ist der Job. Es geht einzig darum, den Kunden anzuheizen. Das wird eine lange Nacht für dich. Dieser Kerl wird dich ficken, und zwar in allen nur denkbaren Stellungen, dich fesseln und alles mögliche in dich hineinstecken. Mit etwas Pech wirst du ein heftigeres Spanking über dich ergehen lassen müssen, als das von Kayne, bevor du kniend einem wildfremden Mann den Schwanz lutscht. Der Typ wird dir die Beine spreizen und deine Vagina aus nächster Nähe begutachten, seine Zunge in deine Spalte schieben. Er wird mit dir machen, worauf er gerade Lust hat, während du nackt seine Wünsche erfüllst und die Erregte spielen musst. So wird zusammengefasst dein Abend verlaufen.«

Wieso tat er mir das an? Warum schürte er meine Angst? Es

war nicht richtig von ihm, mich so kurz vor meinem Bühnenauftritt in Panik zu versetzen.

»Wir haben das alles geübt, ich kriege das hin.«

Aidan stieß einen unschönen Fluch aus. »Dann viel Spaß, Vivien. Ich hole dich in zwanzig Minuten ab, beeil dich.« Er eilte nach draußen und schlug die Tür hinter sich zu, ließ mich mit dem schlimmsten Gefühl der Welt in der Brust und mutterseelenallein im Zimmer stehen.

Ich konnte nicht zurück. Egal, welche Drohung Aidan auch ausstieß, sie zählte nichts im Vergleich zum Leben meines Bruders, das ich mithilfe dieser Versteigerung retten konnte. Egal, wie grässlich der Kerl mich nachher auch quälte, ich würde diese Nacht durchstehen.

Ich schälte mich aus meinen Klamotten, zwängte mich in den hautengen Spitzenbody, dessen eingearbeitete knappe Körbchen meine Brüste anhoben und voller erscheinen ließen. Nachdem ich auch Strapse und die Netzstrümpfe übergestreift hatte, schloss ich den Klettverschluss des Kleides der Länge nach vor meinem Bauch, bevor ich mich aufs Bett setzte und darauf wartete, dass Aidan mich zur Hinrichtung abholte. Zumindest fühlte es sich so an.

Ein paar Minuten vergingen, bis die Tür sich öffnete, und ich mich rasch von der Matratze erhob. Mein Kiefer klappte nach unten, als ich erkannte, wer im Zimmer stand.

»Du?«, fragte ich fassungslos. »Was machst du hier?«

»Es stimmt tatsächlich. Ich kann es immer noch nicht glauben. Du arbeitest in einem Bordell.« Mit langsamen Schritten kam Scott Johnson auf mich zu. Er wirkte nicht fassungslos, sondern eher amüsiert.

»Wieso bist du hier?« Was zum Teufel machte Scott im Gentleman's Paradise?

»Linda hat mich eingeweiht.«

Linda! Oh, nein. Warum hatte sie das getan?

»Sie hat sich unglaubliche Sorgen um dich gemacht, nachdem du ihr erzählt hast, was du vorhast. Also kam sie zu mir und hat mich ins Vertrauen gezogen. Linda möchte, dass ich dich davon überzeuge, deinen verrückten Plan abzublasen, Vivien.«

»Geh, bitte.« Ich konnte nicht glauben, dass Linda tatsächlich hinterrücks zu Scott gerannt war.

»Warum sollte ich gehen?« Er kam näher, seine Alkoholfahne wehte mir ins Gesicht und widerte mich an. »Neulich abends hast du mir die biedere Maus vorgespielt, die schon rot wird, sobald man nur ihre Hand anfasst. Wolltest nicht mal auf einen Kaffee mit zu mir raufkommen, wegen eines imaginären Typen. Dabei treibst du es für Geld mit jedem dahergelaufenen Kerl.«

»Es gibt diesen Mann. Also, würdest du jetzt bitte das Zimmer verlassen.«

»Komm schon, Vivien. Sei ein bisschen nett zu mir, dann hast du auch bald deinen alten Job wieder.«

Als er eine Hand auf meine Wange legte, schlug ich sie weg. »Raus jetzt!«

»Du eingebildete Nutte.« Seine Augen sprühten vor Zorn. »Noch einmal lässt du mich nicht abblitzen.« Er packte mich in den Haaren und stieß mich grob aufs Bett, bevor er sich auf mich setzte.

»Lass mich los!« Ich wehrte mich heftig, wand mich unter ihm und verpasste Scott einen Kratzer im Gesicht.

»Stell dich nicht so an, du Miststück.« Er schlug mich so heftig ins Gesicht, dass mein Kopf dröhnte, bevor er meine Handgelenke zu fassen kriegte und sie weit über meinem Kopf fixierte.

»Wenn du mich nicht sofort loslässt, schreie ich um Hilfe.« Mein Atem ging stoßweise, Angst stieß seine scharfen Krallen in mich.

Er schnappte mich an der Kehle und drückte zu, blockierte die Luft in meinen Atemwegen. »Schrei doch.«

Kein Ton kam über meine Lippen, nur ein jämmerliches Röcheln, während ich wie verrückt nach Luft schnappte, dazu quälte mich der Schmerz meines gequetschten Kehlkopfes. Todesangst schoss durch meine Adern, versetzte mich in wilde Panik.

Mit der anderen Hand riss Scott die Klettverschlüsse meines Kleides auseinander und schob seine Finger in das rechte BH Körbchen, knetete grob meine Brust.

»Ich werde dich jetzt ficken, Vivien. Wenn jeder Wichser in dieser Bude ran darf, dann ich auch. Also stell dich nicht so an.«

Mit beiden Händen umklammerte ich seinen Unterarm, in dem Versuch, den unerträglichen Druck auf meinen Hals zu lockern. Sterne tanzten vor meinen Augen.

Jemand packte Scott bei den Schultern und zog ihn von mir herunter. Sofort kam ich wieder zu Atem und holte japsend und hustend Luft. Im Augenwinkel sah ich, wie Aidan seinen Widersacher gegen die Wand donnerte, bevor er ihm einen Faustschlag ins Gesicht verpasste und noch einen und noch einen.

»Du feiges Dreckschwein«, schrie er Scott an. »Los, komm, wehr dich. Oder bist du nur bei einer Frau mutig?«

Er schnappte den sich krümmenden Scott und verpasste ihm einen wuchtigen Hieb in den Magen, zwei weitere folgten. Wie von Sinnen schlug Aidan auf ihn ein, Blutspritzer regneten zu Boden. Scotts Stöhnen wandelte sich zu einem kläglichen Wimmern, dennoch ließ Aidan nicht von ihm ab, prügelte weiter auf ihn ein, wo immer er ihn gerade erwischte.

Security stürmte ins Zimmer. Es brauchte drei der Muskelberge, um Aidan von Scott loszueisen, der mittlerweile am Boden lag und seinen Kopf mit den Armen schützte.

»Verpiss dich, du Drecksack«, brüllte Aidan, durch die Sicherheitsleute hindurch, die ihn in Schach hielten.

Spencer zog Scott am Hemdkragen auf die Beine. »Raus mit dir, du Wichser.«

»Lass dich nie wieder in ihrer Nähe blicken.« Aidan riss sich von den vielen Händen los, die ihn hielten. Plötzlich wirkte er ruhig und gefasst, aber seine Augen sagten etwas gänzlich anderes. Hass wütete in ihm. Hass und tiefe Abscheu.

»Komm noch einmal in ihre Nähe, wag es sie anzusprechen oder sie anzufassen, und ich töte dich.«

Scott wischte sich über die Stirn, und starrte auf seine blutverschmierte Handfläche. Seine Brille lag zertrümmert am Boden, das linke Auge war dick geschwollen, genauso wie die Unterlippe. Der linke Ärmel seines Jacketts war halb abgerissen. Dazu hatte er eine ganze Reihe anderer Blessuren im Gesicht davongetragen. Scott sah aus, als hätte ein Truck ihn meilenweit an einem Seil hinter sich hergeschleift.

»Raus mit dir.« Spencer stieß Scott so grob voran, dass der gegen die Wand neben der Tür prallte, ehe er endgültig nach draußen befördert wurde. Nach und nach verließen alle außer Aidan den Raum, während ich mich zitternd aufsetzte und vorsichtig meinen schmerzenden Hals betastete. Meine Gurgel brannte wie Feuer.

Aidan hatte mich gerettet. Wäre er nicht rechtzeitig aufgetaucht, hätte Scott mich vergewaltigt oder sogar umgebracht.

Er setzte sich neben mich aufs Bett, streichelte mir zärtlich übers Haar. Seine Fingerknöchel waren aufgesprungen und bluteten.

»Es tut mir so leid«, sagte er leise.

»Du hast mich gerettet. Was tut dir da leid? Ich danke dir, Aidan.« Ich atmete durch, der Schock saß tief.

»Ich hätte Security vor der Tür postieren sollen, es war meine Schuld.«

Ich schüttelte den Kopf. »Nein, du konntest nicht ahnen, dass Scott hier auftaucht. Er war plötzlich da.«

Aidan streichelte mit dem Daumen meine Wange. »Soll ich einen Arzt rufen?«

»Nein.« Ich setzte mich neben ihn, stellte die Füße auf den Boden. »Es geht schon.«

Aidan stand auf, machte Anstalten das Zimmer zu verlassen.

»Wo willst du hin?«

»Die Versteigerung abblasen.«

»Wieso?« Ich erhob mich ebenfalls.

»Vivien, du wurdest eben beinahe vergewaltigt. Du hast einen Schock.«

»Ich will die Versteigerung nicht abblasen.«

»Was?« Aidan klang fassungslos.

»Ich will das durchziehen.« Montag musste die erste Rate auf dem Weg in Richtung Schweiz sein, ansonsten konnten wir sowohl den Therapieplatz als auch den Kredit vergessen.

Er schüttelte den Kopf. »Das kann ich nicht zulassen. Als dein Boss bin ich für deine Unversehrtheit verantwortlich. Wenn ich der Meinung bin, ein Mädchen ist nicht in der Lage zu arbeiten, dann tut sie das in diesem Haus auch nicht.«

»Verdammt noch mal«, schrie ich ihn an. »Es ist mir scheißegal, was du denkst. Ich will diese Versteigerung und du hast kein Recht, über mich zu bestimmen.«

»Doch, hab ich. Mir gehört der Laden.«

Ich stieß mit beiden Händen gegen seinen Brustkorb, sodass er einen Schritt zurücktaumelte. »Ich gehe jetzt raus auf die Bühne und du wirst mich nicht daran hindern, denn ich habe etwas gut bei dir. Du hast vor zehn Jahren mein Leben zerstört, noch einmal wirst du das nicht tun, verstanden? Und jetzt lass mich vorbei, falls du nicht willst, dass ich dich bis in alle Ewigkeiten hasse, Aidan O'Conners!«

Wir standen uns dicht gegenüber, duellierten uns gegenseitig mit Blicken, bis er schließlich nachgab.

»Dann geh auf die Bühne.« Er knirschte mit den Zähnen. »Du stures Weib.«

KAPITEL 27

AIDAN

Es hatte ein bisschen gedauert, bis ich tatsächlich verinnerlicht hatte, dass Vivien sich nicht von der Versteigerung abhalten lassen würde. Schon gar nicht von mir. Ihr ging es nur noch ums Geld. Diese Erkenntnis war schon ein bitteres Gefühl gewesen.

Sie war keinen Deut besser als ich. Okay, wir hatten den Schwachsinn mit der Wette abgezogen und den Scheiß mit dem Trainingsprogramm erfunden, aber sie hatte sich immerhin auf der Stelle und aus bloßer Geldgier auf alles eingelassen. War jeden Tag pünktlich im Club erschienen, hatte brav jede Trainingseinheit gemeistert und mir vorgegaukelt, Lust dabei zu empfinden. Zumindest das mit dem Vorgaukeln war Quatsch.

Ja, ich wusste, der Sex mit mir hatte ihr gefallen, diese gewaltigen Orgasmen hätte selbst sie mir nicht vorspielen können. Dennoch war es ein Scheißgefühl, dass wohl ihrerseits nie ehrliche Liebe im Spiel gewesen war. Vivien war verletzt und fühlte sich von mir hintergangen. Zu recht, das gab ich zu, zumindest halbwegs. Meine tiefen Gefühle für sie waren keineswegs geheuchelt gewesen. Damals vor zehn Jahren nicht und heute ebenso wenig. Ich hatte mich erneut Hals über Kopf in die störrische Vivien Davis verliebt. Tja, leider bedeuteten ihr Prada, Chanel und Valentino noch um einiges mehr, als Aidan O'Conners.

Ich ging hinüber zu Kayne, der sich mitten im Getümmel der Leute vor der Bühne befand. Neben ihm standen Shawna, Judy und Grace. Auf den ersten Blick sah ich Grace an, dass sie kein Verständnis für die anstehende Versteigerung hatte. Sie war eben eine Seele von Mensch. Sicher hatte sich die versuchte Vergewaltigung bereits bei den Angestellten herumgesprochen.

Die Gäste hingegen warteten in bester Laune auf Vivien, die in den nächsten Minuten von zwei Securitys auf die Bühne geleitet werden würde. In der ersten Reihe entdeckte ich den Grafen, neben ihm stand Homer Landon, sowie eine ganze Reihe gut betuchter Kundschaft, die allesamt gern ihre schmutzigen Schwänze in hübsches Frischfleisch steckten. Drecksäcke.

»Die Versteigerung findet tatsächlich statt, Aidan?« Grace zog am Ärmel meines Jacketts.

»Wie du siehst.« Ich deutete auf Vivien, die soeben über die hinteren Stufen die Bühne betrat – unsicher und eingeschüchtert.

»Warum lässt du das zu?« Sie klang entsetzt.

»Es war ihre Entscheidung.« Ich zuckte mit den Schultern.

»Sag ihr, dass du sie liebst, du Tölpel. Und jetzt geh und hol sie gefälligst da runter«, rief Grace mir durch den Lärm ins Ohr.

»Sie weiß, dass ich sie liebe«, erwiderte ich mit Nachdruck. »Und sie will diese Versteigerung trotzdem.«

»Oh.« Graces Mund stand offen, als sie mit einem Schlag die gegenwärtige Sachlage kapierte.

Wilder Applaus und Pfiffe dröhnten durch die Bar, dazwischen hallten ‚Ausziehen' Rufe. Am liebsten hätte ich gekotzt. Zwei unserer Sicherheitsleute hatten Vivien in ihre Mitte genommen, die sich nun breitbeinig vor den Gästen links und rechts der Plattform postierten, während mein Engel oben stehen blieb. Kein Unbefugter würde an den beiden vorbeikommen, um zu Vivien zu gelangen. Wenigstens für ihren Schutz konnte ich sorgen.

Ich war so stinksauer auf sie. So wütend und enttäuscht. Am liebsten hätte ich den ganzen Laden demoliert und alle rausgeworfen.

Vivien stand da, trug ihr halbherziges Lächeln eingefroren auf den Lippen. Ich wusste, dass sie mich gesehen hatte. Beim Betreten der Bühne hatten sich unsere Blicke einen Wimpernschlag lang gekreuzt, seither vermied sie jeglichen Augenkontakt, blickte stur an mir vorbei, während ich sie mit Blicken verschlang.

Sie war sexy ohne Frage. Das enge Kleid betonte die Rundungen ihres schlanken Körpers wie eine zweite Haut und verschaffte ihr eine Wespentaille, während das tief geschnittene Dekolleté ihren festen Busen außerordentlich vorteilhaft in Szene setzte. Sofort wusste ich, dass jeder Mann hier im Saal danach lechzte, sie langsam und genüsslich zu entblößen. Genauso wie ich auch.

Obwohl ich bereits wusste, was sich unter dem sündigen Stoff verbarg, war ihre Entkleidung jedes Mal wieder eine Offenbarung für mich gewesen. Viviens Körper in Händen halten zu dürfen, hätte mir für den Rest meines Lebens genügt. Nie wieder wäre der Wunsch nach einer anderen Frau in mir gediehen. Nur sie allein war die Erfüllung all meiner Wünsche, meiner Sehnsüchte, meiner Leidenschaft. Ich hatte zehn Jahre gebraucht, um über diese Frau hinwegzukommen und hatte es doch nie ganz geschafft. Dieses Mal machte ich mir keine Illusionen mehr. In diesem Leben würde es keine andere Liebe mehr für mich geben. Und das war auch besser so.

Ein lasziver, langsamer Lovesong erklang, beinahe geflüstert, aus den Boxen. Die Kerle um uns herum stellten das Lärmen ein, pfiffen nur noch hin und wieder, denn Vivien begann, sich sanft im Takt der Musik zu wiegen. So schüchtern und gleichzeitig verrucht sinnlich, als wäre sie wahrhaftig ein gefallener Engel. Sie war diese Mischung aus Unschuld und natürlicher Schönheit, die jeden Mann schwach werden ließ.

Zu meinem allergrößten Leidwesen machte sie ihre Sache hervorragend, tanzte nicht halb so hölzern, wie ich das gern gehabt hätte und gab diversen Männerfantasien einen gehörigen Schub. Vivien trieb ihren Preis gekonnt in die Höhe, ich hoffte, sie hatte viel Spaß an dem Schnickschnack, den sie sich von dem vielen Geld bald leisten konnte.

»Was tut man nicht alles für eine Eigentumswohnung«, sagte Kayne spöttisch durch den Lärm. »Ich muss zugeben, ich hätte Vivien so viel Mumm in den Knochen gar nicht zugetraut.« Er klopfte mir auf den Rücken. »Jetzt weißt du wenigstens, wie du bei ihr dran bist, Aidan. Sie will Kohle für ein bisschen Luxus. Was spielt es da noch für eine Rolle, dass sie kurz zuvor beinahe vergewaltigt wurde. Ich hätte Vivien nicht halb so geldgeil eingeschätzt.«

»Warum Eigentumswohnung?«, fragte Shawna dazwischen und sah uns verwirrt an. »Vivien hat mir erzählt, sie braucht das Geld für ihren schwerkranken Bruder. Treibt sie die hunderttausend Dollar für eine Therapie in der Schweiz nicht schnell auf, war es das wohl für ihn.«

»Was?« Ein Adrenalinschub schoss lawinenartig durch meine Venen. »Shawna, sollte das mal wieder eines deiner bescheuerten Lügenmärchen sein, klär es lieber schnellstens auf. Das ist mein Ernst. Ich bin heute nicht in der Verfassung für deine bescheuerten Späße.«

»Nein, das ist nicht gelogen«, sie schüttelte heftig mit dem Kopf.

Ich schnappte sie am Träger ihres neongelben Schlauchkleides und zog sie an mich heran. »Warum erfahre ich das jetzt erst?«, schrie ich sie an.

»Weil … weil Vivien gesagt hat, ich soll es für mich behalten.«

»Du tratscht doch sonst auch alles weiter.«

»Es tut mir leid.« Sie blinzelte. »Ich hab bis eben gar nicht mehr daran gedacht.«

Ich ließ sie los, gelähmt vor Schock. Falls das tatsächlich stimmte, hatte Vivien sich nur im Gentleman's Paradise beworben, um Brian das Leben zu retten. Warum sollte die Story nicht wahr sein? Ihr kleiner Bruder war schon immer schwerkrank gewesen. Woher sollte Shawna sonst davon wissen, als von Vivien selbst? Vivien musste keinen anderen Ausweg mehr gesehen haben, während ich sie wochenlang wegen einer dämlichen Wette drangsaliert hatte.

Kayne musste alles mitangehört haben, er wirkte ähnlich erstarrt wie ich. »Oh, nein. Aidan. Ich fühle mich wie ein Dreckschwein.« Er rieb sich über die Stirn. »Vivien war verzweifelt, deswegen kam sie zu uns.«

»Ja, das war sie.« Ich starrte hoch zur Bühne, auf der Vivien sich eben lasziv aus dem roten Latexkleid schälte, bevor sie den jubelnden Gästen ihren von schwarzer Spitze bedeckten Hintern mit aufreizenden Bewegungen darbot. Wegen Brian. Nur wegen Brian. Sie verkaufte ihren Körper, um den ihres Bruders zu retten. *Oh, Gott, Vivien, warum hast du mir nichts davon gesagt? Wieso hast du kein Vertrauen zu mir?*

»Wir sind Drecksäcke«, sagte Kayne betroffen. »Wir können die Versteigerung nicht zulassen. Brich die Show ab. Hol Vivien von der Bühne und drück ihr die hunderttausend Dollar für ihren totkranken Bruder in die Hand.«

Der Raum bebte, ich spürte das Testosteron der Gäste in der Luft, konnte es riechen. Alle waren angeheizt von Viviens sexy Show. Mittlerweile lächelte sie entspannt, hatte die anfängliche Aufregung ein Stückweit verdaut.

»Nein, wir brechen die Show nicht ab.«

»Das ist nicht dein Ernst.« Kaynes Mund stand offen. »Wenn du es nicht tust, mach ich es.«

Ich hielt ihn an der Schulter zurück. »Vivien wird kein Geld von uns annehmen, ich kenne sie. Canceln wir die Show, steht sie ohne einen Cent da, aber wie es aussieht, braucht sie die Kohle schnell.«

»Du bist verrückt geworden.« Kayne schüttelte den Kopf.

»Lass sie.« Ich verschränkte die Arme vor der Brust. »Es war Viviens Entscheidung, sie weiß, worauf sie sich einlässt.«

Der Song ging unter heftigem Applaus der Gäste zu Ende. Vivien blieb stehen und strich sich ein paar wirre blonde Strähnen hinter die Ohren. Mein süßer, starrköpfiger Engel. Am liebsten hätte ich sie an den Schultern gepackt und ein wenig Vernunft in sie hineingeschüttelt.

Spencer betrat mit einem Mikrofon in der Hand die Bühne, zur Feier des Abends trug er Smoking.

»Die Geschäftsleitung des Gentleman's Paradise freut sich, dass ihr alle heute so zahlreich erschienen seid«, sagte er durchs Mikro und erntete freundlichen Beifall. Jedes Wort war glatt gelogen, am liebsten würde ich die ganze Bande mit dem Schrotgewehr vertreiben.

»Aidan«, sagte Kayne beschwörend, verstummte jedoch, als ich leicht den Kopf schüttelte. Konnte er nicht kapieren, dass Vivien kein Geld von uns annahm? Niemals! Unter keinen Umständen! Nicht von ihm und schon gar nicht von mir. Egal, wie gut wir es mit ihr meinten. In dieser Hinsicht konnte sie nicht über ihren Schatten springen.

»Heute haben wir einen ganz besonderen Happen für euch«, heizte Spencer währenddessen den Leuten ein. »Unsere bezaubernde Vivien möchte heute Nacht exklusiv einen von euch beglücken.« Er hob ihre Hand über den Kopf und drehte sie einmal ganz langsam um ihre eigene Achse. »Seht sie euch an. Ist sie nicht ein Prachtweib?«

Zorn wallte in mir auf. Musste er sie dermaßen anpreisen?

»Fick mich, Vivien«, rief einer aus der Menge und ich hielt mich nur mühsam zurück. Ansonsten wäre die Versteigerung noch vor Beginn in einer Massenschlägerei ausgeartet. Ich musste alles an Kraft aufwenden, um mich zusammenzureißen. Vivien hatte mich in eine Zwickmühle manövriert. Jeder weitere move von mir würde in derselben Sackgasse enden, deswegen war sie jetzt am Zug.

»Ficken wird sie heute nur den, der genügend Dollarscheine auf den Tisch blättert, Junge«, antwortete Spencer spöttisch. »Ich hoffe, dein geschlachtetes Sparschwein war groß genug.«

Spencer tuschelte mit Vivien, die reglos neben ihm stand. Als sie nickte, nahm er das Mikro wieder hoch.

»Dann beginnen wir jetzt mit der Versteigerung und starten mit 1.000 Dollar Anfangsgebot. Wer bietet 1.000 Dollar?«

»10.000«, kam es – wie sollte es auch anders sein – vom Grafen, dem Sadistenschwein, persönlich. Ich sah, wie Viviens Augen sich eine Spur weiteten. Wieso zum Teufel war der Kerl überhaupt hier? Ich hatte ihn extra vom Mail-Verteiler streichen lassen. Vivien würde keine Nacht mit ihm durchstehen, danach war sie eine gebrochene Frau.

»15.000«, bot der alte Homer Landon, was dem Grafen gar nicht zu passen schien.

»20.000«, legte der Earl of Dublee nach.

Ein paar andere steigerten noch mit, schaukelten den Preis hoch auf 40.000 Dollar.

»Bietet jemand mehr, als 40.000 Dollar?«, rief Spencer durchs Mikro. »45.000 Dollar sind der bisherige Clubrekord für eines unserer Mädchen.«

»45.000«, sagte Homer Landon beinahe gelangweilt.

»50.000«, ließ auch der Graf sich nicht lumpen. Der Kerl war komplett verrückt geworden. Was für eine gewaltige Summe für eine Nacht mit einer Frau.

»60.000 Dollar«, rief Homer Landon durch die verwunderten Rufe der Zuschauer und erntete anerkennenden Applaus. Der größte Rest der Gäste war preislich schon ziemlich weit unten ausgestiegen.

Mein Blick schweifte rüber zum Grafen, während mein Puls anstieg und mir in den Ohren rauschte. Würde der Mistkerl weiterbieten? Vivien tat mir leid, ihr verschreckter Ausdruck in den Augen war nur schwerlich auszuhalten. Würde der Graf bieten? 60.000 Dollar war eine Hausnummer für eine Nacht mit einer Frau.

Er überlegte, während Homer Landon ihn breit angrinste. Sämtliche Augenpaare lagen auf dem Earl of Dublee. Schließlich winkte dieser ab, und trat den Rückzug zwischen den Gästen hindurch an.

Erlöst atmete ich durch, während Spencer Homer Landon den endgültigen Zuschlag gab. Der Dreckssadist von einem Grafen war aus dem Rennen. Auch Vivien wirkte erleichtert, allerdings nur für einen Moment. Homer Landon sprang die wenigen Stufen auf die Bühne und schnappte sie um die Taille, bevor er ihr einen festen Kuss auf den Mund drückte. Am liebsten hätte ich ihm für diese Frechheit den Hals umgedreht.

»Schätzchen«, rief er, worauf der tosende Applaus der Gäste abebbte. »Wir werden heute Nacht viel Spaß haben.« Er zwinkerte ihr zu. »Ich habe mehr Ausdauer, als so manche Frau vermutet. Und mein Schwanz glüht immer.«

Gelächter unterbrach seine beschissene Ansprache.

»Vorher werde ich noch ein Gläschen heben. Du gehst jetzt brav auf dein Zimmer, und denkst dir was Schönes aus, wie du mich in ein paar Minuten überraschen kannst.« Er unterstrich seine Rede mit eindeutigen Hüftbewegungen, ehe er Vivien auf dem Absatz umdrehte und mit einem festen Klaps auf den Hintern von der Bühne schickte.

KAPITEL 28

VIVIEN

Ich saß auf dem Bett und verbarg mein Gesicht in den Händen, konnte die Tränen nicht mehr länger zurückhalten. In wenigen Minuten würde ich die Nacht mit dem steinalten Homer Landon verbringen müssen. Obwohl ich Gott froh war, dass der Graf nicht den Zuschlag bekommen hatte, konnte ich mich kein bisschen freuen.

Ich versuchte mich zu beruhigen, das Beben meiner Schultern bei jedem Schluchzer unter Kontrolle zu bekommen. Die Nachwirkungen des Schocks über die Beinahe-Vergewaltigung kamen zeitverzögert und mit Wucht, vermischten sich mit dem Grusel und Ekel vor dem anstehenden Sex mit Landon. Was würde er wohl mit mir anstellen? Aidans Prophezeiung kam mir in den Sinn, zerrte an meinen sowieso schon angespannten Nerven. Dieser alte Mann würde mich überall anfassen.

Ich würde seinen schrumpeligen Penis in den Mund nehmen müssen. Die bloße Erinnerung an ihn und Shawna auf dem Weg in das Untersuchungszimmer machte mich fertig. Dem Raum, in dem ich mit Aidan eine unglaublich anregende Zeit verlebt hatte.

Mit Homer Landon würde ich das Grauen erdulden müssen. Ich wollte nicht mit ihm schlafen, ihm nicht meine privatesten Stellen zeigen. Immer wieder wischte ich mir die Wangen trocken, was nicht lange anhielt, mein Tränenfluss wollte nicht versiegen. Nachher würde ich mit aufgequollenem Gesicht vor Homer stehen.

Ich wollte nach Hause gehen, von Aidan beschützt werden, die Zeit um einen Monat zurückdrehen. Irgendeinen anderen Weg finden, um Brian zu retten. Aber für all das war es zu spät. Einzig und allein auf meinen Wunsch hin, hatte Aidan der Versteigerung zugestimmt, obwohl er ganz klar dagegen gewesen war. Jetzt musste ich meinen Part erfüllen und Homer Landon eine aufregende Nacht bereiten. Alles in mir sträubte sich gegen diese Pflicht.

Als ich hörte, wie die Tür sich öffnete, zuckte ich vor Angst zusammen, wagte nicht, die Hände von den Augen zu nehmen. Lauschte angespannt und zusammengesunken, den sich langsam nähernden Schritten. Wenn Homer Landon mich jetzt anfasste, würde ich wahrscheinlich schreien. Um mich schlagen. Total ausrasten. Ich fürchtete mich vor dem Moment, aber er kam nicht.

Langsam ließ ich die Hände sinken, es war lächerlich, dass ich mich wie ein kleines Kind versteckte, indem ich die Lider schloss.

»Ich kann es nicht tun.« Tränen rannen mir über die Wangen, als ich mich erhob. »Ich kann nicht mit Homer Landon schlafen. Was soll ich jetzt machen?«

»Vivien«, fing Aidan an, doch ich unterbrach ihn.

»Es tut mir leid. Ich dachte, es wäre kein Problem, nur eine Nacht. Aber es geht nicht.«

Aidan nahm mein Gesicht in beide Hände, küsste mich sachte auf die Lippen. Ich ließ es zu, genoss das warme Gefühl auf meinem Mund. Wie sehr ich seine Zärtlichkeiten vermisst hatte.

»Ich habe dich ersteigert, Vivien.« Er grub seine Finger in meine Haut, als rechne er damit, ich könnte mich jeden Moment von ihm losreißen.

»Was?« Ich verstand überhaupt nichts. »Aber Homer Landon hat doch …«

»Er hat in meinem Auftrag mitgeboten, ohne Limit nach oben. Es war alles vorher mit ihm abgesprochen.«

Ich schloss die Lider und atmete erlöst aus. »Oh Gott, Aidan.«

»Hast du ernsthaft geglaubt, ich würde dastehen und zusehen, wie du dich an einen anderen Mann verkaufst?«

»Ich weiß nicht, was ich geglaubt habe.« Ich schluckte, meine kurzzeitige Erleichterung, machte der Sorge um Brian Platz. »Aber jetzt stehe ich wieder ganz am Anfang.«

»Du meinst wegen der 100.000 Dollar für Brian?«

Ich stockte. »Woher weißt du davon?«

»Shawna hat es uns vorhin erzählt.« Er griff mir in den Nacken und zog mich an seine Brust. Das beste Gefühl der Welt. Ich hatte Aidan so unglaublich vermisst.

Seine Körperwärme, seine starken Arme, die mich hielten und vor der ganzen Welt beschützten, wenn ich ihn brauchte. Die Liebe in seiner Stimme, wenn er mit mir redete. Einfach alles. Ich liebte diesen Mann von Kopf bis Fuß, mit all seinen Fehlern und Macken. Aidan war schlichtweg perfekt. Selbst als ich ihn hasste und beleidigte, hatte er auf mich aufgepasst. Ich wollte nicht mehr länger allein sein, konnte ohne ihn nicht existieren, war rettungslos in ihm verloren.

»Ist am Montag die erste Rate von 20.000 Dollar nicht an das Krankenhaus in der Schweiz überwiesen, verfällt Brians Therapieplatz. In der Klinik in Zürich gibt es ein Medikament, das ihm helfen kann. Bis es in den USA endlich zugelassen wird, ist es vielleicht schon zu spät für meinen Bruder.« Ich sah hoch zu Aidan, der mir aufmerksam lauschte. »Brian geht es sehr schlecht.«

»Nimm das Geld aus der Versteigerung und bezahl die Kosten.«

Ich schüttelte den Kopf. »Das kann ich nicht. Die Versteigerung war ein Fake.«

»Das weiß doch keiner.«

»Doch, ich.«

»Vivien, ist es nicht scheißegal, ob das Geld von Homer Landon oder von mir kommt? Die Hauptsache ist doch, es rettet deinem Bruder das Leben.«

»Ich würde mich dann immer in deiner Schuld fühlen.« Ich ließ den Kopf hängen, wusste nicht, wie ich Aidan erklären sollte, was in mir vorging.

Sollte ich so eine hohe Summe von ihm annehmen, würden

meine Schulden unser Verhältnis belasten. Meine Unbeschwertheit ihm gegenüber wäre ein Stückweit weg, immer würde ich mich ihm verpflichtet fühlen, könnte nicht sauer auf ihn werden oder mal nur an mich denken, falls mir danach wäre. Andauernd hätte ich das Gefühl, ihm irgendwas schuldig zu sein. Keine grandiosen Voraussetzungen für uns beide, was auch immer sich in der Zukunft zwischen uns entwickeln würde.

»Du wärst mir nichts schuldig«, raunte er. »Im Gegenteil. Ich könnte ein Stückweit wiedergutmachen, was ich vor zehn Jahren angerichtet habe.«

Ich lehnte meine Wange an seine muskulöse Brust, atmete tief seinen vertrauten warmen Geruch ein, den ich so an ihm liebte. »Du warst ein betrunkener, dummer Junge.«

»Ich fühle mich trotzdem schuldig. Es hätten nicht zehn Jahre bis zu einer Aussprache vergehen dürfen.«

In dieser Hinsicht stimmte ich ihm aus vollem Herzen zu. Noch immer trug ich ihm nach, dass er sich nach der Prom-Nacht nie mehr bei mir gemeldet hatte. Dass er nicht mal nach mir gefragt hatte.

»Allerdings.« Ich löste mich von ihm. »Warum hast du mich nicht mal im Krankenhaus besucht? War ich dir so egal?«

Aidan wirkte verwirrt. »Krankenhaus? Ich weiß nicht, wovon du redest. Nachdem ich in dieser Nacht wieder einigermaßen nüchtern war, bin ich nach Hause gegangen, hab ein paar Sachen gepackt und bin noch im Morgengrauen nach Las Vegas abgehauen.« Er hielt mich ein Stückweit von sich weg. »Du warst im Krankenhaus?«, fragte er entsetzt. »Warum?«

»Nach unserem Streit bin ich durch die Straßen gelaufen, ich wollte nur noch weg von dir. Ich hab nicht aufgepasst und ein Auto hat mich angefahren.«

»Vivien, davon wusste ich nichts.« Aidan schloss für einen Moment die Augen, wirkte erschüttert. »Sonst wäre ich sofort zu dir in die Klinik gekommen. Ich hab noch in derselben Nacht den Kontakt zu allen Leuten in Carson City abgebrochen. Hab nie wieder was von jemandem dort gehört. Nachdem ich dir diese üblen Sachen über deinen Vater an den Kopf geworfen hatte, wusste ich, dass ich dich definitiv für immer verloren hatte. Zu allem Überfluss hatte ich Arschloch dich auch noch bedrängt und einfach nur mies behandelt. Ich habe mich so geschämt, dass ich mich nicht mehr in deine Nähe getraut habe. Scheiße.« Er schluckte. »Wäre ich nicht so ein jämmerlicher Feigling gewesen, hätte ich für dich da sein können.«

»Ich lag ein paar Wochen im künstlichen Koma«, erzählte ich leise. »Doppelter Schädelbasis-Bruch mit Hirntrauma. Als ich aufwachte, konnte ich weder sprechen noch meine Beine bewegen. Ich musste alles erst mühsam wieder lernen, es hat Monate gedauert, bis ich einigermaßen laufen konnte.«

»Oh, nein. Das tut mir so leid.« Er drückte mich sanft an sich. »Und ich Arschloch war nicht für dich da.«

»Du wusstest ja nichts davon. Jetzt verstehe ich endlich, warum du mich nie besucht hast.«

»Meine Mom hat nie davon erzählt.« Er streichelte meinen Rücken. »Nachdem sie mich in Las Vegas aufspürte, hat sie mir tausend Sachen aus Carson City berichtet. Dass es einen Riesenskandal gab. Die ganze Stadt sich das Maul über sie und deinen Vater zerrissen hat. Sie hat mir auch berichtet, dass dein Dad tatsächlich deine Mutter verlassen hat und mit meiner Mom nach Reno gezogen ist.«

»Ja«, ich nickte. »Das stimmt. Aber er hat sie verlassen, nachdem sie die Brustkrebsdiagnose bekam und später eine andere Frau geheiratet.«

»Das habe ich auch von ihr erfahren.« Er nickte. »Dass dein Dad keine Lust auf eine kranke Frau hatte, aber sie hat nie auch nur ein Sterbenswort über deinen Unfall verloren. Obwohl dieser Punkt der Einzige gewesen wäre, der mich interessiert hätte. Vivien, ich wäre sofort zu dir gekommen, wenn ich auch nur die geringste Hoffnung gehabt hätte, du würdest mir verzeihen. Aber die hatte ich nicht.«

»Wahrscheinlich hätte ich dir damals auch nicht verzeihen können.« Ich lächelte ihn scheu an. Er quälte sich so, dass es mir in der Seele wehtat. »Vielleicht brauchten wir zehn Jahre Pause für einen Neuanfang.«

»Der schlechter nicht hätte starten können.«

»Lass uns einfach vergessen, was war.« Ich wollte nicht länger in schmerzhaften Erinnerungen schwelgen. Nichts von alldem, was geschehen war, ließ sich rückgängig machen. Wir trugen beide unseren Anteil daran. Ich wollte nichts weiter, als in Aidans Armen liegen und von ihm gehalten werden. Spürte seine aufrichtige Liebe und erkannte all die vielen guten Dinge, die er für mich getan hatte und die alles Negative mehr als doppelt aufwogen. Ich wollte nur noch, dass wir endlich glücklich wurden.

»Du warst also nicht in Paris«, hörte ich ihn leise sagen.

»Doch, nur ein Jahr später.«

»Ich hatte nie ein Problem damit, dass du nach Paris gehst, es war nur ein Vorwand, um Streit anzufangen.«

»Genauso wie deine vorgeschobene Drogensucht bei mir«, gab ich zu.

»Uns beiden ist wirklich nicht mehr zu helfen«, konstatierte er und küsste mich so leidenschaftlich auf die Lippen, dass ich in seinen Armen schmolz.

»Warum warst du im Gefängnis, Aidan?«, wagte ich die Frage zu stellen, die schon so lange in mir brannte.

Er seufzte. »Willst du das wirklich wissen?«

»Ich denke schon.« Ich schluckte. »Ich meine, da wir schon mal ehrlich zueinander sind.«

»Also gut.« Aidan wollte nicht über diesen Vorfall reden, das fühlte ich. Ich hingegen musste wissen, was passiert war. Warum er einen Menschen so schwer verletzt hatte, dass er dafür hinter Gitter musste.

»Ich habe dir bereits erzählt, dass Kayne und ich es während des Studiums richtig krachen haben lassen. Bei mir lag das zum Teil auch an dir.«

»An mir?«

Er nickte. »Ja, ich habe mich ewig lang mit Selbstvorwürfen gequält, dich vermisst, konnte dich nicht vergessen. Nie. Nicht einen Tag und vor allem nicht während der vielen einsamen Nächte. Du warst immer in meinen Gedanken. Ich konnte keinem anderen Mädchen eine Chance geben. Kayne hingegen war ganz anders drauf, er wusste schon früh von seinen Vorlieben und auch, dass es auf dem College schwer werden würde, geeignete Frauen zum Spielen zu finden. Ziemlich schnell haben wir uns dann in den Straßenvierteln bei den illegalen Nutten herumgetrieben. Die waren nicht teuer, manche fanden uns sogar so niedlich, dass sie uns Sonderpreise machten. Sex ohne Gefühle war genau das, was ich zu dem Zeitpunkt brauchte.« Aidan zuckte hilflos mit den Achseln. »Wir waren Stammgäste, lernten viele von ihnen näher kennen und mit einigen von ihnen freundete ich mich sogar an. Es waren zum Teil tolle Frauen darunter, mit denen mich eine tiefe Freundschaft verband.« Sein Kiefer verspannte sich. »Eines Tages stand eine von ihnen schwer verprügelt auf der Straße. Ihr linkes Auge war geschwollen, die Lippe aufgeplatzt, der ganze Körper übersäht mit blauen Flecken. Ihr Zuhälter hatte sie erst übel zugerichtet, und danach zurück auf die Straße geschickt, obwohl sie sich vor Schmerzen gekrümmt hat.«

»Oh, nein.« Entsetzt legte ich eine Hand vor den Mund. Das war ja fürchterlich. Mir wurde klar, was für ein Glück es für die Frauen hier war, dass es das Gentleman's Paradise gab.

Aidan nickte. »Sie sah schlimm aus. Ich habe sie ins Krankenhaus gebracht. Wegen ihrer inneren Verletzungen haben die Ärzte sie gleich dort behalten. Als sie eine Woche später entlassen wurde, ging ich sie abholen und dann stand er dort. Ihr Mistkerl von Zuhälter. Er ist total ausgerastet, weil sie eine Woche lang bei der Arbeit ausgefallen war.« Aidan lachte bitter auf. »Ohne medizinische Behandlung hätte sie die Nacht nicht überlebt, aber dieses unwichtige Detail hat den Penner überhaupt nicht interessiert, er ist sofort auf sie losgegangen. In dem Moment ist bei mir eine Sicherung durchgebrannt, ich hab ihn mir geschnappt und ihm gezeigt, wie es sich anfühlt, so zugerichtet zu werden, dass man nicht mehr laufen kann. Als ich mit ihm fertig war, kamen die Cops und haben mich mitgenommen. Der Mistkerl hat Anzeige wegen schwerer Körperverletzung gestellt und ich kam in den Knast.«

»Aber«, ich schüttelte fassungslos den Kopf. »Warum hat sie denn nicht ausgesagt und erklärt, wie es tatsächlich abgelaufen ist?«

»Sie hatte zu große Angst vor ihm. Er hätte sie umgebracht. Erst als er ein paar Monate später wegen irgendwas anderem verhaftet wurde, haben sie und die anderen Frauen es gewagt, gegen ihn auszusagen und ich kam auf freien Fuß.«

»Wow, ich weiß gar nicht, was ich dazu sagen soll.«

Er zuckte mit den Achseln und grinste. »Wie wäre es mit: Scheiße gelaufen.«

»In der Tat.« Mir fehlten die Worte. Aidan war ein Held, ein richtiger Held. Ich war so stolz auf ihn, dass er dieser misshandelten Frau geholfen hatte.

»Du kennst sie übrigens«, sagte er und ich horchte auf.

»Du meinst die verprügelte Prostituierte?«

»Ja«, er nickte. »Es war Grace.«

»Grace. Die Ärmste. Sie ist so ein wundervoller Mensch.«

»Das ist sie. Als Kayne und ich das Gentleman's Paradise auf dem Farmland seines Großvaters eröffneten, haben wir sie kurzerhand mitgenommen. Wir wollten einen Club führen, in dem es fair zugeht und die Frauen, die für uns arbeiteten, gut behandelt und anständig bezahlt wurden. Das war uns wichtig.«

»Also stimmt tatsächlich alles, was du mir erzählt hast«, schlussfolgerte ich, in Erinnerung an unser Gespräch darüber beim Frühstück.

»Bis auf das Bed and Breakfast«, gab er leise zu. »Wir hatten von Anfang an einen Puff. Später hab ich Kayne die Hälfte abgekauft und wurde offiziell sein Teilhaber.«

»Ich bin so stolz auf dich.« Ich konnte nicht anders, als Aidan mit einem leidenschaftlichen Kuss zu belohnen.

»Weil ich Teilhaber eines Bordells bin?«, murmelte er.

»Nein, weil du Grace geholfen hast.«

Er löste sich von meinem Mund, was ich nur widerwillig geschehen ließ. »Da du gerade so stolz auf mich bist. Nimmst du das Geld jetzt von mir an?«

»Keinen Cent.« Ich zuckte mit den Achseln. »Tut mir leid.«

»Darüber reden wir noch«, drohte er bitterernst.

Gleich Montag Früh würde ich die Hilfsorganisation anrufen, vielleicht hatten die noch eine Idee, wie ich das Geld auftreiben konnte.

»Kayne hat recht«, er klang ein wenig sauer. »Du bist ein weiblicher Ronald Freeman.«

»Ich bin ein katholischer Sturkopf?«

Er lächelte. »Eine Frau mit Prinzipien.«

»Und Freeman hat sich nicht mehr umstimmen lassen, wegen dem Deal?«

»Nein«, Aidan schüttelte den Kopf. »Er will uns sein abgewracktes Farmland in Lyon County nicht einmal für eine halbe Million Dollar überlassen.«

»Ihr wolltet seine Farm kaufen?« Von diesem Detail hörte ich zum ersten Mal, ich dachte immer er sollte Teilhaber oder ähnliches werden.

»Ja«, Aidan nickte. »Seine Farm liegt strategisch supergünstig an der Grenze zu Kalifornien. Wir wollten dort ein neues Gentleman's Paradise eröffnen, doppelt so groß wie das hier, um Kunden aus Kalifornien zu gewinnen. Das wäre ein Riesengeschäft geworden.«

Ich fasste nicht, was er mir da erzählte. Gab es tatsächlich einen Gott? Sam McMully blitzte in mein Hirn wie ein Schlaganfall.

»Aidan, ich jobbe nebenher in einem Maklerbüro für Immobilien. Mein einziger Klient bisher ist ein Farmer aus Lyon County, dessen Land an Kalifornien grenzt und der verzweifelt nach einem Käufer sucht.«

Aidan stutzte. »Und du meinst, er würde an uns veräußern?«

»Ganz bestimmt. Wie viel würdet ihr denn bezahlen? Tony sagte mal was von 50.000 Dollar für die Farm. Läge dieser Betrag in dem Budget, das ihr euch vorgestellt habt?«

»Er bekäme dasselbe, wie wir Freeman gegeben hätten. Eine halbe Million Dollar.«

»Was?« Mein Kiefer klappte nach unten. »Eine halbe Million?«

Seine Mundwinkel hoben sich zu einem breiten Grinsen. »Wenn dieser Farmer dein Klient ist, dann bedeutet das doch, du streichst die Vermittlungsprovision ein, sehe ich das richtig?«

»Zehn Prozent des Verkaufspreises.« Ich nickte. »So habe ich es mit meinem Boss ausgemacht, sollte ich jemals einen Dummen finden, der sich für die Farm interessiert.«

»Du hast einen Dummen gefunden.« Er lachte. »Aber die Kohle käme von Kayne und mir, das ist dir schon klar, oder? Du müsstest Geld von uns annehmen.«

Ich legte ihm beide Hände um den Nacken und lehnte meine Stirn gegen seine. Millionen Endorphin Moleküle feierten in meinen Adern eine Party. »Die Sachlage wäre eine andere. Dieses Geld habe ich dann ehrlich verdient. Es steht mir somit zu.«

»Dann los, worauf wartest du?« Er küsste mich. »Ruf den Kerl an, damit wir den Kaufvertrag aufsetzen können, bevor er Wind von der Sache mit dem Bordell bekommt, und rauskriegt, an wen er seine Bruchbude verhökert.« Aidan schmiegte sich an mich, rieb seine Mitte so herrlich kribbelig an mir. Deutlich fühlte ich die Ausbeulung in seiner Hose.

»Du hast noch immer dieses sündige Outfit an. Ich kann gar nicht nachdenken, wenn du so sexy vor mir stehst.«

»Du hast mich doch ersteigert«, half ich ihm lächelnd auf die Sprünge und ließ eine Hand über seinen Hosenbund nach unten gleiten, bis er leise stöhnte. »Somit darfst du heute Nacht mit mir machen, was du willst. Ich muss dir jeden Wunsch erfüllen, hat mein Boss mir gesagt.«

»Du hast einen sehr klugen Boss.« Als er mich schnappte und aufs Bett warf, entfuhr mir ein kleiner Schrei. Ich bebte vor Lust und Vorfreude, während Aidan sich auf mich legte und meinen Hals mit fiebrigen Küssen bedeckte. »Übrigens, du bist für den Club gefeuert, betrachte unseren Vertrag als nichtig. Ab heute bist du nur noch für mein Privatvergnügen zuständig.«

EPILOG

VIVIEN

»Du willst allen Ernstes da rauf?« Aidan deutete in Richtung Himmel.

»Selbstverständlich.« Ich zog ihn an der Hand hinter mir her. Wenn wir schon mal in Paris waren, würde ich mir ganz sicher die Chance nicht entgehen lassen, Aidan auf dem Eiffelturm zu küssen. Wir hatten Brian in Zürich besucht, der sich dort seit ein paar Wochen zur Therapie aufhielt und danach einen Abstecher nach Frankreich unternommen. Besser gesagt, nach Paris. In die Stadt der Liebe. Ich fand uns herrlich romantisch. Für mich gab es keinen passenderen Ort für uns beide.

Zu unser aller Erleichterung schlugen die Medikamente bei Brian gut an. Mittlerweile konnte er ganz auf das Sauerstoffgerät verzichten, auch seine Arme und Beine waren weniger steif. Trotzdem hatte er noch einen weiten Weg vor sich, das war uns allen klar. Doch die allgemeine Verbesserung seines Gesundheitszustandes hatte ausgereicht, um mir zu zeigen, dass ich alles richtig gemacht hatte. Die ganze Mühe hatte sich gelohnt.

Aidan und Brian hatten die Gelegenheit unseres Besuchs für ein ausführliches Gespräch von Mann zu Mann genutzt, über dessen Inhalt beide strikte Geheimhaltung wahrten, weil ich angeblich eine Petze wäre. Ich. Lachhaft. Zu meiner riesigen Erleichterung hatten meine beiden Lieblingsmänner sich im

Anschluss die Hände gereicht und sich freundschaftlich voneinander verabschiedet.

Sie hatten wohl viel miteinander geklärt, und allein dieses Wissen genügte schon, um mich glücklich zu machen.

Tony hatte mir, wie abgemacht, zähneknirschend die 50.000 Dollar Provision überwiesen, sodass ich mit der Summe auf einen Schlag die Hälfte der Kosten für Brians Aufenthalt bestreiten konnte. Ursprünglich hatte ich einen Kredit für die zweite Hälfte aufnehmen wollen.

Aber in dieser Hinsicht hatte Aidan gestreikt und sich zutiefst beleidigt gezeigt, sollte ich diesbezüglich keine Hilfe von ihm annehmen. Nur geliehen verstand sich selbstverständlich. Ich hatte Aidan mitgeteilt, ich würde ihm die Summe zum selben Zinssatz wie bei der Bank zurückzahlen. Somit würde ihm kein finanzieller Schaden entstehen. Er hatte mich ausgelacht, und irgendwas davon gefaselt, dass er sich garantiert nicht an mir bereichern würde. Am Ende waren wir so verblieben, dass er mir die 50.000 Dollar zinslos geliehen hatte, die ich in Raten meiner Wahl und während eines unbefristeten Zeitraums abstottern durfte, ganz wie ich wollte.

Mit anderen Worten: ihm war scheißegal, ob er das Geld jemals wiedersah. Ich hingegen nahm meine Verpflichtungen ernst und schuftete hart für die Tilgung meiner Schulden. Mittlerweile arbeitete ich Vollzeit bei Tony, der meine Maklerqualitäten mit einem Mal über die Maßen zu schätzen wusste. Nachdem ich Büro und Homepage auf Vordermann gebracht hatte, meldeten sich sogar Klienten und das Geschäft kam ins Laufen, sodass ich nicht schlecht verdiente. Auf absehbare Zeit würde ich Aidan das geliehene Geld bis auf den letzten Cent zurückzahlen können.

In einer ruhigen Minute, (okay, nach einem Wahnsinns-Blowjob) hatte ich Aidan dann auch noch gebeichtet, wen damals die Schuld am geplatzten Deal mit Ronald Freeman traf und ihm noch rasch erklärt, dass ich aus edlen Motiven gehandelt hatte. Ich wollte doch nur die arme Shawna retten, niemals ihm oder Kayne Schaden zufügen. Noch viel zu matt von seinem Mega-Orgasmus, um böse zu werden, hatte er mir schließlich vergeben. Immerhin hatte ich ihnen im Gegenzug Sam McMully verschafft, einen Geschäftspartner, dessen Verhandlungen nicht halb so kompliziert abgelaufen waren, wie die mit Freeman. Noch im Bett, nachdem Aidan wieder einigermaßen fit war, hatte ich hoch und heilig versprechen müssen, mich nie wieder in irgendwelche Angelegenheiten, den Club betreffend einzumischen.

Ich sollte vorher zu ihm kommen. Mehr als gern hatte ich Besserung gelobt und ihm alles geschworen, was er von mir verlangte. Es tat gut, sein Gewissen zu erleichtern.

Aidan und Kayne steckten mitten in der Bauphase des neuen Clubs. Nur zu gern hatte Sam dem Deal zugestimmt und war mit der halben Million Dollar nach Ohio zu seiner Tochter gezogen. Somit waren wir alle glücklich.

Ich lotste Aidan hinter mir her in den Fahrstuhl und küsste ihn schwer verliebt auf die Lippen. Er machte mich so glücklich, ich glaubte nicht, dass meine Gefühle für Aidan jemals abebben oder verschwinden könnten. Im Gegenteil: Sie wuchsen und wuchsen steil in den Himmel.

Er nahm mich in den Arm, während der gläserne Fahrstuhl nach oben schwebte und uns einen atemberaubenden Blick über diese wundervolle Stadt gewährte.

»Wow«, sagte Aidan »Das ist überaus beeindruckend.«

»Ja«, gab ich ihm recht. »Ich liebe Paris.«

»Ich liebe dich.« Er senkte schon wieder seine Lippen auf meine. Wir taten die ganze Zeit nichts anderes, als knutschen.

»Ich liebe dich auch, Aidan O'Conners. Für immer und ewig«, erwiderte ich nahe an seinem Mund, bevor ich flüsterte: »Mein Wicked Gentleman Lover.«

26574185R00216

Printed in Poland
by Amazon Fulfillment
Poland Sp. z o.o., Wrocław